WEISS

VINÍCIUS LOUZADA

WEISS

A MENTE É O LIMITE

TALENTOS DA LITERATURA BRASILEIRA

novo século®

São Paulo, 2016

Weiss: a mente é o limite

1ª reimpressão – agosto/2017

COORDENAÇÃO EDITORIAL
Vitor Donofrio

AQUISIÇÕES
Cleber Vasconcelos

EDITORIAL
Giovanna Petrólio
João Paulo Putini
Nair Ferraz
Rebeca Lacerda

PREPARAÇÃO
Letícia Teófilo

REVISÃO
Vânia Valente

DIAGRAMAÇÃO
Nair Ferraz

CAPA
Dimitry Uziel

Texto de acordo com as normas do Novo Acordo Ortográfico da Língua Portuguesa (1990), em vigor desde 1º de janeiro de 2009.

Dados Internacionais de Catalogação na Publicação (CIP)
Angélia Ilacqua CRB-8 / 7057

Louzada, Vinícius
Weiss: a mente é o limite / Vinícius Louzada.
Barueri, SP: Novo Século Editora, 2016.
(coleção talentos da literatura brasileira. série esmeralda)

1. Ficção brasileira 2. Ficção científica I. Título. II. Série

16-0544 CDD-869.3

Índice para catálogo sistemático:
1. Ficção: Literatura brasileira 869.3

NOVO SÉCULO EDITORA LTDA.
Alameda Araguaia, 2190 – Bloco A – 11º andar – Conjunto 1111
CEP 06455-000 – Alphaville Industrial, Barueri – SP – Brasil
Tel.: (11) 3699-7107 | Fax: (11) 3699-7323
www.gruponovoseculo.com.br | atendimento@novoseculo.com.br

Para Raquel,
pois dedicar algo a qualquer outra pessoa
não faria o menor sentido.

Agradecimentos

Aos meus queridos pais, por terem sempre acreditado e tornado possíveis este e muitos outros sonhos.

Aos meus amigos Alexandre e Carlos Eduardo, por toda a atenção, críticas e conselhos indispensáveis.

A todos os que me apoiaram e ansiaram longamente por este livro.

E a você, caro leitor, por dedicar seus tempo e interesse aos devaneios de um estranho com um caso sério de excesso de imaginação.

Prólogo

Culpa

Acabou, foi o único pensamento que o cérebro do menino pôde produzir naquele momento.

Suspenso à beira do precipício, o franzino braço, de seu igualmente jovem amigo, era a única coisa entre continuar sendo uma criança pobre de uma pequena vila rural em algum lugar e a morte certa.

– Não vou soltar! – gritava de modo heroico o amigo. Hector sabia que ele falava a verdade, e foi por isso que tomou sua decisão.

A terra barrenta abaixo dos joelhos do corajoso companheiro ameaçava ceder. Pequenas pedras e poeira caíam e acertavam o rosto do garoto pendurado.

Com lágrimas nos olhos, Hector parou de resistir e relaxou o corpo, enquanto um sorriso triste lhe preenchia o semblante. Seu salvador, que compreendera o que aquela expressão significava, finalmente perdeu a compostura e gemeu alto, repleto de temor e sofrimento:

– Não, Hector! Não faça isso!

Plácido, Hector fitou-o nos olhos e disse as suas últimas palavras:

– ...Adeus, meu amigo.

Então, uma sensação indescritível de leveza tomou conta do seu corpo. Não fosse a situação que a provocara, Hector com certeza a descreveria como a melhor e mais intensa de toda a sua breve e insignificante vida.

O tempo parecia mais lento à medida que ele via seu valente herói em segurança à beira do precipício, afastando-se cada vez mais – o braço ainda estendido em sua direção.

O menino estava morto. Já havia aceitado este fato e estava pronto para abraçá-lo. Não possuía arrependimentos e tinha a certeza de que era melhor assim, pois não seria capaz de continuar vivendo caso fosse ele a criança ajoelhada com o braço esticado, agarrando o ar.

Acabou, pensou de novo. As cortinas se fechavam; a curta e desinteressante história de Hector havia encontrado o seu trágico fim.

Entretanto...

O tempo, que até então parecia seguir em ritmo lento, parou por completo. Pairando sobre o que parecia um abismo sem fim, uma nova sensação desconhecida tomou conta do seu corpo. Sua consciência estava desaparecendo; o forte vento e a impressão de queda livre já não estavam mais presentes.

Finalmente, escuridão total. Não havia nada – nada se via, ouvia ou sentia; tudo o que existia naquele momento singular era a sufocante ausência de tudo.

E então, luz.

No instante em que seus sentidos retornaram, uma forte luz branca o cegou momentaneamente. Porém, a cena que se desdobrou logo em seguida diante da sua visão recém-recuperada era inacreditável:

Hector viu um menino despencando rumo ao fundo do abismo.

Ele viu o que, uma fração de segundo atrás, seria a sua própria morte.

O corpo sem vida acertou as pedras pontiagudas da parede íngreme do precipício diversas vezes. O som dos impactos o fazia estremecer em sintonia, até que o baque final – um grande estrondo abafado pela distância – encerrou a terrível cena em uma vívida poça de sangue.

Sem palavras, ele apenas continuou ali, imóvel, a não ser pelos tremores causados pelo choque. Ficou assim por cerca de dois minutos, falhando miseravelmente em balbuciar uma palavra ou duas, até que, por fim, voltou a si.

Erguendo um pouco o tronco, mantendo ainda uma posição curvada e os joelhos dobrados, ele levantou as mãos, fitando-as com atenção. Ele então buscou por algo – aquilo que confirmaria a hipótese absurda que acabara de formular e que lhe consumia a mente; a única prova definitiva...

E ali estava ela.

Mão esquerda, na parte mais volumosa e macia da palma.

A marca de uma mordida recente.

Ocorrera na noite anterior, durante uma briga. Imobilizado pelo mesmo amigo que lhe segurava pelo braço momentos atrás, a única opção de Hector para se livrar do domínio do adversário era morder sua mão. A briga foi apartada e o ferimento tratado, mas a marca ficaria ali por um bom tempo.

– Como...? – ele sussurrou, estupefato. A voz fraca que ouviu era igualmente familiar e estranha.

Lágrimas ensoparam-lhe a face. Sua cabeça estava mergulhada em caos, dominada por uma mistura perigosa de medo e tristeza. O corpo estremecia.

Juntando o máximo de força que conseguiu, o menino soltou, rouco, um nome. As mãos sujas de barro enlamearam o rosto à medida que tentavam enxugar as intermináveis lágrimas.

Mais tarde, quando os últimos raios de sol desapareciam por detrás das imponentes montanhas, as lágrimas por fim cessaram. O rosto sujo do menino, antes incapaz de sintetizar quaisquer outras emoções além de pesar e confusão, carregava agora uma expressão completamente nova.

Não, na verdade não se tratava de uma nova expressão, mas sim a completa ausência de uma.

Ele enxugou a última lágrima com o antebraço e apoiou as duas mãos no chão barrento. Tentou se levantar, mas as pernas estavam dormentes. Com esforço, conseguiu movê-las, e elas foram gradativamente voltando ao normal.

Pôs-se de pé. Olhou para o corpo imóvel no fundo do abismo pela última vez e depois para a enorme fileira de montanhas que circundavam o vale, esplendorosamente banhadas pelas luzes douradas do crepúsculo.

Respirou fundo duas, três vezes. Olhou mais uma vez para a mão esquerda por alguns segundos, depois a fechou com vigor, limpou os joelhos – já feridos por terem ficado naquela posição por muito tempo –, deu meia-volta e começou a andar de forma desengonçada.

Desconhecia para onde ia ou mesmo o que iria fazer dali em diante, mas de uma coisa ele tinha certeza:

Naquele dia, naquele lindo fim de tarde ensolarado, dois meninos de uma pequena vila rural em algum lugar deixaram de existir.

Capítulo I

Encontro

Dentre as inúmeras verdades existentes neste mundo, há uma incontestável:

Nada é perfeito.

Com propriedade afirmo isso, pois estava comprovando a veracidade de tal fato naquele exato momento, por meio da complicada rede de pensamentos e ideias a que chamo de consciência.

Meu cérebro já havia parado de assimilar as linhas e linhas de texto convertidas em fala, espalhadas monotonamente ao vento e captadas pelos meus apurados ouvidos a cada segundo que se passava dentro daquela sufocante sala de aula. Eu tentava me focar e absorver o máximo de informações possível, mas só conseguia reparar em coisas fúteis, como o quão desengonçado, inapropriado e arcaico era o método de ensino daquele senhor de idade de cabelos grisalhos e blusa amarrotada que se encontrava em destaque no centro da sala.

Olhei para os outros alunos – grande parte deles dormia um profundo e tedioso sono. Chequei meu celular e percebi que haviam se passado apenas cinco minutos desde a última checagem, faltando ainda cerca de quarenta até o fim da tortura. Arrepiei-me graças ao frio causado pelo condicionador de ar, ajustado a uma temperatura inadequada para o clima daquela manhã a pedido do professor de idade avançada. *Andropausa, só pode ser*, pensei.

O que mais me irritava não era a aula tediosa em si, mas sim a terrível realidade a qual permite que algo desse tipo seja possível em primeiro lugar. Quero dizer, não fui eu aquele quem escolheu este curso? Não haveria eu de encontrar apenas matérias e aulas que tratariam de assuntos pertinentes e interessantes a mim, de forma instigante e agradável? Não é esta a razão pela qual se paga uma faculdade, afinal?

Desestabilizando por completo a minha ingênua noção de como o mundo funcionava, nesse triste episódio que me fez ponderar fortemente sobre as particularidades do universo e da vida em si, eu cheguei à constatação de tal dolorosa e enfadonha verdade:

Definitivamente, nada é perfeito.

O braço direito que apoiava minha cabeça sobre a mesa ficou dormente e eu fui forçado a corrigir minha postura na cadeira em que sentava. A sala de aula, construída e organizada no comum formato grego – como um anfiteatro; uma perfeita acrópole do tédio –, estava carregada de uma atmosfera estática. Os roncos sutis de alguns dos meus colegas de turma contribuíam para a imagem decadente de como *não* deveria ser uma aula de História da Arte.

Greg era um dos que dormiam. O que era bom, pois, se estivesse acordado, estaria constantemente me pedindo – quase ordenando – que fizesse *aquilo* para dar fim a toda aquela situação.

Era incrível: não importava quantas vezes eu tivesse explicado que estava evitando fazer *aquilo* devido à falta de informações a respeito, e mesmo tendo eu pontuado todos os possíveis riscos que tal prática pudesse oferecer a mim ou ao alvo, Greg simplesmente ignorava as minhas preocupações e me importunava, quase diariamente, para que eu a fizesse e realizasse as mais estúpidas, infantis e desnecessárias tarefas.

Era realmente incômodo.

Às vezes me vejo perguntando a mim mesmo o que me leva a manter uma amizade com uma criatura tão inapropriada, inadequada e irritante quanto esse rapaz.

...Mas logo em seguida me lembro de que é exatamente por esses defeitos – ou melhor, *pseudo-qualidades* – que esse veio a ser o meu primeiro e único verdadeiro amigo desde que eu saí *daquele lugar*.

Chequei de novo as horas em meu celular. Mais trinta e cinco minutos.

Meu rosto se retorceu e minha mente entrou em conflito por um instante. Estaria eu, pela primeira vez, desejando agir despreocupadamente, arriscando ser descoberto, apenas para livrar a mim mesmo e a todos os demais alunos daquela aula insuportável?

...Aparentemente, sim.

Maggie estava ao meu lado. Era uma menina linda, e Greg, que se encontrava na cadeira adjacente, a havia convidado a ficar próxima de nós durante a aula, depois de passar semanas juntando coragem para estabelecer uma conversação decente com a moça. Seu material perfeitamente arrumado estava agora à sua frente, disposto sobre a longa mesa curva que dividíamos; ela tinha um estojo lotado de canetas das mais variadas cores e um grosso caderno, o qual usava como travesseiro.

Pensando bem, talvez se eu conseguisse dormir durante o dia como aqueles felizardos, não teria nem cogitado a possibilidade de pôr em prática um ato tão desprezível e inconsequente como o que estava prestes a executar.

Não a perturbarei, pensei. *Não sou capaz de acordar uma mulher que dorme tão tranquilamente apenas para pedir que ela acorde outra pessoa.*

Com isso em mente, arranquei um pedaço de papel do meu caderno e o transformei em uma bolinha uniforme – ou o mais próximo disso que consegui. Mirei com cuidado e a arremessei. Greg era o alvo.

Com um tiro que causaria inveja no mais experiente atirador de elite, a bolinha sem graça acertou meu amigo na cabeça.

Sucesso?

...Fracasso completo.

O projétil improvisado foi amortecido por seu penteado étnico, perdendo-se para sempre no emaranhado de cabelos crespos. Frustrado, soltei ar quente pela boca semiaberta e fechei a cara em uma expressão de quase ódio. Enquanto me acalmava, rasguei mais um pedaço de papel e repeti o processo, dessa vez mirando suas costas e tomando ainda mais cuidado para não acertar a beldade que dormia ao lado, suspirando baixinho.

Isso!, comemorei em pensamento, fechando a mão firmemente com a alegria de quem acabara de pontuar um belo *ace* ou de marcar um gol de placa, ao ver a pequena bola acertar a lateral esquerda de suas costas, perto das costelas, produzindo um som mínimo. Greg levantou a cabeça vagarosamente;

saliva escorria do canto de sua boca de uma maneira tão cômica e cartunesca que quase me fez rir.

Percebendo que eu era o perpetrador do horrendo ato que o fez despertar de seu profundo sono, meio consciente e meio dormindo, Greg se preparava para reclamar. Ele já tinha aberto a boca enorme quando levei a mão a meus lábios e estiquei o indicador, pedindo que fizesse silêncio. Intrigado, o jovem fechou os olhos pela metade por detrás dos óculos de armação vermelha, tentando compreender o que seu amigo estraga-prazeres tentava dizer.

Desfazendo o sinal em minha mão, levei-a a altura dos meus olhos, esticando dessa vez ambos os dedos indicador e médio, cada um apontando para um olho. Em seguida, com os dois dedos ainda esticados, girei a mão sobre meu pulso e apontei para o Sr. Silva, no centro da sala.

Finalmente desperto, Greg compreendeu o significado por trás do meu código que parecia saído de um filme policial. Um sorriso inundou seu rosto e a excitação era tão visível em seus olhos que pensei estar olhando para uma criança em véspera de Natal.

Após um suspiro breve que parecia dizer *francamente, Greg*, tornei a olhar para o professor desajeitado, ainda em sua pregação infinita. Fechei as pálpebras calmamente e fiz o que costumava fazer todas as vezes que decidia usar essa nova habilidade que descobrira possuir mais ou menos um mês atrás:

Eu imaginei.

Eu sou ele. Aquele corpo é o meu corpo. Invada. Possua! Concentrei-me e disse mentalmente. Em seguida, minha pressão sanguínea diminuiu de repente, a força desapareceu de minhas pernas e o meu corpo estremeceu e fraquejou como se eu fosse perder a consciência. Porém, segundos depois, senti tudo se normalizar gradativamente e percebi que não estava mais na mesma posição em que me encontrava instantes atrás: estava agora de pé, no centro de uma sala de aula cheia de alunos entediados ou dormindo, um livro aberto na mão, as costas arqueadas, suor e muito, muito calor.

Funcionou novamente: eu estava no corpo do meu cansado professor de História da Arte, o Sr. Silva.

Como era de costume quando fazia esse tipo de coisa, olhei para Greg na fileira de mesas do meio, próximo às escadas que cortavam a sala. Pisquei o olho esquerdo de modo discreto e meu amigo assentiu de leve com a cabeça, ainda sorrindo.

Em seguida, pus em prática o meu diabólico plano: fechei o livro com ferocidade e o choquei com mais ferocidade ainda no púlpito de madeira, fazendo um barulho tão alto que até o último dorminhoco da última fileira de mesas acordou num salto. Com um olhar entediado e inexpressivo, falei, de forma simples e sem a menor cerimônia:

– Er… acredito que por hoje esteja bom. Não se esqueçam de marcar suas presenças nos scanners como sempre e saiam organizadamente. Estão dispensados.

Atônita, toda a classe olhou fixamente para mim. Bom, todos os alunos que estavam conscientes, na verdade, pois na fileira do meio, ao lado da doce Maggie, um jovem – meu corpo original – encontrava-se caído sobre o seu caderno, com os compridos braços esticados sobre a longa mesa curva de madeira lustrosa.

Após um silêncio desagradável de alguns segundos, um aluno subitamente ergueu o braço:

– Sr. Silva, e a tarefa domiciliar de hoje? Não vai passar nenhuma?

Cerrando as sobrancelhas, soltei um *tsc* pelo canto da boca. Odeio tarefas domiciliares, e acredito que todos no mundo deveriam pensar da mesma forma.

– Hmm... não, não passarei nenhuma hoje. Vocês estão tendo um ótimo desempenho neste período, e tenho certeza de que, com as provas chegando, seus outros professores estão caprichando nas tarefas de suas respectivas disciplinas. Considerem isso um agrado pela ótima turma que vocês estão se mostrando ser – falei, abrindo um grande sorriso.

Ainda mais surpresa do que antes, a turma permaneceu imóvel por uns instantes. Alguns alunos tinham inclusive aberto suas bocas, perplexos diante da inesperada declaração.

Impaciente, exclamei:

– O que estão esperando? Vamos, a aula acabou!

Com expressões complicadas e pequenos murmúrios, os alunos começaram a se mobilizar. Guardavam seus cadernos e estojos nas mochilas e em seguida se levantavam, esgueiravam-se pelas mesas e posicionavam os polegares em pequenos scanners de luz vermelha no final das fileiras, que emitiam um som agudo após a marcação da presença e exibiam seus dados em pequenas telas holográficas. Greg segurava o riso e Maggie se preocupava com o meu corpo sem vida.

Missão cumprida, suspirei e foquei-me rapidamente em meu corpo original, que estava sendo cutucado pela bela garota ao seu lado. Fechando os olhos, recitei o meu mantra vergonhoso em pensamento e a mesma sensação esquisita de antes se repetiu. Abri os olhos novamente, mas dessa vez eram os meus próprios olhos.

– Ei, você está bem? Acorda, fomos liberados mais cedo!

Olhei para a menina que tinha as mãos em minhas costas e as sacudia de leve. Resmunguei uma palavra ou duas, assegurando estar bem, e me levantei calmamente. Enquanto eu guardava as minhas coisas na mochila, Maggie passou por Greg e marcou sua presença no terminal biométrico.

Quando saía da fileira de mesas, com a mochila pendurada por uma das alças em meu ombro esquerdo, fui recepcionado por meu amigo, ainda risonho, que abriu a boca grande e soltou um *bem-vindo de volta*, estendendo a mão para me cumprimentar. Respondendo com um *de nada*, retribuí o gesto e depois posicionei o polegar direito sobre o scanner no canto da mesa em que estávamos.

Depois do característico *bip*, a simpática tela holográfica retangular exibiu meus dados e a confirmação da presença na aula. Pensei por um momento que o pequeno sumário de informações estava incompleto, e ponderei sobre a possibilidade de pedir à secretaria da faculdade para acrescentar, abaixo do meu nome, tipo sanguíneo e da minha alergia a cachorros, os dizeres – capaz de invadir o corpo de outras pessoas.

Ao sair da sala, passei pelo calorento Sr. Silva, que, confuso e meio abobalhado, não tinha total compreensão do que havia acontecido naquele final de manhã. Com um pouco de pena, e talvez remorso, olhei para ele e disse, sinceramente:

– Tenha uma boa tarde, professor. Até semana que vem.

O homem olhou para mim por uns segundos. Depois sorriu brevemente e redarguiu, ainda confuso:

– ...Sim, claro. Uma boa tarde para você também, Lucas.

Sorrindo e acenando, passei pela grande porta dupla de madeira. Maggie já nos esperava do lado de fora. Greg continuava tentando, sem sucesso, segurar o riso.

■ ■ ■

Ele me seguiu o dia inteiro.

Dessa vez, por algum motivo, se fez perceptível.

Falo, é claro, do misterioso observador que me acompanhava diariamente desde o dia em que deixei *aquele lugar*.

No começo era apenas um sentimento, um desconforto – a inquietação que crepita a espinha quando se acredita que há alguém, em algum lugar, o observando. Nada confirmado; no entanto, apenas uma sensação ruim provocada por um palpite.

Resolvi acreditar que era apenas imaginação minha. Não havia motivo algum para eu ser alvo de um perseguidor ou organização de qualquer tipo – não sou alguém importante o suficiente para se gastar tempo, recursos ou mão de obra necessários para tal.

Simplesmente forcei-me a aceitar que tudo aquilo era bobagem e me acostumei, aos poucos, com os olhos invisíveis do meu perseguidor imaginário.

Entretanto, a sensação desagradável se intensificou no último mês. Era como se o olhar invasivo exercesse uma pressão quase tangível, palpável. A coisa toda deixou de ser uma mera fantasia criada pela mente imaginativa de um jovem que assistia a muitos filmes e desenhos animados, tornando-se uma realidade tremendamente assustadora.

Na última semana a pressão se tornou quase insuportável. Preparei-me para o pior e passei a organizar táticas e a pensar em diferentes maneiras de me livrar de um iminente ataque, que poderia acontecer a qualquer momento. Revisava sempre possibilidades em minha cabeça: simulações de luta, rotas de fuga, telefones de emergência...

Minha paranoia natural foi drasticamente intensificada.

Aquela manhã marcou a primeira ocasião em que ele se fez de fato detectável. Meu perseguidor invisível – o misterioso espectro que rondava cada uma de minhas ações – tinha tomado forma em um homem alto de meia-idade vestido num sobretudo marrom. Aposto que tinha um chapéu também, daqueles icônicos usados pelos protagonistas de filmes *noir* antigos, mas não se usa chapéu dentro de uma sala de aula, não é mesmo?

Ele estava na última fileira de mesas, do lado esquerdo. Eu tinha certeza de quem era por quatro simples motivos:

Primeiro: não pertencia àquela turma. Sou uma pessoa observadora, embora discreta, e guardo na mente o rosto de todos os integrantes da turma do terceiro período de Belas Artes da Academia Hansford. Tinha certeza: aquele homem definitivamente não estava matriculado nela.

Segundo: olhava-me constantemente. Sempre que o observava com o canto do olho, notava que tinha o olhar fixo em mim, parecendo desejar que eu o percebesse.

Terceiro: foi o único que não demonstrou nenhuma surpresa ou mudança em sua expressão durante o meu pequeno show com o pobre Sr. Silva. Apenas continuou ali, sentado, com cara de paisagem durante toda a cena.

Quarto: levantou-se e saiu da sala antes de mim, então pude perceber que não marcou sua presença no scanner biométrico. O homem louro, que aparentava medir dois metros de altura, sequer carregava cadernos ou canetas – apenas uma maleta preta de couro, que permaneceu fechada durante todo o tempo.

Além de observador, considero-me também uma pessoa inteligente e perspicaz. Portanto, com essa análise incompleta de pequenos fatos avulsos – muitos deles de natureza duvidosa –, ousei formular uma hipótese tão insana e improvável que a sua simples lembrança me causa profunda vergonha:

O homem misterioso de sobretudo marrom sabia do meu poder. Suspeitava de antemão e provavelmente tinha observado as minhas outras demonstrações públicas da habilidade, mas teve certeza definitiva depois do ocorrido nessa manhã naquela sala de aula sufocante.

E mais: estava se preparando para me abordar. Era apenas uma questão de tempo até que as condições perfeitas estivessem estabelecidas e a minha curta vida como um super-herói oportunista de meia-tigela chegasse ao fim.

Eu estava oficialmente vivendo em um *thriller* de baixo orçamento ou numa *graphic novel* barata.

Era algo próximo das seis da tarde. Eu estava na área dos funcionários, vestindo minhas roupas casuais no vestiário após o fim do expediente. Luiz reclamava algo sobre o novo namorado de sua mãe – o terceiro só neste ano! – para Tito, e a voz de Mei podia ser ouvida através da pequena janela perto do teto, gritando ao telefone com alguém enquanto provavelmente segurava um cigarro consumido pela metade na outra mão.

Sentindo o peso do dia nas costas, despedi-me dos meus companheiros do restaurante e saí pela porta dos fundos. Respirei fundo e pensei em algo clichê como *mais um dia, mais um dólar*, mas não me lembro se o disse em voz alta ou não.

Caminhei a passos largos pelo pequeno beco mal iluminado e logo ganhei a calçada brilhante das ruas impecáveis do centro de Neo Atlantis. Ajeitei a gola do casaco – estava muito frio; senti-me em um país da Europa ou dentro de uma geladeira gigante – e comecei a rotineira caminhada para o meu apartamento.

Mantive a atenção redobrada durante todo o trajeto – não me havia esquecido do meu inimigo mortal que certamente me acompanhava com cautela, sua sede por sangue aumentando a cada esquina.

Fiz tudo o que pude ao longo do dia para postergar a hora do meu fatídico encontro com o homem de sobretudo: convidei Maggie e Greg para almoçar no Havanna e me ver em ação como o belo e eficiente garçom que eu era – obviamente, sob o pretexto de poder ficar a sós na mesma mesa com a moça, Greg teve grandíssimo papel em convencê-la a nos acompanhar. Além de usar meus próprios colegas de classe para aumentar as minhas chances de sobrevivência, fui ainda mais longe, como pedir ao meu chefe para sair um pouco mais cedo do que o de costume – acreditava que quanto mais tarde saísse, menos chances teria de fugir – e, até mesmo quando meu perseguidor resolveu entrar no restaurante, tive a audácia de pedir a um funcionário camarada, que me devia um favor, para que atendesse aos seus pedidos.

– Ele só pediu um chá e um tal de *biscuit*, que não temos em nosso menu. Que cara estranho, Lucas! – ele me contou após a saída do homem.

Devia ter colocado mais comida na tigela do Gustav hoje de manhã. O que farei se não conseguir chegar em casa a tempo de alimentá-lo? – pensei mecanicamente enquanto caminhava. Quarenta e cinco minutos depois, cheguei ao meu prédio. Subindo as escadas rudes de metal com um estardalhaço que contribuiu ainda mais para a minha dor de cabeça pulsante, alcancei o quarto andar e parei em frente à porta cinza do apartamento de número 407. Girei a chave e abri a porta. Entrei e larguei a mochila num canto. Atirei-me ao sofá.

O pequeno apartamento escuro estava abafado, mas assim permaneceria; eu não tinha forças para abrir as janelas e acreditava ser perigoso – ele provavelmente estava lá fora, afinal, apenas aguardando uma oportunidade para agir. Tirei os tênis com os pés, que caíram e fizeram um ruído surdo no carpete escuro. Tive preguiça de olhar para o relógio – já não importava mais. Pisquei os olhos algumas vezes e quase peguei no sono, quando algo me surpreendeu.

Um vulto cruzou minha visão rapidamente e pousou com força e peso sobre a minha barriga. Aquilo me fez soltar o ar com tanta força que achei que morreria ali, antes mesmo de ser abordado pelo fantasma de sobretudo. Recuperando o fôlego com dificuldade e relaxando os membros, que haviam se estendido sozinhos devido ao choque, levantei um pouco a cabeça e olhei diretamente para o meu companheiro de quarto, que se encontrava sobre mim.

Pequeno. Pelo branco e sedoso, com manchas pretas em suas patas dianteiras – como luvinhas! – e outra grande mancha da mesma cor em sua orelha direita, que lhe cobria grande parte daquele lado da face e circundava um dos olhos. Focinho róseo e úmido, acompanhado por bigodes longos e transparentes, e uma boca se abrindo, seguida de um miado fino.

Era Gustav, meu gato de estimação e o único ser neste mundo, além do inconveniente e imaturo Greg, em quem eu confiava.

O felino miou. Uma, duas, três vezes. Aquilo inicialmente me irritou, mas logo um sorriso sincero se formava em meus lábios.

Se há outra verdade incontestável neste mundo, é a de que não há como ficar com raiva de uma criatura tão linda, afável e singular como um gato doméstico por muito tempo.

– Tudo bem, Gustav, já entendi. Hora do jantar.

Acariciei sua cabeça e Gustav respondeu ronronando. Comecei a me levantar e o bichano desceu ao carpete com um pulo gracioso e macio.

– Você deveria se sentir honrado, sabia? Nem mesmo Deus me faria levantar do sofá depois de um dia cansativo como o de hoje.

...Por que será que blasfemo tanto quando estou estressado?

Caminhei aos tropeços até o armário embaixo da pia do cubículo minúsculo a que chamo de cozinha. Apanhei a caixa de ração amassada e despejei o seu conteúdo na tigela amarela no chão, próxima ao balcão. A caixa ficou praticamente vazia. *Preciso comprar mais*, pensei.

O gato, ainda ronronando, correu em velocidade quase supersônica até a tigela e devorou a ração com pressa. Pensei em me ajoelhar e acariciá-lo ainda mais enquanto me desculpava pela demora, mas o cansaço me impediu.

Pus a caixa semivazia sobre o balcão para não me esquecer de comprar outra depois e voltava para o sofá, quando finalmente aconteceu.

– Você tem disposição o suficiente para alimentar esse bicho, mas não para abrir as janelas? Deus, que inferno está aqui dentro!

A sombra dona da voz profunda e aveludada estava no final do apartamento, em um canto escuro, mal iluminado pela luz fraca da lua que escapava por entre uma fresta na cortina empoeirada da janela da sala de estar.

Imóvel, tentei distinguir sua figura, mas só pude constatar que se tratava de um homem alto e forte vestindo algo de tecido grosso. Girava alguma coisa que refletia o luar a cada volta completa em seu dedo indicador da mão esquerda.

Meu coração, que já batia em frequência anormal, acelerou ainda mais. Com um movimento curto, o homem levantou-se da poltrona em que estava sentado e ajeitou-se despreocupadamente. A luz lunar revelou metade do seu corpo e eu pude finalmente ver o sobretudo marrom e o chapéu, daqueles icônicos usados pelos protagonistas de filmes *noir* antigos. A coisa em sua mão agora formava um círculo prateado enquanto girava.

Quis gritar, mas consegui me conter. Em vez disso, abri a boca calmamente:

– ...Como entrou aqui?

– Pela porta, ora essa.

Tentei olhar para a porta em reflexo, mas lembrei-me da situação em que estava e foquei novamente no dono da voz.

– Ela não parece ter sido arrombada. Você deve ser muito bom – eu disse, tentando passar uma falsa impressão de frieza e tranquilidade.

– Não arrombei – ele respondeu e interrompeu o giro do objeto em sua mão, mostrando-o na palma parada no ar. Prateada e pequena, era uma chave sem nada de especial. O fino anel que a segurava ainda estava no dedo indicador do homem. – Mas sim, sou muito bom – ele completou em tom confiante.

Engoli em seco. Toda a minha preparação tinha sido em vão – não estava nem remotamente pronto para lidar com algo daquele porte. Enquanto eu suava frio, o invasor deu um passo em minha direção e disse:

– Bom, vamos direto ao assunto. Não se assuste ou faça qualquer movimento desnecessário, caso contrário serei obrigado a...

Dizem que o ser humano, quando em uma situação extrema que lhe ofereça riscos, é capaz de realizar uma de duas reações automáticas possíveis: a de luta ou a de fuga. Exatamente como sugere, a palavra *automática* implica que não há controle algum sobre qual das duas reações será ativada em dada situação.

E infelizmente nessa noite, naquele apartamento apertado e abafado, o meu cérebro ativou, involuntariamente, a reação de luta.

Não o esperei terminar sua frase: a uma velocidade que nem sabia ser capaz de alcançar, cobri a curta distância que nos separava e projetei meu punho direito com a maior ferocidade e precisão que pude em direção ao seu rosto. Sabia que, por algum motivo, eu me sentia muito mais forte ultimamente, e acreditava que o soco seria mais do que o suficiente para pelo menos atordoá-lo.

Minha estimativa provavelmente estava correta, mas não pude testá-la. Não percebi como ou quando ele o fez, mas o gigante de sobretudo desapareceu da minha frente e reapareceu na minha lateral direita. Desequilibrado, olhei rapidamente para ele uma última vez antes que sua mão se movesse como um machado afiado e me acertasse em cheio a nuca.

Dor e escuridão total, como jamais havia experimentado antes.

▪ ▪ ▪

Não sei ao certo por quanto tempo fiquei desacordado, mas pareceu-me bastante.

Ainda era noite. A julgar pela posição da lua no céu, devia ser algo em torno das onze. Estiquei a mão para tocar o vidro da janela, mas ela estava aberta; o vento gelado entrou e arrepiou-me os pelos do braço.

Notei então um macio sob o meu corpo. Estranho, pois não me lembrava quando tinha me deslocado até o meu quarto e deitado em minha cama, sobre a qual me encontrava naquele momento. Vestia as mesmas roupas de quando havia saído do Havanna, e uma dor de cabeça dilacerante ia e voltava em picos.

Sentei-me com dificuldade, as pernas cruzadas à frente do corpo cansado e atordoado. Olhei em volta e tudo parecia absolutamente normal no pequeno quarto: o computador sobre a mesa, o armário de duas portas, a rachadura no teto, o grande quadro na parede e o abajur simples aceso que cobria o quarto com uma luz amarela meio fosca. Aos meus pés, Gustav dormia aquele sono gostoso que somente os gatos conhecem.

Curvei as costas e pus a mão no queixo, tentando me recordar dos eventos daquele dia. Lembrei-me da aula tediosa de História da Arte, da tarde cansativa servindo almoços, cafés e sobremesas, de Gustav desesperadamente me pedindo comida quando cheguei em casa...

– Não... falta alguma coisa. Estou me esquecendo de algo...

Enquanto buscava no fundo do meu dolorido cérebro pelas memórias faltantes, ouvi passos. Calmos, não muito altos nem muito baixos, pesados e despretensiosos; passos vagarosos de alguém sem a mínima pressa nem preocupação.

...Passos *daquele homem*.

As lembranças perdidas me vieram de súbito à mente como um turbilhão descontrolado. Tudo se encaixou, o medo ressurgiu e a dor de cabeça triplicou instantaneamente. Quando pensei em fugir pela janela aberta, e já havia projetado metade do corpo para fora, a voz profunda e aveludada, mais serena do que nunca, embora robusta e apressada, ecoou pelo quartinho grosseiro:

– Eu *realmente* não faria isso, se fosse você.

O pé esquerdo que já pisava o parapeito congelou. Os olhos arregalados lembraram-me de que eu morava no quarto andar, e o pouco bom senso que ainda me restava fez-me recobrar o juízo bem a tempo. Virei a cabeça lentamente e pude vê-lo entrar no quarto com duas xícaras nas mãos.

– Tomei a liberdade de preparar um pouco de chá. Você não se importa, certo? – o homem louro disse enquanto sentava-se na cadeira giratória da mesa do computador. Seus chapéu e maleta estavam em algum outro lugar.

Voltei devagar para a cama, sentando-me com as pernas esticadas – ainda um pouco bambas.

– Quem é você? – perguntei em tom sério, após estudá-lo por alguns segundos.

– Depois. Primeiro, chá. Quer? Fiz para você também – ele disse e estendeu uma das mãos, oferecendo a xícara.

Fechei o cenho e disparei, verdadeiramente irritado:

– Você me seguiu, invadiu a minha casa, me deixou inconsciente e está agora sentado na minha cadeira do meu quarto, prestes a consumir o meu chá em minhas xícaras sem a minha autorização. Acredito que o mínimo que poderia fazer era se apresentar devidamente antes disso, não acha?

Surpreso, o homem não disse nada por um tempo. Pigarreou uma vez, endireitou a coluna e falou, um pouco envergonhado:

– Meu Deus, onde estão os meus modos? Peço perdão pelas minhas ações, mas tenho um ótimo motivo para ter agido dessa forma. Além disso, em minha defesa, foi você quem me atacou primeiro. – Ele bebeu o chá da xícara da direita em um gole só e pôs a outra na mesa do computador. – Meu nome é Mark, e eu vim até aqui esta noite por sua causa, Lucas.

Ele era uma criatura peculiar. Sua aparência era a de um homem alto de origens escandinavas – provavelmente norueguês ou alemão – nos seus quarenta e poucos anos, mas os maneirismos, o sotaque e, principalmente, aquela fixação por chá e biscoitos – perdão, *biscuits* –, eram típicos de um cavalheiro inglês do século passado ou algo antes disso.

Mark pegou impulso com os pés e deslizou na cadeira de rodinhas até perto de mim. Assustei-me com a ação a princípio, no entanto, não sei exatamente por que, eu não estava mais com tanto medo quanto minutos atrás. Aquela pressão terrível havia sido dissipada quase por inteira.

Ele esticou a mão para me cumprimentar. Com o movimento e o barulho da cadeira, Gustav abriu os olhos e levantou energicamente as orelhas e a cabeça, observando, atento, ao comportamento do nosso visitante inesperado.

Relutante, apertei a mão de pele clara e áspera. Depois de um sorriso, o norueguês/alemão/inglês voltou com a cadeira para a sua posição anterior, arrastando-se sobre o chão de madeira velha e fazendo ainda mais barulho do que da primeira vez. De volta à mesa, pôs a xícara vazia ao lado da outra, ainda cheia.

– Veio... por minha causa? – indaguei pausadamente, encarando-o.

– Precisamente – ele respondeu. – Como acredito que tenha notado, o estou observando desde que saiu de Worthington. Bom... pelo menos é isso o que você pensa.

Ouvir *aquele nome* novamente gelou minha espinha, porém não era essa a coisa mais importante na conversa, então a deixei passar.

– ...Você me observa há mais tempo do que isso? – perguntei, chocado.

– Sim. Há *muito* mais tempo.

– Desde quando?

– Desde o seu nascimento.

Nesse ponto, a apreensão que eu sentia se misturou com curiosidade, insegurança e profunda incompreensão. Tudo o que eu achava que sabia a respeito do meu perseguidor foi por água abaixo, e eu estava novamente no vazio, na estaca zero, sem saber ao certo como reagir às novas informações trazidas por aquele personagem misterioso, sentado pacificamente em minha cadeira com as pernas cruzadas.

– Como?

– Por favor, antes das suas perguntas, peço que se acalme e me deixe explicar tudo – Mark interrompeu-me ao ver que eu estava visivelmente desestabilizado, com os olhos arregalados e amassando o lençol com as mãos. – Por ora, apenas ouça com atenção e lembre-se de que estou do seu lado.

Olhando diretamente em seus olhos, que me acalmaram um pouco de tão mansos que eram, relaxei os músculos e respondi com um simples *ok*.

– Muito bem. Primeiro, começarei explicando o que você é. Vai beber esse chá? – ele perguntou, apontando para a xícara fumegante sobre a mesa do computador. Fiz que não com a cabeça. Ele a pegou, disparando um olhar que parecia perguntar – tem certeza? –, como se aguardasse uma mudança de ideia. Ignorei. Ele deu de ombros e bebeu o líquido lentamente, com os olhos fechados. Parecia estar ponderando sobre como dizer o que tinha a dizer, mas provavelmente estava apenas apreciando uma boa xícara de chá.

Recolocando o utensílio vazio na mesa – que se chocou de leve com outro, fazendo um tilintar mínimo –, ele tornou a me fitar. Ansioso por sua grande revelação, eu respirava pesado e engolia minha própria saliva em antecipação. Então, após um suspiro, Mark prosseguiu:

– Você, meu jovem, é um switcher.

...Fico impressionado com a capacidade humana de fazer com que respostas provoquem ainda mais perguntas.

Com um rosto que expressava ao mesmo tempo dúvida e frustração, deixei escapar um *hã?* sincero. Não fazia ideia do que aquele homem queria dizer com aquela frase.

– Um switcher – ele repetiu. – É como somos chamados.

– *Somos*? Como em... *nós*?

– Exatamente, nós. Você, eu; todos os que têm esse poder. – Ele levantou a sobrancelha esquerda, irônico. – ...Ou você realmente pensou que fosse o único?

Foi nessa parte da conversa que eu cheguei à brilhante conclusão de que definitivamente não sabia de nada. Resolvi simplesmente parar de me surpreender e deixá-lo falar sem interrupções.

Mark continuou:

– Existem vários de nós. Você nunca ouviu esse termo antes, tenho certeza, mas isso é porque nos escondemos muito bem do resto da sociedade, vivendo como pessoas normais. Porém somos muitos, e estamos aqui há muito tempo.

Gustav levantou-se e espreguiçou-se, sem nenhuma preocupação no mundo. Mark interrompeu sua fala e olhou para o gato com um ar estranho, quase de desprezo. Meu companheiro de quarto então desceu da cama e saiu do cômodo elegantemente.

– Criaturas infernais... hum, onde eu estava? – o invasor bem-educado murmurou, semicerrando os olhos. – Ah, sim! – disse, estalando os dedos. – Todos somos capazes de invadir outros corpos de acordo com a nossa vontade, e usamos essa habilidade para nos fortalecer e expandir o nosso tempo de vida. Alguns switchers estão vivos há séculos, acredita?

Assenti com a cabeça. Tinha presenciado em primeira mão a velocidade sobre-humana com a qual ele havia se desviado do meu soco anteriormente e me acertado logo em seguida, fazendo-me perder a consciência por horas. Já não duvidava de mais nada.

– Enfim, as particularidades desse poder e da nossa organização são tantas que, se fôssemos discuti-las agora, ficaríamos acordados a noite inteira e você perderia sua aula de amanhã. Felizmente, não é esse o motivo do meu contato com você nesta noite.

– E o motivo seria...? – indaguei, temendo pela resposta.

Mark juntou as duas mãos à frente do rosto, entrelaçando os dedos; seus cotovelos estavam apoiados nas coxas. As pernas, agora descruzadas, faziam um ângulo reto com o chão – os pés estavam dentro de belos sapatos marrom-escuros que se destacavam sobre a madeira – e suas costas estavam curvadas para frente. Vi parte de um sorriso curto se formar por detrás das mãos grandes e sua boca se abriu:

– Entregar-lhe uma carta.

Uma carta? Em pleno século XXI?, pensei. Tal pensamento automático não passava de um mecanismo de defesa, pois na verdade não era algo tão absurdo alguém usar cartas nos dias de hoje, principalmente se tratando dessas pessoas esquisitas que estão vivas há séculos de quem acabara de ficar sabendo; aquilo era apenas meu cérebro criando uma forma de não me deixar lembrar de que provavelmente não havia ninguém vivo no planeta que se daria o trabalho de me escrever uma carta.

– Uma... carta – falei, incrédulo. – Todo esse trabalho... por uma carta.

– Não é apenas uma carta. É *a* carta.

Fiz uma cara de desdém sem perceber.

– Ah, é? E quem, se me permite perguntar, seria a ilustríssima pessoa que decidiu enviar uma carta *tão importante* para alguém como eu? – indaguei, fazendo uma firula. Meu sarcasmo era tanto que eu quis socar a mim mesmo.

Mark riu e respondeu, mantendo o sorriso:

– Uma velha amiga minha chamada Lucy Killian. Conhece?

Silêncio.

Algo dentro de mim se quebrou ao ouvir aquele nome. A redoma de vidro que me protegia das más lembranças rachou e se espatifou em mil pedaços ao ouvir aquelas duas palavras.

...Ao ouvir o nome de minha mãe.

Meu semblante mudou por completo. Foram-se embora o desconforto, a dúvida, a apreensão e o sarcasmo. Em seus lugares restava agora apenas um rosto desprovido de qualquer emoção – um grande vazio desesperador. Mark percebeu a mudança repentina e a acompanhou, ficando sério como não havia ficado até então.

– Por que você tem uma carta dela? – quebrei o silêncio abruptamente.

– Lucy a deixou comigo dias antes de morrer. Fez-me prometer observá-lo de perto durante o seu crescimento e entregá-la a você caso os seus poderes se manifestassem, o que pude comprovar ter acontecido nesta manhã.

Um novo silêncio mortal invadiu o quarto. Instantes depois, balbuciei com dificuldade:

– Mas... c-como...? Por que você–

– Sua mãe também era uma switcher, Lucas – Mark interrompeu-me novamente.

Antes, eu não sabia o que falar. Agora, com mais aquela informação absurda, não sabia nem mais o que pensar. Ele continuou:

– E uma das melhores. Ela era a líder do nosso grupo na época, e minha fiel parceira.

Abri a boca com os dentes cerrados contra a minha vontade. Não sei dizer precisamente qual era a emoção que circulava pelo meu corpo naquele momento, mas com certeza havia algo intenso ali. Percebendo, o homem de sobretudo interveio:

– Lucas, nós sem dúvida temos muito o que conversar, e estou certo de que você tem inúmeras perguntas a fazer, mas penso que antes deveria ler a mensagem que sua mãe lhe deixou. Por isso...

O homem cessou sua fala de repente. Perdido, passou a mão pelos bolsos do longo casaco em busca de algo, contudo não o encontrou. Então, com um estalo de dedos da mão direita, lembrou-se de alguma coisa, pediu licença – como um bom cavalheiro faria – e correu para fora do quarto enquanto eu espremia os meus olhos, tentando compreender o que havia acontecido. Pouco tempo depois, Mark voltou às pressas carregando sua maleta de couro em uma das mãos. Sentou-se novamente na mesma cadeira giratória, apoiou o objeto nos joelhos e o abriu com um som estranho após digitar uma combinação no pequeno teclado embutido no topo. Não pude ver o interior da maleta, mas Mark retirou um pequeno envelope e um cartão de dentro.

– Aqui está, como prometido – ele disse enquanto me entregava o envelope amarelado envelhecido pelo tempo. Agarrei-o com receio; tive a impressão de se tratar de uma carta longa, pois o envelope era pesado.

Após alguns instantes observando o estado inconsolável a que eu fora reduzido, Mark meteu a mão em um dos muitos bolsos do sobretudo marrom e produziu um antiquado relógio dourado. Olhou-o e disse, com movimentos exagerados:

– Céus, está tarde! Creio que minha missão para este dia foi concluída, então, com a sua permissão, irei me retirar. Peço mais uma vez perdão pelo incômodo, mas, como acredito que seja um homem honroso e compreensível, imagino que não guardará nenhum rancor por outro cavalheiro que estava simplesmente cumprindo uma promessa que fez à sua falecida amiga.

Aquela maneira extremamente polida de falar estava começando a me irritar um pouco.

Mark levantou-se e estendeu a mão com o pequeno cartão que havia retirado anteriormente da maleta entre os dedos.

– Não sei o conteúdo exato dessa carta, mas tenho certeza de que, ao terminar de lê-la, você precisará tomar uma decisão. No entanto, seja qual a for sua escolha, este cartão o ajudará a me encontrar.

Tomei o cartão retangular. Mark esticou o braço esquerdo e pôs a mão sobre o meu ombro. Senti o peso e olhei para seu rosto, que possuía uma expressão calma e agradável.

– Espero que possamos nos ver novamente, Lucas Killian.

E assim, com essa estranha despedida, meu perseguidor imaginário, não tão imaginário assim, desapareceu no corredor apertado que se estendia a partir da porta de madeira do meu quarto. Depois, pude ouvi-lo dizer ainda, ao longe:

– Ah, e não se esqueça de trancar bem a sua porta! Nunca se sabe quem poderá entrar na sua casa quando você não estiver olhando!

O som metálico da porta sendo fechada veio logo em seguida.

Permaneci sentado daquele jeito por um tempo, segurando a carta nas mãos um pouco trêmulas. A vontade de abri-la era grande, mas havia uma força maior, um poderoso instinto interior me impedindo de fazê-lo.

Buscando algum tipo de conforto, olhei para a lua cheia que brilhava imponente no céu. Então, lembrei-me de que ainda estava vestindo a mesma roupa suada que usara durante todo o dia, e que provavelmente já passava da meia-noite. Puxei a gola da camisa e senti o mau cheiro inevitável.

Preciso tomar um banho, concluí.

Capítulo 2

Legado

Tropeço no pé de alguém.

Caio.

Mais um prato se quebra.

Sairá do meu salário.

Desolado e fora de mim, ouço mais uma bronca exagerada do meu chefe, acompanhada por dezenas de perdigotos que me molham a cansada face, provocando nojo. Livro-me dos cacos daquilo que já foi um dia um lindo prato branco de porcelana com o logotipo do famoso restaurante que ninguém conhece, o Havanna.

Lavo o rosto na pia suja do banheiro dos funcionários.

Repeat.

Era o terceiro dia após o primeiro contato com o misterioso e irritante, embora curiosamente fascinante, Mark Alguma-Coisa.

...Francamente, toda aquela pompa e ele nem ao menos me disse o seu sobrenome.

Não fora à faculdade desde então – não me julgava em um estado no qual seria capaz de compreender qualquer coisa dita pelos professores.

Felizmente para mim, um estudante pode se dar ao luxo de matar algumas aulas quando necessário.

...Infelizmente para mim, um homem assalariado que trabalha para garantir o próprio sustento não possui luxo algum.

Portanto ali estava eu, reduzido a um garçom-robô desprovido de qualquer traço de inteligência, quebrando pratos e ouvindo broncas.

C'est la vie, non?

Ao final do expediente repeti o mesmo ritual de sempre: troquei de roupa, ouvi Luiz reclamar novamente da mãe – e seu novo namorado – para Tito e escutei os gritos estridentes de Mei ao celular, acompanhados dessa vez por uma tosse forte que tornava a minha hipótese do cigarro cada vez mais plausível. A rotina tediosa encontrara uma maneira de me manter são, apesar de tudo.

Saí. Decidi ir de ônibus para evitar andar. Peguei o errado e fui parar do outro lado da cidade. Voltei caminhando o dobro do percurso original porque não tinha dinheiro o suficiente na carteira para pagar outra condução. Parei em um parque, comprei um refrigerante barato e sentei-me num banco desconfortável em frente ao chafariz futurístico iluminado pelas sete cores do arco-íris.

As gotículas me molhavam enquanto eu olhava para os meus próprios pés. Mexia os dedos dentro dos tênis brancos e vermelhos de uma marca famosa – parcelados em algumas vezes. As unhas roídas em minhas mãos apoiadas nos joelhos brilhavam com as luzes dançantes do chafariz. Vi as horas no celular: sete e meia da noite.

A praça ficava a apenas alguns minutos do meu apartamento, mas eu quis ficar ali mais um pouco – não estava com pressa, afinal. Pessoas passavam por mim constantemente, mas eu, de cabeça baixa, só via seus calçados e sombras deslizarem sobre a ardósia reluzente do chão. Quando as oito horas foram anunciadas costumeiramente, com os guardas fechando os grandes portões de ferro do parque enquanto pediam *educadamente* aos transeuntes que se retirassem do recinto, levantei-me e fui para casa.

Cruzei a porta do apartamento de número 407. Tranquei-a e pendurei as chaves no pequeno gancho de metal atrás, próximo ao olho-mágico. Sobre o balcão ainda repousava a pequena chave prateada que Mark trouxera há três noites e deixara ali – provavelmente durante o seu discurso de como *não se deve esquecer de trancar bem a sua porta*. Larguei a mochila num canto. Atirei-me ao sofá.

Rotina.

Gustav veio. Roçou em meu braço pendurado e miou algumas vezes, mas logo perdeu o interesse e foi para algum lugar fazer alguma coisa felina. Olhando para o vazio, pensei. Procurava algo que não sabia o que era, e não o encontrei. Resolvi então tomar um demorado banho, esperando que uma resposta aprazível para as perguntas que eu não fizera me viesse à mente feito mágica.

Saí do banheiro acompanhado por uma nuvem morna de vapor e pelo cheiro agradável de sabonete e xampu. Quase me senti vivo outra vez, mas logo que cheguei ao meu quarto e troquei a toalha na cintura pela roupa de dormir, vi aquele objeto sobre a mesa do computador e lembrei-me do inferno que estava vivendo nos últimos dias.

Até quando irei continuar fugindo?, refleti à medida que me sentava na ponta da cama, fitando o pequeno envelope amarelado. Sabia, no fundo, que enquanto não juntasse a pouca coragem que acreditava ter e enfrentasse de uma vez o problema, jamais encontraria paz novamente. Procurei pela minha amiga Lua na janela, mas ela estava ocultada pelas grossas nuvens cinza-escuras que pairavam sobre a cidade. *Vai chover amanhã*, pensei, tentando fugir até mesmo dos meus pensamentos.

Meu celular, que se encontrava sobre o criado-mudo rústico próximo à cama de solteiro, vibrou. Checando em sua tela, percebi que tinha mais de dez ligações perdidas, duas das quais eram de Maggie e todas as outras – inclusive a mais recente, que provocou a vibração – de Greg. Tive vontade de retornar as chamadas e dar notícias – sabia que ambos estavam preocupados com a minha ausência não justificada –, mas não encontrei ânimo. Atirei o objeto na cama e me deitei, exausto.

De repente um forte vento entrou pela janela, sacudindo violentamente as cortinas e trepidando o vidro. Ergui o corpo em reflexo, bem a tempo de ver a rajada varrer todos os papéis empilhados sobre a mesa do computador e fazê-los voar em círculos pelo quarto, caindo espalhados em diferentes locais em seguida. Soltei o palavrão que estava entalado na garganta o dia inteiro e saltei da cama, pondo-me a recolher as folhas, irritadíssimo.

Eram anotações da faculdade, provas passadas, listas de compras, folhas avulsas contendo pequenas mensagens e memorandos – o tipo de coisa que se deve guardar em uma gaveta, algo que eu definitivamente faria caso houvesse alguma livre naquele quarto minúsculo. Fechei a janela com força e, após juntar a maior parte dos papéis, vi uma folha vadia que conseguira entrar no pequeno vão entre a cama e o piso de madeira. Bufando de raiva, abaixei-me e a peguei, o que me fez pensar que provavelmente haveria outras que haviam sofrido o mesmo destino daquela quando foram atacadas pelo vento. Fiz uma coluna improvisada com os papéis já recolhidos sobre o criado-mudo e engatinhei até a lateral da cama para levantá-la e procurar por alguma folha fujona.

Tive a impressão de estar bem mais forte do que o normal, por algum motivo. Isso porque levantei aquela cama pesada, a qual sempre tivera dificuldade para erguer, com quase nenhum esforço, sendo capaz até mesmo de mantê-la no ar com apenas uma das mãos enquanto tateava o chão empoeirado abaixo com a outra, em busca de alguma folha perdida.

E então, com a ponta de meus dedos, achei algo de papel. Puxei e assoprei a pequena coisa retangular para tirar a poeira de cima – que me incomodou o nariz ao voar para todas as direções – e pude finalmente reconhecer o objeto em minha mão.

Já tinha sido branco algum dia, mas agora era extremamente amarelado, envelhecido pelo tempo.

Era um envelope endereçado a mim.

Apoiei meu corpo sobre as pernas dobradas e desci a cama com cuidado para não fazer barulho e incomodar os vizinhos do 307 – era um casal de velhinhos, e reclamavam até mesmo das patinhas de Gustav quando ele inventava de correr pelo apartamento, caçando algum inseto. Naquela posição, fiquei pesando em uma balança imaginária os prós e os contras de abrir aquele envelope e ler aquela carta. A aflição e a angústia geradas pela possibilidade de receber a mensagem em que constavam as últimas palavras de minha mãe para mim crepitavam-me a espinha como uma serpente de gelo, que formigava e enrijecia minhas extremidades à medida que espalhava seu frio mortal por todo o meu corpo, impedindo que eu largasse o objeto. Contornando meu pescoço, a cobra imaginária me tirou o ar momentaneamente, constringindo a garganta com força. Tentei engolir em seco, mas não consegui.

Compreendendo que aquele sufoco não teria fim enquanto eu não tomasse uma atitude, rasguei o envelope; meu rosto transparecia o quão ansioso, curioso e verdadeiramente assustado eu estava. De dentro, tirei uma folha dobrada e a abri, enquanto punha o envelope que tinha mais alguma coisa em seu interior no chão. A carta estava escrita à mão em tinta azul.

Em silêncio solene, li:

Querido filho,

Primeiramente, peço desculpas por não estar presente em sua vida da forma como ambos gostaríamos que eu estivesse. Fui uma péssima mãe e fiz péssimas escolhas que trouxeram consequências desastrosas para você, seu pai e muitas outras pessoas, e isso é algo em mim que eu jamais serei capaz de perdoar.

Se você está lendo esta carta neste instante, isto significa que Mark cumpriu sua promessa, exatamente como eu acreditei que ele o faria. No entanto, também significa que você infelizmente se tornou herdeiro da mesma maldição responsável pela minha ruína, e por isto eu sinto muito.

Como o nosso tempo é curto – a qualquer momento eles podem me encontrar, afinal –, não poderei responder a todas as suas perguntas que, tenho certeza, são muitas. Logo, escreverei aqui apenas as informações essenciais, deixando as demais por conta de Mark e os seus.

Bem, vamos começar.

Como imagino que já saiba a esta altura, nós – você incluso – somos switchers. *Como o nome sugere, nós fazemos trocas, isto é, trocamos de corpos com outras pessoas. Usamos isso para ficarmos mais fortes, ágeis, habilidosos e inteligentes à medida que absorvemos as características e memórias das pessoas invadidas.*

Aposto que tudo isso soa incrivelmente mesquinho, e você neste momento deve estar pensando que não passamos de sanguessugas exageradas, mas, embora eu gostaria muito de refutar esta linha de pensamento, infortunamente não sou capaz.

Entenda uma coisa, filho: esse poder pode de fato ser considerado um dom, algo que nos coloca um passo adiante na escala evolutiva como muitos insistem em acreditar; mas, para mim e meus companheiros, como eu disse no início desta carta, algo que traz tamanho desespero, dor, culpa e sofrimento não deve receber nenhum outro nome a não ser maldição. *Nunca foi minha intenção arrastar você e seu pai para este mundo cruel – pelo contrário: fiz de tudo ao meu alcance para mantê-los o mais distantes dele quanto possível. Mas ainda assim, por razões maiores do que eu, aqui está você, lendo esta mensagem horrível carregada de desculpas e recomendações de uma mãe que você nem ao menos pôde conhecer como deveria. A vida é mesmo irônica, não acha?*

De qualquer modo, creio que, de tudo o que eu possa lhe dizer com este texto ridículo, os tópicos abaixo resumem grosseiramente o mais importante:

Primeiramente, confie em Mark e em seu grupo acima de tudo. Ele é a pessoa fora de nossa família em quem eu mais confio, e você sempre estará seguro ao seu lado. Procure-o, faça o que ele diz, aprenda sobre nós e decida o que fará daqui para frente.

Seu poder é capaz de ajudá-lo, mas o preço que pagará por isso pode ser pesado demais. Tenha certeza de estar realmente disposto a arriscar tudo, inclusive a si mesmo, caso escolha usá-lo.

Há muitos perigos na vida de um switcher. A prova disto é que eu, que fui considerada por muito tempo a switcher mais poderosa de N. Atlantis – e uma das mais poderosas e influentes de todo o mundo – fui vencida por um inimigo do qual nem sequer se sabe o nome. A partir do momento em que você aceitar esta realidade, ela o perseguirá a todo tempo, para todo o sempre.

E o mais importante de tudo: proteja a si mesmo sempre. *Você é o maior tesouro de toda a minha vida, e eu não quero nem mesmo imaginar um futuro no qual você não esteja presente. Se há algo de louvável em tudo o que fiz até hoje, com certeza foi ter dado à luz ao homem forte, bom e valoroso que estou certa de que você se tornou. Seu pai e eu nos orgulhamos muito de você, e não tenho dúvidas de que continuaremos nos orgulhando cada vez mais. Por isso viva, e viva feliz.*

E, para concluir, digo as palavras que deveria ter dito no começo deste comunicado infortuno:

Eu te amo, Lucas. Deus sabe o quanto eu gostaria de estar apoiando a sua cabeça em meu colo agora, acariciando os seus cabelos enquanto compartilho com você o meu desgraçado e desonroso mundo. Mas, infelizmente, eu morri defendendo da melhor maneira que pude aquilo que mais me era importante: a minha família. Espero que você e seu pai possam me perdoar por ter tão egoisticamente condenado o futuro dos dois, e que possamos nos reencontrar algum dia, em algum lugar, sorrindo e nos amando por toda a real eternidade.

Daquela que mais o amou, ainda que indigna de tal feito, sua tola mãe, Lucy K.

Sorrateira, uma lágrima. Parou no meio da bochecha esquerda, mas foi logo atingida por uma segunda gota gorda, formando uma ainda maior e se desprendendo do meu rosto, estalando forte na madeira do piso em seguida.

Meus lábios tremiam muito. Abriram-se um pouco por um segundo e o ar escapou deles, no entanto nenhuma palavra foi dita. Pareciam querer dizer *mãe*, mas não tenho certeza.

Quando começava a recolher a carta para guardá-la novamente no envelope, ainda com o rosto ensopado, notei que havia uma última dobra no rodapé da folha. Com a ponta do dedo, puxei a tira de papel para baixo, o que revelou a existência de mais algo escrito:

PS: Deixo também para você, neste mesmo envelope, duas pequenas lembranças singelas. Não são muita coisa e jamais conseguirão preencher o enorme vazio que sei ter deixado em seu coração, mas espero sinceramente que sejam capazes de pelo menos por um lindo sorriso no seu rosto sempre que olhar para ambas.

Olhei para o envelope repousado no assoalho enquanto colocava a folha amassada sobre a cama. Peguei-o e o sacudi de leve, tentando adivinhar o que havia dentro. Ouvi o barulho de algo que se assemelhava a metal. Virei o envelope com a abertura para baixo sobre a minha palma esquerda e caíram de dentro um cordão e uma fotografia.

A palma continuou sustentando o cordão pesado. Com a outra mão, ergui a foto e olhei fixamente para ela. Era uma relíquia, provavelmente uma das últimas em uma era em que quase tudo é digital. Tinha um formato retangular – um pouco menor que um *tablet* dos modelos mais baratos – e bordas brancas. A imagem, meio envelhecida, era a de uma família: um pai sorridente à esquerda, segurando nos braços um bebê que aparentava ter alguns meses de idade, e uma mãe, beijando de olhos fechados a testa do mesmo bebê enquanto segurava os longos cabelos castanhos sobre a orelha com uma das mãos – a outra parecia estar envolvendo a cintura do pai.

As lágrimas se intensificaram. Não disse uma só palavra, mas queria dizer várias. As cachoeiras salgadas entraram pelos cantos da minha boca, que se abrira sem o meu consentimento e formara o maior sorriso que eu havia dado em toda a minha vida.

Mudando o foco do meu olhar turvo da fotografia para o cordão, reconheci seu *design*. Tinha uma corrente de prata e um grande pingente do mesmo material – uma cruz simples, sem nenhuma ornamentação ou pedra preciosa, idêntica à usada pela mulher na imagem em minha mão direita.

O sorriso diminuiu – não sorria havia alguns dias, e a musculatura da minha boca doía um pouco. Pus a foto sobre a cama, ao lado da carta, e usei as duas mãos para esticar a corrente e prender o cordão em volta do pescoço. Depois do clique atrás da nuca, levantei-me do chão e segui até o armário para ver meu reflexo no espelho da porta.

Foi ao ver aquela imagem refletida – lágrimas secando na face e o cordão suspenso no peito – que eu finalmente tomei minha decisão.

Não foi uma decisão clichê, como *vingar minha mãe*.

Nem uma decisão fútil, como *ser melhor do que ela*.

Muito menos uma decisão ridícula, como *provar que um futuro diferente era possível*.

Apenas decidi abraçar aquela herança desafortunada. Aceitei o mal que destruiu a minha família para poder continuar vivendo.

Enfrentaria o mundo desconhecido que começara a me engolir.

Transformaria uma maldição em bênção.

Apertei firme o pingente com uma das mãos. O rosto estava sério, determinado.

Saí do quarto e fui preparar o jantar.

Macarrão instantâneo.

■ ■ ■

No dia seguinte, matei mais uma aula.

Dessa vez não criei nenhuma desculpa esfarrapada, pois tinha um ótimo motivo – ou pelo menos era disso que eu tentava me convencer.

Terminara o café da manhã preparado às pressas e arrumava os cabelos, quando ouvi a campainha tocar.

– Mas quem...? – resmunguei ao ouvir o som agudo. Ajeitei os últimos fios de cabelo que teimavam em ficar de pé e saí do banheiro rumo à porta cinza.

No caminho, tentei fazer um levantamento de todos os indivíduos que poderiam estar à minha porta naquela hora da manhã – devia ser algo em torno das nove. Vários nomes ecoaram pela minha mente, mas somente dois se manifestaram mais intensamente:

Mark e Greg.

Sabendo que o primeiro não voltaria a me visitar – sua chave continuava pegando poeira sobre o meu balcão –, estava quase certo de que se tratava do meu amigo inconveniente. Chegando à porta, inclinei-me para apoiar as mãos em sua superfície e espiei através do olho mágico. Incapaz de ver qualquer coisa, cheguei a duas conclusões:

a) Greg estava do outro lado da porta.

b) Ele pusera o dedo no olho mágico para bloquear minha visão.

Com mais pena do que raiva daquela criatura incrivelmente infantil, suspirei e tirei a chave do pequeno gancho de metal. Abri a porta e dei de frente com meu colega de classe, que ainda tinha o braço esticado e o indicador apontado bem para o meio do meu nariz.

– Gregory Summers... que surpresa agradável – eu falei, monotonamente. Meu sarcasmo triplica quando estou de mau humor.

Greg retraiu o braço e o relógio em seu pulso fez um pequeno som. Levou a outra mão à boca, com o punho fechado, e pigarreou fundo. Olhou para mim e disse:

– Por acaso o senhor se esqueceu novamente de que nós estudamos em uma faculdade, Sr. Killian? Três dias e nenhum comunicado! Isso lá são modos?

Entrei na brincadeira:

– Mil perdões, Sr. Summers. Não pelo ato de não ter participado das recentes atividades acadêmicas como o esperado, mas por ter me olvidado de avisar tanto ao senhor, meu querido amigo, quanto aos mestres da Academia Hansford. Porém, se o senhor me der a honra de sua ilustre atenção por alguns meros instantes, tenho certeza de que compreenderá que os motivos por trás de tal comportamento não apenas são extremamente compreensíveis, como também o justificam por completo.

– Humm... entendo. Neste caso, por favor, meu bom homem: poderia conceder-me permissão para adentrar em sua humilde residência?

– Ora, pois entre! Será meu prazer.

Rimos juntos e nos abraçamos fraternalmente. Greg entrou e eu o conduzi até meu quarto. Sentamos, ele na cama e eu na cadeira.

– Então, o que houve? – ele indagou, sem rodeios. Greg me conhecia –, sabia muito bem que eu não sou o tipo de pessoa que faltaria a tantas aulas sem aviso por algum motivo trivial. Por ser o único a quem eu havia contado o meu pequeno segredo, era também o único que sabia do meu poder.

...Bom, pelo menos era o que eu pensava até algumas noites atrás.

O clima descontraído que havia permitido a nossa brincadeira boba na entrada do apartamento fora agora substituído por algo pesado. O tom de Greg era genuinamente preocupado e seus olhos exibiam desconforto e ansiedade.

Em sintonia com a seriedade do meu amigo, eu respondi:

– Algo grande, Greg. Enorme.

– Tem a ver com *aquilo*, não é?

– Tem *tudo* a ver com *aquilo* – eu disse enquanto punha a mão na testa. Alguns fios de cabelo caíram por cima dos dedos.

– Fala de uma vez! O que aconteceu?

– Eu... – respondi, olhando para os tênis azuis do rapaz – recebi uma herança.

Greg arregalou os olhos.

– Uma herança? De quem? – perguntou.

– Minha mãe.

– Sua *mãe*? Mas você não é–

– Órfão, sim – eu o interrompi. – Ela se foi há muito tempo, mas somente agora recebi o que deixou para mim.

– Mas o que essa herança tem a ver com *aquilo*?

– *Aquilo* é a herança, Greg.

Meu amigo coçou a cabeça; seu cabelo crespo fez um farfalhar engraçado à medida que um dedo se perdia em seu interior. – Por favor, elabore – ele pediu, retornando a mão ao lençol bege da cama.

– Hum – suspirei. Por onde começar?

Virei o corpo para a direita e peguei a carta que estava sobre a mesa do computador. Segurei-a no colo e comecei a dizer calmamente o pouco que sabia para o meu amigo curioso, que ouviu tudo com muita atenção. Após o término da narração do meu encontro com Mark, entreguei o envelope velho a Greg, que o abriu com cuidado, desdobrou o papel em seu interior e o leu em silêncio. Pegou a fotografia em seguida, fitou-a meticulosamente e a recolocou dentro do envelope. Guardou também o papel e olhou-me rapidamente, depois suspirou e jogou-se de costas na cama, com os braços cruzados atrás da cabeça.

Ficou daquele jeito por uns dois minutos. Parecia ponderar enquanto olhava fixamente para o grande quadro de moldura grossa que adornava altivo a parede sobre o computador. Fiquei observando-o sem pressa, esperando que ele assimilasse tudo o que acabara de ouvir e ler em seu próprio ritmo.

– Sabe – falou –, não importa quantas vezes eu o veja, esse quadro sempre me provoca uma sensação estranha.

Olhei para a pintura.

– Que sensação? – perguntei.

– Não consigo descrever. Algo... ambíguo. Nunca sei se o acho romântico ou trágico, se me sinto alegre ou melancólico ao observá-lo.

– Ele é mesmo fascinante, não é?

– Sim. Não é à toa que é o seu favorito. Como se chama, mesmo?

– *O Beijo* – respondi com orgulho.

– Redon?

– Klimt.

– ...É lindo.

– E devia ser mesmo! Essa réplica me custou quase um mês inteiro de salário!

Rimos em uníssono. Greg ergueu-se e ficou de frente para mim, ainda sentado.

– Então... um switcher, hã? – ele disse.

– É. Insano, não acha?

– Completamente absurdo! Um poder tão incrível e esse é o melhor nome que conseguiram pensar? Em séculos?! Ridículo! Ridiculamente ridículo! – ele respondeu, cruzando os braços como se estivesse realmente zangado.

– Não é?! – concordei, sorrindo.

Rimos mais uma vez. Greg continuou:

– Ok, e agora? O que vai fazer?

Tirei do bolso dos jeans o pequeno cartão e o mostrei enquanto segurava-o com dois dedos.

– Mark me deu isto. Disse que ajudaria a encontrá-lo.

– E ajudou?

– Veja você mesmo – falei enquanto entregava-lhe o objeto. Era preto e laminado. Tinha um brilho envernizado e aparentava ser de altíssima qualidade. Em um dos lados não havia nada, mas no outro...

– ...Um gato prateado?

– É um lince, Greg.

– Gato, lince, tigre, tanto faz! Em que isso ajuda a encontrar esse tal de Mark?

– Não muito, na verdade. Quero dizer, uma pessoa normal teria a mesma reação que você acabou de ter... – levantei-me, com ar narcisístico – ...mas eu estou longe de ser uma pessoa normal, não é mesmo?

– ...Sou forçado a concordar – Greg disse, acompanhando-me com os olhos.

– A chave está nas características que diferenciam um lince de um gato comum. Está vendo? – Aproximei-me e apontei para a figura no cartão; era apenas a silhueta prateada de um felino, e não se podia distinguir a compleição ou sequer o padrão das listras – ou manchas – em seu corpo.

– O que exatamente estou vendo?

– As orelhas. Têm umas pontinhas de pelo saindo das extremidades. Vê?

– Vejo.

– Então, isso é próprio de linces. Além disso, o corpo longo e esguio, essa pelagem espessa e a cauda pequena também são muito diferentes dos de um gato comum. É só comparar com o Gustav que, mesmo sendo novo e estando em ótima forma, não se parece em quase nada com o da imagem.

– Ok, estou convencido: é um lince. E daí?

Soltei um risinho.

– É agora que a coisa fica interessante. – Girei a cadeira e sentei-me outra vez. O encosto estava à minha frente e eu apoiava o peito nele. – Tudo o que eu tinha era um animal e uma cor. Realmente seria impossível achar uma pessoa ou um grupo que se oculta do resto da sociedade com tão pouca informação, correto?

– Evidente que sim.

– Contudo, meu caro Gregory, essa não foi a única pista que Mark deixou em sua breve visita no outro dia.

Greg curvou as costas e semicerrou os olhos.

– Continue – ele disse, após uma breve pausa.

– Pegue a foto novamente.

Ele abriu o envelope e tirou a foto de dentro.

– O que tem ela? – perguntou.

– Vire-a e olhe atrás.

Ele o fez. No verso da foto, escrito no canto inferior direito, havia um nome e uma data.

– Leia em voz alta – comandei.

– Vinte e dois de novembro de 2012... – pausou e arregalou os olhos – ...no *Lince de Prata*!

– Bingo – falei, sorrindo com o canto da boca.

– Mas o quê...?

– É um bar! Olha! – exclamei, apontando para o balcão de mogno atrás do homem – meu pai – na imagem. Havia uma daquelas... como se chamam, *torneirinhas de bebida*? Enfim, aquilo que os barman usam para encher copos e copos de diversos trabalhadores cansados durante o *happy hour* todas as sextas à noite – de acordo com o meu ínfimo conhecimento a respeito do assunto, pelo menos.

Greg pareceu ponderar por um tempo. Depois pôs a mão no queixo e disse, devagar:

– Então... você acha que esse Mark o está esperando num bar chamado Lince de Prata em algum lugar da cidade. É isso?

– Tem que ser isso.

– Você sabe que existem literalmente centenas de bares em Atlantis, não é?

– Sim, e é aí que entra o motivo da minha ausência na aula de hoje. Passei grande parte da madrugada pesquisando na internet por qualquer vestígio do Lince de Prata, mas não encontrei nada. Por isso, estava me preparando para sair e reunir informações, quando você resolveu bater à minha porta.

– Eu toquei a campainha.

– Que seja!

Greg respirou fundo.

– Deixa eu ver se entendi: você vai mesmo gastar o seu dia inteiro, perdendo mais aulas e um dia de trabalho, em uma caça ao tesouro ridícula que parece ter saído de um filme da década de 1980, daqueles com crianças e um cachorro, pra tentar achar um bar cuja existência foi apenas sugerida por meio de uma sumarização doida de informações inverossímeis que você tirou de um cartão de visitas e uma foto de dezenove anos entregues por um homem que conheceu há três dias? – disparou em um único fôlego.

Confiante, respondi:

– Sim, vou.

Meu amigo parou para recuperar o ar perdido. Sentou-se novamente na cama – tinha se levantado um pouco, sem perceber –, abaixou a cabeça e levou a mão rudemente contra a própria face, com um estalo.

– ...Merda – ele disse, a voz abafada pela mão grande.

– O que foi?

– Eu vou com você – rosnou.

Sorri.

– Eu sei.

■ ■ ■

– Está com fome?

– Estou, por quê?

– Porque está tão quente que acho que daria pra fritar um ovo nesse asfalto...

– ...É mais fácil pararmos pra comer alguma coisa naquele restaurante, Greg.

Já passavam das duas da tarde e o sol havia castigado os nossos escalpos por horas desde que saímos do meu apartamento. Andamos a esmo a princípio, perguntando para algumas pessoas se elas faziam alguma ideia de onde ficava o bar, mas não obtivemos sucesso algum. Passamos pela polícia, mas ninguém dentro havia sequer ouvido aquele nome – alguns inclusive riram por pensarem ser um nome extremamente bobo para um bar. Em seguida, Greg lembrou-se da biblioteca pública de Neo Atlantis e decidimos ir até lá procurar por mais informações em seus intermináveis arquivos.

Gastamos boas horas dentro daquele paraíso do passado. O cheiro dos livros velhos já estava impregnado em nossas narinas e as mãos ficaram levemente cortadas de tanto folhear páginas. Procuramos em catálogos, notícias e livros de variados gêneros, mas não encontramos nada.

Foi apenas quando resolvi olhar sem compromisso uma biografia que estava pegando poeira numa prateleira esquecida que topei com um nome:

Sophie Beauchamp.

Ela era, aparentemente, uma conceituadíssima crítica de estabelecimentos alimentícios em geral, que se vangloriava de conhecer e criticar severamente *todos* os restaurantes e bares das cidades por onde passava. A biografia, repleta de feitos incríveis que ninguém se importa, trazia um dossiê completo relativamente atualizado sobre Beauchamp em uma versão razoavelmente recente, publicada há uns dois ou três anos.

Ao folhear o livro, procurando por qualquer referência ao famigerado bar desconhecido – sem sucesso, mais uma vez –, cheguei às últimas páginas, em que havia um texto nauseante que encerrava a biografia com a última notícia que se tinha sobre a crítica na época:

A incrível Sophie Beauchamp estava prestes a iniciar sua mais nova empreitada: avaliar rigorosamente todos os estabelecimentos da famosa nação independente Neo Atlantis ao longo dos próximos cinco anos, durante os quais estaria morando na imensa ilha artificial – em uma casa enorme, aposto.

Sentia que enfim estávamos nos aproximando da conclusão da caçada. Seria melhor se a biografia possuísse informações mais valiosas – como o endereço da velha, por exemplo –, mas o que ela nos ofereceu já nos colocava muito à frente, se comparado a como vínhamos progredindo até então. Fizemos uma nova pesquisa e encontramos dezenas de artigos contendo suas críticas em diferentes revistas, mas nenhum sinal do Lince de Prata em lugar algum.

Assim, concentramos nossos esforços em encontrar a própria Beauchamp, certos de que a resposta para a charada estava com ela, de alguma forma. Decididos, deixamos a biblioteca e caminhamos até o ponto de ônibus de onde partiria a condução que nos deixaria perto do bairro mais elitizado da cidade; certamente, com o status e poder aquisitivo que Sophie possuía, era lá que encontraríamos sua mansão. Digo perto, logicamente, porque não circulavam ônibus por aquele lugar – caso contrário, destruiria a imagem impecável da vizinhança e lembraria a seus residentes de que, para que eles mantivessem suas fortunas, alguns milhares eram obrigados a usar transporte coletivo todos os dias pela vida inteira.

A ideia era usar o meu poder em algum ricaço de meia-idade e procurar em suas memórias por qualquer informação que nos aproximasse de Beauchamp. Não sabia como faria isso, mas mamãe havia comentado em sua carta algo sobre como *nós* conseguíamos fazer esse tipo de coisa, então confiei nela e apostei minhas fichas nessa habilidade extraordinária que não fazia a menor ideia de como usar.

Após descermos do ônibus e sermos recepcionados pelo calor fustigante que não deveria estar presente naquela estação – principalmente considerando o frio das últimas semanas –, caminhamos pela calçada brilhante, até que Greg resolveu fazer a sua péssima piada do *ovo e o asfalto*. Interpretei a ação como um pedido para pausar nossa busca e comer alguma coisa.

Desse modo, aliando a sua fome à minha, que também era grande, sugeri almoçarmos em um restaurante próximo, o Magnólia.

– E para beber, senhores?

– Um suco de laranja, por favor.

– Refrigerante. Qualquer um está bom.

Com uma reverência sutil, o garçom extremamente bem-vestido se retirou. Era estranho ser servido por outra pessoa, então não pude evitar de me sentir um pouco desconfortável. Greg brincava com um palito de dentes sobre a mesa e lambia os lábios secos, que ansiavam pelo refrigerante gelado.

– Oito pratas por um suco? Onde este mundo vai parar? – pensei em voz alta enquanto balançava a cabeça. Olhei para meu amigo, que estava completamente absorto em seu passatempo com o utensílio descartável, e perguntei, tentando atrair sua atenção: – Enfim, quais são as aulas que estamos perdendo hoje?

– Você sabe que não gravo aulas, Lucas. Gravo professores – ele respondeu, ainda brincando com o palito. Aquele desdém costumeiro me irritou significativamente.

– É mesmo, esqueci. Quais são os professores de hoje, então?

– Eram. São duas e meia da tarde; as aulas já acabaram – ele falou sem emoção, enquanto segurava pelas duas pontas o palito e o envergava no meio.

Amassei o guardanapo em minha mão e respirei fundo.

– Quais *eram* os professores de hoje, Greg?

É preciso elogiar Greg e sua incrível habilidade de me tirar do sério em questão de segundos.

– Hum... – ele murmurou e finalmente me olhou, por trás do palito. – Jones e Batista. Por quê?

– ...Por nada – rosnei incomodado e apoiei o rosto na mão, desviando o olhar. – Só pra saber.

O palito frágil se partiu em dois; Greg pareceu desapontado. O garçom voltou elegantemente a nossa mesa, trazendo as bebidas. Tirei o cotovelo da superfície polida e pensei em aconselhar meu amigo a não beber tudo antes do prato principal chegar, mas a sua sede era tanta que achei melhor deixá-lo em paz e beber o meu suco em silêncio. Bem sei que servir as bebidas antes do prato principal é uma estratégia padrão que os restaurantes usam para induzir o cliente a gastar mais dinheiro com uma bebida extra, porém, embora a pratique constantemente sem remorsos em meu trabalho, ser vítima dela é tão desagradável que me fez sentir um pouco de raiva da minha própria profissão.

Cerca de vinte minutos depois, nossos almoços chegaram. Os preços eram um pouco altos, mas eu havia recebido meu salário no dia anterior e Greg, como sempre, carregava o cartão de crédito de seu pai.

Eu mastigava um suculento pedaço de carne quando ouvi um som agudo. Direcionei meus olhos para a fonte do ruído e constatei que se tratava de Greg, que, à minha frente, estupefato e com a boca aberta, deixara cair seu garfo – com um champignon ainda espetado na ponta – sobre o prato de porcelana.

Ligeiramente preocupado, balancei a mão na frente de seu rosto e fiz a clássica pergunta:

– Ei, você está bem?

A visão de Greg, que se focava em algo atrás de mim até o momento, encontrou-se com a minha de relance. Ele então fechou a boca e puxou o celular da mochila.

– ...Greg? – perguntei, e recebi um *shh!* como resposta. Ele passou o dedo repetidamente pela tela até encontrar algo que o fez olhar outra vez para o que quer que estivesse atrás de mim. Alternou o olhar entre aquilo e o celular diversas vezes, como quem tentava confirmar alguma coisa. Depois disso, apertou firmemente o aparelho, sorrindo de ponta a ponta, encarou-me e disse:

– Você, meu amigo, é uma das pessoas mais sortudas deste planeta.

Intrigado, franzi a testa.

– Eu discordo, mas por que diz isso?

– Lembra que eu tirei uma foto da velha, lá na biblioteca?

– Sim, lembro. – Aproximei-me enquanto Greg virava a tela do celular, que continha a imagem de Beauchamp, para mim. – Eu achei desnecessário você fazer aquilo, na verdade: bastou uma olhada rápida na foto da biografia para ser capaz de reconhecê-la caso a veja pessoalmente. Aquele nariz é impossível de se confundir ou perder de vista.

– Bem, eu não sou tão bom fisionomista quanto você, então achei melhor guardar a imagem para futuras consultas – ele disse e pôs o celular novamente no bolso da mochila. Observei o gesto com atenção.

– Você realmente deveria passar a guardar esse seu celular no bolso da bermuda, sabia? – adverti, fitando-o com ar de censura. – Você nunca atende de primeira porque não ouve o toque.

– Sabe muito bem que eu não o deixo na bermuda porque me incomoda quando sento.

– A culpa é inteiramente sua por ter comprado um modelo que mais se parece um *tablet* do que um celular, de tão grande que é – acusei, dando de ombros.

– Que seja, isso não importa! – Greg exclamou, fazendo um movimento esquisito com os braços. – Que mania de sempre mudar o rumo da conversa, Lucas!

– Oh, perdão – falei em tom sarcástico. – Por favor, continue.

– Pois bem, como eu ia dizendo... – Greg pausou por um momento. Pôs o dedo na testa, tentando se lembrar de algo, e disse, por fim: – Er... do que eu estava falando, mesmo?

Ele fazia uma cara tão hilária e confusa, que eu me arrependi mais tarde de não ter registrado em fotografia.

– Você falava do quão sortudo eu sou, por algum motivo – respondi, entediado.

– Ah, isso! – ele exclamou, chamando a atenção de duas senhoras na mesa vizinha. Constrangido, baixou o volume da voz e disse: – Às suas sete horas. Vire-se devagar.

Pendi a cabeça de leve e fiz uma expressão complicada. Greg continuou me olhando e sacudiu as mãos duas vezes, incitando-me a fazer como ele havia dito. Suspirei e girei o corpo sobre a cadeira elegante, e lá estava ela:

Cabelos pretos, pintados – as raízes brancas começavam a despontar no couro cabeludo; roupa elegante demais para o lugar em que estávamos; óculos redondos de armação fina pendurados num nariz enorme e protuberante que parecia afiado o suficiente para cegar alguém; unhas pintadas com um esmalte exagerado que de tão púrpura chegava a causar ânsia.

Sentada como uma dama e exibindo a mais fina etiqueta, a mulher que procurávamos: Sophie Beauchamp.

Inacreditável, pensei. *Simplesmente inacreditável!*

Girei no sentido oposto e tornei a encarar Greg; meus olhos estavam tão arregalados que os senti ressecar. Movi um pouco a cabeça como quem perguntava *isso é sério?*, e meu amigo fez um movimento curto, como quem respondia *sim, é isso mesmo*. Pus o cotovelo na mesa e suportei a cabeça pesada com os dedos. Respirei para me acalmar e conter o misto de alegria e ansiedade que me impelia a celebrar maravilhado aquele cenário absurdamente improvável que acontecia bem diante dos meus olhos.

Perdido em meus pensamentos, senti um peso em meu ombro esquerdo. Levantei a face e vi Greg, com um rosto compenetrado, assentindo com a cabeça e indicando que era a hora de agir. Respondi o gesto da mesma forma, ainda que um pouco relutante, e estiquei a coluna na cadeira, olhando para o lustre pendurado no teto do restaurante.

– Troca de lugar comigo? Esse vento frio está me matando – pedi enquanto movia os braços cruzados para cima e para baixo, como quem tenta aquecer os ombros. De fato o condicionador de ar estava operando em capacidade máxima, mas, como meu corpo continuava extremamente quente devido ao calor excruciante da rua, frio era a última coisa que eu sentia.

– Claro, sem problemas – Greg respondeu e se levantou.

Trocamos de cadeiras estrategicamente. Eu estava agora de frente para Beauchamp, observando-a engolir um pedaço de alface ou outra verdura qualquer. Fechei os olhos e comecei a me concentrar, quando–

– Lucas, ela está se levantando! – Greg sussurrou, quase gritando. Interrompido, abri os olhos e vi Sophie ficando de pé vagarosamente e indo para algum lugar. – Anda logo, tem que ser agora! – Meu amigo me apressou.

Fechei os olhos mais uma vez e redobrei a concentração. Repeti a mim mesmo o meu mantra ridículo e, antes que o pudesse concluir, já sentia o corpo fraquejar e os sentidos desaparecerem. Quando voltei a mim, estava vendo o mundo sob uma perspectiva diferente – sentia-me mais baixo e alguma coisa grande bloqueava parte da minha visão – e uma sensação esquisita percorria todo o corpo.

Eu era agora uma elegante senhora de idade avançada, em pé, no meio de um restaurante.

Meu plano inicial era abordá-la enquanto estávamos todos sentados, eliminando qualquer suspeita. Greg ampararia meu corpo para que ele não se chocasse com força contra a mesa, e eu teria todo o tempo do mundo para vasculhar as memórias de Beauchamp em busca de qualquer dado pertinente à nossa missão. No entanto, como ela havia se levantado precocemente, precisei agir de impulso para depois reformular minha tática no caminho.

Entretanto, a ação precipitada me colocou em uma enrascada sem precedentes, e eu fui forçado a tomar medidas drásticas. Mudo, retomei o trajeto original que Sophie percorria quando se levantou da cadeira. Sem entender, Greg me observou, em silêncio, enquanto eu desaparecia no corredor de paredes carmesins dobrando à esquerda.

O que acontecera foi simples, mas, em nossa pressa e desespero, tanto eu quanto meu amigo falhamos em interpretar a intenção da senhora de unhas berrantes.

Beauchamp não se levantara para ir embora. Nem mesmo havia pagado sua conta.

Ela estava, na verdade, simplesmente indo ao toalete.

Compreendendo a necessidade daquele corpo e temendo o pior, optei por continuar a ação iniciada por Sophie, mesmo que isso me colocasse em uma situação completamente desagradável, vergonhosa e humilhante. Sem cerimônias, e tentando disfarçar da melhor maneira possível que aquela senhora estava na verdade sendo controlada por um jovem homem de dezenove anos, cambaleei vagarosamente até o banheiro.

Nem preciso dizer que quase entrei no errado, não é? Graças a Deus não havia ninguém no banheiro masculino.

E, mais incrivelmente ainda, o feminino também estava vazio.

...Greg tinha toda a razão: eu realmente sou muito sortudo.

Passei pela porta e entrei no pequeno reservado de paredes marrons. O lugar cheirava a desinfetante barato. Lavanda, talvez.

Sentado na privada, extremamente envergonhado e perguntando a mim mesmo o que eu estava fazendo com a minha vida, aliviei o corpo que estava controlando. Por ser uma experiência que eu espero, algum dia, esquecer por completo, como se nunca tivesse acontecido em primeiro lugar, reservo o direito de não descrevê-la em detalhes.

Depois de dar a descarga e efetuar a higiene pessoal da melhor forma que consegui – tratava-se de outro corpo, afinal; era meu dever cuidar bem dele –, curvei o pescoço e fechei os olhos. Concentrado, tentei invadir a cabeça de Sophie.

Dois, cinco, sete minutos e nada. Havia memórias, sim, mas eram todas minhas; todas pertenciam ao indivíduo conhecido como Lucas Killian, não havia nenhum traço de Sophie Beauchamp em lugar algum. Contrariado, joguei o corpo para trás. O traseiro já estava dormente e eu sentia o sangue indo para extremidades para onde não deveria ir. Comecei a considerar me levantar e abortar a operação.

Entretanto, ao olhar para o interior da porta do reservado, notei algo escrito à caneta preta. Era uma única frase, parecia ser a letra de alguma música que eu não conhecia. Por um motivo ou outro, resolvi lê-la em voz alta:

– ...E então, simplesmente assim, você veio e ficou, pra depois sair de mim – murmurei apaticamente. A voz era rouca, rachada e rude aos ouvidos, que já não escutavam muito bem devido ao enorme tempo de uso.

E eis que, em mais uma manobra de sorte, eu havia sem querer encontrado o gatilho.

...Deus abençoe o vandalismo.

De súbito, mil coisas me vieram à mente. A primeira delas era a música. Não apenas sua letra, mas eu de fato a ouvi claramente, como se um aparelho de som a reproduzisse; era uma balada melancólica, dessas que se ouve ao término de um namoro. Depois, em uma cadeia de lembranças, novas memórias surgiam a cada segundo: a música lembrava uma pessoa, que lembrava uma cena de um filme longo, que lembrava um beijo demorado, que lembrava um piquenique durante um lindo crepúsculo, que lembrava um casamento suntuoso, que lembrava uma simpática casa verde, que lembrava um almoço farto, que lembrava uma briga barulhenta, que lembrava uma separação amargurada, que lembrava uma dor intensa e esmagadora, que lembrava...

O corpo tremia e a torrente de lembranças não parava, então tomei a única atitude que me restava para interrompê-la:

Estapeei o próprio rosto.

Bom, não era exatamente o meu próprio rosto, mas a dor pungente e a vermelhidão que a sucedeu sugeriam o contrário.

Depois que o estalo ecoou pelo banheiro vazio, o silêncio retornou e eu consegui ouvir meus pensamentos novamente.

Uma gota de suor caiu da ponta do nariz descomunal. Preocupado com o tempo que já havia passado, decidi arriscar ter outro surto memorial como o anterior e tentei mergulhar fundo na mente de Beauchamp pela segunda vez. Com o corpo ainda curvado, pus as mãos entre os cabelos ralos, tocando suas raízes. Procurava por um novo gatilho – um que liberaria a informação que eu fielmente cria que estava escondida dentro daquela cabeça cansada.

– Um bar – a voz rouca reverberou mais uma vez pelas paredes do espaço apertado. – Você está procurando por um bar...

Massageando circularmente o couro cabeludo calvo, empenhei-me em visualizar mentalmente tudo o que eu, em meu ínfimo conhecimento, julgava ser relacionado a bares: taças, canecas, garrafas, *torneirinhas de bebida*, mesas de sinuca empenadas com feltros rasgados, *jukeboxes* tocando músicas bregas, barmen entediados, bêbados barulhentos...

...Mas nada.

Frustrado, soltei o corpo, e foi então que tive uma ideia. Era um tiro no escuro, mas, tendo em vista a situação, era o suficiente para merecer uma tentativa.

Quando me reergui devagar para pô-la em prática, aconteceu.

A pressão sanguínea despencou drasticamente. O coração acelerou e a visão começou a embaçar e a escurecer. Em desespero, levantei-me assustado, abri a porta do reservado com um estrondo e fui até a pia de mármore. Lavei as mãos e o rosto. Olhei para o reflexo bizarro no espelho. Dei meia-volta e retornei trôpego para o corredor.

De volta ao restaurante, fui recepcionado com a aura perfurante de preocupação disparada pelos afiados olhos de Greg, que ainda segurava, por cima dos pratos, copos e talheres, o meu corpo original, que tentava cair sobre a mesa. Sem palavras, caminhei até os dois e estiquei a palma esquerda, pedindo ao único ser consciente sentado à mesa pequena de dois lugares para que não se movesse ou falasse, e, sem perder tempo, enfiei a outra mão no bolso dos jeans que o meu outro eu vestia.

Completamente estático e sem a menor ideia do que o espetáculo inesperado diante dele significava, Greg observou atônito enquanto aquela senhora segurava nas mãos enrugadas o cartão preto envernizado com a figura do lince prateado que seu amigo o mostrara mais cedo.

Fitando a imagem com extrema concentração, e ignorando o mundo à minha volta, tentei bloquear as memórias que eu, Lucas, possuía do símbolo, esperando que, dessa forma, a lembrança que Beauchamp mantinha escondida nos abismos de sua mente viesse à tona.

Não demorou nem dez segundos.

As pupilas se dilataram e as pálpebras oscilaram. Tombei um pouco para trás e olhei para cima, sem focar em nada. Instantes depois, pisquei duas vezes e o corpo se estabilizou. No entanto, a fraqueza e a perda dos sentidos se intensificavam de maneira pulsante.

Tendo conseguido o que queria, dei uma última olhada rápida para meu amigo. Acenei com a cabeça e em seguida o corpo de Sophie Beauchamp revirou os olhos e se estatelou violentamente contra o chão, alardeando todos no restaurante.

Garçons vieram correndo de todos os lados para amparar a senhora que recobrava os sentidos devagar, confusa e dolorida. A atenção de Greg estava voltada exclusivamente para a comoção, até que eu lhe toquei um dos braços que ainda suportavam o meu corpo. Ele se assustou a princípio, mas compreendeu tudo assim que viu que eu retomara o controle do ser à sua frente.

Em pouco tempo, a confusão se dissipou e a pseudo--celebridade idosa sentou-se e terminou sua refeição pacificamente. Ganhou até mesmo um copo de vinho por conta da casa.

...E depois o sortudo sou eu.

Terminamos nossos almoços – que esfriaram um pouco, infelizmente – e pagamos a conta logo em seguida.

Ficou mais caro do que eu esperava.

Culpei o suco.

■ ■ ■

– Lucas?

– Sim? – interrompi minha limonada para respondê-lo.

– Agora que sabemos pra onde ir, tenho uma pequena dúvida.

– Hum, e qual seria?

– Quando chegarmos lá... o que vai acontecer? – Greg ajeitou os óculos com o dedo médio enquanto perguntava.

Voltei à minha bebida. Antes que percebesse, estava sugando o ar e as últimas gotas do líquido com um som incômodo. Tirei o canudo de dentro da garrafa verde e comecei a mordê-lo no canto da boca.

– Não sei, Greg. Não pensei muito a respeito.

– ...Entendo.

– Minha mãe disse para confiar em Mark, e isso pra mim é o suficiente. Deixarei para me preocupar com o depois quando chegarmos lá. – Levantei-me com um salto. – Vamos, é esta estação.

– Ah, é mesmo.

Saímos do metrô. Era uma estação pouco utilizada e distante dos grandes centros de Neo Atlantis, por isso poucas pessoas nos acompanharam para fora do trem. Subimos as escadas rolantes que faziam um barulho infernal e ganhamos a rua. Joguei a garrafa vazia em uma lixeira.

Pisávamos em Shaft, território desconhecido para ambos, meu fiel companheiro e eu. Era um bairro industrial com uma atmosfera carregada e gris que parecia ter sido criado com o único intuito de destoar-se do resto da cidade-estado utópica. Veículos de carga passavam constantemente em todas as direções; trabalhadores com macacões monocromáticos surrados e chapéus de proteção amarelos se esbarravam nas calçadas; prédios e fábricas se estendiam ao longo das avenidas compridas até onde os olhos podiam enxergar.

Nós dois definitivamente não pertencíamos àquele lugar.

Quieto, procurei em volta por alguma referência. Greg fazia o mesmo, também em silêncio absoluto, maravilhado. Sentindo o cheiro de gás carbônico e diesel que já não se fazia presente em nenhum outro lugar de Atlantis nos dias de hoje, um *outdoor* velho me chamou a atenção.

– Greg, ali! – Apontei para a estrutura alta. Era o anúncio de um carro caríssimo, daqueles que vão de zero a cem em um milissegundo – ou talvez menos, quem sabe?

– O que tem? Lembrou-se de alguma coisa?

– Sim. Beauchamp viu esse *outdoor* a caminho do Lince. A propaganda era diferente e a estrutura parecia mais nova, mas definitivamente era esse. Ela passou de carro. Seguiu pra lá. Vamos!

Comecei a andar com passos largos. Greg me seguiu.

Tentarei resumir aqui a memória que obtive durante a minha incrível aventura pelo corpo da ilustríssima crítica de restaurantes e sei-lá-mais-o-que, Sophie Beauchamp.

Em um belo dia, enquanto reunia informações sobre os muitos estabelecimentos da cidade para visitar e efetuar suas famosas críticas, Sophie deparou-se com um rumor que circulava pelas classes sociais mais baixas de Atlantis: a existência de um bar misterioso, escondido em algum lugar de Shaft, do qual supostamente todos já ouviram falar, porém ninguém jamais encontrara. Intrigada, Beauchamp acionou os seus contatos e não descansou até encontrar o bendito lugar. Todo o processo deve ter levado alguns meses.

Com um nome e uma localização – o Lince de Prata, em algum canto obscuro do bairro industrial –, lá foi ela com seu pequeno exército particular – cerca de cinco guarda-costas armados – explorar os becos escuros de Shaft, apenas para encontrar, depois de dois longos dias de exploração, um bar abandonado com o mesmo nome em uma viela escura e pouco arejada por onde nenhum carro circulava.

O desapontamento foi tão grande que Sophie nem se deu o trabalho de entrar. Deu meia-volta e desapareceu em sua limusine para nunca mais voltar àquele fim de mundo.

Refazendo os passos de Beauchamp, andamos bastante – cerca de quarenta ou cinquenta minutos. Suados, chegamos à pequena rua deserta e acompanhamos a cordilheira de prédios abandonados que se estendia por ambos os lados, até que enfim o encontramos.

Ali, entre edifícios baixos com vidros quebrados por onde o vento soprava e assobiava, apenas esperando para ser encontrado.

O lugar que eu tanto almejava.

O local que serviu de cenário para o último registro feliz da minha destruída família.

O bar esquecido por muitos e procurado por poucos:

O Lince de Prata.

– Chegamos – suspirou Greg, aliviado.

– É... chegamos – confirmei no mesmo tom.

– Parece meio acabado, não acha?

– Provavelmente é proposital. Esses caras querem desaparecer, lembra? É o disfarce perfeito.

– Tem razão. Faz todo o sentido.

Permanecemos parados na fachada do bar apenas o observando, esperando para ver quem tomaria a atitude primeiro. Acima da porta e das janelas escuras, podíamos ver um letreiro enorme com os dizeres – Lince de Prata –, acompanhados pela mesma figura felina do cartão envernizado.

Greg quebrou o silêncio, firme:

– Pronto?

Fechei os punhos com vigor.

– Pronto.

Aproximamo-nos da porta. Estava emperrada, então precisei fazer força para abri-la. Entramos. A poeira fez coçar o nariz. O chão rangia. Estava tudo tão escuro que eu não via um palmo à minha frente.

– Nossa, que breu. Espera um pouco, vou abrir as cortinas – Greg anunciou e puxou o pano esburacado que devia ter sido extremamente valioso um dia.

Em seguida, graças à luz solar fraca de fim de tarde que entrou e tornou o interior do bar visível, pudemos enxergá-lo.

Estava em pé atrás do balcão de mogno que identifiquei na hora como sendo o mesmo da foto do envelope. Era careca, mas tinha tufos de cabelo saindo de ambos os lados da cabeça, juntando-se atrás um pouco acima da nuca. Tinha em uma das mãos um copo e na outra o pano que usava para limpá-lo. Ergueu os olhos em nossa direção de relance e depois voltou a focar no copo translúcido.

– Boa tarde. Sejam bem-vindos – o homem disse com ênfase mínima.

– B-Boa tarde! – eu respondi em reflexo, pego de surpresa. Greg calou-se por completo.

– O que gostariam de beber? – o senhor de idade inquiriu educadamente.

Girei a cabeça e meu olhar se encontrou com o de Greg, que engoliu em seco. Voltamos a fitar o barman macabro que definitivamente não deveria estar ali, até que meu amigo por fim abriu a boca:

– Uísque. Com gelo.

Engasguei e tornei a olhar para Greg, que deu de ombros como quem diz *ora, já que ele ofereceu...* e se aproximou do balcão. Segui seu exemplo com receio.

– ...Um copo de água, por favor – pedi, apoiando os braços na superfície lisa do balcão convexo.

Ao ouvir aquilo, Greg se alterou:

– Água? ÁGUA?! Que tipo de pessoa vai a um bar lendário e pede apenas um copo- d'água?!

– Aparentemente, eu – minha resposta foi tão natural que quase pareceu forçada.

– ...Você me envergonha às vezes, Lucas. Por que ainda somos amigos, mesmo?

– Somos amigos porque você não consegue viver sem mim, Gregory.

Meu companheiro suspirou. Aposto que quis negar minha declaração, mas não se achou capaz – ou teve preguiça de fazê-lo.

– Aqui estão – interrompeu-nos o barman, posicionando dois copos cheios – que não o vimos encher – sobre o balcão.

Lambemos os beiços e esticamos as mãos em sintonia quase perfeita, cada um visando a bebida que pediu, quando fomos surpreendidos outra vez.

Nós agarramos o nada.

Na verdade não se tratava do nada, pois certamente havia algo diante de nós – duas bebidas apetitosas, para ser exato. No entanto, ao mesmo tempo em que estavam ali, elas também não estavam.

Nossas mãos atravessaram os copos como mágica e um pequeno zumbido grave as acompanhou, denunciando a ilusão. As expressões de espanto em nossas faces eram impagáveis.

– São... hologramas?! – Greg exclamou, perplexo.

– Mas o quê...?! – de forma similar, também me manifestei.

Estarrecidos, tentamos repetidamente agarrar os copos inexistentes. Não sabendo ao certo o que pensar, olhamos um para o outro. Tornando a fitar o barman barrigudo, que resumira calado sua tarefa interminável de limpar o mesmo copo que estava limpando antes de nos entregar as bebidas falsas, ponderei:

Espere um momento... não me diga quê...?

Suspeito, circulei o balcão até a pequena entrada que dava acesso à sua parte interior. Sem pedir licença, aproximei-me do barman que me ignorava por completo e estendi a mão para cutucar-lhe o ombro.

Confirmação.

Minha mão o atravessou da mesma maneira que ao copo. Procurei então pela fonte luminosa de onde o holograma estaria sendo projetado e a encontrei: estava presa à parede, atrás do homem intangível. Era uma circunferência formada por pontos multicoloridos de luz, que oscilavam de acordo com a movimentação do funcionário de faz de conta. Greg estava boquiaberto.

Uma onda de fúria tomou conta de mim. A raiva se apoderou do meu rosto e da minha perna direita, e eu já a tinha levantado e preparado para pisar a engenhoca esquisita, quando ouvi aquela voz sonora novamente:

– Eu *realmente* não faria isso, se fosse você.

Cancelei o movimento a tempo. A perna atravessava o holograma e o zumbido constante invadia meus ouvidos. Não precisei me virar para confirmar a quem a voz pertencia, então simplesmente retornei o membro à sua posição natural e disse:

– Você precisa parar de fazer esse tipo de coisa, sabia? – Virei-me e o encontrei sentado, de braços cruzados, no assento acolchoado de uma das mesas. – Sua mãe nunca o ensinou a não assustar as pessoas desse jeito?

– Não – ele respondeu sem olhar. – E a sua, nunca o ensinou a não destruir a propriedade alheia?

Touché, pensei e aproximei-me devagar:

– Boa tarde, Mark.

– Boa tarde, Lucas. Quem é o rapaz?

Parei a dois metros de distância do homem louro. Ele vestia uma roupa casual composta por calças de moletom cinza, uma blusa branca simples e um roupão vinho por cima de tudo. Achei ser de péssimo gosto, é claro, mas o contraste de vê-lo usar algo tão diferente do sobretudo e chapéu chocava mais.

– Direto ao ponto, hã? – indaguei.

– Sempre – ele concordou.

– Pensando bem, vocês nunca foram apresentados, não é mesmo? Bom, Mark Alguma-Coisa, conheça Gregory Summers – eu disse, fazendo um arco com o braço apontando para Greg. Dirigi-me a meu amigo em seguida e repeti o processo: – Gregory Summers, este é Mark Alguma-Coisa.

– Encantado – disse Mark.

– E aí? – disse Greg.

Sem delongas, Mark olhou-me e continuou:

– Por que o trouxe até aqui? Sabe que pôs a vida dele em risco, não é?

– A decisão de vir foi inteiramente dele – respondi com calma e firmeza ao mesmo tempo.

– Hum, entendo. Ei, rapaz – ele dirigiu-se a Greg dessa vez. – Chegue mais perto.

Ele o fez e disse, intimidado:

– P-Pois não, senhor?

– Sem formalidades, por favor. Você entende que ao se envolver com tudo isso estará colocando a sua vida em minhas mãos, correto?

Greg levou um tempo para pensar, mas, quando terminou, replicou com naturalidade, dispersando o nervosismo anterior:

– Minha vida está muito bem em minhas próprias mãos, senhor. Obrigado.

Mark pareceu surpreso com suas palavras. Riu um pouco e disse:

– É, boa resposta.

Greg balançou a cabeça afirmativamente.

– Muito bem, então; vamos prosseguir – Mark disse e esticou a mão, mostrando-nos o banco acolchoado do outro lado da mesa a que se sentava. – Tomem assento, por favor.

Meu amigo e eu trocamos um último olhar desconfiado, no entanto concordamos mentalmente em fazer o que o homem pedia. Sentamo-nos ao mesmo tempo; as molas do assento rangeram e uma nuvem de poeira nos envolveu.

– O que verão a seguir é *extremamente* sigiloso, e eu preciso que vocês me deem as suas palavras de honra de que manterão segredo absoluto a respeito de tudo, na condição de perderem as próprias vidas caso não cumpram a essa exigência. Acham que estão prontos para isso?

As respostas saíram simultaneamente dos nossos lábios:

– Sim.

– Com certeza.

Mark sorriu.

– Ótimo. Não esperava menos dos senhores – ele reconheceu, satisfeito. Em seguida, ajeitou-se no assento e posicionou a mão abaixo da mesa. – Ah, e tem mais uma coisa.

– O quê? – perguntei.

– ...Cuidado onde pisam – ele disse, com um sorriso malicioso.

Ouvimos um *bip* e a maciez sob os nossos traseiros desapareceu de repente. Notamos então que tudo o que estava embaixo de nós instantes atrás – o banco, a mesa e o tapete rasgado – saiu do caminho, como se fosse o fundo simetricamente dividido de uma caixa de papelão que se empurra para baixo.

O pavor se instalou. Pensei estarmos caindo rumo à inevitável morte, mas, para a nossa total surpresa, fomos recepcionados por um piso metálico.

Aterrissei de modo brusco e minhas mãos foram ao chão. Depois de recuperar a compostura, olhei automaticamente para cima a tempo de ver a abertura por onde caímos se fechar, quase inaudível. Olhei em torno do espaço cúbico e pude perceber onde estávamos.

Era um elevador grande. Cromado e iluminado por uma luz branca difusa, tinha um ar futurista. Não possuía espelho, música irritante ou qualquer uma das coisas que se espera encontrar em um elevador além de dois botões na lateral próximos à porta.

Enquanto Greg se levantava do tombo que havia tomado – caíra de costas no chão, perdendo o ar –, Mark, que aterrissara com perfeição, pressionou um dos botões, que foi circundado por uma luz verde.

Imediatamente, o sangue subiu para a minha cabeça.

O elevador descia a uma velocidade absurda, desestabilizando a mim e a meu amigo, mas sem causar o mínimo desconforto a Mark. A máquina produzia um som baixo similar a um murmúrio robótico, o que me provocou a sensação de estar em um filme de ficção científica.

Instantes depois, chegamos ao andar onde aparentemente devíamos chegar. O elevador cromado freou da mesma forma que começara a se mover anteriormente – macio e brusco ao mesmo tempo –, e Greg e eu fomos ao chão mais uma vez, enquanto o terceiro passageiro teve apenas alguns fios lisos de seus brilhosos cabelos caindo-lhe sobre o rosto.

As portas se abriram depois de um *plim* clichê que eu nunca imaginei que ouviria sair daquele elevador que mais parecia pertencer a uma nave espacial. Greg e eu nos arrastamos para fora. Mark nos seguiu e riu de leve.

– Tão jovens e vencidos por um mero elevadorzinho? Que geração a de vocês, hein? – ele caçoou.

A náusea era tanta que nem conseguimos nos enraivecer com a sua gozação. Levantamo-nos com dificuldade e nos deparamos com uma visão tão fascinante que o enjoo deixou o meu corpo instantaneamente:

Estávamos no hall de uma mansão enorme. Sob nossos pés havia um tapete vermelho felpudo que se estendia até o alcance dos olhos. Nas janelas gigantes, longas e espessas cortinas bloqueavam a vista e filtravam a claridade externa. Escadas de piso de marfim e corrimãos dourados que levavam a lugares desconhecidos adornavam as laterais, e do teto pendia um imenso lustre de cristais que refletia sobre nós fragmentos brilhantes de luz artificial.

Suspiramos de pura admiração.

Orgulhoso de nossa reação, Mark se pronunciou:

– É uma beleza, não? Vocês não iriam acreditar no quão difícil foi construir uma mansão deste porte no subsolo.

– Fazemos uma ideia, sim – com um brilho nos olhos e as lentes dos óculos embaçadas, Greg falou.

O homem louro riu mais uma vez. Em seguida, levou a mão a um objeto preto embutido na parede, pressionou um botão e aproximou a boca do dispositivo.

– Companheiros, venham à entrada da mansão, por favor. Temos visitas – sua voz ecoou pela sala em alto volume.

O objeto em questão era um comunicador. A julgar pela maneira com que Mark falou, sua mensagem percorrera a mansão inteira e fora ouvida por todas as pessoas que nela residiam.

...Espere um pouco, companheiros? pensei, e uma frase da carta de minha mãe me veio de súbito à mente:

Confie em Mark e em seu grupo acima de tudo.

Mark e seu... grupo? repeti a sentença em pensamento. *Um grupo... quer dizer então que esta mansão é...?*

E, antes que eu pudesse terminar o raciocínio, ouvi passos.

Passos rápidos vindos de todas as direções. Pertenciam a mais de uma pessoa e davam a impressão de que tinham o local onde nos encontrávamos como destino. Segundos depois, seus donos finalmente entraram em meu campo de visão.

Um surgiu do topo da escada à esquerda. Outros dois saíram de um corredor no térreo.

Um homem. Duas mulheres.

Aproximaram-se do ponto onde permanecíamos e Mark foi ao seu encontro. De costas para Greg e eu, ele fez um aceno sutil para as três pessoas e em seguida virou-se novamente para nós:

– Cavalheiros...

Sorriu e fez uma reverência longa.

– ...Sejam bem-vindos ao quartel-general do Moonlight Lynx.

Capítulo 3

Linces

Worthington.

Mais precisamente, o Lar Worthington Para Menores, como dizia a velha placa na entrada.

Mais precisamente ainda, o orfanato onde vivi por doze longos anos.

Era uma instituição enorme – o maior lugar que eu conhecera até então. Mais de cem crianças e adolescentes, menos de trinta funcionários, cinco professores, dois médicos, uma enfermeira e um diretor-geral.

De arquitetura gótica, por fora parecia uma igreja ameaçadora e por dentro um castelo macabro. Muitos dos seus residentes diziam inclusive que o próprio Drácula morava no sótão – a crise deve tê-lo atingido e obrigado a se mudar para cá, imagino.

Corredores infindos, janelas gigantes, refeitório depressivo, jardins decrépitos e muitas, muitas escadas.

Embora possa parecer pelas minhas palavras que a mera lembrança do lugar me provoca imenso ódio – e, de certa forma, realmente provoca –, o fato é que tenho também ótimas lembranças de lá. O problema do orfanato não é sua estrutura em si, ou os funcionários mal pagos que prefeririam trabalhar em qualquer outro lugar.

A verdade é que não odeio Worthington por causa de Worthington.

Odeio porque lembrar *daquele lugar* é lembrar também de meu pai.

...E de como ele não está mais aqui.

Júlio, Zach, Sven, Magda, Tom, Luna, Sarah... Todos presentes em memórias que me apertam o peito toda vez que encontram uma forma de emergir das profundezas da minha mente. Lembranças da nossa pequena gangue correndo solta pelos corredores lúgubres, escorregando pelos corrimãos, quebrando vasos de porcelana e ficando de castigo por isso – lembranças de um tempo em que a felicidade reaparecera em meu rosto, depois da morte de papai a ter substituído por profundas tristeza e depressão.

Felicidade esta que teria se dissipado novamente quando atingi a maioridade e me vi obrigado a deixar a instituição, não fosse pelo dia em que um completo estranho no ponto de ônibus resolveu conversar comigo, apenas por conversar.

E agora esse estranho – já não mais tão estranho assim – estava ao meu lado, tão assustado quanto eu.

E ao me perguntar o porquê de toda esta viagem ao passado em um momento tão crucial quanto esse, a resposta logo vem à tona:

A mansão gigantesca em que eu e meu melhor amigo nos encontrávamos naquele instante exalava uma atmosfera misteriosa e familiar que me fazia lembrar involuntariamente do meu tempo agridoce em Worthington.

– Ei, Mark.

A voz sonora e sibilante prendeu-me a atenção e me fez procurar por sua fonte no meio daqueles quatro estranhos alinhados à nossa frente, que nos observavam como quem observa animais exóticos num zoológico. A dona da voz fitava-nos com um olhar penetrante, alternando entre Greg e eu.

– Sim? – Mark respondeu, virando-se para ela.

– Sei que estamos precisando de toda a ajuda que pudermos conseguir – a linda mulher loura de rabo de cavalo e roupa de ginástica completa, com uma toalha branca em volta do pescoço delicado, comentou rispidamente –, mas será que estamos mesmo *tão* desesperados assim?

Hã? eu pensei, não acreditando no que acabara de ouvir.

– Ora, não seja assim! Vai deixar os nossos convidados desconfortáveis – Mark disse, de uma forma que me fez ponderar se éramos de fato bem-vindos ali.

– E é bom que fiquem! Assim já vão se acostumando com como as coisas funcionam por aqui – a mulher, que aparentava ter seus trinta anos, fez uma pose desleixada e riu de leve. – Então, qual dos dois é a nossa mais nova vítima: o *hippie* ou o Jackson Five?

– *H-Hippie*?! – eu exclamei.

– Jackson quem?! – exclamou, confuso, Greg.

Mark soltou uma risada estridente e não parecia nem um pouco impelido a repreender sua companheira.

...Que bela primeira impressão.

– Hahaha! É este aqui; o *hippie* – Mark disse e apontou para mim, aos risos. – Lucas, apresente-se, por favor.

Extremamente irritado e de mau humor, dei um passo à frente:

– Lucas Killian. Prazer.

A mulher, cuja personalidade destoava completamente de sua aparência fina e feminina, passou os olhos por toda a extensão do meu corpo enquanto soltava uns *humms* com os lábios cerrados. – Então é este o digníssimo filhote de Lucy Killian, hã? Não parece muita coisa, se querem saber – ela falou, suportando o queixo com a mão.

Apertei fortemente os punhos e a olhei com firmeza. Ela percebeu a ira que despertara em mim e murmurou mais uma vez, sustentando a provocação. – Bom, se este é o príncipe... – continuou, arrogantemente – ...então quem é o outro?

Sem titubear, Greg avançou e estendeu a mão na direção da mulher, abrindo a boca grande e dizendo:

– Gregory Summers, senhora. É um prazer conhecê-la.

Ele estava oficialmente cantando a moça.

...Típico.

Um silêncio desconfortável preencheu o espaçoso hall e Greg ficou parado, com o braço estendido e a palma da mão à mostra, aguardando o cumprimento que nunca veio. Olhando-o com desprezo, a moça finalmente despejou, em tom gélido:

– Nem tente, fedelho.

A vergonha de Greg era tanta que todos a podiam sentir. Mark enfim pigarreou para contornar a situação e disse:

– Este é Gregory, amigo de Lucas.

– Ele veio comigo. Encontramos este lugar juntos – eu acrescentei.

– Humm... – a mulher loura murmurou novamente. – E ele é um switcher também?

– Não – Mark respondeu no meu lugar. – É um regular.

De súbito, um sorriso de canto surgiu na boca avermelhada da mulher, e os seus olhos, que possuíam um formato angular e selvagem como os de uma raposa, ganharam um brilho amedrontador.

– Nesse caso... – ela moveu o braço esquerdo na direção de Greg e o agarrou pela camisa, suspendendo-o no ar – ...não deveria nem mesmo estar aqui, não é?

Mark ficou visivelmente tenso e se manifestou:

– Ponha-o no chão, Tony! Eu me responsabilizo pelo rapa–

E, mais uma vez, o meu corpo dominou a mente.

Antes que Mark terminasse sua frase, disparei rumo à bela mulher que ainda suspendia meu amigo com o braço esguio que a regata preta revelava. Controlado apenas pelo instinto, lancei um soco carregado com toda a minha força, mirando o seu rosto desprotegido.

Foi então que a outra mulher presente na sala – cuja existência eu havia me esquecido por completo – moveu-se pela primeira vez. Dotada de uma leveza inacreditável, ela se pôs à frente da loura e interceptou-me a uma velocidade espantosa, desviando a trajetória do meu soco com a mão direita e restringindo meu pulso. Imediatamente em seguida, a jovem parou minha aceleração com uma das pernas, acabando com o meu equilíbrio de tal maneira que eu teria caído de joelhos no chão caso ela não tivesse, com a outra mão, me agarrado com firmeza pelos cabelos, provocando não somente a parada completa da minha ação como, em meio a uma dor intensa que contorceu o meu rosto, me projetado repentinamente no sentido contrário, imobilizando meu corpo em uma posição curvada para trás.

Tudo isso sem dizer uma palavra.

Os outros assistiram ao espetáculo, também em silêncio.

– Oh, agora sim! – o alvo da minha investida frustrada disse enquanto punha meu amigo de volta no chão, sem largar sua camisa. – Agora estou vendo um pouco da Lucy em você, garoto! Tanta cólera por tão pouco! Magnífico! – Olhou para a outra mulher, que ainda me tinha sob total controle, e ordenou: – Solte-o, Ayu.

– Sim, *oji-chan* – ela respondeu e largou simultaneamente todos os pontos do meu corpo que dominava. Caí de costas no tapete felpudo que não amenizou muito a dor. O pequeno rabo de cavalo que prendia os meus cabelos, que há muito deveriam ter sido cortados, foi desfeito.

Naquela posição, aos seus pés, pude reparar em detalhe a segunda beldade que vivia naquela mansão:

Sedosos cabelos negros cortados com exatidão na altura da nuca. Rosto arredondado e pele clara, rosada nas bochechas. Pequena – devia medir um metro e sessenta e cinco, mais ou menos –, usava também uma roupa de ginástica composta por uma blusa cinza de mangas curtas e folgadas calças pretas de tactel.

Ela era a garota mais linda que eu havia visto em toda a minha vida. Claramente oriental, pela forma que se referira a outra mulher – *oji-chan* –, devia ser japonesa ou filha de japoneses.

Quem diria que todos aqueles anos assistindo a *animes* serviriam para alguma coisa, hã?

...Não me lembrava o que *oji-chan* significava, no entanto.

Ela lançou um rápido olhar sobre a minha figura patética no chão e voltou para o lado da companheira que acabara de defender.

– Confiável como sempre, Neko – Mark comentou, um pouco aliviado.

Pasmo, pisquei incontrolavelmente por uns instantes. Greg foi liberado em meio a risadas e vinha ao meu encontro, mas, antes que ele me alcançasse, o quarto membro daquele grupo esquisito foi mais rápido e se aproximou de mim, agachando-se ao meu lado e me ajudando a levantar.

De pé, bati a poeira inexistente das minhas roupas e ergui os olhos, apenas para deparar-me com aquele ser peculiar de braço esticado à minha frente, aguardando um aperto de mão com um simpático sorriso no rosto. Cumprimentei-o enquanto analisava sua aparência completamente inesperada:

Era baixo e careca. Vestia apenas um par de calças brancas de tecido fino, e os músculos bem definidos dos braços e tórax nus definitivamente não condiziam com os de um senhor com a idade que ele aparentava ter. De olhos bem pequenos e puxados nos cantos – obviamente chinês ou de algum daqueles países com nomes difíceis espalhados pela Ásia –, parecia ter saído direto de um daqueles filmes antigos de *kung fu*.

– Prazer, Lucas Killian – a etiqueta fez com que eu me apresentasse automaticamente.

O homem franziu a testa enrugada – criando ainda mais rugas –, largou minha mão e tirou do bolso de trás um caderninho e uma caneta preta. Virou o caderno para si e escreveu algo nele enquanto espremia os olhos – que se tornaram ainda menores –, mostrando-o para mim em seguida com orgulho. Silenciosamente, li:

Meu nome é Scott. É um prazer finalmente conhecê-lo, Lucas.

Ele sorriu. Faltavam-lhe alguns dentes.

– Bem – a loura esbelta juntou as mãos, produzindo um som –, acho que já posso parar com a atuação, certo?

Imediatamente, Greg e eu nos guiamos pelo estalo e a encaramos.

– Atuação?! – eu quase gritei.

– VOCÊ ESTAVA ATUANDO?! – Greg quase *não* gritou.

– É claro que sim! – ela confirmou. – Não era óbvio?

– Não! – exclamei. – Foi *muito* convincente!

– Eu que o diga! Quase morri! – Greg, em seu exagero característico, disse.

– Ah, por favor! Acharam mesmo que eu ia machucar o Lionel Richie aí?

Mark riu e adicionou:

– Calma, companheiros: nós nunca faríamos algo a vocês. Foi apenas uma brincadeira; um presente de boas-vindas, pode-se dizer.

– *Boas-vindas*? Ela quase me partiu em dois! – apontei para a jovem de cabelos negros que tirava uma sujeira da unha, despretensiosamente.

– Quem, Ayu? Que nada, ela controlou a força! No máximo você ficaria paraplégico, ou perderia um membro, ou dois. Além disso, você não tem o direito de nos acusar de coisa alguma: foi você quem me atacou primeiro! – a loura retrucou no lugar de Mark.

Déjà-vu foi a primeira coisa que me veio à mente ao ouvir aquele discurso familiar.

– Ahh... – suspirei e levei a mão ao rosto, descendo-a lentamente até o maxilar. – Tem razão, eu exagerei um pouco. Perdão.

– Perdão? – ela indagou. – Não há nada para se desculpar, garoto. Foi tudo apenas um teste, e você passou.

– Um teste? Mark não havia me dito nada sobre teste algum – eu falei, inocentemente.

– O teste foi meu. Mark não teve nada a ver com isso.

Mark encolheu os ombros quando o olhei após ouvir aquilo da mulher assustadora. Greg tinha estampado *eu não sei de mais nada* por toda a sua face, e a garota de cabelos negros bocejava de olhos fechados enquanto levava a mão pequena à boca. O homem alto de roupão vinho, moletom cinza e pantufas azuis retomou as rédeas da conversa:

– Bom – ele dirigia-se a mim e a meu amigo –, já que o primeiro contato foi feito, peço que, por favor, venham conosco até a sala de estar. Temos muito o que conversar, amigos. Tony, Neko – chamou e as duas atenderam prontamente. – Vocês iam treinar, não? Se quiserem, podem se juntar a nós mais tarde...

– Nem pensar! – respondeu a primeira das duas mulheres. – Não perco isso por nada. Além do mais, Ayu está bastante interessada em saber mais sobre o novato.

A outra moça corou por um segundo e se apressou em corrigir a companheira:

– Interessada, não! Estou apenas... curiosa. Não é todo dia que se encontra um descendente de Killian, afinal.

Que voz linda, pensei sem perceber. Estava incontrolavelmente fascinado por aquela criatura.

– Hum, entendo – continuou Mark. – E você, Scott? Sem problemas?

O velhinho levantou o polegar da mão direita, sem perder o sorriso. Mark retribuiu o gesto e anunciou:

– Está decidido, então. Iremos todos.

Fomos conduzidos por um corredor espaçoso repleto de pinturas famosas – réplicas, eu espero – enfeitando as paredes bordô. Obras de Rembrandt, Monet, Picasso, Munch, Tarsila... *Pelo menos eles têm bom gosto*, falei para mim mesmo.

Adiante, acompanhando o meu amigo e eu, caminhavam o *shaolin* desdentado e a ninja supersônica. Atrás de nós vinham o alemão com crise de identidade e a dama de ferro.

Aguicei a audição e pude ouvi-los cochichar:

– O novato tudo bem, mas você tem certeza de que não tem problema em deixar um regular entrar aqui?

– O rapaz não é uma ameaça. Além do mais, se for com a segurança dele que você se preocupa, ela já foi comprometida no momento em que ele e Lucas se tornaram amigos próximos. É melhor mantê-lo por perto.

– Não poderia me importar menos com a segurança dele, Mark; me preocupo é com a *nossa* segurança. E se ele abrir o bico?

– Acalme-se, Tony: o rapaz é confiável. Lucas confia nele, e eu confio em Lucas. Talvez você devesse tentar fazer o mesmo.

– Confiar?! Ah! Eu o conheço há dez minutos e ele já quase socou a minha cara com força total! Eu, uma *mulher*!

– Ora essa, você o provocou!

– Eu provoco *todo mundo*, Mark. É meio que um hábito; minha assinatura, esqueceu? O teste era apenas pra ver se ele teria coragem o suficiente para intervir e proteger o moleque, nunca imaginei que ele me atacaria daquela maneira...

– Mas atacou, assim como a mãe dele faria. Ele passou no seu teste, não é isso o que importa?

– *Argh*! Ok, você venceu! Vou baixar a bola... mas não confio nele!

– Oh, cresça, Tony.

– Cresça você, Mark! Você pode até pensar diferente, mas, pra mim, alguém que não hesita nem um segundo antes de bater numa mulher que acabou de conhecer não inspira tanta confiança assim...

O cochicho pausou. Inclinei a cabeça para trás tentando ouvi-los melhor. A mulher continuou:

– ...Especialmente se esse alguém tem o péssimo hábito de prestar atenção em conversas as quais não foi chamado.

Tropecei. Mark riu. Apertei o passo.

■ ■ ■

A lenha na lareira estalou e uma pequena brasa caiu sobre o meu tênis. Sacudi o pé e ela foi para algum lugar.

Estávamos todos assentados em uma sala de estar lindíssima, preenchida com móveis de extremo requinte e imersa em uma penumbra agradável, dissipada de leve apenas pela chama da lareira de mármore trabalhado em destaque no centro da parede. À sua frente, um tapete persa, uma mesinha de centro, poltronas de veludo e nós.

Sobre a mesinha havia xícaras de chá e café, além de biscoitos amanteigados, um bolo e outros quitutes. Eu bebia um café forte que adocicara demais e Greg se acabava de *cupcakes*, quando Mark quebrou o gelo:

– Por que não começa nos contando sobre o dia em que seus poderes despertaram, Lucas?

Esvaziei a xícara, ignorando a sua pergunta. O líquido meloso desceu grudento pela garganta e eu fiz uma careta involuntária. Ao ver que Mark continuava aguardando a minha resposta, revirei os olhos, respirei fundo, apoiei a xícara vazia sobre o pires no colo e pus-me a falar:

– Foi horrível. Eu estava no supermercado. Acho que cortava caminho pelo setor de brinquedos para chegar ao de carnes, quando uma menina de uns sete ou oito anos veio correndo em minha direção. Desviei dela a tempo, mas logo em seguida um menino da mesma idade surgiu perseguindo a garota. Deviam estar brincando de pique, sei lá. Enfim, tentei sair da frente, mas não consegui. Nos chocamos com força e, quando dei por mim, estava em seu corpo.

– Hum... e o que aconteceu depois?

– Eu entrei em desespero, é claro! A menina parou de correr depois que eu caí no chão e se aproximou de mim. Ela me perguntou alguma coisa, porém não me lembro agora o que foi. Em choque e suando muito, senti o mundo girar e não sabia o que fazer. Tremendo, me aproximei engatinhando do meu corpo caído e parei ao seu lado. Toquei o rosto e, quando abri as pálpebras com os dedinhos do menino e olhei em meus próprios olhos, meus sentidos desapareceram por um instante e eu voltei ao meu corpo original, como mágica.

– Que... sem graça – a mulher de rabo de cavalo resmungou, sentada na poltrona de maneira extremamente inadequada para uma dama.

Senti um leve espasmo no olho esquerdo e disse, irritado:

– Sem graça? Experimente recobrar a consciência com uma criança atordoada debruçada em seu peito enquanto todos à sua volta perguntam se você está bem. E isso sem mencionar a menininha chorando incontrolavelmente aos seus pés! Pode não ter sido nada digno de uma adaptação para o cinema, mas foi uma experiência bastante traumática...

– Deve ter sido *muito* difícil para você, hã? – a garota de cabelos negros disse, sarcasticamente. Ela estava sentada de frente para mim com as pernas cruzadas e suportava a cabeça com a mão sobre o braço da poltrona.

Lancei-lhe um olhar afiado.

– Sim, foi *muito* difícil – retruquei.

– Paz, crianças – Mark interveio. – Lucas, não os leve a mal. O que eles querem dizer é que foi um despertar bem...

er... normal. Muitos switchers costumam ter experiências bem piores quando seus poderes são revelados, então considere-se abençoado.

– Abençoado... – repeti em voz baixa.

– Foi muita sorte você ter conseguido retornar tão tranquilamente para o seu próprio corpo, garoto. A maioria entra num desespero tão grande que acaba ultrapassando o seu tempo de troca e perdendo a chance de voltar. Você deve ser uma espécie de gênio da concentração ou coisa parecida – a mulher esquisita, que se parecia cada vez menos feminina, supôs.

– *Tempo de troca*? Então quer dizer que aquela vez, no banheiro...? – murmurei, ignorando o restante do comentário.

Mark tornou a falar:

– Agora que você disse, é realmente incrível como uma pessoa conseguiu, sozinha, não somente voltar para o seu corpo, mas também dominar parte da mecânica da troca com tanta facilidade. Ele até mesmo trocou mais de uma vez! Quantas foram, Lucas? Três?

– Quatro. Cinco, contando com hoje.

– Hoje também?! Fascinante! – Mark elogiou.

– Hum... realmente interessante – a outra comentou.

– Conte-nos, como você faz para ativar? – pediu Mark, com um brilho nos olhos claros.

Engasguei-me de leve. Definitivamente não queria dizer em voz alta aquela frase vergonhosa.

– ...Eu tenho uma frase. É ridícula, vocês não vão querer ouvir.

– Queremos, sim – os dois disseram ao mesmo tempo.

– Bom, mas eu não direi. O que importa é que funciona; contentem-se com isto.

– Oh, que atitude! – a mulher estranha exclamou, rindo. – Tudo bem, eu também tinha uma frase ridícula no começo. Com o tempo e o costume você aprende a ativar o poder instantaneamente, sem fala, movimento ou qualquer outro esforço desnecessário.

– Assim espero... – falei, esperançoso.

Mark bebeu chá e mordiscou uma fatia de bolo de chocolate. Depois limpou a boca majestosamente com um guardanapo de pano e dirigiu-se a mim:

– Muito bem, acho que já perguntamos demais. Por que você não faz as perguntas agora? Tenho certeza de que há várias dentro dessa sua cabeça.

Ajeitei a coluna na poltrona confortável e comecei:

– Certo. O que significa ser um switcher?

– Boa pergunta – Mark respondeu. – Ser um switcher significa ser agraciado com uma habilidade que pode trazer benefícios sem precedentes ao seu portador e, ao mesmo tempo, levá-lo à ruína. Nós estamos fadados a uma vida vazia, sempre procurando por algo que não encontramos em lugar algum. Somos fantasmas que até a própria História desconhece.

Aquela declaração pesada me desestabilizou um pouco.

– E por que vocês... *nós* somos assim? Que tipo de poder é esse? – continuei.

– Não sabemos – a mulher loura ao lado de Mark respondeu dessa vez. – Temos inúmeros cientistas e pensadores em nosso meio, mas, em séculos, nenhum deles foi capaz de provar exatamente de onde vem ou sequer do que se trata esse poder. Alguns acreditam ser a evolução do Homem, uma nova característica passada hereditariamente por meio de algum gene que sofreu mutação. Outros seguem a vertente religiosa e dizem se tratar de uma dádiva dos céus, um presente de um ser superior concedido a um povo seleto. E há ainda aqueles, em similar corrente de pensamento, que o consideram um castigo, uma forma de punição divina pelos atos impuros dos seres humanos. Existem outras teorias, é claro, no entanto estas são as mais comuns. Pelo menos entre os switchers que nós conhecemos.

– ...E no que *vocês* acreditam? – indaguei.

– ...Ainda estamos procurando por essa resposta, garoto – ela respondeu, um pouco cabisbaixa.

Respirei fundo. Lembrei-me de que nem sempre as verdades são agradáveis.

– Como funciona? O poder, quero dizer – resumi a bateria de perguntas, munido de curiosidade infinita.

Mark respondeu:

– Ao usar o poder, um switcher tem duas possibilidades. A primeira permite que ele invada temporariamente o corpo de outra pessoa e adquira suas memórias, além de ser capaz de controlar suas ações durante esse tempo. Por não termos vínculo com nenhum corpo em específico, a essência de um switcher está no seu espírito; sua... alma, se é que você acredita nesse conceito. Somos etéreos, de certa forma, o que significa que, quando invadimos outro corpo, carregamos conosco essa essência: aquilo que somos além da carne. Chamamos a possessão temporária de troca. Até aqui tudo bem?

Fiz que sim com a cabeça, mas era um conjunto de informações que levariam um tempo para serem digeridas. O homem deu prosseguimento à sua explicação detalhada:

– A outra possibilidade é, logicamente, optar por permanecer no corpo tomado, abandonando o que usava até então. Quando nós trocamos, a mente original do corpo invadido fica em uma espécie de estado dormente, similar a um desmaio, sem noção alguma do que está acontecendo à sua volta. Uma vez que o switcher deixa aquele corpo e copia suas memórias, essa mente original desperta e retoma o controle, sem o menor distúrbio ou desconforto.

Mark pausou. Desviou o olhar, mordeu levemente o lábio inferior e continuou:

– ...Mas se o switcher optar por permanecer no corpo tomado, ele absorve aquela pessoa por completo, assumindo o seu lugar e somando a si, além das memórias já obtidas na troca, sua força, agilidade, resistência, destreza, fator de regeneração, entre outras coisas. Chamamos de roubo a posse por tempo indeterminado; e a janela de tempo que o switcher tem para retornar ao corpo anterior, antes que sua mente se acostume com o novo, é chamada de tempo de troca.

Greg engasgou com um *cupcake* ao ouvir tudo aquilo. Eu fui, com a mesma intensidade, profundamente abalado, e percebi que, embora acreditasse estar preparado para encarar aquela nova realidade, estava bem enganado. Pus o pires e a xícara ainda cheia pela metade sobre a mesinha de centro, atônito.

– Então... quanto mais corpos o switcher rouba... – comecei.

– ...Mais forte ele fica – Mark completou.

– O quão mais forte? – Greg, atento à conversa, perguntou.

– *Muito* mais forte – a mulher, agora sentada decentemente na poltrona, respondeu. – Ayu roubou apenas um corpo até hoje, e vocês viram sua força e agilidade. Já vi switchers correrem mais rápido do que carros, e outros que balas não conseguiam nem mesmo atravessar-lhes a carne.

Engoli em seco. Respirei. Fiz uma nova pergunta:

– Mark, você falou em... fator de regeneração?

O homem alto de cabelos lisos e olhos azuis balançou a cabeça em afirmação, fitando-me diretamente. Respondeu:

– Switchers que já roubaram muitos corpos possuem as habilidades inerentes ao ser humano potencializadas. Uma delas é a de cura, ou, em termos científicos, a regeneração de tecidos e órgãos por meio da multiplicação celular. A velocidade e eficiência da regeneração variam de acordo com o número de pessoas absorvidas. – Trocou olhares com a bela mulher ao seu lado e pediu: – Tony, mostre-os.

Ela fez um gesto de confirmação e enfiou a mão esquerda no bolso lateral das calças, tirando de dentro uma faca de sobrevivência. Depois, sem nenhuma mudança na expressão, esticou o dedo mínimo da mão direita sobre a toalha que levava no pescoço até então – agora pousada em cima do braço da poltrona em que sentava – e enfiou a ponta da lâmina na parte macia superior do dedo, cortando da base até a unha.

Um arrepio subiu-me a espinha. Aposto que Greg sentiu o mesmo.

O sangue tingiu a toalha alva do mais vívido vermelho e eu senti a dor daquela mulher como se fosse minha. Em seguida, ela levou o dedo sangrento até os lábios carnudos e sugou o sangue, engolindo-o naturalmente. Depois virou a mão e exibiu o ferimento, com o braço rijo.

Meu queixo ganhou uma tonelada e minha boca não teve escolha senão escancarar-se abissalmente. Meus olhos, que já haviam se arregalado algumas vezes nos últimos dias, descobriram um novo grau de abertura ao presenciar o que se sucedia:

A ferida, que eu acabara de ver nascer segundos atrás, se fechava sozinha com um barulho úmido nojento, no sentido em que o metal afiado havia passado.

A mulher secou os últimos resquícios de sangue com a toalha que já tinha sido branca um dia e passou a língua pelos lábios, limpando o resto do líquido que lhe avermelhara ainda mais a boca.

– Nós estamos nesta estrada há algum tempo, garoto. Eventualmente, você se acostuma – ela falou, enquanto limpava e guardava a faca de volta no bolso.

– Próxima pergunta – Mark disse após uma tossida leve, com uma normalidade que indicava que aquela cena não passava de rotina.

– ...Quem são vocês e qual é o objetivo desta organização? – perguntei, recompondo-me aos poucos.

– Somos assassinos. Pessoas más e mesquinhas. Egoístas e tolos que se recusam a morrer e insistem em tentar encontrar um lugar neste mundo decrépito que nem sabe da sua existência.

Contemplei a resposta de Mark demoradamente. A lenha na lareira crepitou alto.

– Queremos sobreviver, assim como todos os outros – a mulher acrescentou.

– Os outros... Pensando bem, vocês disseram que são muitos, mas criaram um grupo composto por apenas quatro pessoas e se esconderam no subsolo sob um bar abandonado. Os switchers por acaso brigam entre si?

Mark tornou a sorrir. Ele estava tão sério nos últimos minutos que o ato provocou certa nostalgia.

– Perspicaz; exatamente como sua mãe – ele disse e levantou-se devagar, os olhos fixos nos meus. – Sim, somos divididos em grupos. Ou clãs, como gostamos de chamá-los. Cada clã possui seus próprios métodos e filosofias, o que causa grande desentendimento e, às vezes, conflitos. Entretanto, por compartilharmos o mesmo ideal de nos mantermos ocultos da sociedade humana regular, e somando o fato de que combates entre switchers são sempre disputas sangrentas e cansativas, aderimos à organização em comunidades isoladas e, quando lutas são inevitáveis, há batalhas combinadas.

– Entendo... – afirmei, pensativo.

Novo silêncio invadiu o cômodo. Todos relaxavam despreocupados: Scott, sentado ao meu lado, comia um doce qualquer; Greg olhava de cabeça baixa para os próprios joelhos, desenhando círculos imaginários neles com os indicadores; a japonesa entediada bebia chá e a moça do rabo de cavalo tirava fiapos da blusa. No entanto, Mark, ansioso, observava-me atento, aguardando a próxima pergunta que sabia que viria a qualquer instante.

E ela veio.

– Como... se mata um switcher?

Senti olhares penetrantes açoitando-me de todos os lados. Pensei por um segundo ter perguntado algo que não devia, mas deixei essa impressão de lado e esperei pela resposta.

– ...Da mesma forma que se mata um regular – Mark respondeu.

– É, só que com mais dificuldade – a mulher ao seu lado acrescentou.

– Mais dificuldade? – questionei.

– Sim, mais dificuldade – ela repetiu. – Um switcher é um ser humano, então pode ser derrotado da mesma forma que um regular pode. O problema é a grande resistência do corpo e a regeneração, que muitas vezes permite que alguns switchers mais fortes sobrevivam até mesmo depois de decapitados. Não há uma fórmula específica, mas costuma-se esgotar o adversário até que ele não consiga mais lutar, danificar seriamente o cérebro para inutilizar suas capacidades mentais e cognitivas, feri-lo múltiplas vezes até que o seu fator de regeneração encontre seu limite e pare de funcionar ou dizimar por completo seu corpo para que não haja nenhuma possibilidade de recuperação. É na verdade uma coisa de adaptação, improviso e muita sorte.

– ...Disputas sangrentas e cansativas, hã? – repeti o que ouvira anteriormente.

– Exato – Mark confirmou.

Outro silêncio.

Outro barulho de alguém comendo alguma coisa.

Um arroto. Foi Greg. Alguns risos.

– A comida está acabando. Devo preparar mais ou podemos dar este primeiro momento como encerrado? – propôs Mark, ainda de pé.

– Espere, por favor; tenho uma última pergunta. É mais uma observação, na verdade – pedi educadamente.

– Pois não. Compartilhe-a conosco, por obséquio – ele disse em tom amigável.

Passei os olhos por todos os ali presentes e falei:

– O nome do seu clã. Moonlight Lynx, não é? Não acham ele um pouco... bobo demais? Infantil, até? Quero dizer, ele parece ter saído de um desenho animado de fantasia, ou de um filme de vampiros baseado em algum livro sem graça para adolescentes. Definitivamente não combina nem um pouco com tudo o que eu acabei de ouvir...

De súbito, um trincar agudo irritou-me os ouvidos. A mulher loura, que tinha agora uma expressão medonha de pura raiva, apertara, forte, a xícara quase vazia que tinha em uma das mãos, cobrindo-a de rachaduras. Atirou-me um olhar carregado da mais poderosa fúria, abriu a boca e rosnou, entredentes:

– ...Retire o que disse.

Gaguejei e tentei remediar:

– D-Desculpe, não queria ofender. Não sabia que o nome era criação sua e–

– Não é. Retire o que disse, AGORA! – Deu um novo apertão na xícara, que dessa vez não suportou a pressão e se espatifou em vários pedaços que foram ao chão. Gotas de café e sangue escorriam pela mão branca fechada e formavam uma pequena poça escura no tapete.

– Mas... isso é ridículo! Se não foi você quem inventou esta droga de nome, por que eu deveria–

De repente, a mesinha de centro voou para o alto – acompanhada de pratos, xícaras, travessas e restos de comidas e bebidas –, partiu-se ao meio e suas metades caíram estrondosamente, uma no chão, sujando ainda mais o lindíssimo tapete, e a outra na poltrona ao meu lado, que não estaria desocupada caso Scott, o quinto membro do clã que se assentava nela até instantes atrás, não tivesse saltado às pressas para a direita quando sentiu o perigo se aproximar. A perna da mulher, que havia acertado o móvel inocente, estava esticada no ar e a ponta do seu pé pálido e descalço ficara vermelha com a pancada forte. Ela então tomou impulso e ficou de pé, fitou-me com seu olhar feroz e ordenou:

– Sala de treino. Dez minutos.

Em seguida saiu pela porta, sem dizer nenhuma outra palavra.

Eu estava estarrecido e Greg mais ainda, mas, para o nosso espanto, todos os outros na sala – inclusive Scott, que quase fora atingido – agiam com inconcebível normalidade.

– Mas o que–

– Você *realmente* não devia ter dito aquilo, Lucas – Mark interrompeu-me com uma pequena variação daquela sua frase que, tendo sido repetida com certa frequência, começava a se parecer com um bordão de alguma *sitcom* sem graça.

– Hã? Eu não entendo: se não foi ela quem criou o nome, qual o motivo dessa raiva toda? – eu disse. Aquela reação exagerada havia me tirado do sério também. – Por que diabos esse nome besta é tão importante? Quem foi afinal o imbecil que o escolheu?

Foi a vez de Mark me fuzilar com o olhar.

– ...A *imbecil* que criou nosso clã e o nomeou foi a sua mãe, Lucas.

Uma facada.

Senti como se a faca utilizada há alguns minutos na demonstração da cura milagrosa dos switchers tivesse sido cravada firmemente em meu coração. Calei-me por completo e Mark, desapontado e expirando um ar misto de tristeza e irritação, dirigiu-se à garota de cabelos negros:

– Neko, leve-o à sala de treino. Se ele realmente vai se tornar um de nós, é bom que aprenda uma valiosa lição já em seu primeiro dia.

Saiu pela mesma porta que a mulher usara antes. Olhei para a jovem que me encarava com uma expressão apática e ela afirmou:

– Você é um homem morto.

Scott, ainda agachado no chão, fez um gesto com a mão reta passando rente ao pescoço enquanto punha a língua para fora da boca, repetindo em mímica o que a garota acabara de dizer.

Greg, próximo a mim, arfava descontroladamente. Uma gota de suor deslizou rasante pelo meu rosto.

Merda, pensei, enquanto tentava engolir o pouco de saliva que me restava.

■ ■ ■

O nervosismo convertido em suor encharcava-me as meias a cada passada rápida.

Mondrian, Pollock, Manet, Dalí: as pinturas – réplicas, ainda espero – alinhadas obsessivamente coloriam as paredes do corredor que, assim como o anterior, levava-me a um local desconhecido, cada vez mais fundo dentro da gigantesca mansão subterrânea.

Atrás de mim seguia aquela criatura silenciosa a passos apertados, sua presença perceptível apenas graças aos pequenos estalos que seus chinelos de borracha emitiam em contato com o piso de madeira.

– Você não é de falar muito, não é, Scott? – perguntei, sem muito interesse, por cima do meu ombro esquerdo, tentando simplesmente extinguir aquele silêncio desconfortante.

– Scott é mudo. E você deveria ser também.

Tais palavras agressivas vieram subitamente ao meu encontro, mas, apesar do escárnio que continham, dançaram em meus ouvidos feito uma doce música.

– Eu? E por que diz isso?

– Porque se fosse mudo, não teria dito as asneiras que o colocaram nesta situação em primeiro lugar.

...A verdade, às vezes, machuca.

A boca que produzira aquelas frases cortantes pertencia, é claro, à linda jovem de cabelos negros que me conduzia pelo corredor a pedido de Mark. Observando-a de costas, pude contemplar a totalidade da sua beleza e, ouso dizer, charme, pois a sua figura esbelta parecia flutuar enquanto ela percorria o trajeto graciosamente.

– Ei! Isso dói, sabia? – eu repliquei com falso sofrimento, ainda que verdadeiro de certa forma.

– Não tanto quanto doerá a surra que você está prestes a tomar – ela pontuou, ainda sem olhar.

– E o que a faz pensar que eu apanharei tanto assim? Como sabe que sou eu aquele em perigo, e não a sua querida *oji-chan*?

Ela girou a cabeça agudamente para trás e atirou-me um olhar mortífero com o canto do olho. Depois, retornou-a à sua posição anterior e rosnou:

– Silêncio, mortos não falam.

Contorci o rosto e bufei. Era mais uma cuja personalidade parecia não pertencer ao corpo.

Saímos do corredor e chegamos enfim à tal sala de treino. Era um cômodo oval enorme, dividido em áreas com diferentes cores, e havia em seu interior vários aparelhos de ginástica e aparatos acolchoados para *sparring*, além de um pequeno *dojo* e inúmeras coisas provavelmente relacionadas a exercícios e artes marciais que eu desconhecia. No centro da sala, em destaque não somente pela sua posição em evidência, como também pela forte iluminação que incidia sobre ele, havia um ringue de combate. Era um octógono como os que se viam em competições de vale-tudo na TV, porém, diferentemente daqueles, esse era completamente aberto: não possuía grades, divisórias ou limitações quaisquer em todo o seu perímetro.

Assobiei admirado.

– Vamos, está quase na hora – a garota me apressou, andando na direção do ringue.

– Ah, ok. Espera só um minuto, por favor. – Virei-me para o pequeno chinês mudo vindo atrás e disse: – Scott, meu amigo parou de nos seguir há um tempo. Provavelmente se perdeu em algum lugar. Poderia me fazer o imenso favor de encontrá-lo e trazê-lo para cá?

Scott fechou a cara instantaneamente.

– Por favor...? – pedi mais uma vez, fingindo tristeza e preocupação nos olhos.

Ele mordeu o lábio inferior, suspirou e relaxou um pouco a face, mantendo a expressão de quem estava prestes a fazer algo que realmente preferiria não fazer. Assentiu com a cabeça, deu meia-volta e desapareceu no corredor.

– Muito obrigado! Eu te devo uma! – agradeci acenando e me juntei à garota, que me aguardava impaciente ao lado do octógono.

– Vocês usariam equipamento de segurança, mas como esta não será uma disputa de treino, e você está merecendo apanhar de verdade, acredito que isso não será necessário. Você está usando algo por baixo das calças, certo?

– Hein?! – exclamei, surpreso.

– Ahh... – ela suspirou pesado. – *Shorts*, cara. Você está usando *shorts* ou coisa parecida por baixo. Eu vi uma parte deles quando sua blusa levantou mais cedo, no hall.

Mais cedo, no hall... quando você quase partiu a minha espinha ao meio! pensei em acrescentar, mas achei melhor não.

Pisquei algumas vezes para me acalmar. Foi preciso respirar fundo também.

– ...*Shorts*, claro. Estou usando, sim – respondi, sentindo-me extremamente intimidado e desconfortável.

– Ótimo. Pelo menos alguma coisa você acertou hoje. Tire os tênis e os jeans.

– Hã?! – Minha cara era impossível de descrever nesse momento.

– Você é surdo, por acaso? Os tênis e os jeans! Tire-os!

– Você... está falando sério?

– Eu tenho cara de quem está brincando?! – ela, afiada como sempre, retrucou.

– E por que raios eu tenho que tirá-los? É algum tipo de ritual de vocês? A humilhação começa antes mesmo da luta pra eu já ir me acostumando, é isso?

– Não seja idiota! Já tentou lutar de jeans alguma vez? É horrível! Estou tentando ajudá-lo aqui, não me faça mudar de ideia! Tire-os logo!

Eu quis protestar de novo, mas, em vez disso, simplesmente tirei os tênis com os pés e comecei a desafivelar o cinto com as mãos. Já tinha aberto o botão dos jeans e deslizava o zíper para baixo quando me lembrei de que havia uma linda mulher à minha frente; logo, mais por vergonha do que por educação, fiquei de costas para ela e removi a peça de roupa acanhado, revelando os *shorts* azuis de tecido fino – que mal chegavam aos joelhos – que eu usava por baixo.

– E o que eu faço com isto? – perguntei, segurando as calças que acabara de tirar.

– Deixe-as num canto. É muito provável que não precisará delas novamente, mesmo – ela respondeu, ainda firme naquela piada – eu esperava que fosse uma, pelo menos – sobre o meu iminente falecimento. – Leve os tênis também.

Tirei as meias e as enfiei nos calçados. Depois os levei aos pontapés e os deixei ao lado de um suporte de luvas próximo, onde pendurei os jeans. – Aproveita e pega um par para você. Pode escolher a cor – a jovem falou de cima do ringue. Peguei as vermelhas e juntei-me a ela. O chão branco do octógono era menos macio do que eu esperava.

– Sabe colocá-las?

– Creio que sim – afirmei e calcei a luva esquerda. Tive dificuldade para pôr a outra, então a garota, depois de soltar um *tsc*, aproximou-se e segurou minha mão direita com firmeza, tomou a luva que faltava e começou a colocá-la.

Ela estava tão perto que eu pude sentir a sua respiração em meu peito.

– Ayu... não é? – perguntei timidamente, enquanto aspirava o perfume dos seus sedosos cabelos escuros.

– O quê? – a garota respondeu sem olhar, ainda focada em minha mão.

– Seu nome. É Ayu, não é? Ouvi aquela mulher chamá-la assim. Ainda não fomos apresentados, meu nome é Lucas.

A jovem prendeu o velcro da luva e seus hipnotizantes olhos negros se encontraram com os meus.

– É Ayumi. Mas, para você, Kuroneko está bom.

– Kuro... neko? – balbuciei.

– Sim, Kuroneko. E eu acho que isto aqui é seu.

Ela virou a minha mão, que ainda repousava sobre a dela, para cima e tirou algo do bolso das calças. Revelou o objeto familiar e o deixou cair sobre a palma exposta na parte de baixo da luva de combate vazada.

– Achei que o tinha perdido em algum lugar do hall durante a nossa dança – eu disse, olhando para a coisa na minha mão.

– Enroscou nos meus dedos quando o segurei. Teria devolvido antes, mas não tive a chance.

– Entendo. Agradeço, mas acho que você vai ter que segurá-lo por mais algum tempo; não vou conseguir prender os cabelos com estas luvas. É uma pena, porque lutar com eles soltos vai ser horrível...

Ela ponderou por uns segundos.

– Se quiser, eu posso prendê-los para você – disse por fim.

Meu coração acelerou.

– Você... faria isso? Mesmo?! – perguntei, querendo confirmar se a frase que acabara de ouvir não havia sido imaginação minha.

– Sim, sem problemas! – ela respondeu, com um pequeno sorriso.

– Quem é você e o que fez com a garota que estava aqui há segundos?! – exclamei, meio cômico e meio sério.

– Ah, não entenda mal: não estou sendo gentil com você.

– ...Não? – indaguei, mais confuso do que nunca.

– Não, bobinho. – Seu sorriso se intensificou. – Só não sou tão má ao ponto de negar o último pedido de alguém que morrerá em breve.

Feito de idiota, mais uma vez.

...Que mulher.

– ...Conto com você – murmurei monotonamente e um tanto sarcástico.

– Ok, parceiro! – ela assegurou, mais sarcástica ainda.

Seguindo isto, a garota foi até as minhas costas, puxou os meus cabelos com a sutileza de um guindaste e o carinho de um gorila, juntou os fios longos num rabo de cavalo malfeito e os prendeu com o elástico laranja.

– Pronto. Agora é só esperar por... ah, bem na hora!

Ao ouvi-la dizer aquilo por detrás da minha nuca, ergui a cabeça e me deparei com aquela visão.

Ela subia vagarosamente as escadas do ringue.

Tinha o braço direito dobrado à frente do rosto e usava a mão esquerda para fixar a luva azul ao punho.

A maior parte da face estava ocultada pelos braços, mas um dos olhos estava perfeitamente visível.

Verde. Angular e selvagem como o de uma raposa.

...Fervilhando de ódio.

Parou e baixou os membros ao nível da cintura. Fitava-me sem dizer uma palavra. Atrás dela, e com metade do corpo escondida pelo chão do octógono, estava Mark, compenetrado e um pouco ansioso.

Kuroneko caminhou até o centro do ringue.

– Tudo pronto? Podemos começar? – ela indagou à mulher loura, que usava a mesma regata preta de antes, mas substituíra as calças brancas de ginástica por *shorts* amarelos curtos.

Tendo a moça assentido devagar com a cabeça, Ayumi virou-se para mim e repetiu a pergunta:

– Tudo pronto?

– Sim, mas eu gostaria de dizer algumas coisas antes de começarmos. É possível?

Ela semicerrou os olhos, pensativa.

– Ok, mas seja rápido – permitiu.

– Obrigado – agradeci, depois direcionei a palavra à minha adversária: – Primeiramente, eu gostaria de me desculpar. Falei o que não devia e é direito seu estar com raiva.

A mulher respirava ruidosamente pela boca.

– ...Com *muita* raiva – retifiquei. – Em segundo lugar, espero que esta disputa sirva para nos conhecermos melhor, e que possamos nos dar bem daqui pra frente. Não quero ter problemas com nenhum de vocês. E por último–

– Se fosse para conversarmos, garoto, não estaríamos com luvas nas mãos – ela me interrompeu, com a voz mais grave que eu ouvira sair de sua boca até então.

Engasguei-me em silêncio. Fiquei um pouco frustrado com mais aquela interrupção, mas achei melhor engolir o desconforto e encerrar minha fala antes que fosse tarde demais.

– ...Ok. Façamos do seu jeito, então – eu disse enfim, seco.

– Sim, façamos – ela concordou.

– Muito bem, ambos estão de acordo. Aproximem-se do centro do ringue, apresentem-se e cumprimentem um ao outro – Ayumi, como uma juíza de competição de artes marciais, comandou.

Assim fizemos. Eu fui o primeiro a falar:

– Lucas Killian. Espero que seja uma boa luta.

Minha oponente fez o mesmo:

– Anthony Brennan. Boa sorte.

Cumprimentamo-nos com uma reverência simultânea. Quando erguia meu corpo, algo dentro do meu cérebro estalou.

A juíza improvisada anunciou:

– Disputa entre cavalheiros! Sem restrições! Preparem-se... come–

– ESPEREM!

O grito ecoou por toda a imensa sala, repercutindo nos aparelhos de exercício e trepidando fortemente os meus tímpanos. Todos travaram os olhos em mim, que ainda tinha o corpo um pouco curvado para frente, com os pés descalços da minha adversária em meu campo de visão.

Quanto ao por que dos olhares assustados terem sido focados em mim, era bastante óbvio:

Aquele grito desesperado saíra do fundo da minha garganta.

– Deus, o que foi desta vez?! – Ayumi exclamou, irritada.

– É bom você ter um ótimo motivo pra ter feito isso, garoto – a outra mulher na sala rosnou, ainda mais grave do que antes.

– Você! – Apontei para minha adversária. – Como disse que se chamava, mesmo?!

– ...Anthony Brennan. Por quê?

– Anthony?! ANTHONY?! Como assim, Anthony?! – exclamei. Eu havia perdido completamente a compostura.

– É o meu nome, ora essa! Você tem algum problema com ele, moleque?!

– É claro que sim! E você, não?! Quero dizer, Anthony é nome de–

Dessa vez, foi a minha própria mente que me interrompeu.

Isso porque ela resolveu enfim se lembrar do significado de *oji-chan*.

...E *oji-chan* significa *titio*.

– ...mem – minha voz escapou, trêmula.

– O quê?! – impaciente, minha adversária perguntou.

– ...cê... mem... – tentei dizer novamente.

Enfim, ela explodiu:

– FALA DE UMA VEZ, MERDA!

– VOCÊ É UM HOMEM!

Um silêncio constrangedor preencheu a sala.

E, depois do silêncio, mais silêncio ainda.

Eu arfava, tentando recuperar o fôlego perdido com o berro. A garganta fisgava e os ouvidos zumbiam.

– Sim... eu sou – ela respondeu pausadamente. – Você... não sabia?

– Claro que não! Ninguém me disse nada!

Mark, com a cabeça espichada no canto do ringue, entrou na conversa:

– Como assim, Lucas? Tony é um homem! Apenas acontece que, por certos motivos, ele está usando um corpo de mulher no momento. Eu não lhe contei quando o apresentei?

– VOCÊ NÃO O APRESENTOU! – berrei novamente.

Mark fez a expressão de uma criança que acabara de fazer alguma besteira.

– Ah... devo ter me esquecido, então... – falou, sem graça.

Pus a mão na testa, suportando seu peso.

– Mas... mesmo sem ele ter me apresentado, como você pôde não perceber? Quero dizer, Mark sempre se refere a mim como Tony! E Ayu até mesmo me chama de tio! – aquele... *ser* pontuou.

– Ela estava literalmente falando em japonês! E eu achava que Mark o chamava de *Tonya*, ou algo do tipo!

– Tonya?! Ha... haha... Hahaha! – *ele* disse e desatou a rir. Os outros, talvez contagiados por suas risadas, fizeram o mesmo.

– Hahaha! Está bem, eu assumo a culpa desta vez. Foi falha minha, não desconte no rapaz... *Tonya*! Hahaha! – Mark, entre risos, falou.

– Descontar?! Acho que eu já nem me lembro mais por que queria bater nele! Hahaha!

Havia um grande relógio digital em uma das poucas pilastras da sala de treino. Eu contei: os risos e piadas duraram exatos dois minutos e quarenta e sete segundos.

– Er... Sr. Brennan? – chamei sua atenção, com o braço levantado.

– Haha! Anthony ou Tony está bom, filho! – *ele* atendeu.

– Então... Tony?

– Diga.

– Fico feliz que o nosso problema tenha sido resolvido e tudo o mais, mas isso não precisa necessariamente significar que a nossa luta foi cancelada, não é?

Tony enxugou uma lágrima que lhe escapara do olho direito durante a crise de risos.

– Oh? Então ainda quer lutar, filho da Lucy? – Sua pergunta continha certo tom de desafio por trás.

– Não costumo fugir das minhas lutas. Além do mais, Mark disse que há uma lição valiosa que posso aprender com você já em meu primeiro dia... – informei; meus olhos brilhavam de excitação como não o faziam há bastante tempo e um sorriso malicioso adornava meus lábios – ...e eu não gosto de deixar pendências.

Um sorriso similar ao meu se formou na linda boca daquela armadilha de rabo de cavalo.

– Agora sim nós estamos falando na mesma língua – *ele* disse, juntando as mãos e estalando os dedos.

– Oh, isso será interessante – ouvi Mark comentar, ao longe.

Olhamos ambos, meu adversário e eu, para a juíza improvisada – que bocejava, entediada – e fizemos um gesto com a cabeça, indicando que continuasse de onde parou. Ela pigarreou uma vez e declarou:

– Bom, se ninguém mais quiser ter um surto, vamos começar logo com isso. Cumprimentem-se.

Cumprimentamo-nos.

– Disputa entre cavalheiros! Sem restrições! Preparem-se...

Assumimos posições de luta.

– Comecem!

...Mas não começamos.

Numa coincidência monumental, nós dois resolvemos que seria melhor estudar o outro antes de tomarmos a iniciativa. Ficamos então somente nos observando por alguns segundos; Tony quicava no mesmo lugar.

– Ei, pra onde foi aquela pose toda? Com medo de apanhar de uma *mulher*? – meu oponente comentou acidamente entre uma respiração e outra.

– Estou apenas admirando esse seu corpo atlético e bem definido antes de começar. Me diz, ele serve pra mais alguma coisa ou é mesmo só para impressionar os caras na rua? – retruquei, talvez indo longe demais.

– Cuidado com o que fala, rapaz. Está querendo me irritar de novo?

– Se for preciso para que você me ataque com tudo o que tem, que seja!

– Ahhh! Garoto, se eu o atacar com toda a minha força, você vai se tornar o membro do Lynx com o menor tempo de serviço da História!

Ele parou de quicar de repente, afastou as pernas e flexionou os joelhos, curvando a espinha e olhando para o chão enquanto jogava os braços abertos para trás. Reforcei a guarda que havia relaxado um pouco e fiquei ainda mais atento, aguardando a ação que sucederia aquela posição esquisita.

– Por isso, para evitar que a linhagem dos Killian termine em você… – ergueu a cabeça e olhou diretamente para mim – …apenas cinco por cento dela será o suficiente!

A pressão e o vento gerados pelo golpe chegaram antes da mão.

Foi tudo rápido demais.

Meu cérebro só pôde compreender a situação e coordenar o contra-ataque quando o borrão azul já estava a milésimos de afundar o meu nariz cara adentro. Primeiro, inclinei o corpo para trás, mas a aceleração do inimigo era tanta que só aquilo não bastaria. Então, com maior facilidade do que eu esperava, movi o braço direito e meu pulso se chocou com o pulso esquerdo do oponente, osso com osso, repulsando com um pequeno giro o soco veloz.

Percebendo que seu golpe fora repelido, e que suas costas estavam agora expostas, Tony rapidamente corrigiu seu centro de gravidade e girou o corpo da direita para a esquerda, pouco antes de seu pé tocar o chão. Acompanhando o movimento do seu tronco, o punho direito formou outro borrão azul mais feroz do que o anterior e cortou o ar, mirando o meu estömago.

Eu sabia: aquele soco ia me acertar. Não havia como desviar ou segurar um golpe daquela magnitude naquelas condições. O meu lado racional, aparentemente tão inativo nos últimos dias, dizia para eu receber o soco de forma controlada – minimizando ao máximo o dano – e pensar em uma maneira de contornar a situação depois, pegando o adversário desprevenido. No entanto, o instinto de preservação ganhou a disputa interna novamente, e eu, em reflexo, pus a mão esquerda numa posição vertical à frente da barriga, visando aparar o punho que se aproximava.

Nem podia imaginar a surpresa que me aguardava.

Para o alarde de todos na sala – especialmente o meu –, a minha mão foi, de fato, capaz de parar o soco.

O som do impacto amortecido pelas luvas ressoou pelo ringue e dissipou-se, rápido. Abri os olhos, que haviam se fechado sem o meu consentimento, e ali estávamos os dois, parados sobre o octógono. Atônito, procurei pelos olhos do meu adversário. Igualmente sem palavras, ele fez o mesmo. Trocamos olhares arregalados por uma fração de segundo, até que percebi que aquela era a oportunidade perfeita para virar o jogo.

A mão que impedira a conclusão do soco inimigo agarrou o pulso abaixo da luva azul. A outra, ainda suspensa desde que desviara o primeiro golpe, esticou e agarrou o braço esquerdo de Tony. Segurando seus membros de maneira cruzada à frente do meu corpo, inclinei o tronco para trás, tomando distância, e, com surpreendente destreza, dei uma cabeçada certeira em sua testa.

A força o jogou para trás e seus pulsos deslizaram dentro de minhas mãos. Soltei-o enquanto ele caía e, aproveitando-me de sua inércia, usei minha mão esquerda para dominar um de seus braços mais uma vez, prendendo-o entre meus antebraço e ombro direitos enquanto virava-me de costas e o puxava para minha frente, usando meus quadris e os joelhos flexionados como uma espécie de alavanca. Seu corpo leve desenhou um arco sobre mim, caiu desajeitado e estatelou-se com um enorme baque no chão do octógono.

Ippon seoi nage.

Com as costas chapadas no chão, os olhos de Tony tremiam, estupefatos. Ele abriu a boca depois de um tempo, deixou o ar escapar e falou:

– Ei, Mark.

Houve um pigarro, seguido da voz familiar:

– Pois não, Tony?

– Por que não me disse que o garoto sabe lutar?

Mark fez uma pequena pausa.

– Porque eu também não sabia que ele sabe – respondeu de forma redundante. Havia um tom de genuína surpresa e uma lasca de admiração em sua voz.

Tony suspirou. Seu braço direito ainda estava imobilizado pelas minhas duas mãos e sua cabeça estirada perto dos meus pés, quando ele, cujo olhar estava perdido até então, focou-se em mim e revelou:

– Eu desconfiei quando vi a sua base e a posição das mãos, mas a combinação de defesas e aqueles golpes inconsequentes confirmaram. – Piscou devagar, sem perder-me de vista. – Pensei que Leon Worthington não fizesse mais discípulos.

Meus dedos se constringiram com um espasmo ao ouvir aquele nome. Estoico, falei:

– Ele abriu uma exceção.

Tony sorriu de leve.

– É, parece que, assim como sua mãe, você também é cheio de surpresas.

– Você não faz ideia – respondi, confiante.

Ele respirou fundo.

– Ok, então: dez por cento será!

Com um puxão do braço que eu julgava sob meu controle, Tony roubou-me o equilíbrio repentinamente e trouxe o meu rosto para um dos seus joelhos, que ele flexionara e projetara com vigor para cima. Desviei desengonçado, jogando o corpo para a direita e raspando a ponta do nariz em sua coxa levantada.

Caído de lado, chutei mirando o topo de sua cabeça, mas meu oponente previu o movimento e adiantou sua mão, que se chocou fortemente contra a minha canela. Usando o empuxo provocado pelo encontro dos membros, ele soltou o meu braço e escorregou sobre o ringue, aumentando a distância entre nós dois. Com agilidade, levantamos de imediato.

Decidi adotar uma tática ofensiva a seguir: pisei forte e disparei, encurtando novamente a distância que nos separava para uma dentro do alcance dos meus braços. Uma vez próximo, desferi uma sequência de golpes em meu adversário: um soco direto – esquivado –, um cruzado – defendido –, um *uppercut* – desviado – e uma joelhada – bloqueada.

Meu balanço foi comprometido por conta do último bloqueio, criando uma abertura que foi logo explorada por Tony. Primeiro, um soco que amorteci com dificuldade raspou em meu ombro esquerdo. Depois, um segundo acertou-me as costelas da direita, causando muita dor. O terceiro ataque passou direto pela minha guarda deficiente e explodiu em meu plexo, fazendo-me cuspir sangue e deslizar um metro para trás no octógono.

Dor, falta de ar e gosto de ferro eram tudo o que eu sentia naquele momento.

Fiquei fora de mim por alguns instantes, mas voltei a tempo de ver o que estava prestes a acontecer:

Um *uppercut*, exatamente como o que eu havia errado antes, entrou no campo de visão da minha cabeça curvada. O *flash* azulado acertou-me o rosto e cegou-me, provocando uma dor terrível e fazendo o meu cérebro ricochetear dentro do crânio como uma bola de *pinball*. Depois disso, o corpo pareceu leve. Tornando a enxergar, notei que estava voando. De costas e descontrolado, mas voando. Em seguida, uma nova dor se estendeu por toda a minha parte traseira, e eu pude compreender de maneira definitiva o que acontecera:

Aquele soco surreal digno do mais habilidoso protagonista de história em quadrinhos arremessara-me para fora do ringue.

Bom, pelo menos foi divertido, pensei deitado no chão, mortificado, depois de deixar as pálpebras pesadas caírem. Estava certo de que a luta tinha chegado ao fim.

...Entretanto, eu estava errado.

– ACORDA, IDIOTA! – o grito estridente de Ayumi entrou pelos meus ouvidos e me fez abrir os olhos automaticamente, bem a tempo de ver aquela imagem aterrorizante:

A cinco metros de distância, no ar, Tony caía em minha direção com um soco que parecia ter *morte* escrito sobre o punho azul.

Rolei para a esquerda e usei os braços e as pernas – ainda meio dormentes por conta da pancada e da queda brusca – para saltar desajeitadamente e fugir da zona de impacto. Do alto, pude vê-lo perfurar o duro chão preto com a mão direita, projetando pequenos fragmentos do piso para todos os lados. Quando aterrissei e entrei de novo na base de luta, Tony ergueu-se de sua posição ajoelhada e desprendeu o punho do assoalho, deixando, em seu lugar, uma cratera medonha de cerca de quinze centímetros de diâmetro e dez de profundidade, circundada por rachaduras.

– Opa, acho que exagerei um pouco... – ele disse, com um risinho dissimulado.

Perdi a calma.

– Um pouco?! Você é maluco ou o quê?! Aquilo podia ser a minha cara, sabia?! – esbravejei, apontando para o buraco no chão.

– Ora, não seja um chorão! Faça jus ao seu sobrenome! – ele provocou-me ainda mais.

Irritado, queixei-me à juíza honorária:

– Você aí! Eu saí do ringue, por que não terminou a luta e declarou o vencedor?!

Ela desceu da arena acolchoada com um pulinho e pousou suavemente ao lado de Mark. – Porque a luta ainda não acabou, ora essa! – falou com naturalidade.

– Como não?! – inquiri, confuso. – Que tipo de combate não acaba quando um dos participantes é jogado para fora?!

– Qual foi a parte de *sem restrições* que você não entendeu?

– Sem restrições?! Mas... punição por sair da área de competição é–

– Uma restrição – Ayumi completou minha frase.

Fiquei sem palavras. Constatei que a razão e as leis do senso comum não se aplicavam dentro daquela mansão. *Que gente doida*, tive vontade de dizer, mas preferi ficar quieto.

– Já chegou ao seu limite, novato? Que pena, eu mal comecei a suar! – Tony insistia em me provocar.

Enraivecido, decidi pagar na mesma moeda:

– Não, não é isso; estou apenas preocupado com a sua segurança, madame. – O sarcasmo imperava. – Não acha que devia mandar um médico examinar essa sua mão? Deve ter quebrado alguns ossos com aquele último soco...

Ele espremeu os olhos e abriu os braços exageradamente.

– Oh, quanta consideração! Ei, Mark! Acho que ele está aprendendo bem mais com você do que comigo!

– Deixe-me fora disso! – Mark apressou-se em gritar do canto do ringue.

Cansado de toda aquela baboseira, suspirei, fechei a cara e comecei a andar na direção de Tony.

– Já chega; vamos acabar logo com isso – falei enquanto ajustava a luva vermelha, cujo velcro havia se desprendido um pouco.

– O senhor é quem manda... alteza – meu adversário declarou, à medida que vinha vagarosamente ao meu encontro, estalando o pescoço.

Caminhávamos um contra o outro sobre o chão escuro. Quando ficamos tão próximos que era possível para um ver o próprio reflexo nos olhos do outro, eu fiz o primeiro movimento.

Foi uma cotovelada imprevisível que acompanhou uma passada arrastada entre as pernas de Tony. Porém, graças à sua extraordinária velocidade de reação, e ao domínio absoluto do corpo que controlava, ele tirou a cabeça do caminho e encaixou uma rasteira na minha perna adiantada. Enquanto eu caía, ele puxou-me pela camisa e, como um lutador de luta livre, arremessou-me por cima da cabeça.

Era provavelmente a vingança pelo meu *ippon* de mais cedo.

Rodopiei sem jeito, mas consegui recuperar-me no ar e aterrissar em quatro apoios, escorregando no assoalho que produziu um som agudo em contato com a pele nua e suada da sola dos meus pés.

Mal tinha me estabilizado e um chute já se aproximava da minha face. Agachei-me. Ele errou. Com as mãos no chão, girei o corpo e acertei dois chutes seguidos em seu flanco desprotegido, jogando-o violentamente para a direita.

Pus os pés no piso frio e me endireitei. Sem perder o embalo, aproximei-me enquanto ele recobrava a forma e soquei. Sua mão esquerda negou o golpe e aprisionou meu punho. Uma vez firme no chão, sua outra mão golpeou meu abdômen como um pistão e eu cuspi mais sangue. A mesma mão agarrou-me então pelo pescoço e suspendeu-me um pouco acima de sua cabeça, enquanto ele me olhava com um sorriso sedento. Lançou-me para o alto, em seguida pulou e, girando, chutou-me com força, atirando-me diagonalmente ao chão.

Arrastei a cara e o corpo no piso. Forcei uma recuperação rápida e me levantei depressa, num salto. Sangue escorria da testa.

Tony aterrissara e se aproximava correndo, com um brado ensurdecedor.

Gritei de volta.

■ ■ ■

Eu estava gostando.

Aquele duelo desnecessário que havia começado por um motivo tão banal estava realmente me divertindo.

Fazia mais de um ano que eu não lutava daquele jeito. A última vez tinha sido na minha despedida de Worthington, um dia após o meu aniversário de dezoito anos. Lutamos naquele imenso *dojo* particular escondido no obscuro interior do orfanato – o mesmo onde costumávamos treinar diariamente –, como se nossas vidas dependessem daquilo.

E, de certa forma, elas dependiam.

Foi uma luta excitante, acirrada e revigorante que culminou na minha primeira vitória sobre o meu mestre.

A primeira vitória...

...Em doze anos de treinamento.

E agora, como naquele tempo, eu havia reencontrado a alegria que só pode ser sentida por meio da batalha. Aquela chama ardente reacendera em meu coração.

E quando essa chama intensa se encontra com a de outra pessoa em combate, um vínculo fortíssimo é formado.

Defendi um chute com os dois braços em guarda à frente do rosto. Ele se recuperou e tentou um gancho. Esquivei e o afastei com um pisão. Aproximamo-nos e trocamos novos golpes em rápida sucessão, alguns acertando e outros não. Sorríamos com os dentes à mostra e os olhos brilhavam.

De repente, depois de um erro de sua parte, Tony escorregou sobre a planta do pé suada e deixou transparecer uma abertura. Com a mão aberta – dentro do limite que a luva vazada permitia –, acertei-lhe o peito. Acuado, ele tentou mudar a base para se equilibrar, mas eu não o podia deixar reverter a vantagem que eu conseguira criar com tanto esforço. Dei um passo e concentrei toda a força nos quadris, fazendo-os girar enquanto estendia a perna direita – a dominante –, desferindo-lhe um chute rodado concentrado.

Mawashi geri.

A pancada foi forte.

...*Muito* forte.

Na verdade, foi tão forte que o impacto fez com que minha perna chicoteasse de volta com uma dor tremenda, como se fosse quebrar. Perdi o equilíbrio e caí sobre o meu traseiro.

Meu adversário, tendo recebido o ataque em cheio sem a menor chance de defesa, foi lançado pela sala de treino, parando apenas ao acertar um grande aparelho de levantamento de pesos, destruindo-o completamente.

Pasmo, permaneci estático, sentado no chão gelado enquanto assimilava lentamente que acabara de fazer uma pessoa voar por dez metros com um chute.

Notei então que, igualmente pasmos, Mark e Kuroneko estavam imóveis em seus lugares, até que a segunda engoliu em seco, pôs as mãos em concha à frente da boca e gritou:

– Ei, *oji-chan*! Você está vivo?!

Sem resposta. Os dois se puseram então a andar apressados até o local do pouso forçado de Tony. Levantei-me e fui junto, preocupado e dolorido.

A cerca de quatro metros da mulher que parecia ter se tornado uma com o conglomerado de ferro retorcido que já fora um aparelho de ginástica um dia, vimos um movimento. Seu braço se desprendeu com um barulho do objeto destruído e buscou apoio nas ferragens. O outro braço fez o mesmo, porém, por estar com uma terrível fratura exposta na altura do cotovelo – um osso sangrento espetava para fora da carne –, ficou apenas pendurado à frente. As pernas se mexeram, os joelhos se dobraram e o corpo inteiro se separou violentamente do monte de sucata a que o aparato tinha sido reduzido.

De pé, Tony tinha a espinha curvada para a esquerda e o pescoço dobrado para o mesmo lado, em um ângulo que não seria possível para uma pessoa normal atingir e permanecer viva. Soltando ar pela boca em um suspiro aterrorizante – compondo uma imagem que deixaria com pesadelos a pior assombração do mais assustador filme de terror –, ele levou o braço que não estava quebrado à cabeça, agarrou-a firmemente e puxou com vigor, recolocando-a em seu lugar com um medonho *crec*. Depois, com mais estalos, endireitou a coluna e pôs o braço fraturado em ordem, esguichando pela ferida aberta um pouco de sangue que lhe manchou os *shorts* amarelos.

– Tony...? – Mark perguntou dessa vez. – Você está... bem?

Sem expressão, Tony inflou o peito com uma respiração profunda e, quando soltou todo aquele ar – que presumivelmente acompanharia uma bronca barulhenta recheada de palavrões –, nos recepcionou com uma risada ainda mais estridente e sem pudor do que aquelas que tivemos o *prazer* de ouvir anteriormente.

Assistimos àquela cena mudos. Não sei o que se passou na cabeça dos dois ao meu lado, mas pela minha circulava uma mistura estranha de alívio – por saber que ele estava bem – e culpa – por achar que eu tinha quebrado o homem. Depois de um tempo, os risos cessaram e ele falou:

– Ahh... eu perdi!

– Hã? – deixei escapar.

– Eu perdi completamente, haha. A vitória é sua. Você mereceu.

A ferida em seu braço se regenerava. As palavras continuavam fugindo de mim:

– Ah, ok... eu acho. Obrigado?

– Não, garoto: eu é que agradeço. Fazia anos que não me divertia tanto com uma luta quanto hoje. – Ele fez um esforço e estendeu a mão para um cumprimento; a ferida do braço havia desaparecido. – Muito obrigado.

Eu estava um pouco emocionado, confesso. Minha mão suada se encontrou com a dele; ela era tão macia e delicada que, por um segundo, eu quase me esqueci de que pertencia a um homem.

Ao longe, o badalar de um relógio quebrou o clima ameno. Sete sons profundos em sequência; sete horas da noite.

...Nossa luta levou mais tempo do que eu pensava.

Mark se aproximou e pôs as mãos sobre os nossos ombros.

– Então, cavalheiros, agora que já se divertiram, podemos tratar de negócios? – falou, com a mesma voz aveludada de sempre.

– Mark, você percebeu também, não é? – Tony disse após soltar minha mão.

– Sim. É quase inacreditável, mas parece que temos outro caso em mãos. Precisamos averiguar.

– Outro caso...? Do que vocês estão falando? – eu me intrometi.

– De você, é claro – Mark respondeu. – Suspeitamos de algo e queremos testá-lo, mas isso vem depois; antes, há uma pergunta que preciso fazer. É meio que uma tradição, tenho certeza de que você entende, certo?

Eu entendia, por isso assenti com a cabeça.

– Ótimo. Vamos prosseguir, então. – Mark afastou-se um pouco de mim, endireitou-se e disse: – Lucas Killian, tendo ciência do seu poder e potencial como switcher, tendo inclusive testemunhado-o em ação aqui, em nosso quartel-general, eu, Mark Blackwood, líder do clã Moonlight Lynx, convido-o a se juntar a nós e à nossa causa.

Ele tirou do bolso do roupão vinho uma pequena caixa de madeira e a segurou com as duas mãos. Abriu-a com os polegares e revelou uma adaga prateada e reluzente, apoiada sobre uma almofada roxa de tecido fino. A lâmina possuía pequenos desenhos que pareciam ser representações de estrelas em seu entorno, e a familiar imagem do lince adornava o seu cabo trabalhado, dando uma aparência nobre, refinada e forte ao mesmo tempo.

Observei o lindo objeto de metal por uns instantes. Depois, procurei os olhos claros de Mark – que emanavam uma tranquilidade quase divina – e declarei, com expressão solene e definitiva:

– Eu aceito.

Retirei a arma da caixa nas mãos do meu mais novo companheiro. Agarrei-a com firmeza e sorri. *Mãe, eu estou fazendo a coisa certa, não é?* perguntei mentalmente, mais com o coração do que com o cérebro.

– Seja bem-vindo, garoto.

Meu antigo oponente comentou enquanto passava a mão em meus cabelos, despenteando-os ainda mais.

– ...Parabéns – Ayumi disse em voz baixa, não deixando claro se estava realmente feliz com a minha decisão ou não.

– É uma honra tê-lo conosco, Lucas – Mark, apertando a minha mão, falou.

Eu estava feliz. Muito feliz.

Eu era desejado; pessoas se alegravam com minha adição ao seu grupo.

...Eu pertencia a algum lugar.

– Bom, agora que já resolvemos tudo, acho que seria uma boa mostrar a casa para o novato. O que me dizem? – Tony perguntou, juntando as mãos.

– Completamente de acordo. Vejamos, por onde devemos começar...? – Mark respondeu alegremente, levando o dedo à ponta do queixo, pensativo. Aproveitei o momento para remover as luvas, vestir os jeans e calçar as meias e os tênis. Tony também retirou as luvas que usava e jogou-as no chão, sem a mínima preocupação.

Estávamos prestes a deixar a sala de treino quando nos deparamos com uma figura sem fôlego, correndo desesperadamente corredor afora.

Era Greg.

– *Ufa!* Desculpem... a demora! Eu... eu estava perdido... Scott me encontrou e... e...

Scott entrou logo em seguida, calmo e com os olhos fechados.

– Obrigado, Scott. Não sei o que faria sem você – agradeci, sorridente.

Greg foi normalizando sua respiração aos poucos e estranhou ao me ver suado, ferido, sujo de sangue e segurando uma adaga no meio de toda aquela gente esquisita. Ele endireitou as costas, tossiu e perguntou:

– Er... então, o que eu perdi?

Capítulo 4

PILASTRAS

Depois que deixamos a sala de treino, atualizei grosseiramente a Greg – que ficou muito desapontado por ter perdido toda a ação –, e meus novos companheiros nos mostraram o resto da mansão que ainda não tínhamos visto.

Conhecemos os quartos, os banheiros, a sala de vídeo, a sala de jogos, a biblioteca, a cozinha, a sala de jantar, a adega, o...

...Francamente, que casa descomunal.

Após terem nos mostrado até a última vassoura do pequeno almoxarifado, Mark e os demais nos conduziram até a área externa. Era um espaço colossal – um bolsão de ar debaixo da terra cujos teto e paredes foram revestidos com platina ou algum outro metal daqueles caros e difíceis de se obter, dando a aparência de um covil de algum vilão de cinema. O chão era coberto por grama artificial e pequenos caminhos de concreto, delimitados por cercas brancas, sinalizavam por onde se devia caminhar, criando a perfeita ilusão de um grande quintal.

Bem no meio da caverna *high-tech*, a mansão vitoriana reluzia imponente sob os holofotes que imitavam a luz solar. Saindo do teto do espaço aberto e entrando na casa pelo telhado, um enorme cilindro metálico – o fosso do elevador futurista – era a única conexão aparente com a superfície. À esquerda da construção havia uma piscina aquecida, e do lado oposto ficava o estande de tiros coberto e isolado acusticamente.

Quando enfim não restava mais nada a se mostrar, retornamos ao hall espaçoso com os tapetes vermelhos, o lustre gigante e as escadas, que agora sabíamos para onde levavam.

– Bom, é isso. O que acharam? – Mark indagou, confiante de que a resposta seria positiva.

– É realmente incrível, como nada que vi até hoje – eu respondi.

– É um pouco grande demais para o meu gosto, se querem saber – Greg, que sempre vivera em apartamentos apertados – *apertamentos*, como gostava de chamá-los –, pontuou.

– Eu também pensava assim no começo, mas com o tempo aprendi a preferir o exagero à escassez – Ayumi comentou. Ela parecia estar se esforçando para participar da conversa, por algum motivo.

Eu terminava de limpar os últimos resquícios de sangue da ferida em minha testa – com uma toalha gentilmente cedida por Scott – quando percebi que o ferimento não apenas havia parado de sangrar, como também diminuíra consideravelmente. Surpreso, tornei pública a minha descoberta:

– Minha ferida... está cicatrizando.

Todos voltaram a atenção para mim e conferiram o que eu acabara de dizer.

– Hum... fascinante – Mark disse, coçando os pelos loiros que começavam a despontar em seu queixo recém-barbeado.

– Ao que tudo indica, é exatamente como pensávamos, Mark – Tony comentou, encostando-se no corrimão da escada.

Fitei-os em silêncio enquanto eles me observavam. Quando abri a boca para perguntar o que se passava por suas cabeças, Greg, ao olhar em seu relógio de pulso, declarou:

– Nossa, está ficando tarde; acho melhor ir andando. Você vem, Lucas?

– Agora não. – Olhei para Mark, que assentiu com a cabeça. – Ainda temos que ver algumas coisas por aqui. Consegue voltar sozinho?

– Claro que sim! E eu lá sou de me perder facilmente?

Respondi à sua pergunta com uma expressão que dizia *sim, você é*, e ele pareceu um pouco irritado. Mark interrompeu o nosso diálogo bobo:

– Nada disso, está tarde demais para voltar sozinho. Chamaremos um táxi. Neko, por favor.

– Ok – a garota assentiu e saiu da sala, rumo à cozinha.

– Mas... – Greg tentou argumentar.

– Nada de *mas*: já está decidido – Mark encerrou o assunto com propriedade.

Greg tinha a cara de quem desejava protestar – ele odeia dar trabalho aos outros, afinal –, mas acabou dando de ombros e sentando-se num pequeno sofá junto à parede.

– Quanto a você, Lucas – Mark disse, olhando para mim. – Dormirá aqui esta noite. Ainda temos assuntos a tratar e um pequeno experimento a fazer.

Eu sabia que, por mais que os meus argumentos fossem de fato concisos, em nada adiantaria retrucar. Logo, sorri de soslaio, fechei os olhos e desdenhei:

– Você é quem manda, chefe.

Mark riu de leve e Tony murmurou baixo, abrindo um pequeno sorriso. Ayumi voltou da cozinha, anunciando:

– Tudo certo. O táxi chegará em quinze minutos.

– Ótimo! – Mark exclamou. – Ainda temos um tempinho, então. Quem quer chá?

Inicialmente não queria, mas eu bebi mesmo assim. Era um delicioso e encorpado chá de hortelã que apaziguou a euforia que ainda residia em meu corpo desde a luta. Eu deixava escapar o vapor agradável proveniente do líquido quente e cheiroso em longas baforadas, enquanto trocávamos algumas palavras durante aqueles breves quinze minutos. Surpreendentemente, ninguém falou nada relacionado aos switchers, roubos, trocas ou quaisquer dos tópicos que havíamos trazido à tona no começo da noite: falávamos sobre coisas banais, contávamos algumas piadas – principalmente Greg, pois era a sua especialidade – e ríamos juntos como se fôssemos bons amigos que se conheciam há muitos anos.

Por fim, o prazo estipulado para a chegada do táxi terminou e, enquanto subíamos os quatro – Mark, Tony, Greg e eu – pelo elevador futurista, algo me veio à mente:

Espere um pouco... se a localização desta mansão é um completo segredo, como podemos chamar um táxi qualquer para buscar alguém à nossa porta? Além disso, sairão quatro pessoas de dentro de um bar lendário supostamente abandonado! No que eles estão pensando?!

Chegamos ao piso do bar e, no momento em que eu faria a pergunta que tinha formulado em minha complexa cabeça, o barman holográfico nos saudou com um simpático *boa noite* que me distraiu e fez esquecer de tudo temporariamente. Quando voltei a mim, já era tarde demais: Tony, à frente, abrira a porta e a segurava enquanto nós três a atravessávamos em fila. Eu fui o penúltimo a sair e Tony me seguiu, fechando a porta atrás de si com um som de madeira e vidro se chocando.

Alinhados na calçada, esperamos em silêncio. Olhei para um lado e depois para o outro, mas não vi nenhum sinal de um carro em lugar algum, muito menos um táxi.

– ...Ele está atrasado? – perguntei sem um alvo específico.

– Não – Greg respondeu, checando em seu fiel relógio de pulso. – Estamos um minuto adiantados.

– Não esquenta – Tony disse. – Esse táxi é confiável. Sempre chega no horário prometido.

– Hum... – eu murmurei, espremendo os olhos. – Por falar nisso, como é que vocês podem–

– Vejam, ele chegou – declarou Mark, apontando para a esquina da rua pequena.

Segui o seu dedo indicador e vi uma forte luz azul – cujo feixe aumentava de tamanho e intensidade gradualmente – refletida nas paredes e vidros da margem direita da rua. Presumi que se tratava dos faróis de um veículo, e pude confirmar quando ele dobrou a esquina e veio ao nosso encontro. A luz intensa fazia doer os olhos e eu pus a mão à frente do rosto a fim de tapá-la. Ao parar ao nosso lado, com os faróis não mais incidindo sobre a minha visão, eu pude ver com clareza o carro: era um modelo antiguíssimo, tão raro nos dias de hoje que merecia estar exposto em um museu, e não circulando pelas obscuras ruas de Shaft àquela hora da noite. Tão negro quanto o céu noturno sem estrelas, parecia se camuflar em meio à escuridão, exalando um ar medonho de morte que, somado ao design clássico dos anos 1940, dava a impressão de que tínhamos entrado em um filme de gângsteres, e que a qualquer momento um violento tiroteio se iniciaria. *Ainda bem que Mark não está usando o seu sobretudo e chapéu*, pensei, *ou ele certamente puxaria uma metralhadora e alvejaria o motorista*.

– O que foi que eu disse? Sempre no horário prometido! – Tony falou, empinando o nariz.

– Er... Mark?

– Diga, Lucas.

– Sou apenas eu quem acha isso tudo muito estranho?

– O que, o táxi? Ah, é mesmo! Nós não lhe falamos.

– É, não me falaram... de novo – concordei, de cara fechada.

Mark sorriu, sem graça.

– Então, lembra-se de quando conversamos sobre os diferentes clãs switchers e de como eles não costumam se dar muito bem por seguirem ideologias diferentes? – ele indagou.

– ...Sim.

– Bem, isso não vale para todos. Existe um clã que se mantém imparcial, não assumindo nenhuma posição e se colocando à disposição para ajudar a todos os outros switchers, desde que lhes paguem. Eles têm uma sede aqui em Neo Atlantis, e, além de nos fornecerem armas e outros itens e serviços, possuem também esse eficiente sistema de transporte, ao qual chamamos de táxi por puro capricho.

– Que... conveniente, hã? – comentei monotonamente, semicerrando os olhos.

– Sim, muito! – Mark respondeu, falhando em interpretar o meu sarcasmo.

Após Tony trocar algumas palavras com o motorista do carro preto através do vidro abaixado, uma das portas traseiras se abriu sozinha para que Greg entrasse.

– Já falei com o motorista. Ele seguirá as suas instruções para deixá-lo em casa e mandará a conta para nós depois, então não se preocupe com os gastos – Tony comunicou casualmente a Greg.

– S-Sim, senhor! – meu amigo respondeu. Ele estava muito tenso e desconfortável desde que soubera a verdade por trás da linda mulher loura à sua frente.

Greg virou-se para Mark e o agradeceu por tudo. Este, por sua vez, disse que foi um prazer, e que ele era livre para visitar a mansão quando quisesse – contanto que avisasse previamente. Meu amigo veio então ao meu encontro para despedir-se:

– Bom, Lucas, foi divertido. Parece que a sua caça ao tesouro doida de fato o trouxe a algum lugar, não é mesmo?

– É, e eu não teria conseguido sem você, Greg.

– Ora, não seja modesto! Desta vez eu admito: você foi o ator principal; eu fui apenas o alívio cômico, haha!

Rimos juntos, depois apertamos as mãos e nos abraçamos.

– Se cuida. E vê se aparece na faculdade segunda-feira, hein? – Greg disse ao nos separarmos.

– Se eu estiver vivo até lá, pode ter certeza que aparecerei – assegurei em tom descontraído.

Admirado com a beleza retrô do automóvel, Greg entrou e se perdeu no assento de couro convidativo. A porta se fechou, o motorista deu a partida e o veículo desapareceu na outra esquina da rua.

Bocejei enquanto me espreguiçava. Tony, ao me ver, pronunciou-se:

– Mas já com sono, garoto? Hum, você devia ter servido café ao invés de chá mais cedo, Mark. Veja só como essa sua mania irritante prejudica aos outros...

Mark, com desdém, replicou:

– Diz isso agora, mas vive pedindo para que eu prepare o meu famoso chá de camomila, Tony.

– Ah, é? E por acaso eu já pedi isso a você hoje?

– Não... hoje, não.

– Então... – pigarreou exageradamente – ...você *precisa* preparar aquele chá de camomila, Mark – disse, sorrindo.

– Hahaha! Pois o farei, Tony. Em breve. – Mark sorria também.

Um vento frio, ilógico devido ao calor dos últimos dias, provocou um arrepio forte o suficiente para que eu abraçasse a mim mesmo em um esforço fútil para me aquecer.

– Podemos entrar? Estou congelando aqui – perguntei.

– Oh, nós entraremos, sim; mas não na mansão – Mark respondeu.

– Não? – indaguei, levantando uma das sobrancelhas.

– Não – ele repetiu. – Aproveitaremos que já estamos aqui fora para realizar o primeiro estágio daquele experimento do qual falamos mais cedo.

– Ah, é! Eu estava justamente querendo perguntar a vocês: sobre o que é que os dois tanto andam comentando desde que eu venci a luta na sala de treino?

Mark e Tony se entreolharam. O segundo então disse:

– ...Achamos que você possui uma habilidade switcher rara, garoto.

– Habilidade rara? Como assim? – questionei.

– Acontece que alguns switchers desenvolvem, além das habilidades comuns a todos, uma habilidade especial; algo geralmente único que, se explorado de forma correta, pode ser um grande trunfo, um ás na manga de seu possuidor – Tony, explicativo como ainda não tinha se mostrado capaz de ser, dissertou. – É uma característica singular, presente em apenas alguns de nós.

– Exato – Mark concordou. – E suspeitamos que você possa ter a mais rara e poderosa dessas habilidades, a que há somente um caso registrado até hoje.

Engoli em seco.

– Qual habilidade? – inquiri, hesitante.

Mark respirou fundo.

– A de obter todos os benefícios do roubo durante a troca – concluiu.

Arregalei os olhos. Não teria acreditado, não fossem as expressões sérias presentes no rosto dos dois. Estupefato, balbuciei:

– Q-Quer dizer que eu posso ficar mais forte... sem roubar ninguém?

– Sim – afirmou Tony. – Mais importante do que isso: você poderá passar a sua vida inteira sem nunca precisar abrir mão do próprio corpo. E isso, garoto, é absurdamente invejável para um switcher.

Baixei a cabeça – tentava esvaziar a mente para assimilar aquilo tudo com mais facilidade.

– Entendo... – murmurei por fim.

Mark, para não deixar que eu me desanimasse, tornou a falar, em tom espirituoso:

– Bom, mas é apenas uma possibilidade no momento; precisamos testá-la para termos certeza.

– ...E como faremos isso? – perguntei, voltando ao normal.

– Simples! – Mark respondeu, sorrindo. – Você dará um soco.

– Hã? Um soco? – repeti para confirmar.

– Sim, um soco – Tony afirmou dessa vez. – Venha conosco; vai entender logo, logo.

Sem saber ao certo o que pensar, eu fui.

Seguindo a calçada suja, adjacente ao Lince de Prata havia um grande edifício-garagem em ruínas. O prédio de três andares possuía três rampas largas: uma ligando o térreo ao segundo andar, outra ligando o segundo ao terceiro e último andar, e uma terceira rampa, que ficava também no térreo, mas seguia para baixo, presumivelmente levando a um subsolo. Passando por esta, Tony explicou:

– Esta é a segunda entrada para o nosso esconderijo. – Ele apontou para uma pequena esfera preta na parede. – Está vendo a câmera? Ela reconhece quem se aproxima. Se for um dos nossos, o portão se abre. Se não for, o sistema de segurança é acionado e nós somos avisados. Temos que registrá-lo no *software* mais tarde, Mark. Não me deixe esquecer.

Mark afirmou com a cabeça.

Depois de caminharmos até o meio daquele andar, chegamos enfim ao local do tal experimento. Imóveis, altivas, firmes e aparentemente essenciais, encontravam-se ali duas pilastras. Claro, não eram as únicas no local, mas, diferente das demais, essas eram imensas e muito espessas, de modo que parecia que a construção inteira era suportada única e exclusivamente por elas. Diante de uma delas – a da esquerda –, estávamos os três.

– É aqui – Mark anunciou.

– Vá em frente, garoto – Tony consentiu.

Eu ainda não havia me acostumado com aquela maneira casual e às vezes enigmática de falar e comandar dos dois, por isso resolvi confirmar aquilo que acreditava ser o que me pediam para fazer:

– Então... vocês querem que eu soque a pilastra, certo?

– Isso – Mark respondeu. – Concentre toda a sua energia em seu punho e soque o mais forte que puder.

– Mas... isso não danificará a estrutura?

– Pode ficar tranquilo – Tony disse. – Este lugar já está caindo aos pedaços, mesmo; se ele desabar, não fará falta.

Queria eu ser tão despreocupado assim, pensei enquanto fazia uma expressão esquisita.

– Bem, se vocês dizem que não há problema, então não há problema – convenci a mim mesmo em voz alta. – Deem espaço, por favor.

Ambos se afastaram para os lados. Puxei o ar e o prendi enquanto abria as pernas e erguia os braços com as mãos fechadas firmemente, formando minha base de luta. E, após uma forte pisada no chão, soquei a pilastra com um grito.

Meu punho afundou-se no concreto cerca de dez centímetros.

Doeu.

...Muito.

Retirei a mão do buraco e ela estava extremamente vermelha, com inúmeras lacerações por onde um pouco de sangue escorria. Mark tirou do bolso do roupão um lenço bege e o ofereceu para que eu envolvesse a mão machucada.

– Hum... ainda tem um longo caminho a percorrer, mas já é alguma coisa – Tony disse, enquanto analisava a pequena cavidade deixada na pilastra.

– Não faça pouco do rapaz, Tony. Não se esqueça de que, há algumas horas, *você* era a pilastra – Mark, plácido, defendeu-me.

– *Tsc*, você precisa mesmo me lembrar disso? – o outro, irritado, falou.

– Sempre que julgar necessário, sim – Mark, em tom irônico, replicou.

Eu ri. Tony, olhando para mim, contestou:

– Não acha que é cedo demais para rir, não, moleque? Esqueceu que eu reduzi a minha força a meros oito por cento quando lutamos?

Arqueei as sobrancelhas.

– Espera, oito?! Você disse que tinham sido dez por cento!

– Eu menti – ele admitiu, dando de ombros e desviando o olhar.

Filho da... eu disse em pensamento, semicerrando os olhos.

Mark riu um pouco, o que ajudou a dissipar o meu princípio de raiva. Suspirei e perguntei:

– Bom, e agora?

– Agora nós ceamos e dormimos. Está tarde, amanhã pela manhã direi o que você deverá fazer para concluirmos o experimento – Mark explicou.

Tony soltou um bocejo longo.

– É mesmo, já passou e muito do horário do jantar. Ayu e Scott devem estar terminando de prepará-lo neste instante – ele falou.

– Ótimo, estou realmente com fome. Ah, mas antes disso, eu gostaria de tomar um banho rápido e fazer os curativos. É possível? – perguntei, à vontade.

– Quanto ao banho, sem problemas; prepararemos a banheira e traremos uma muda de roupas. Mas diga-me, Lucas: em que feridas você pretende fazer os curativos? – Mark disse, sorrindo.

– Como assim, em que feri... – comecei a perguntar, mas interrompi a mim mesmo ao passar a mão esquerda sobre o local da minha testa onde deveria haver uma ferida, pois constatei que ela não estava mais ali.

– Ela... cicatrizou-se por completo! – Tony, cessando sua atitude desdenhosa de antes, pontuou, surpreso.

– Mas... como? – estarrecido, eu questionei.

Removi depressa o lenço de Mark, que cobria a pele esfolada do meu punho direito, apenas para ver que as lacerações doloridas se curavam vagarosamente.

Olhei para Mark com os olhos arregalados e ele disse, com um sorriso nos lábios:

– Parece que estávamos certos, afinal.

Tony esfregou as mãos, com os dentes à mostra. Seus olhos de raposa brilhavam intensamente, transparecendo o seu interesse e a sua curiosidade.

Uma rajada de vento soprou e fez coçar o nariz.

Espirrei.

■ ■ ■

Acordei no meio da noite.

Talvez por causa do estado de excitação em que eu ainda me encontrava, não sentia mais sono.

Rolando por entre os lençóis finos da cama de casal enorme, por mais que tentasse, não conseguia dormir novamente. Convencido de que nada poderia ser feito a respeito, e impelido por uma súbita sede, resolvi levantar-me e beber um copo de água bem gelada.

Descalço, cruzei o corredor e desci a imensa escada com ruídos mínimos, auxiliado pelos tapetes felpudos e pela madeira muito bem firmada do assoalho. No caminho até a cozinha, passei por um banheiro. Provavelmente devido ao estímulo psicológico inevitável que assola um homem quando ele vê uma latrina, não tive escolha a não ser entrar e me aliviar.

A geladeira cromada possuía uma pequena cavidade em uma das suas duas portas. Era uma espécie de torneira por onde a água saiu automaticamente quando aproximei um copo. Em seguida, caminhei até a janela e apoiei a barriga e os cotovelos no parapeito, procurando pela Lua enquanto apreciava aquele líquido refrescante que saciava a sede em longos goles.

Porém ela não estava lá.

Tomado, de início, pelo estranhamento de não encontrá-la no céu, lembrei-me de que não estava em meu pequeno apartamento – não estava nem mesmo na superfície! O teto e as paredes de metal separavam-me da minha fiel companheira das noites insones e roubavam-me de qualquer possibilidade de sentir a brisa noturna nos cabelos soltos.

Não consegui deixar de pensar no quão cruel era a realidade das pessoas que moravam naquela mansão. Viver sem o Sol, a Lua, as estrelas e o vento não podia ser considerado viver.

Lavei e guardei o copo por costume e, já que o sono parecia ter desaparecido de vez, decidi caminhar um pouco pelo exterior da casa, na ínfima esperança de que ele retornasse.

Por algum motivo, a porta dos fundos estava destrancada. Saí e perambulei devagar pelo pavimento frio, contornando a mansão e admirando-a mais uma vez. Passando pela piscina, quis sentar-me à borda e aquecer os pés na água morna, mas, enquanto me aproximava da beira, ouvi um som.

Assustado, segui o ruído e notei algo que havia passado despercebido durante o nosso tour de mais cedo: além da área da piscina, iluminada por uma profusa luz branca, havia uma pequena estufa.

Curioso, fui até lá. Na metade do caminho, vi o movimento rápido de uma sombra se abaixando em seu interior. Aproximei-me e ouvi um palavrão. Identifiquei de imediato a quem a voz pertencia, então a apreensão desapareceu e eu, após dar duas batidas leves na porta de vidro, girei a maçaneta e entrei sem esperar por uma permissão.

A luz branca emanada das inúmeras lâmpadas no teto da estufa me cegou. Desviei o olhar para o chão e pisquei repetidamente para voltar a enxergar. Logo, a visão retornou e eu pude vê-la claramente.

Ela estava ajoelhada no chão de ardósia. De costas para mim, pude ver seus delicados e descalços pés pálidos que refletiam o branco da iluminação nas solas lisas. Com as mãos, metidas em luvas de borracha, ela juntava os cacos de um vaso quebrado e a terra que se espalhara sobre o assoalho graças à queda dele. À sua volta, as mais belas flores e plantas decoravam aquele momento e faziam dele uma cena memorável, que ficaria para sempre registrada em minha memória não fosse por um singelo e importantíssimo detalhe:

Aquela linda mulher era, na verdade, um homem.

– Vai ficar aí parado me olhando ou vai ajudar? – Anthony Brennan, a pessoa mais esquisita que eu havia conhecido em toda a minha vida, perguntou sem olhar para trás.

Olhei ao redor e vi uma vassoura e uma pá de cabo longo encostadas em uma das muitas bancadas cobertas de bromélias e orquídeas. Apanhei ambas e, enquanto me aproximava dele, perguntei a Tony, um tanto sarcástico:

– Não acha que está tarde demais para quebrar vasos?

Ele virou-se com um olhar indiferente e apanhou os objetos das minhas mãos, sem agradecer. Ficou de pé e pôs-se a recolher a terra e os cacos do chão.

Ignorei a sua impolidez – já começava a me acostumar com aquele jeito bronco de ser – e corri os olhos pela pequena estrutura de vidro, admirando o seu conteúdo. Dispostas com esmero, diversas flores e plantas preenchiam o local de vida, exibindo cores vibrantes e beleza sem igual. A mistura de fragrâncias adentrava as minhas narinas e provocava uma leveza tamanha que, por um segundo, achei que seria capaz de relaxar e dormir ali mesmo, em pé.

Tony varreu o último grão de terra e jogou toda a sujeira em um saco plástico azul que estava no chão, próximo a um regador brilhante de ferro. Os cacos de cerâmica do vaso que se quebrara bateram no fundo do saco, fazendo barulho.

– Sabe que de todas as pessoas que vivem aqui, você é a que eu menos esperaria ter um *hobby* como este? – eu disse, em tom amigável.

Tony suspirou e respondeu:

– Não é um *hobby*, garoto. É este corpo. Eu tenho uns... impulsos, se é que você me entende. É como se algo dentro de mim pedisse para eu fazer certas coisas que nunca faria por vontade própria.

Cruzei os braços.

– Hormônios, hã? – constatei, com ar inteligente.

– É, algo assim... eu acho – ele respondeu, inseguro.

– Hum, fale mais sobre esses seus... *impulsos*. Até que ponto eles o influenciam? – perguntei dissimuladamente, com um dedo suportando o queixo.

Tony fechou a cara.

– Eu ainda gosto de mulheres, se é isso o que você está querendo saber – respondeu em tom grave.

– Ah, que pena! Você e Mark formariam um ótimo casal! – eu falei, aos risos.

– Era só o que me faltava... – ele disse entre suspiros, balançando a cabeça negativamente.

– Calma, calma! Estou apenas brincando com você – assegurei enquanto agitava as mãos. – Eu entendi o seu motivo, mas diga: precisa mesmo fazer isso a esta hora da noite?

Tony deu uma risada sutil e sentou-se num banquinho de madeira próximo.

– Não tive tempo de fazê-lo mais cedo; algum fedelho apareceu aqui hoje e arranjou uma confusão na casa, então não tive escolha – ele explicou enquanto limpava com a mão uma mancha de terra no avental cinza-escuro, vestido por cima da mesma combinação de regata e *shorts* de mais cedo.

– Lamentável – eu fingi compaixão e sacudi a cabeça lentamente.

– De fato – ele concordou. – E você? O que faz acordado tão tarde?

– Perdi o sono. Tentei dormir de novo, mas não consegui. Acho que a adrenalina deve estar circulando pelas minhas veias até agora.

– É, deve ser. A dor passou?

– Sim. As feridas sumiram também. Aquele jantar, além de delicioso, devia ter alguma propriedade mágica, só pode.

– Ora, você não sabia? Scott é um xamã de alto calibre! Aposto que colocou algo para acelerar a sua regeneração natural.

– Scott é um xamã?! Sério?! – Projetei o corpo para frente, de pura excitação.

– Hahaha! Claro que não, moleque! Estou apenas brincando com você!

Contorci o rosto. Aquilo soou tão fantástico que, uma vez revelado não se passar de uma mentira, deixou-me verdadeiramente frustrado.

– Ah... eu mereci essa, admito – dei o braço a torcer.

Rimos os dois um pouco. Tony reparou que eu não estava calçando nada e quis saber:

– Por que está descalço? Não lhe demos umas pantufas depois que tomou o seu banho? – Disse isto e olhou para as próprias pantufas, jogadas perto da entrada – que provavelmente havia tirado para não sujá-las de terra.

– Ah, aquilo? Não consigo usar aquele tipo de coisa; não estou acostumado. O tecido incomoda demais.

– E você prefere simplesmente andar por aí sujando os pés?

– Sujeira se resolve fácil, incômodo é que não. Além disso, eu gosto de ficar assim. Me sinto mais livre, firme no chão, se é que você me entende.

Tony olhou para os próprios pés nus e moveu os dedos finos.

– É, acho que eu entendo, sim – falou, com um meio sorriso melancólico.

– É?

– Sim. Houve um tempo em que eu também preferia andar descalço.

Contemplei sua feição por alguns segundos, depois perguntei:

– Não anda mais?

– Não.

– E por que parou de fazê-lo?

– ...Porque quando o faço, me lembro de coisas que eu quero esquecer.

Bem sei que há memórias que desejamos apagar. Sei também que não era direito meu fazer uma pessoa que claramente lutava dia após dia para manter memórias desse tipo trancadas no fundo de sua mente trazê-las à tona só para satisfazer à curiosidade tola de um intrometido como eu. Mas, impulsionado pela minha tenacidade, e suportado pelo meu egoísmo, não resisti e perguntei:

– ...E do que você quer se esquecer?

Tony me olhou, mudo e sério. Seus cabelos louros resplandeciam sob a luz branca e os olhos verdes brilhavam como se ele fosse começar a chorar. Não sei o que o levou a não repreender a minha pergunta insolente, mas ele só piscou, sorriu e disse, em voz branda:

– Tudo, garoto. Quero me esquecer de tudo, até do que eu já não me lembro mais.

Senti-me extremamente envergonhado e culpado por ter colocado aquela pessoa naquela situação. A gentileza e a placidez das suas palavras partiram o meu coração em mil pedaços, como o vaso que se quebrara instantes atrás. Incapaz de encará-lo novamente, me desculpei, pedi licença, dei boa noite e saí da estufa perfumada.

Voltei à mansão em passo acelerado. Lavei os pés no chuveiro de um dos banheiros e retornei ao quarto, onde fiquei deitado, refletindo sobre tudo o que acontecera.

Quando o meu corpo por fim sucumbiu ao cansaço, voltei a dormir.

▪ ▪ ▪

Três fortes batidas à porta me acordaram.

– ...Está aberta – resmunguei, a voz abafada pelo travesseiro.

A maçaneta girou e Ayumi entrou no quarto, barulhenta:

– Levante-se; estão nos esperando à mesa para tomarmos o café da manhã – ela disse, enquanto coçava o olho.

Sentei-me na cama e me espreguicei, bocejando. Relativamente desperto, reparei no que Kuroneko vestia: uma camisola branca de alcinhas que deixava expostos seu pescoço, clavículas, parte dos seios, os tenros ombros e braços e as suas curvilíneas coxas e pernas. Quase boquiaberto com aquela imagem inacreditavelmente feminina e atraente da moça, fitei-a por um bom tempo, até que ela me interrompeu:

– Ei, o que foi?

– Hã? Ah, n-nada! Eu... er... o que foi que você disse, mesmo?

– Eu disse...

Não pude evitar: antes que percebesse, estava contemplando o seu corpo outra vez. Deplorável, eu sei, mas era simplesmente inevitável. Ela enfim percebeu, soluçou, cruzou os braços com rapidez, cobrindo o decote, e fez uma expressão ao mesmo tempo envergonhada e furiosa.

Temendo o pior, tentei remediar:

– C-Calma, não é o que você está pensan–

– Sala de jantar. Café da manhã. Agora! – ela interrompeu-me bruscamente, deu meia-volta e saiu do quarto, apressada.

– Ah, já estou indo! Obrigado! – eu exclamei à medida que ouvia suas passadas abafadas pelas pantufas cor-de-rosa desaparecerem no corredor.

Boa, Lucas! Agora ela pensa que você é algum tipo de tarado!, critiquei-me em pensamento enquanto me punha de pé, arrumava a cama de qualquer jeito e deixava o aconchegante quarto.

Lavei o rosto na pia luxuosa do banheiro. Os cabelos estavam tão desarrumados que constatei que qualquer esforço para arrumá-los antes de me juntar aos demais seria em vão – além de um tremendo desperdício de energia. Reparei nas olheiras terríveis – consequência imediata de se gastar o tempo de sono com caminhadas noturnas e reflexões fora de hora –, joguei um último jato de água fria na cara e saí.

Chegando à sala de jantar, fui recepcionado por uma orquestra de bocejos retumbantes composta por quase todos os outros membros do clã, sentados à enorme mesa lustrosa de oito lugares – sobre a qual se encontravam fileiras intermináveis de pratos, talheres, copos, xícaras, jarras de suco, bules de café, pães, bolos e biscoitos. Mark continuava usando seu roupão brega, Tony vestia um pijama largo azul-bebê, Scott estava com suas calças de pano leve – e, mais uma vez, sem camisa – e Ayumi, agora com um pulôver lilás sobre a camisola branca, evitava contato visual.

– Bom dia – cumprimentei.

– Bom dia – alguns responderam em uníssono.

– Sente-se, Lucas. Estávamos esperando por você – Mark falou.

– Eu sei, Ayu... – olhei para Ayumi enquanto falava e ela, corada e irritada, virou a cabeça para o outro lado – ...Kuroneko me disse. Desculpem a demora.

– Uaaaah! – Tony bocejou demoradamente. – Sem problemas, garoto. Mas sente-se logo, estamos morrendo de fome aqui.

Sentei-me. O estômago roncou e eu pus a mão na sua frente para tentar suprimir o barulho, envergonhado.

– Hehehe, acho que não somos os únicos com fome por aqui, Tony – Mark comentou. – Vamos começar, então.

Acreditando que aquela se tratava da tão almejada permissão para iniciar o café da manhã, estiquei as mãos e agarrei um pão francês morno, uma fatia de bolo e uma xícara vazia. Estava prestes a preenchê-la com o café fumegante de um bule prateado quando meus olhos involuntariamente procuraram pelos de Ayumi, sentada à minha direita. No entanto, ao fazê-lo, notei que ela os mantinha fechados, e que seu rosto exibia uma expressão serena e requintada.

Logo percebi que os outros faziam o mesmo, e que não haviam ainda tocado em nada da mesa. Foi apenas quando Mark abriu a boca e começou a falar que eu finalmente entendi o que estava acontecendo:

Era uma oração.

...Algo que eu não ouvia ou fazia há muito tempo.

– Amado Pai, agradecemos por esta manhã e por esta mesa farta. Obrigado porque estamos todos aqui, vivos e saudáveis, em paz e unidos em nosso querido lar. Agradecemos também pela chegada de Lucas, e pedimos a Ti que nos dê a capacidade de sermos para ele como uma família, e que ele possa fazer desta casa um abrigo seguro, tal como nós o fizemos. Permita-nos continuar buscando um futuro juntos, até o dia em que o nosso tempo aqui nesta Terra chegue ao fim. Amém.

– Amém – os outros repetiram a famosa palavra final – menos Scott, que apenas moveu os lábios sem produzir nenhum som –, depois abriram os olhos e começaram a tatear a mesa à procura de suas comidas e bebidas prediletas, trazendo-as para perto e consumindo-as alegremente. Eu, em total silêncio, despejei o líquido preto quente na xícara branca com detalhes azuis e me juntei a eles.

Tudo estava delicioso. Os crocantes pães frescos estalavam prazerosamente entre os dentes e a manteiga de alta qualidade deslizava na língua como se um pedaço de seda a tocasse gentilmente. O bolo macio e úmido desmanchava na boca e lambuzava os lábios de chocolate. O café descia cortante, com uma queimação fraca que se transformava em alívio incomparável logo em seguida.

A ira de Kuroneko pareceu diminuir um pouco, pois nossos olhos se encontravam algumas vezes e ela não mais se apressava em desviá-los de mim. Sua imagem inocente de uma menina que se deliciava com uma refeição maravilhosa contribuiu ainda mais para o meu fascínio por ela.

– Está gostando, Lucas? – Mark perguntou-me após quebrar um *biscuit* com os sisos da lateral esquerda da boca e mastigá-lo com evidente deleite.

– Sim, muito! Quem preparou isto tudo? Você?

– Não, não. Nós dividimos as tarefas por aqui, e geralmente a comida fica por conta de uma dupla. Tony e Scott prepararam o desjejum desta manhã.

– Oh, é mesmo? – Olhei para os dois; Tony sorriu confiante e Scott assentiu com a cabeça, similarmente sorridente. – Sobre Scott ser um bom cozinheiro eu já sabia, pois ele cuidou do jantar de ontem também; mas você, Tony? Estou realmente surpreso!

Tony pareceu um pouco ofendido:

– Ei, não me subestime, moleque! Tenho total confiança em minhas habilidades na cozinha.

E é claro que não haveria como eu deixar escapar aquela oportunidade perfeita para zombá-lo:

– Dotes em jardinagem *e* em culinária?! Meu Deus, mas que belo partido! É um mistério você ainda estar solteiro!

Pude ver uma veia saltar em sua têmpora.

– Ora seu... – ele falou, erguendo um punho fortemente fechado, e já começava a se levantar da cadeira para comprar briga, porém Mark desatou a rir, atraindo a atenção de todos.

As risadas contagiantes mais uma vez permearam em nossas almas e fomos tomados por uma súbita e incontrolável vontade de rir. Sucumbimos – até mesmo Tony, que pareceu esquecer-se da raiva que começara a sentir – e nos juntamos a Mark, rindo por vários minutos.

Após terminarmos o *desjejum*, eu me ofereci para lavar as louças – achava que era o mínimo que eu poderia fazer depois de ter sido tão bem tratado por todos. Tony disse que ele e Scott também tratariam disso, mas, com a minha insistência, acabou permitindo e fomos os três para a cozinha.

Alinhados à frente da pia, pusemos à prova um método experimental de lavagem de louças simples e eficiente, baseado nos princípios do modelo fordista: eu, à esquerda, esfregava com uma esponja; Tony, no meio, cuidava do enxágue; e Scott, à direita, secava e guardava.

Era brilhante. Estávamos verdadeiramente orgulhosos do nosso trabalho.

Quando não restava mais nada a ser lavado, retornamos ao hall, onde Mark e Ayumi conversavam descontraidamente sobre qualquer coisa.

– E agora? – indaguei ao líder do Moonlight Lynx, que se apoiava na parede.

– Agora lhe daremos a sua primeira missão, Lucas – ele respondeu.

– Missão? – repeti a palavra com relutância e dúvida.

– Não se assuste, é apenas uma tarefa bem simples que precisamos que faça para que possamos concluir aquele nosso pequeno experimento da noite passada – Tony entrou na conversa, secando as mãos no pijama.

– Queria saber que experimento é esse do qual vocês tanto falam... – Kuroneko, sentada no sofá, comentou.

– Não se preocupe, Neko. Quando colhermos os resultados, você e Scott saberão imediatamente – assegurou-lhe Mark.

Scott sentou-se ao lado de Ayumi, com um rosto desapontado. A garota desviou o olhar e bufou pelo nariz, contrariada.

– Ok, o que devo fazer? – retornei ao tópico.

– Você conhece algum estudante em Hansford que seja... er... forte? – Mark perguntou, levemente encabulado.

– Forte? – eu questionei, incerto. – Defina *forte*.

– Forte, rapaz. Musculoso, troncudo, com um corpo bem desenvolvido... um desses maníacos por academias de ginástica e suplementos vitamínicos – Tony, um pouco impaciente, simplificou.

– Ah, sim! Bem, deixe-me ver... – Fechei os olhos e levei a mão à testa, como se tal ato fosse ajudar a refrescar minha memória. – Hum, não o *conheço* propriamente dito, mas sempre vejo um cara desse tipo circulando pelo pátio nos intervalos das aulas, rodeado de mulheres. O que tem ele?

Mark sorriu e continuou:

– Perfeito, é exatamente do que precisamos. Eis a sua missão: na segunda-feira você irá à sua faculdade normalmente e, durante um dos intervalos, localizará esse rapaz e fará uma troca com ele. Não precisa vasculhar em suas memórias ou estabelecer uma conexão profunda, apenas se concentre em sua força física e habilidades motoras. Mas não se demore muito; volte para o seu próprio corpo o mais rápido possível.

– Ok, entendi. Mas diga, qual o propósito disso tudo?

– Quando você retornar aqui depois das aulas, entenderá.

Sua resposta inconclusiva fez minha face se contorcer.

– Hã? Como assim, *retornar depois das aulas*? Segunda-feira é um dia útil! Eu tenho um emprego, sabia? – falei, inquieto.

– Não mais, garoto – Tony, aproximando-se, disse em tom malicioso.

– Não... mais? – perguntei, acompanhando-o com os olhos.

– Não. Você enviou a sua carta de demissão nesta manhã. Chegará às mãos do seu ex-chefe na segunda – ele explicou, sorrindo.

Confuso e com indícios do que parecia ser uma imensa fúria surgindo, rugi:

– Carta?! Mas eu não enviei carta nenhu– ...espere um minuto, não me diga quê...? Santo Deus, vocês me demitiram?!

– Relaxa, rapaz! Você é um de nós, agora; sua única ocupação, além dos estudos, é claro, será treinar conosco e participar das nossas atividades. Todos os seus gastos serão cobertos pelos nossos fundos. Não é isso, Mark?

– Precisamente – o homem louro concordou. – A partir de agora, sua vida passará por grandes mudanças, Lucas. E a primeira delas será a sua rotina.

– O quê?! V-Vocês são loucos! Todos vocês! – exclamei. – Como tomam uma decisão importante dessas sem me consultar?! E se eu for contra?!

– Se for contra, devolva a adaga e saia daqui – Ayumi finalmente se pronunciou.

Fomos todos atraídos por ela, que estava calada até então. A jovem resumiu sua fala, direcionando-a a mim:

– Você realmente é alguma coisa, hã? Tem noção de quantos milhões de pessoas literalmente matariam pra ter uma regalia como esta? Entenda uma coisa: nós não estamos fazendo isso por obrigação, Lucas. Fazemos porque *queremos fazer*. É a nossa política, nossa forma de pensar e agir. Acreditamos que é o melhor a ser feito e, já que temos condições de fazê-lo, por que não deveríamos? Além do mais, eu preciso lembrá-lo de que foi você quem, por conta própria, encontrou este lugar e decidiu se juntar a nós? Acostume-se de uma vez com os nossos métodos e aprenda a ser grato, ou nunca fará parte desta equipe.

Emudecemo-nos por alguns segundos. Tony soltou um assobio longo e Scott movia os olhos inquietamente. Forcei-me a me acalmar. Respirei fundo várias vezes e suspirei algumas. Olhei para Ayumi e disse:

– Não estou dispensando a ajuda ou criticando os métodos de vocês, gostaria apenas de ter sido consultado sobre tudo antes. Não devolverei a adaga, pois já me considero parte deste clã. Era o que minha mãe queria, e é o que eu quero também.

Ela virou a cabeça e me olhou de esguelha, com os braços cruzados. – Faça como quiser – rosnou.

Tony tossiu para dissipar aquela atmosfera densa e falou:

– Er, que bom que vocês estão se dando tão bem um com o outro, crianças. Mas agora que já lhe demos a sua primeira missão, novato, vamos andando. Você precisa descansar bastante, pois não vou pegar leve com seu treinamento na segunda-feira.

Repleto de arrogância e destituído do menor traço de humildade, retruquei:

– *Você* vai me treinar? Você, de todas as pessoas, deveria saber que eu já sou *bastante* treinado, não acha?

Ele forçou um sorriso medonho, que mais se parecia uma careta horripilante, e disse:

– ...Acho que vou começar treinando a sua habilidade de ficar calado, já que você parece não saber quando usá-la.

– Hahaha! Assistir a vocês dois sempre me diverte, amigos! – Mark, em sua maneira simpática e despreocupada de sempre, impediu que a conversa se transformasse em outro duelo sangrento na sala de treino. – Há algo, porém, que você precisa compreender, Lucas.

– O quê? – demonstrei interesse.

– Você de fato sabe lutar muito bem... como um humano. – Ele fez uma pequena pausa. Meu olhar interessado transparecia leve confusão. – Mas, para o nosso estilo de vida, apenas isso não será o suficiente.

Tony deu um passo à frente e concluiu, assertivo:

– Coma e durma muito bem neste fim de semana, garoto, pois a partir de segunda nós o ensinaremos o que é lutar de verdade. Como um switcher. Como um Lince.

Aquela euforia que eu tanto amava voltou a circular pelo meu corpo. Fechei os punhos com força, sorri determinado e disse:

– Mal posso esperar, *sensei*.

▪ ▪ ▪

Perto da cozinha, havia na parede uma porta de metal.

Ao abri-la, deparamo-nos com escadas que conduziam para o subsolo. Descemos e, ao chegarmos ao andar desejado, inúmeras luzes acenderam-se automaticamente em sequência, revelando uma enorme garagem repleta de veículos dos mais variados tipos.

O lugar era um gigantesco espaço retangular que parecia se estender por toda a extensão da mansão acima, como uma espécie de porão. Dispostos ao longo das paredes e em alguns pontos específicos do centro da garagem estavam carros, jipes, vans e motocicletas de diferentes eras, que iam de relíquias que mais se pareciam com carruagens, passando pelos clássicos dos anos 1960 e 1970 e culminando nos modelos futuristas atuais.

Era como se fosse um museu automobilístico e uma conceituada feira automotiva ao mesmo tempo.

– ...Entendo. Antes, eu estava intrigado tentando descobrir como vocês tinham condições de manter uma casa e uma vida confortáveis como estas, mas agora tudo faz sentido – eu, à frente do grupo, declarei enquanto admirava um conjunto de carros alinhados.

– Oh, é mesmo? E a que conclusão você chegou? – Mark, interessado, perguntou. Tony, Ayumi e Scott, próximos dele, também demonstraram curiosidade.

– É simples: vocês são ladrões de carros – concluí.

– Ladrões de carros?! Haha, essa é boa! – Tony disse, rindo e batendo palmas.

– Hum... agora que você disse, até que não seria uma má ideia... – Kuroneko, com a mão no queixo, ponderou. Scott imitou o gesto, ao seu lado.

– Nem de brincadeira, Neko. Nem de brincadeira... – Mark, com os olhos fechados, disse em voz baixa.

– Hahaha! Mas sério, de onde veio tudo isso? Aposto que todos eles juntos valem mais até do que a mansão aí de cima – eu falei, apontando para o teto com o polegar direito.

– É apenas um acervo de veículos que juntamos durante o nosso tempo de vida. Todos foram obtidos honestamente – Mark assegurou.

– ...Todos? – perguntei, desconfiado.

– Bom... *quase* todos – ele respondeu. – Mas não me olhe desse jeito, mais da metade dos veículos pertence ao Scott!

Olhei, em dúvida, para o velho baixinho sem camisa.

– Ao Scott...? – indaguei.

Scott se aproximou e afirmou repetidamente com a cabeça.

– Hehehe – soltei um risinho dissimulado. – Nunca imaginei você como um entusiasta de automóveis, Scott.

– Entusiasta?! – Tony exclamou. – Haha, você não faz mesmo ideia, novato! Scott é um especialista!

– E o nosso mecânico particular, devo acrescentar – Mark falou com ar respeitoso, enquanto dava tapinhas no ombro de Scott.

– Hum... – murmurei, um pouco admirado.

Ayumi afastou-se do grupo em silêncio, pela esquerda. Foi até uma motocicleta preta que jazia próxima a uma pilastra, tirou uma flanela laranja de um objeto cúbico estranho de rodinhas – que parecia ser uma caixa de ferramentas, mas não tenho certeza –, agachou-se e começou a lustrar a lataria do veículo em movimentos circulares.

Aproximei-me da moça e murmurei mais uma vez, inconscientemente – ou talvez mais conscientemente do que eu imaginava – desejando que ela notasse minha observação e interagisse comigo.

Crispada como se um arrepio lhe tivesse subido a espinha, Ayumi interrompeu sua ação e olhou-me de soslaio.

– O que você quer? – ela indagou, ríspida, enquanto apertava a flanela na mão direita.

– N-Nada! Eu só estava reparando em como essa moto combina com você – respondi, comedido.

Ela bufou, impaciente, e disse:

– Esta é a Yomi. Ela é minha, então tire os olhos dela.

– ...Sua?

– Sim, minha. Scott a deu para mim. Cada um de nós tem um veículo próprio e é responsável pela manutenção dele.

– Hum... – soltei um murmúrio ainda mais longo dessa vez. – Então quer dizer que eu também...?

– Sim, Lucas; você também receberá um – Mark meteu-se na conversa, espirituoso. – Na verdade, viemos até aqui por este motivo.

Meu rosto se iluminou de imediato. O coração começou a palpitar e a voz afinou, deixando transparecer o quão excitado eu estava com aquela notícia.

– Sério?! Nossa, eu... eu não sei nem o que dizer! – eu disse. As pernas tremiam de excitação.

– Sim, é sério. Você possui habilitação, eu presumo – Mark falou, amigável..

– É claro! Mas... eu só posso conduzir motocicletas.

– Mas que... curioso. Por quê?

– Bom, acontece que eu não ganho... *ganhava* muito dinheiro, portanto tive que me contentar com a licença mais barata. Sem falar que seria muito mais fácil comprar uma moto do que um carro.

– Entendo... – Mark virou-se para Tony e Scott: – Então, o que acham?

– Acho que não há problema algum – disse Tony. – Podemos começar por algo básico, e depois, se o garoto fizer por merecer, consideraremos confiá-lo com algo mais... arrojado.

A palavra *básico* não foi o suficiente para abalar as minhas antecipação e felicidade, uma vez que eu não esperava mesmo que eles me dessem uma moto tão linda, potente e cara como a de Kuroneko. Logo, tentando conter a minha euforia, continuei observando os três com atenção.

– E você, Scott? O que me diz? – Mark dirigiu-se ao companheiro baixinho.

Scott não hesitou: sorriu como sempre e sinalizou sua permissão com o levantar de seus polegares. Mark continuou:

– Ótimo. Acha que consegue encontrar algo para o nosso amigo?

O chinês careca abaixou a cabeça brilhosa e a suportou com a mão. Depois de alguns segundos daquele jeito, ergueu energicamente a face e estalou os dedos. Em seguida, conduziu-nos até um dos quatro cantos da garagem colossal, onde se encontrava um veículo – uma motocicleta, a julgar pela silhueta e tamanho – coberto por um pano acinzentado grande que, rente ao chão, não deixava nenhuma brecha que nos permitisse espiar o que havia por debaixo dele. O velhinho aproximou-se do objeto misterioso, virou-se para nós e deu dois tapinhas no pano, estufando o peito com o orgulho de quem exibe um valioso item de sua coleção.

Minha excitação estava em seu ápice. Pela mente corriam infinitas imagens de diferentes motos, uma mais bela e selvagem do que a outra, e o pensamento de que qualquer uma delas podia estar ali, à minha frente, apenas esperando para que eu a tomasse por minha, elevou-me a um estado de espírito impossível de descrever.

Tony, percebendo isso, pôs uma das mãos em minhas costas e, com um leve empurrão, disse:

– Vá em frente, garoto. Ela é toda sua.

Sua mão projetou-me um pouco adiante e eu fui forçado a dar um passo para não me desequilibrar e cair. Fitei-o diretamente nos olhos com uma expressão que parecia perguntar *posso mesmo?*, e a confirmação veio por meio do balançar afirmativo de sua cabeça.

Fui até o veículo, agarrei o pano e o removi vigorosamente, como se eu fosse o protagonista de um filme de aventura que acabara de descobrir um mítico tesouro perdido.

Porém...

Meu desapontamento ao revelar o que o pano ocultava foi tão imenso que a felicidade imensurável estampada em meu rosto até então desapareceu de imediato, sem deixar nenhum vestígio.

Isso porque o tecido empoeirado não abrigava uma moto esportiva.

Tampouco havia ali uma motocicleta *vintage*, como uma daquelas *choppers* barulhentas que vemos em filmes antigos e comerciais.

Pequena e branca, tinha peças cromadas e design ultrapassado.

...Era uma lambreta.

Fiquei ali, estático, olhando para aquela piada que tentava se passar por uma moto em absoluto silêncio. O pano que eu deixara cair repousava sobre os meus pés, incidindo certo peso. Pude ouvir risinhos ao fundo.

De súbito, senti uma pressão em minha cabeça: era Mark, que se aproximara e encaixara tortamente em meu crânio um capacete branco que combinava com a motoneta.

– Segurança em primeiro lugar! – ele disse, entre risos.

Scott veio até mim e me fez um gesto, indicando que eu lhe estendesse a mão. Fiz o que pediu e ele deixou cair sobre a palma as chaves da lambreta esquisita, o que me fez agradecer em impulso. Ele retribuiu o ato com mais um sorriso, depois tirou seu caderninho e a caneta preta do bolso das calças, escreveu algo e mostrou-me em seguida, sem mudar a expressão. Estava escrito, em letras minuciosamente desenhadas:

Se você sequer a arranhar, eu te mato.

Suspirei e restaurei o meu rosto à sua condição expressiva natural. Olhei para todos – alguns deles tinham os olhos lacrimejantes de tanto rir – e disse, por pura educação:

– Obrigado. Cuidarei bem... dela.

– Sabemos que o fará, Lucas – Mark falou, enxugando uma lágrima fujona.

Tony de repente se lembrou de alguma coisa:

– Ah, espere um segundo, garoto! Eu já volto! – ele disse e correu para uma pequena cabine envidraçada, próxima do grande portão retrátil da garagem – que notei ser idêntico àquele que tínhamos visto na noite anterior, no edifício em ruínas das pilastras. Não passou nem trinta segundos lá dentro e voltou às pressas, carregando algo nas mãos.

Era um objeto peculiar que parecia ser uma fusão entre um microfone sem fio e um daqueles instrumentos desprezíveis que os médicos insistem em enfiar na sua boca toda vez que você vai ao consultório se queixando de dores na garganta. Entretanto, na ponta protuberante daquela coisa havia uma abertura circular relativamente grande, emborrachada e aparentemente maleável.

– É um *scanner* retinal. Vai registrá-lo no nosso sistema de segurança, para que você possa entrar e sair do Q.G. quando quiser – Tony explicou, erguendo o objeto à altura do meu rosto, em posição vertical. – Ponha o seu olho direito aqui.

Aproximei relutantemente a face e fiz o que ele pediu. Com o pressionar de um botão, o *scanner* fez um pequeno *bip* e uma forte luz vermelha moveu-se sobre o meu olho, primeiro de cima para baixo, depois de baixo para cima. Três *bips* em sequência indicaram o fim do procedimento.

– Ok, tudo pronto – Tony anunciou. – Pode deixar o resto comigo.

Assenti e depois olhei para o portão da garagem. Mark, sempre atento aos meus movimentos, comentou:

– Você já deve ter percebido a esta altura, mas esse é o segundo acesso ao nosso esconderijo.

– Sim – respondi. – A saída é naquele prédio ao lado do bar, não é?

– Correto. Sabe o caminho de volta?

– Creio que sim.

– Bem, por via das dúvidas, tenho mais um presente para você.

Mark enfiou a mão no bolso do roupão e tirou um celular de dentro. O *meu* celular.

– Mas o quê?! – eu exclamei e procurei instintivamente pelo aparelho em todos os bolsos dos meus jeans. – É o meu... mas por que você–

– Eu tive os meus motivos. Mas não há com o que se preocupar: estou devolvendo-o a você – Mark escapou das minhas perguntas e atirou o celular na minha direção. – Aqui, pegue.

– Ei! – gritei surpreso e agarrei desengonçadamente o aparelho em pleno ar, fazendo pequenos malabarismos para evitar que ele caísse no chão.

– Gravei o meu número na memória. Qualquer problema que você encontrar, por favor, não pense duas vezes antes de me ligar. Entendeu?

Por fim, dominei o celular escorregadio, bufei e respondi:

– Entendido, chefe.

Nesse momento, Tony pressionou um botão amarelo na parede e o enorme portão começou a se retrair para cima, desaparecendo no teto.

– Bom, garoto, foi muito divertido e tudo o mais, mas acho que já é hora de nos despedirmos por hoje – Tony disse, reclinando-se na parede.

– Já lhe explicamos sua missão, entregamos seu veículo e fizemos todas as recomendações que tínhamos de fazer neste seu primeiro dia. Agora você deve voltar para casa e repousar, pois estaremos aqui aguardando o seu retorno e o relatório da sua primeira tarefa bem-sucedida na segunda-feira – Mark, chegando mais perto, orientou.

– Podem ficar tranquilos – eu respondi em tom confiante. – Não vou decepcioná-los.

– Estou certo que não – disse Mark, estendendo a mão direita para um cumprimento.

Sorri e apertei aquela mão firme e grande. A atmosfera amigável que nos envolvia me fez sentir muito bem.

Olhei para os outros. Scott, alegre como sempre, acenava com os dois braços; Ayumi, aparentemente ainda um pouco irritada, balançou a cabeça em um movimento curto, sem vida, mas significante mesmo assim; Tony, mais distante, piscou um dos olhos e soltou uma risada suave.

Subi na minha mais nova aquisição, pus a chave em sua ignição e dei a partida. O chaveiro – um pequeno foguete prateado, com chamas vermelhas e laranjas saindo de seus exaustores – reluziu e fez um barulho de metal ao chocar-se de leve com o guidão. Ajeitei o capacete e prendi sua presilha abaixo do queixo, acendi o farol e torci o acelerador, mantendo uma velocidade baixa constante enquanto saía da garagem pela longa rampa curva.

Chegando ao nível da rua, deparei-me com um segundo portão. Constatei de imediato que se tratava da saída – a mesma que eu vira antes, pelo lado de fora. O portão se abriu automaticamente e logo eu estava no edifício-garagem, depois na viela em frente e em seguida nas poeirentas ruas e avenidas de Shaft.

Fiz o percurso inteiro mergulhado em um misto de felicidade e frustração por causa da minha humilde lambreta. Era ótimo ter recebido uma moto de graça, ainda que ela não fosse exatamente o que eu esperava, mas algo insistia em me incomodar.

A questão não era ter ganhado uma lambreta, mas sim tê-la ganho depois de ter visto *tudo* o que eu poderia ter ganhado em seu lugar.

Refletindo, cheguei à conclusão de que o autor da frase *a cavalo dado não se olha os dentes* certamente nunca esteve em um estábulo lotado de alazões, de onde teve que sair contentando-se apenas com um pangaré raquítico.

▪ ▪ ▪

Uma bela mulher cruzou minha visão e a atraiu.

Sua linda figura planava sobre o pátio da faculdade. Os cabelos castanhos balançavam em câmera lenta, feito flores beijadas por uma leve brisa.

Enfeitiçado, só fui capaz de retornar a mim quando a moça desapareceu em um dos prédios do campus. Espalmei as duas bochechas simultaneamente, dizendo *foco, Lucas, foco!* em pensamento.

Voltei a observar os estudantes que por ali passavam. Eram de todos os tipos e usavam as mais variadas roupas, penteados e acessórios.

– Falta pouco para a próxima aula – falei sozinho enquanto observava o relógio holográfico que flutuava na frente de um poste pequeno, abaixo de um anúncio qualquer. – Onde é que ele está...?

Eu estava realizando uma importante tarefa – a minha primeira ordem oficial desde que ingressara no clã Moonlight Lynx, na última sexta-feira. Sentado em um banco de madeira no ponto mais movimentado da Academia Hansford, durante o intervalo dessa segunda-feira chata, eu procurava por uma pessoa.

Um alvo, na verdade. Um pobre estudante inocente para ser usado como cobaia no experimento deplorável de alguém que ele nem sequer conhecia.

E enquanto eu me perdia na condenável crueldade por trás dos meus atos, divagando entre a moral, a ética e a necessidade, ele enfim apareceu.

Saiu da biblioteca, acompanhado por uma jovem. Observei-o obsessivamente como se possuísse uma mira de alta precisão sobre ele, decifrando suas palavras e tentando prever seus movimentos.

A moça puxou-o pelo braço e falou algo. Li seus lábios: ela dizia *vou ao banheiro; espere por mim, ok?* ao rapaz, que afirmou com a cabeça e encostou-se numa pilastra, tirou o celular do bolso e checou algo na tela.– Agora – eu disse. As mãos à frente da boca abafaram as palavras.

Levantei-me e fui ao seu encontro. A menos de três metros de distância, chamei sua atenção:

– Com licença? Poderia, por favor, me informar as horas?

Ele tirou os olhos do celular e os focou em mim. Fechou a cara, olhou para o relógio holográfico no centro do pátio – de onde eu vim – e falou rudemente:

– Você é cego ou apenas idiota, cara? Tem um relógio gigante logo ali atrás! – O rapaz apontou para o poste.

Parei à sua frente e o repreendi, com falsa autoridade:

– Escuta, seus pais não lhe deram educação não, amigo? Se eu estou perguntando as horas, cabe a você dizê-las, independentemente se há um relógio por perto ou não.

Ele se enraiveceu, desgrudou-se da pilastra, fez-se maior para me intimidar e bradou:

– Hã?! O que foi que você disse?!

– Eu disse que você tem um dever como cavalheiro, e não o está executando devidamente neste momento – sustentei a provocação.

Ele guardou o celular no bolso e soltou uma risada grave.

– Você quer saber as horas, não é? Tudo bem, vou dizer que horas são... – falou em tom ameaçador.

– Oh, sim! Diga, por favor – pedi, sorridente.

– É hora de você... TIRAR UM COCHILO!

O berro acompanhou um soco feroz.

...Tão previsível.

Com a mão esquerda, parei seu punho com dificuldade mínima. Surpreso, seu rosto se contorceu e suas feições explodiram em confusão. Sem cerimônias, e desejando não fazer uma grande cena no meio da faculdade, olhei-o nos olhos e disse:

– Curioso, pois me parece que é *você* quem está precisando dormir um pouco.

E então, naquela posição complicada, eu fiz a troca.

Imediatamente após recobrar a consciência – agora no corpo daquela montanha maciça de carne –, estiquei os braços para suportar o meu corpo original, que caía sem vida, antes que ele se chocasse contra o chão. Em seguida, fechei os olhos e me concentrei. Fiz exatamente como Mark havia me instruído: foquei apenas na força física, destreza e habilidade motora daquele homem, ficando longe de suas memórias. Cerca de um minuto depois – ou algo próximo disso –, abri os olhos, voltei a atenção para o meu eu verdadeiro e retornei a ele rapidamente.

O gigante tombou com um estrondo, atraindo os olhares de alguns transeuntes. Apressei-me em ampará-lo, suportando sua cabeça pesada à medida que sua consciência retornava aos trancos.

A moça de antes saiu do banheiro feminino e correu ao nosso encontro, assustada:

– Meu Deus, o que aconteceu?!

– Ele desmaiou. Não está se sentindo muito bem, acho que você deveria acompanhá-lo até a enfermaria – eu expliquei, com ar de preocupação. Ele começava a recobrar os sentidos; ela agachou-se e pôs as mãos em seu rosto, consolando-o com voz infantil.

Levantei-me e me despedi:

– Bom, eu preciso ir. Avisarei a um dos professores e pedirei ajuda.

– O-Obrigada... – ela agradeceu, trêmula.

Enquanto deixava-os ali, eu dei uma última olhada em minha vítima, a fim de confirmar sua segurança. Nesse momento, ele abriu os olhos e os arregalou ao me reconhecer, depois procurou o celular no bolso, ergueu-o trépido sobre o peito, percorreu o dedo pela tela e balbuciou:

– D-Dez e vinte e nove! São dez e v-vinte e nove!

Sorri uma última vez.

– Muito obrigado – agradeci cordialmente e me retirei.

Quando dobrei a esquina no quiosque da lanchonete, pude enfim soltar todo o ar que prendera. Eu estava alterado:

aquela fachada toda havia exigido muito de minha péssima atuação, e mesmo eu sendo uma pessoa confiante e segura de si mesma, agir com tanto sangue-frio definitivamente não era algo simples de se fazer.

Acalmei-me gradativamente e, depois de notificar a um professor como prometido, voltei à sala de aula. Assisti aos tempos finais, despedi-me de Greg e Maggie e fui até o estacionamento da faculdade, onde minha fiel montaria estava à espera, acorrentada pela roda traseira.

Demorei apenas quinze minutos para chegar a Shaft e mais três para encontrar o Lince de Prata. Ao me aproximar da entrada da garagem, a pequena esfera preta da parede fez um zumbido, como se estivesse dando um *zoom* bem na minha cara. Ouvi um *plim* e o portão começou a subir, mas parou de modo abrupto com meros quarenta centímetros de abertura e fechou-se novamente.

Intrigado, torci o nariz e pendi a cabeça sem perceber. Em seguida, desliguei Memphis – sim, segui o exemplo de Kuroneko e dei um nome ridículo à minha moto –, retirei e pendurei o capacete coquinho no guidão e peguei o celular.

E então, no exato instante em que eu deslizava o dedo sobre a tela para desbloqueá-la, recebi uma chamada. O celular vibrava intermitentemente – era Mark.

Que cômodo, nem precisei fazer a ligação! eu pensei, depois pressionei o ícone verde na tela e atendi:

– Alô?

– Uma bela tarde para você, Lucas – disse a voz do outro lado da linha.

– Uma bela tarde para você também, Mark – respondi no mesmo tom.

– Que bom, vejo que cumpriu sua promessa. E bem na hora, também! Meus parabéns!

– Obrigado. O que aconteceu com o portão?

– Qual, o da garagem?

Olhei em volta. A única coisa num raio de cem metros que poderia ser considerada um portão era o que estava à minha frente.

– Sim… o da garagem – respondi, sem entusiasmo.

– Não houve nada. Ele está funcionando perfeitamente.

– É? Então poderia me explicar por que raios ele só se abriu alguns centímetros e depois se fechou de novo?

– Ora, essa é bastante simples: Tony o fechou.

Estalei a mão livre contra o rosto.

– Tony, hã? – perguntei, soltando o ar.

– Aham – ele confirmou.

– E por que ele fez isso, mesmo?

– Ah, é porque nós vamos, antes de qualquer outra coisa, concluir aquele nosso pequeno experimento de sexta.

– Vamos?

– Sim! Na verdade, estamos chegando ao prédio neste momento. Venha até a entrada. Vou desligar.

– …Ok.

Ele desligou. Guardei o aparelho no bolso, girei Memphis manualmente e a empurrei rampa acima. À medida que eu ia subindo, a linha do chão ia revelando aquelas duas figuras que eu seria capaz de reconhecer a quilômetros de distância:

Um homem alto de meia-idade e uma mulher em seus trinta anos.

Ambos louros. Ambos belos.

Meus companheiros de clã, Mark e Tony.

– E aí, garoto? Há quanto tempo – saudou-me a mulher que não era uma mulher.

– Bem-vindo de volta, Lucas – saudou-me, similarmente, o alemão que não agia como um alemão.

Apertamos as mãos e fomos direto ao ponto. No caminho para as pilastras, Tony perguntou-me uma coisa ou outra sobre como havia sido o meu descanso do final de semana e se eu tinha aproveitado as aulas daquela segunda. Ele parecia verdadeiramente interessado em saber, mas, talvez por causa do meu mau humor sem causa, ou devido ao fato de que eu simplesmente *detesto* conversar sobre coisas corriqueiras, respondi apenas o mínimo necessário e não deixei que o tópico se estendesse por muito tempo.

Chegamos enfim às colunas espessas e contemplamo-nas rapidamente, até que Mark quebrou o silêncio:

– Você fez como pedimos, certo?

– Sim – afirmei. – Troquei com o cara mais musculoso da faculdade nesta manhã.

– Ótimo. O processo é o mesmo: queremos que você soque a pilastra.

– A mesma da outra vez? – questionei, com um olhar de incompreensão.

– Não, não – Mark negou. – A outra. Soque com toda a sua força a pilastra da direita

– Ok, então. Como quiserem – eu disse e, sem cerimônias, aproximei-me da pilastra.

Afastei as pernas e ergui os braços.

Respirei fundo e prendi o ar.

Soquei com um grito.

O que se sucedeu foi uma enorme surpresa. Foi algo que certamente era previsto por Tony e Mark, mas, tendo em vista a proporção que tomou e a forma como aconteceu, aposto que até mesmo suas expectativas superestimadas foram excedidas.

Isso porque o soco foi forte.

...*Muito* forte.

Uma nuvem de poeira e reboco explodiu e me envolveu por completo, bloqueando a visão e dificultando a respiração. Desviei o rosto, tossindo e tentando me afastar da pilastra, porém meu braço encontrou forte resistência e eu fui forçado a suportar aquela torrente de detritos que me castigava as narinas e irritava os olhos, ainda que fechados.

Quando a poeira baixou, eu pude enfim enxergar e compreender plenamente a situação: meu golpe havia perfurado a pilastra imponente com a mesma facilidade com a qual uma faca quente atravessa a manteiga, e o meu braço estava agora cravado, preso no meio de uma cratera.

Abanando os braços veementemente à frente dos rostos e tossindo como eu, Mark e Tony aproximaram-se espantados, com interjeições de surpresa, alegria e maravilhamento. Tony, adiantando-se, declarou:

– Ah, eu sabia! O que foi que eu te disse, hein, Mark?!

– É inacreditável, Tony! É algo que desafia as leis da razão, mas, ainda assim, aqui está! Bem à nossa frente!

Assustado, eu exclamei:

– O que foi?! O que aconteceu?!

– Você acabou de nos dar confirmação, garoto! – Tony, excitado, falou.

– Confirmação?! – indaguei, quase aos berros. – Confirmação de quê?!

– Confirmação de que nós estávamos certos! – Mark comemorou.

– Estavam certos...? Espera, quer dizer então que eu absorvi a força do cara... durante a troca?!

– Ou foi isso, ou você malha em uma academia *muito* boa! Hahaha! – Tony, que nunca perdia uma piada, zombou.

Eu não sabia ao certo o que dizer – ou sequer o que pensar. Só havia uma certeza naquele momento: eu precisava me desprender daquela pilastra.

Enquanto ouvia os gritos e celebrações dos dois atrás de mim, eu pus o pé na base da pilastra e fiz força para trás, tentando reaver o meu braço dolorido. Com certa dificuldade, consegui enfim retirar o membro dos destroços com um grande barulho, fazendo voar pedaços de concreto de diferentes tamanhos que se estatelaram no chão.

Minha ação chamou a atenção dos meus dois companheiros, que se emudeceram por um momento. Voltei-me para eles e bradei:

– Acredito que agora seja a parte em que vocês me explicam o que diabos está acontecendo aqui!

Ambos se entreolharam rapidamente, depois tornaram a me fitar. Tony pigarreou e disse:

– Olhe para a primeira pilastra. A da esquerda.

Olhei.

– O que tem ela? – perguntei secamente.

– Você a socou na sexta-feira e a perfurou um pouco, certo?

– ...Certo.

– Agora – ele continuou –, compare o mísero buraco que você deixou nela com essa cratera de onde acabou de tirar o braço.

Virei-me e reparei na estrutura danificada. Minha boca se abriu.

O buraco era profundo. Não havia percebido no calor do momento, mas meu braço havia penetrado a pilastra até quase a altura do cotovelo, tamanha fora a força exercida.

A discrepância entre os dois socos era absurda.

Senti uma pressão no ombro esquerdo. Era a mão de Mark.

– Hoje, você nos proveu com duas informações valiosíssimas, Lucas. – A voz aveludada ressoou.

Sem fitá-lo, perguntei:

– ...Quais?

– Confirmamos que você de fato possui a mais rara habilidade switcher, a Mirror Switch.

– Mirror... Switch? – repeti.

Tony veio até mim. Olhamo-nos e ele disse:

– E, como se ter essa habilidade já não fosse fantástico o suficiente, você também acabou de provar uma possibilidade que mantém inúmeros cientistas switchers acordados por muitas noites a fio.

– ...Qual? – questionei, estupefato.

– A de que habilidades especiais podem ser transmitidas geneticamente – ele respondeu.

A princípio, não entendi o que aquela frase significava. Provavelmente para estimular o meu raciocínio e levar-me à compreensão, Tony e Mark se calaram por alguns instantes. Reflexivo, observei-os com calma, até que a revelação, enfim, veio a mim.

Arregalei os olhos. A boca, incapaz de formular palavras concretas, balbuciou algumas sílabas. Mark, notando que eu não conseguiria chegar a lugar algum, tomou a iniciativa e disse o que eu queria, mas não conseguia dizer:

– Você é o segundo caso confirmado de um switcher possuidor da Mirror Switch. O primeiro foi Lucy Killian, fundadora do Moonlight Lynx, minha querida amiga e sua falecida mãe.

Parei de tentar falar. Engoli em seco enquanto ainda sentia o peso de sua mão sobre o meu ombro.

Mordi o lábio inferior com tanta força que sangrou.

Capítulo 5

Rotina

Como se nada fora do ordinário tivesse acontecido, nós entramos na mansão.

Tony e Mark usaram a entrada convencional do bar. Já eu, por ter vindo em minha adorável motoneta, desci pela rampa sinuosa que dava acesso à garagem-porão.

Estacionei Memphis e subi as escadas, sendo recepcionado à porta de metal pelos meus dois companheiros – que ainda possuíam traços de cal e reboco sobre os ombros e cabelos.

– Quer almoçar? – perguntou Tony, seco e amigável ao mesmo tempo.

– Já almocei – eu respondi. – Na faculdade.

O rosto de Mark se retorceu.

– Inaceitável! – ele bradou, batendo o pé. A ação foi tão repentina que eu fiz uma expressão complicada sem perceber.

– Des... culpe? – eu disse, também sem perceber.

– Ahh... lá vamos nós de novo – Tony suspirou, desanimado.

– Almoçou na faculdade, Lucas? E por que, oh, *por que* foi fazer tal coisa? – Mark iniciou seu sermão em tom paterno.

Sem saber como reagir, limitei-me à resposta óbvia:

– ...Porque eu estava com fome.

– Hahaha! – Mark riu rachado, sarcástico. – Tinha tanta fome que preferiu comer um prato insosso de um refeitório de faculdade à refeição fabulosa carinhosamente preparada por mim?!

Fiquei estupefato: nunca presenciara tamanha comoção por causa de um almoço. E o choque foi potencialmente maior do que deveria, pois a explosão partia do calmo e contido Mark, a única pessoa dentro daquela mansão que eu nunca julgaria capaz de demonstrar tal comportamento.

– Eu não sabia... que poderia comer aqui – murmurei, acuado.

– Não sabia?! – O homem aumentou o tom da voz trovejante o suficiente para começar a assustar. – Como assim, não sabia?!

– Pensando bem, não me lembro de termos falado isso pra ele, Mark – Tony, felizmente, interveio.

Mark travou os olhos azuis no amigo. Depois os focou em mim, pigarreou e disse, agora mais manso:

– Bom... nesse caso, que fique bem claro que você almoçará e ceará conosco todos os dias a partir de hoje. Também o incluiremos no rodízio do preparo das refeições.

– Isso é... uma ordem? – eu perguntei, ainda um pouco assustado com aquilo tudo.

Ele arqueou as sobrancelhas.

– É mais do que uma ordem. É um fato.

Engoli uma saliva densa que pareceu rasgar-me o esôfago.

Após toda aquela cena, que culminou na implementação de mais uma regra autoritária, os dois switchers veteranos prosseguiram com a ordem do dia:

Dar início ao meu treinamento.

Conduziram-me pela mansão que, por ser tão imensa, era quase impossível de se cruzar sem trocar nenhuma palavra. Logo, Tony começou:

– Como se sente?

– Confuso – eu respondi.

– Ainda digerindo as coisas, não é? Compreensível.

Olhei para as largas costas em movimento de Mark, que caminhava adiante. – Por que Mirror Switch? – questionei a Tony, que seguia ao meu lado.

Ele pareceu ponderar por um instante, murmurando baixinho. Depois, falou:

– Hum, sabe que eu nunca pensei muito a respeito?

Fiz uma cara esquisita.

– A habilidade switcher mais rara de todas e não sabem nem mesmo o significado por trás do seu nome. Incrível.

Ele não gostou nem um pouco da minha atitude e retrucou:

– Ei, não fui eu quem criou o nome, ok? Se quer mesmo saber, pergunte ao Mark. Ele estava com Lucy quando ela– Haha! – a risada exagerada de Mark interrompeu a fala do seu parceiro. O homem louro virou-se lentamente para trás, a fim de olhar-nos enquanto dizia: – Lucas, acredito que a esta altura já tenha percebido.

Recuperei-me do susto provocado pela gargalhada súbita e respondi:

– Percebido o quê? Que minha mãe tinha um péssimo gosto pra nomes?

– Exatamente! – ele exclamou, elevando a mão direita com o indicador apontado para cima feito um professor no clímax de uma palestra ou um cientista que acabara de fazer uma brilhante descoberta.

Pensei em minha lambreta e no nome ridículo com o qual a havia batizado. *Deve ser de família,* pensei, com um sorriso envergonhado nos lábios. Tony mergulhou em um silêncio desconfortável; parecia envergonhado também, por algum motivo.

– Bem – Mark prosseguiu –, ela não entrou em muitos detalhes, mas não creio que seja um nome com um significado profundo, ou mesmo original.

Aposto que ele tentou, com aquela frase morna, extinguir a minha curiosidade. Tolice, pois Mark já devia saber, principalmente depois de toda a dificuldade pela qual me fizera passar para encontrar aquela mansão oculta, que a minha tenacidade é praticamente inexorável. De qualquer forma, imagino que os meus olhos perfurantes exercendo forte pressão sobre os dele finalmente o fizeram consciente deste fato naquele momento, pois ele suspirou de leve e pôs-se a explicar:

– Deixe-me ver, como era mesmo...? Ah, já sei! Imagine... uma pessoa. Isso, uma pessoa! O *espelho* remete à criação de um reflexo dela, uma cópia que coexiste com a original. Comparando, nós, os switchers desprovidos dessa habilidade, somos como um autorretrato cujo pintor morre logo após terminá-lo, enquanto sua mãe e você são como espelhos que refletem uma imagem idêntica, que ganha vida sem prejudicar aquele que é refletido.

Tony e eu emudecemos em absoluto perante aquela dissecação filosófica e poética da habilidade que somente Mark seria capaz de fazer. Momentos depois, a linda voz sibilante de Tony ecoou grave e irônica pelo corredor:

– ...Ela não entrou em muitos detalhes? Tem certeza?

– Tenho – Mark afirmou, sorridente. – Lucy me explicou apenas o básico, mas tomei a liberdade de expandir o conceito. Exagerei...?

– Não, de maneira alguma! – Tony e eu falamos juntos, maravilhados com a genialidade daquele homem.

Alguns minutos depois, estávamos no exterior da mansão. E em seguida cruzávamos a rude porta metálica emborrachada do estande de tiros. Tony desapareceu em uma pequena sala num canto e Mark me apresentava a grande estrutura cúbica em todo o seu esplendor.

– Aqui, como eu disse antes durante o nosso pequeno tour, é onde melhoramos nossas proficiências com armas de fogo. O estande é blindado e acusticamente isolado, então não se preocupe com nada.

Percorri os olhos por todo o lugar. Uma grande bancada dividida por lâminas de acrílico se erguia à frente de um grande espaço com pequenas máquinas, placas com figuras humanas e alvos coloridos de várias formas e tamanhos, todos contendo inúmeras marcações numéricas indiscerníveis daquela distância.

Sobre a bancada, em cada um dos pequenos guichês criados pelas divisões de acrílico, havia um *headphone* e um pequeno controle embutido com alguns botões. Senti-me tentado a pressionar um deles, mas consegui me controlar.

– Não estou reclamando – eu disse –, mas não acha que é cedo demais para pôr uma arma em minhas mãos?

Mark achegou-se calmamente e respondeu:

– De forma alguma. Você já tem um ótimo domínio do seu corpo, então há pouco nesse aspecto que possa aprender conosco. Armas de fogo, por outro lado, podem salvar a sua vida em uma emergência ou criar uma oportunidade que facilite a vitória em um confronto. É essencial que você domine pelo menos o básico, e o mais rápido possível.

– Pensei que armas fossem ineficazes contra switchers.

– Armas convencionais são. As nossas, no entanto...

Fomos interrompidos por um estrondo. Tony, tendo as mãos cheias, chutara a porta da salinha de onde saía para abri-la, com sua delicadeza e esmero característicos. Veio até nós e esticou uma das mãos, revelando um objeto preto que eu reconheci imediatamente:

Era uma pistola.

– Nove milímetros. Glock. Como todas as nossas armas, foi modificada para que os projéteis tenham maior velocidade e poder de perfuração, por isso o coice é maior do que o de costume. Vamos, pegue.

Agarrei-a com relutância e senti sua estrutura rudimentar; o metal frio causou-me arrepio e excitação ao mesmo tempo. Acomodei a arma entre a palma e os dedos e procurei os olhos verdes do meu professor, aguardando as suas instruções, como o bom aluno que eu era.

Compreendendo, ele continuou:

– Ela está carregada. Ponha os fones.

Pus.

– Remova a trava de segurança e puxe a corrediça. Assim. Ele demonstrou na outra pistola idêntica que trouxera. Imitei-o passo a passo. – Agora, segure-a com as duas mãos, mire com seu olho dominante e atire. Você tem dez tiros.

– Espera, olho dominante? – interrompi a ação para encará-lo novamente e perguntar.

– Sim. Não sabe qual é o seu?

Neguei, um pouco encabulado. Tony suspirou:

– Ahh... trave a arma de novo e a deixe no balcão. Agora, junte as duas mãos com os braços estendidos à frente do corpo e faça um triângulo com seus indicadores e polegares, desse jeito. – Mostrou-me didaticamente. Eu estava ouvindo as suas instruções cerca de 60% mais baixo do que deveria graças aos fones de ouvido poderosos, mas pude entendê-lo e copiar seus gestos. Sentia-me um tanto idiota, pois estava em pé com os braços rijos e as mãos em posição similar àquela que os extravagantes personagens superpoderosos de desenhos animados faziam quando disparavam, em meio a gritos exagerados, raios multicoloridos dos dedos.

– Perfeito – o *sensei* assentiu. – Foque em um ponto específico e aproxime lentamente as mãos dos seus olhos. Seu cérebro cuidará do resto. Assim.

Ele dobrou os cotovelos devagar e foi diminuindo o espaço entre a forma triangular que fizera com os dedos e os olhos de raposa. Quando terminou, tornou a fitar-me, esperando que eu fizesse o mesmo. Então, eu fiz.

De início, o vão entre as duas mãos vinha de encontro à minha visão de maneira imparcial, sem pender para um olho ou o outro. No entanto, à medida que se aproximava da minha face, o triângulo começou a seguir em direção ao meu olho direito, e o nariz de Mark, que eu havia escolhido como ponto focal sem nenhum motivo aparente, ficou perfeitamente enquadrado no centro da moldura de carne e osso, de modo que eu acreditava ser possível acertá-lo com precisão caso necessário.

Tony, que observava com atenção, declarou ao constatar o mesmo que eu:

– Meus parabéns: seu olho dominante é o direito.

Não contive o imenso sorriso infantil que despontou em meus lábios. Mark, espirituoso como sempre, soltou um risinho e olhou para a arma repousada sobre a bancada, como quem dizia que estava na hora de prosseguir.

– Vamos continuar, sim? Ponha os fones, pegue e destrave a pistola – Tony comandou de maneira gentil. – Isso. Agora, segure-a com as duas mãos, mire com seu olho direito e atire.

Pus o alvo – uma das placas brancas com figura humana – no centro da minha mira e pousei suavemente o dedo indicador sobre o gatilho. Estava prestes a pressioná-lo, mas notei algo, travei e baixei a arma, virei-me e disse:

– O alvo... já foi usado.

– E daí? Qual o problema? – Tony perguntou, um tanto impaciente.

– Bem, nos filmes e seriados, o mocinho sempre começa atirando num alvo limpo. Esse daí tem tantos buracos de bala que eu nem consigo enxergar as marcações...

Mark não aguentou: virou-se de costas e tapou a boca com a mão, tentando segurar os risos. Tony, com uma visível irritação estampada em sua linda face, aproximou-se da bancada e manuseou o controle embutido. A maquinaria responsável pela regulagem, manipulação e substituição dos alvos começou a funcionar com grunhidos mecânicos e barulhos de metal se chocando com mais metal. A placa branca desapareceu em uma abertura no teto e outra igual, inutilizada, tomou o seu lugar.

– Melhor assim? – perguntou Tony em tom irônico.

– S-Sim! – respondi, com um sorriso amarelo. – Ah, pensando bem...

– Huumm...? – Tony murmurou longamente. A lateral esquerda do seu rosto tremia em espasmos.

– Teria como aproximar o alvo só um pouquinho? Acho que não conseguirei acertar a essa distância. É a minha primeira vez, afinal...

– *Tsc* – ele protestou, mas retornou ao controle e atendeu ao meu pedido enquanto murmurava uma coisa ou outra que eu não consegui compreender.

Com a placa em seu devido lugar, e depois do meu agradecimento sincero, Tony juntou-se a Mark atrás de mim. Ergui a Glock pela terceira vez, removi a trava, calculei a mira e posicionei o dedo no gatilho.

Segurei firmemente aquele objeto letal. Respirei fundo enquanto sentia os seus pesos físico e emocional. Prendi o ar e movi o indicador.

Pah! o som agudo invadiu os meus ouvidos que, embora protegidos, ainda vibraram com o estalar fino ensurdecedor e o zumbido incômodo que o seguiu. As mãos e os braços se moveram sozinhos com o coice da arma, mas logo voltaram à posição anterior. As palmas formigavam e eu podia sentir o calor da combustão na pele e o cheiro da pólvora queimada no ar.

Olhei para trás. Os dois estavam estáticos; não esboçavam expressão alguma nem diziam qualquer palavra. Interpretei tal ação – ou falta de – como um incentivo a continuar atirando, e assim o fiz.

Mais oito tiros ressoaram no cúbico estande e foram imediatamente contidos pelas espumas do isolamento acústico. Cheguei a pensar por um segundo nos outros dois homens no local e de como os seus ouvidos não estavam envolvidos por fones acolchoados como os meus, no entanto lembrei-me logo de que tais pessoas estavam mais do que acostumadas com o som de armas muito mais potentes e escandalosas do que a humilde pistolinha em minhas mãos, então continuei.

A última bala do pente foi disparada com mais calma, pois o frenesi de estar atirando de verdade pela primeira vez perdia a sua força. Concentrei-me como no primeiro tiro e mirei o melhor que pude, usando a pequena mira na parte superior da pistola. Apertei o gatilho e deixei o projétil voraz alçar voo veloz, convicto de que aquele havia sido o meu melhor tiro. A corrediça moveu-se novamente e travou-se de modo a expor a câmara da arma, indicando que o pente estava vazio.

Podia jurar ter escutado bem ao longe o fraco som do objeto de metal perfurando o alvo e regozijei mentalmente. Em seguida, Tony fez um gesto com a mão, indicando que eu saísse do seu caminho. Baixei a arma e fui para perto de Mark, que sorria um pouco.

Tony operou o controle na bancada e os mesmos sons robóticos de antes romperam o silêncio temporário. Agora sem os fones de ouvido – que repousavam em minha nuca –, o barulho esquisito me desconfortava um pouco.

A placa humanoide moveu-se devagar, vindo ao nosso encontro. Foi chegando cada vez mais perto e sua forma ficando cada vez mais visível, até que suas marcações numéricas e os buracos de bala finalmente se tornaram distinguíveis. Parou a poucos metros de nós e eu me aproximei para averiguar o seu estado e comemorar os meus acertos, mas...

– Dois – eu disse, e meus braços penderam em desânimo.

– É... um *longo* caminho a percorrer, certamente – analisou Mark sem a intenção de ofender, mas ofendendo mesmo assim.

– Não esquenta, garoto. A primeira vez nunca é fácil.

Olhei-o nos olhos.

– Eu sei disso, mas só dois tiros... *de dez*?! – acabei me exaltando sem querer.

– Eu já considero uma boa pontuação; estava esperando que você errasse todos! Hahaha!

Bufei e desviei o olhar. Mark, amável, falou quase num sussurro:

– Não é tão fácil quanto os videogames fazem parecer, não é, Lucas?

Você é telepata, por acaso?! exclamei a mim mesmo, pois ele havia adivinhado com exatidão o que eu estava pensando naquele momento.

– Não... não é. Eu estava preparado para errar, mas tanto assim? É muito frustrante!

Ele soltou mais um daqueles seus risinhos.

– E não é a vida? – falou.

– ...A vida é o quê? – mais uma vez confuso, eu questionei.

– Frustrante, ora essa! Além de imprevisível e misteriosa.

Franzi as sobrancelhas e abri a boca a esmo. Só mesmo ele para trazer à tona tal filosofia absurda durante uma situação tão incompatível.

– Bem – Tony chamou-nos a atenção –, pelo menos os dois que acertaram foram ótimos tiros.

E era verdade. Eu podia ter desperdiçado oito das dez balas que tinha, mas se aquela placa branca fosse de fato um ser humano, ele, com certeza, estaria caído no chão naquele instante, agonizando e dando os seus últimos suspiros.

Isso porque havia dois furos na silhueta de contorno preto: um em seu abdômen, e outro em seu plexo, centímetros acima de onde o seu coração estaria.

Senti um nó na garganta. Sabia que não se passava de um objeto inanimado, porém o pensamento de que eu estava sendo treinado para atirar em pessoas de verdade finalmente me ocorreu. Tive um pouco de vertigem e a visão embaçou, mas logo a mão firme de Mark amparou-me as costas e afastou tais pensamentos da minha cabeça e sensações do meu corpo.

...Pelo menos por enquanto.

Tony tirou do bolso um pente com outras dez balas.

Mais dez disparos.

Ensinou-me a retirar o cartucho vazio e a acoplar o cheio. Uma nova placa branca desceu do teto.

Recoloquei os *headphones*.

Um pequeno cone maciço de metal com meros nove milímetros de diâmetro era o suficiente para extinguir uma vida.

...E o algoz seria eu.

Ergui a Glock e mirei no próximo alvo.

Mais dez tiros.

■ ■ ■

Por volta das quatro, Tony deu por encerrado o primeiro treino do dia.

Sentados nos bancos cromados do estande de tiros, nós conversamos por uns vinte minutos, até que Mark levantou-se e chamou:

– Vamos, o segundo tempo começa agora.

E assim fomos os dois para a já familiar sala de treino.

Entramos no pequeno vestiário e trocamos as roupas que usávamos por algo mais leve que permitiria movimentos com menos restrições: uma camisa branca de malha simples e calças maleáveis da mesma cor. Logo em seguida, Mark levou-me a uma área com um tatame de mais ou menos dez metros de comprimento por cinco ou seis de largura – uma espécie de *dojo* incorporado à gigantesca sala.

Perto da parede havia diversos suportes de madeira com muitas espadas, adagas, facas e outras armas brancas em evidência. Parte delas possuía bainhas; algumas estavam fincadas pelas lâminas na madeira dos suportes; e umas três ou quatro estavam tão destacadas e enfeitadas que mais pareciam peças ornamentais do que armas. Mark percebeu o meu fascínio inevitável pela sua coleção e se aproximou:

– Gosta de espadas?

– Muito. Sempre quis usar uma de verdade.

– Ora, nesse caso, vá em frente. Escolha uma.

Tirei os olhos das ferramentas mortais e os travei nas íris cerúleas do meu companheiro.

– Posso mesmo? – indaguei, com a inocência de um menino.

– Hehehe, pode, sim.

Meu rosto se iluminou. Naquele momento, esqueci-me da presença de Mark e me perdi nas armas à minha frente. Elas eram muitas e de variedade imensurável. Havia espadas medievais tradicionais, cimitarras árabes com suas grandes lâminas curvas, adagas egípcias, floretes, sabres, punhais...

Em meio a tantas opções, eu estava completamente indeciso. Todas elas pareciam chamar pelo meu nome, ansiando para serem usadas; e eu, similarmente, muito as queria usar.

Foi então que meu olhar incerto por fim a encontrou.

Era grande e bela. Monopolizou a minha atenção de tal modo que eu não mais conseguia enxergar nenhuma das outras armas ao redor. Toquei o cabo longo com couro tingido de vermelho trançado em seu entorno. Ergui-a com delicadeza e a gravidade fez com que sua guarda adornada incidisse peso sobre a minha vacilante mão destra. Removi a bainha de madeira lisa e sua lâmina impecável foi exposta.

Olhei para o meu próprio reflexo na lâmina desprotegida. Ela era curva e lustrosa, e tão afiada que parecia capaz de cortar o próprio tecido do tempo.

Eu estava encantado.

– Uma *Katana*, hã? E um ótimo exemplar! Boa escolha, ainda que previsível.

Não percebi quando ele se aproximara, mas Mark estava agora bem do meu lado, observando a minha devoção ao objeto cortante.

– Previsível? Por que diz isso? – perguntei sem tirar os olhos da espada japonesa.

– É uma arma bem famosa, principalmente entre os jovens. Filmes de ação, desenhos animados, *et cetera*. Combina com você, de alguma forma.

Sorri. O homem me conhecia.

– E essa daí tem história. Foi a espada de um grande amigo meu, que faleceu há muitos anos. É um memento valiosíssimo.

Minha expressão mudou de excitada para ligeiramente preocupada.

– E não tem problema eu usar algo tão importante? – eu disse, fitando-o.

– De maneira alguma. Mas essa espada tem apenas um gume, e os movimentos e golpes que ela permite são bastante particulares. Pode ser um pouco difícil de dominá-la, quer usá-la mesmo assim?

Não respondi. Não com palavras, pelo menos.

Pus a bainha escarlate encostada no suporte de onde retirei a espada, mostrando que a minha decisão já havia sido tomada. Mark demonstrou respeito e – pensei – um pouco de orgulho, fazendo uma expressão determinada enquanto assentia com a cabeça.

– Muito bem. Se essa será a sua, esta aqui será a minha...

À medida que falava, Mark virou-se para o suporte ao lado e esticou todo o corpo para cima, aumentando ainda mais a sua estatura que já podia ser considerada grande. Com ambas as mãos, pegou algo do topo da estrutura de madeira – algo que eu não tinha notado anteriormente, pois estava tão alto que até mesmo eu, um rapaz de altura considerável, não podia ver com facilidade.

E então, após retornar dos céus, ele por fim revelou o que tinha nas mãos.

Era a maior espada da sua coleção.

– *Claymore*. Escocesa, de primeira qualidade.

A arma era quase do meu tamanho. Aposto que tinha quase o mesmo peso, também.

...E ele a segurava como se fosse um leve taco de golfe.

– A sua...? Espera aí, nós vamos lutar?!

Ele pareceu surpreso quando falou:

– Oh, eu não tinha dito?

– Não! Mas... mas eu não sei! Nunca usei uma espada na vida! Bom, não na vida real, pelo menos...

– Sim, e é exatamente por isso que você está aqui! Para aprender! Comigo! – ele disse, com um sorriso gigante nos lábios.

– E quando é que eu vou aprender: antes ou depois de você me partir ao meio com esse troço?!

– Haha! Não seja tolo, Lucas. Acha mesmo que lutaremos a sério? Eu irei com calma, fazendo apenas movimentos básicos e lentos. Foi por isso que escolhi esta espada enorme: para que você tenha bastante tempo para reagir e uma grande área de lâmina para defletir os ataques.

Eu confiava nele. Realmente confiava, mas era compreensível a minha desconfiança. Especialmente depois da luta que ocorrera dias atrás naquela mesma sala, da qual, caso eu não tivesse sido alertado por Ayumi, meus miolos ainda estariam decorando o buraco no piso preto que jazia intocado não muito distante de onde estávamos.

– Ok, então... faremos do seu jeito – concordei com certa relutância, sabendo que retrucar seria inútil.

...Mas, Deus, como eu estava com medo.

Pisei descalço no tatame. A alguns metros, Mark parecia relaxado com sua espada gigantesca repousada sobre o ombro direito. Ergui a *Katana* e aguardei suas instruções.

– Eu poderia ensiná-lo tudo a respeito das melhores bases de luta para se utilizar com espadas, mas creio que isso nos tomaria muito tempo e acabaria gerando um resultado não muito satisfatório – ele disse, calmo. – Portanto, proponho um *approach* diferente.

Apertei o cabo trançado da espada.

– E qual seria? – indaguei.

– Experimente usar a base que você já domina. Aquela que aprendeu e aprimorou com seu mestre.

– Mas... nesse caso, o que você me ensinará?

– No geral, eu lhe ensinarei duas coisas sobre o combate com armas brancas. A primeira delas é como utilizar a espada como uma extensão do seu próprio corpo para derrotar seus inimigos. Para isso, corrigirei a sua postura e o ensinarei golpes e formações compatíveis com a sua arma de escolha.

Compreendi em termos, então movi a cabeça afirmativamente.

– E a segunda coisa? O que mais consta no *plano Mark de esgrima*?

– A segunda coisa? Ah, essa é a mais importante...

Ele estufou um pouco o peitoral, desfazendo a pose relaxada de antes. O olhar despreocupado, de súbito, se tornou firme, compenetrado. Finalmente, abriu a boca e proferiu a voz mais grave que eu ouvira sair dele até então:

– ...Eu o ensinarei a permanecer vivo.

Com essa frase curta, e sem nenhum outro tipo de aviso, Mark me atacou.

Deu apenas uma passada e acabou com a distância que nos separava.

...Rápido demais.

Não era a primeira vez que aquele tipo de coisa me acontecia, então eu estava relativamente preparado. Percebi o seu ataque a tempo, pisei forte o tatame macio e saltei para trás; meu único objetivo era impedir que aquela morte transmutada em lâmina me rasgasse a carne.

Seu golpe veio de cima, diagonal. Cortaria o meu ombro e desceria até a minha cintura caso acertasse, mas eu estava seguro: aquela espada não me tocaria.

Eu pairava no ar quando o arco feroz desenhado pela *Claymore* de Mark passou por mim. Meu corpo já havia escapado de seu alcance, logo eu tinha certeza de que iria aterrissar tranquilamente, recobrar meu equilíbrio e decidir então qual seria a minha próxima ação.

No entanto, não foi bem assim.

A lâmina não tocou em mim, porém ela não precisava tocar: a força do golpe em si foi o suficiente para alterar a minha trajetória. A avassaladora rajada de vento gerada pela arma surreal lançou-me para baixo, provocando um retorno mais rápido do que o esperado ao chão. O joelho dobrado arrastou-se na superfície com tanta fricção que o macio se fez áspero, e eu pude sentir a pele sendo lacerada através do tecido das calças.

O coração batia a mil. Olhei para Mark em um quase desespero e o vi na posição final do seu movimento: ele estava curvado para frente e tinha a espada descomunal fincada no tatame.

Tentei me conter e falei, entre respirações ofegantes:

– Ficou com inveja do Tony, hã?

– É, pode-se dizer que sim – ele respondeu após uma breve pausa, sem levantar a cabeça.

– Eu realmente achei que com você seria diferente, sabe? Que ia de fato me ensinar uma coisa ou outra, antes de partir para a ignorância. Que burrice a minha, haha.

Ele por fim se reergueu. A espada continuava cravada aos seus pés.

– Inicialmente o plano era esse, mas não pude deixar passar a oportunidade de poder experimentar as suas habilidades em estado bruto, como Tony fez. Espero que um dia possa me perdoar pela falta de aviso.

– Vou pensar no seu caso – falei, em tom arrogante.

– Mas diga-me – ele removeu sua Excalibur escocesa do assoalho com um puxão e a repousou de novo no ombro com uma das mãos –, por que não usou a espada? Não estava tão ansioso para testá-la?

Ele só consegue segurar a espada com uma mão pra executar movimentos simples, como esse de agora. Para atacar ou defender, precisa das duas, eu analisei friamente, atento a cada uma de suas ações.

– Não é como se você tivesse me dado a chance de usá-la, Mark – respondi confiante, disfarçando os meus pensamentos. – Mas não se preocupe: o próximo ataque será meu, e será você quem terá de fugir da minha lâmina.

Tendo dito isso, tirei o joelho do chão e separei as pernas, assumindo a minha confiável base de luta. Eu segurava a espada horizontalmente à direita do meu corpo, com ambas as mãos.

Ele flexionou um pouco os joelhos e suspirou pesado.

– Venha! – desafiou-me, lançando um olhar ameaçador.

– Aaaah! – gritei com toda a energia que tinha e fui ao seu encontro.

Eu sabia da fraqueza que aquela monstruosidade que ele chamava de espada o proporcionava – uma defesa pobre e limitação de movimentos devido ao seu peso exorbitante. Portanto, meu plano era relativamente simples: atacá-lo com um corte horizontal seco, feio e desengonçado, apenas para incitá-lo a bloquear com a espada longa. O golpe o desnortearia e quebraria a sua forma, impedindo-o de contra-atacar naquele momento e criando uma abertura perfeita para que eu, com a vantagem de possuir uma velocidade de reação superior, encaixasse um golpe indefensível logo em seguida.

A teoria era impecável.

A prática, no entanto...

O corte foi bloqueado como o esperado. O impacto das lâminas de aço produziu um som poderoso reminiscente do badalar de grandes sinos de igreja. Rapidamente, eu usei o recuo provocado pela colisão para recuperar o equilíbrio e mudei a posição das mãos para executar um ataque perfurante, mirando o seu tórax. Corrigi minha postura e o golpeei como se a minha vida inteira dependesse daquele próximo movimento.

Mas...

– ...!

Minha espada foi subitamente parada.

...Pela mão direita de Mark.

Como?!, perguntei estupefato a mim mesmo enquanto observava a sua mão, que agarrava a lâmina afiada como se ela fosse um mísero pedaço de pau. Um pouco de sangue escorria e percorria o metal curvilíneo.

Imobilizado, não havia nada que eu pudesse fazer. Sua perna direita se ergueu e um chute em meu estômago atirou-me por vários metros e me jogou ao chão.

Muita dor e falta de ar.

Custosamente, ergui parte do corpo dolorido e tornei a fitar Mark, que ainda tinha a perna levantada. E foi então que eu entendi o que tinha acontecido.

Mark me surpreendera mais uma vez. Já perdera a conta de quantas vezes haviam sido até aquele momento.

Ele bloqueou o meu ataque, como planejado; porém, não foi nem um pouco próximo de como eu imaginara que seria.

Minha análise anterior sobre a sua necessidade de ter as duas mãos na espada para defender e atacar estava tremendamente equivocada. Tão equivocada que chegou a me causar nojo.

...Eu preciso aprender a parar de subestimar meus oponentes.

Mark bloqueara o meu ataque, mas o fizera com apenas uma – a esquerda – segurando a sua espada. Em algum momento durante a minha investida, ele previu minhas intenções, trocou sua *Claymore* de mão e aparou o meu golpe com uma defesa imperfeita, apenas para ter os outros membros completamente livres para o contra-ataque.

Realmente, eu ainda tinha um *longo* caminho a percorrer.

Meu adversário abaixou a perna, pôs a espada sobre o outro ombro e veio até mim, que ainda estava prostrado no chão. Enquanto caminhava, sua voz de veludo reverberou:

– Lição número um: nenhuma estratégia é infalível. Seu planejamento prévio baseou-se em uma certeza inexistente, e nunca passou pela sua cabeça que eu poderia ter previsto as suas intenções. Por isso, quando o seu ataque falhou, você ficou sem reação.

Usei a espada para me levantar um pouco. Mark parou e agachou-se à minha frente.

– Lição número dois: nenhum oponente deve ser tomado por tolo. Não se deve, portanto, jamais subestimá-lo.

As palavras estavam entaladas em minha garganta. Ele continuou:

– Lição número três: só porque empunha uma espada, não significa que um espadachim esteja limitado a lutar apenas com ela, não podendo assim usar os demais membros no combate.

Sua ensanguentada mão direita entrou em meu campo de visão, oferecendo auxílio.

– Vamos, levante-se. Nós estamos apenas começando.

Aquilo tudo não passara de mais um dos seus experimentos.

Foi uma explosão de euforia provocada pelo próprio desejo latente que Mark possuía de me enfrentar. Um desejo que provavelmente nasceu enquanto ele me observava, e que aumentou exponencialmente depois que presenciou minha luta na última sexta-feira.

Aposto que Tony teria orgulho da impulsividade do amigo.

Dali em diante, Mark assumiu o papel de professor e começamos de fato a praticar como os dois cavalheiros que éramos.

Ele me ensinava as formas básicas da esgrima, os golpes primários e as técnicas que exploravam melhor a *Katana* em minhas mãos. E nós cruzávamos espadas incessantemente, ora na ofensiva, ora na defensiva. Eu punha o máximo de mim em cada ataque, e ele os defendia sem esforço, segurando sua lâmina majestosa com apenas uma das mãos.

Sem que percebêssemos, passaram-se três horas.

As minhas roupas brancas emprestadas ganharam um colorido esquisito, resultado da mistura desagradável de suor e algumas gotas de sangue. O corpo tremia de cansaço e os músculos formigavam de tensão. A respiração fraquejava e os olhos lacrimejavam.

Entretanto, apesar disso tudo, eu nunca havia me sentido tão vivo depois de um treino.

Sentados no tatame, nós conversávamos. Mark me dava o *feedback* do meu progresso no treinamento e os últimos conselhos do dia. Eu tinha uma toalha amarela em volta do pescoço.

De repente, um chiado esquisito ecoou pela sala. Vinha dos alto-falantes fixados em pontos específicos da parede, próximos ao teto. Era o comunicador da mansão.

<<Er... atenção, por favor! Mark, você está na escala do jantar com o Scott esta noite, esqueceu? O coitado já começou sozinho, então arraste esse seu traseiro inglês pra cozinha agora mesmo e vá ajudá-lo, antes que eu vá até aí arrastá-lo para você!>>

Impossível não reconhecer aquela voz e a maneira indelicada de falar.

– Bem-humorado como sempre, não? – puxei assunto.

– Quem, Tony? O dia em que ele não estiver feliz e amoroso desse jeito será o dia em que estará morto.

– De qualquer forma, acho que é melhor você ir andando.

– Realmente... – ele disse, fez uma careta e suspirou, como se estivesse de fato desanimado. – Mas que belo líder eu sou, hã? Sendo comandado desse jeito até mesmo pelo novato!

– Se preferir, eu posso ir até lá e avisá-lo que você ficou muito exausto depois da sua terrível derrota para mim no treino...

– Lucas, meu caro, e qual seria a necessidade disso? Para que contar uma mentira tão descabida para o nosso amigo? Você realmente pensa desse jeito? Estou começando a ficar preocupado com o seu futuro...

– Claro que não! Foi apenas para testar a sua índole, chefe. Nunca faria tal sugestão de verdade, pois bem sei que você *jamais* a aceitaria.

– Ora essa, estamos de acordo, então! Haha!

– Sim! Hahaha!

E rimos assim por um bom tempo.

Ah, o doce sarcasmo e todas as suas infinitas aplicabilidades.

As gargalhadas foram subitamente interrompidas por mais um grito dos alto-falantes:

<<*Mark! AGORA!*>>

Um arrepio subiu por nossas espinhas. Ele estava falando sério sobre a parte de arrastá-lo até lá.

Ciente desse fato, Mark se levantou:

– É melhor não testar a sua paciência; conheço Tony o suficiente para saber do que ele é capaz.

– Eu não o conheço há tanto tempo quanto você, mas esse é um fato do qual já tenho ciência desde o primeiro encontro com ele.

– Estou indo. Ainda deve demorar cerca de uma hora para a comida ficar pronta, então sugiro que dê uma caminhada pelo exterior da mansão; tem alguém lá que queria conversar com você.

Fiz uma cara de surpresa. Quem naquela mansão além do homem à minha frente e a *mulher* que gritara no comunicador poderia querer alguma coisa comigo?

Quase perguntei quem era o tal *alguém*, mas por causa da pressa de Mark em atender ao chamado do amigo, e por ter a impressão de que ele guardaria segredo por algum motivo, apenas acenei enquanto ele desaparecia no corredor.

Peguei minhas roupas, tomei um banho frio rápido para acalmar o corpo e a alma e saí da mansão.

▪ ▪ ▪

Do lado de fora, circulei o perímetro da casa gigantesca sem compromisso, apenas pensando em tudo pelo que passara ao longo do dia e sedimentando o que aprendera.

Dobrando a esquina no caminho de concreto, cheguei à lateral da mansão onde ficava o estande de tiros, que visto de fora parecia um enorme cubo de metal. Passei vagarosamente pela estrutura, caminhando com as duas mãos nos bolsos das calças.

Foi quando ouvi aquela voz.

– Droga! Um pouco mais para a esquerda!

Direcionei, de forma automática, os olhos e ouvidos para a área ao lado de uma das faces do cubo gigante, onde se encontrava sobre a grama um objeto grande com diversos outros objetos menores fincados em si. Partindo do tal objeto, segui em uma linha reta para a direita à procura da fonte da voz feminina, e ali estava ela.

Vestia uma saia azul e regata branca. Uma viseira da mesma cor da blusa adornava sua cabeça e os lindos cabelos escuros colavam-lhe na nuca devido ao suor brilhante que lhe fluía dos poros.

Mas a coisa mais destoante naquela moça foi justamente o que capturou a minha visão no instante em que a notei:

Em sua mão esquerda, projetada à frente do corpo, havia uma forma grande. Melhor observação revelou se tratar de uma arma. Entretanto, não era uma arma de fogo, como a que eu havia manuseado com Tony mais cedo. Tampouco possuía lâmina, como a espada que brandira contra Mark minutos atrás.

Não, o que havia em sua mão era um elegante arco preto.

Sem ter me percebido ali, ela retirou uma flecha prateada da aljava de couro em sua cintura e a preparou no arco, esticando a corda até o limite máximo de sua puxada. Mirou calmamente com um dos olhos fechados; os músculos dos braços exerciam visível força, chegando a tremer um pouco. Puxou o ar devagar e depois o expirou com vigor – estava se concentrando.

E então, ela soltou a flecha e a deixou voar.

O projétil cobriu o espaço de aproximadamente vinte metros que separava a arqueira do seu objetivo em menos de um segundo e cravou-se no objeto que eu notara antes, e que agora podia ver que se tratava de um grande alvo redondo sobre um suporte de madeira.

A flecha acertou o meio do alvo, meros centímetros acima da mosca. As outras flechas cravadas na estrutura vibraram com o impacto da recém-chegada.

Foi um lindo tiro.

– Merda!

...Mas, aparentemente, ela discordava.

– Ah, tão perto! – eu exclamei, fazendo-a notar minha presença.

A garota pareceu surpresa a princípio, depois um pouco envergonhada, e por fim retornou à sua indiferença costumeira.

– Ah, é só você, Lucas. Há quanto tempo está aí?

– O suficiente para ter ouvido o seu xingamento.

Kuroneko sorriu e removeu alguns fios de cabelo que lhe caíram sobre o rosto. – É, parece que ainda somos humanos, afinal de contas – ela disse.

– Talvez – concordei ambiguamente, sorrindo também.

– Como foi o seu primeiro dia de treino?

– Bastante... cansativo – desabafei, com um suspiro.

– Ótimo. Significa que foi um bom-dia, então.

– Diga isso para os meus hematomas!

– Hahaha!

Que risada linda, pensei. Acreditava estar presenciando um momento raro, que ficaria guardado em minha memória para sempre.

Meus olhos foram atraídos pelo arco negro, agora sustentado por ambas as delicadas mãos da jovem. Ela, percebendo, perguntou:

– Gostou dele?

Subi o olhar até encontrar-me com o dela.

– Sim. Parece ser um ótimo arco.

– Ele é. Está comigo há um bom tempo. Foi um presente do *oji-chan*.

Ayumi suspendeu o objeto com uma das mãos e acariciou gentilmente a corda com a outra. Tinha no rosto expressão alegre, como a de uma criança que prezava pelo seu brinquedo favorito.

– Hum. Ele é como um animal de estimação para você, hã?

– Não. Acho que está mais para... um irmão mais novo – ela disse e tornou a fitar-me, descendo o arco ao nível da cintura.

Aproximei-me dela, pois estava me sentindo distante demais. Ela não recuou, logo assumi que a raiva do outro dia tivesse se exaurido pelo menos um pouco. Visando prolongar aquele nosso pacífico momento juntos, continuei no tópico:

– Você o trata como uma pessoa, não um objeto. Então devo assumir que ele tem um nome também, certo?

– Um nome? Quem, meu arco?

– Sim, seu arco. Pensei que você também o teria nomeado, como fez com a sua moto. Errei?

Ela corou instantaneamente.

– P-Por quê? E-Eu por acaso tenho cara de quem sai por aí dando nomes a objetos inanimados?

Segurei o riso.

– Você quer que eu diga a verdade ou o que você quer ouvir? – indaguei.

O vermelho da sua face desceu um tom e se tornou um vívido carmesim. Era adorável.

– Não é... é só que eu... na verdade–

– Hahaha! – não aguentei e cortei as suas palavras picotadas com uma gargalhada exagerada.

Ela ficou tão sem jeito que simplesmente desviou o olhar e girou o corpo para a direita, escondendo o rosto com a viseira.

– M-Me desculpe, eu não queria... era apenas uma brincadeira, ok? Você não precisa se preocupar em responder – recuperando-me dos risos, decidi acabar com o episódio antes que ele se tornasse um problema.

Ela se calou e permaneceu daquele jeito por um tempo. O nível da sua vermelhidão era perceptível por suas bochechas redondas e pelas pontinhas das orelhas que escapavam dos cabelos escuros.

– Ei, eu estava só brincando. Não precisa–

– ...ri.

– ...Oi? O que foi que disse? – Espichei a cabeça, tentando ouvi-la melhor.

– ...kari.

– Kuroneko? Tudo bem...? – Estiquei a mão para tocá-la e...

Ela se virou de súbito, com o rosto determinado e, ao mesmo tempo, choroso. Aquela imagem me chocou tanto que as palavras me fugiram dos lábios. Kuroneko então respirou fundo e exclamou:

– O nome dele é Hikari!

Arregalei os olhos. *Não acredito, ele realmente tem um nome?!* gritei para mim mesmo.

Naquele momento, havia algumas coisas que eu admirava mais do que nunca:

A coragem daquela mulher, que foi capaz de demonstrar uma fragilidade tão contrastante com a imagem fria e forte que ela tenta passar de si mesma diariamente.

E sua inocência, graça e amabilidade – traços de sua personalidade que ela ainda não tinha me revelado até então.

...Acho que foi aí que eu me apaixonei.

O silêncio se instalou. Eu não conseguia formular frases.

Ayumi incomodou-se com a minha mudez e se manifestou:

– É isso? Sem piadinhas? Sem nenhum comentário irônico? Que sem graça...

Pisquei forte e voltei a mim:

– Hikari? Como em... luz?

Ela pareceu admirada.

– Exato. Fala japonês?

– Não, apenas conheço algumas palavras. Por que *luz*?

– Er... eu prefiro que você não saiba. É um significado bem besta, pra ser sincera...

Tarde demais: eu estava curioso.

– Já chegamos tão longe, é melhor você dizer logo de uma vez.

– Não.

– Por favor...?

– Não!

– Mas... eu não vou contar pra ninguém!

– ...

– Por favooorrr?

– ...Promete que não vai rir?

– É claro que não.

– Claro que não vai rir?

– Claro que não prometo! Se for engraçado, rirei!

Ela fechou a cara.

– Você é um péssimo ser humano, sabia? – disse.

– Sabia. Agora, explique o significado, por favor.

– Aah... eu só espero viver o suficiente para me arrepender disso depois...

Ayumi sentou-se com as pernas cruzadas no gramado artificial. Juntei-me a ela.

– Sabe aquela velha história de que *quando você morre, deve ficar longe da luz*?

– O que, aquela frase clichê que as comédias de antigamente viviam usando? – indaguei.

– ...É. Ela mesma.

– Ok, sei. O que tem ela?

– Tente me acompanhar: sempre dizem pra você evitar a luz, o que implica que há uma maneira de escapar da morte caso você consiga de fato fugir dessa luz. Certo?

Ponderei um pouco.

– Certo – concordei.

– Bom, mas é bem sabido por todos que a morte é, em geral, inevitável. Como, então, pode haver tal frase que sugere o contrário?

– ...Você está fazendo tantos rodeios que eu quase me esqueci do que estávamos falando em primeiro lugar. Resuma a história: por que raios o seu arco se chama *luz*?

– Calma! Tudo fará sentido se você me deixar terminar. Onde estávamos...? Ah, sim! A luz nesse caso, por ser algo do qual se pode desviar ou até mesmo fugir, é algo falho. Uma luz fraca, sem poder algum, incapaz de cumprir o seu propósito. Então, cheguei à conclusão de que o problema está na luz em si. Mais especificamente na sua natureza passiva. Logo, concluí que enquanto a luz vier de modo calmo, em seu próprio ritmo, a noção errada de que a morte pode ser facilmente tapeada continuará a existir...

Nesse ponto, no qual o meu cérebro já havia quase derretido com tanta informação, o tom de Ayumi mudou, indo de doce e infantil a firme e confiante.

– ...Mas não há escapatória quando essa luz vai ferozmente até você, em altíssima velocidade.

Foi aí que eu finalmente compreendi. Todo aquele devaneio super criativo havia enfim chegado à sua síntese.

Porém, havia um único problema com o significado por trás daquele nome interessante:

...Ele era ridículo.

Eu ri. Muito e muito alto.

Ela ficou frustrada:

– Viu só?! Eu sabia que você ia rir!

– E como eu não riria disso?! É a coisa mais brega e absurda que eu já ouvi em toda a minha vida! Haha!

Ela bufou. Não deve ter gostado do *brega*.

– Bem, se você não tem o intelecto necessário para admirar o nome e o seu significado, o azar é seu. Hikari e eu gostamos muito dele.

– Ah, claro! O *Hikari* também gosta muito deles! Haha!

Ela abriu um dos olhos – que tinha fechado para se mostrar inabalada pelo meu escárnio – e fez uma careta, mas logo foi contagiada pelas minhas risadas intermináveis e se juntou a mim, com risos igualmente vívidos, porém menos escandalosos.

A graça foi perdendo sua força e aos poucos nós retornamos ao mesmo clima de antes. Após uma breve pausa, resolvi perguntar:

– Mas Kuroneko, por que um arco e flechas? Se armas de fogo já não são tão eficazes contra switchers, como uma coisa tão primitiva pode ser?

Ayumi enxugou uma lágrima fujona e olhou-me diretamente nos olhos.

– Esqueceu-se de quem me deu o arco? Ele foi feito sob encomenda, é reforçado e perfeitamente adequado para o combate contra switchers.

– E o que ele tem de tão especial? – insisti com a minha curiosidade infinita.

– Ele suporta maior tensão na corda e aguenta uma puxada mais forte do que os arcos convencionais. Além disso, tem um sistema de polias aqui e aqui, que aumentam ainda mais a tensão e, consequentemente, a velocidade e o poder das flechas.

Observei os pontos que ela apontou com o fino indicador. Havia duas pequenas roldanas no arco – uma em cada extremidade –, e a corda preta resistente passava por elas.

– Além disso – Ayumi continuou –, eu tenho flechas especiais que me dão uma vantagem extra, caso as normais não deem conta do recado.

– Hum... – eu murmurei, verdadeiramente interessado em sua explicação.

De repente, o mesmo chiado que eu ouvira mais cedo me perturbou os ouvidos novamente. Era alguém usando o comunicador da mansão outra vez.

A voz impactante saiu de um alto-falante fixo em um dos postes de iluminação e ressoou pelo grande espaço aberto:

<<*Atenção a todos: o jantar está servido. Venham logo antes que o Scott acabe com tudo e... ei, Scott! Espere, homem, deixe os chegarem prime... NÃO, O PERNIL NÃO! MARK, FAÇA ALGUMA COI–*>>

Ayumi e eu nos entreolhamos e rimos de novo.

– Francamente, quantos anos eles têm? Oito? – ela falou.

– Algo próximo disso. Ou talvez menos.

– É... talvez menos. Hahaha!

Era surreal o modo como estávamos nos dando bem. Cheguei a pensar por um momento que talvez tivesse alguma chance com ela.

– Vamos andando? – Ayumi sugeriu.

– Sim, vamos – eu respondi. Porém, assim que dei o primeiro passo, lembrei-me de uma coisa importante e acrescentei: – Ah, antes de irmos, você não tinha algo para falar comigo?

Ela fez uma expressão de dúvida.

– Quem, eu? Não que eu saiba...

– Estranho, ele me disse que...

Foi somente então que eu finalmente entendi o que havia acontecido.

...Mark, sua cobra traiçoeira.

Sem entender o que eu estava tentando dizer, Ayumi perguntou:

– Lucas, está tudo bem?

– Hã? Ah, sim, está tudo bem! Ótimo, na verdade! – eu respondi, sorrindo.

– Hum, se você diz... vamos?

– Vamos. Estou morrendo de fome.

– Somos dois!

E, dessa forma, voltamos juntos para a mansão. Depois, fomos até a sala de jantar e comemos como reis.

Após terminar a refeição, eu me despedi dos meus amigos e retornei para o meu apartamento na minha fiel lambreta.

Obrigado, Mark! foi a frase que se repetiu em minha mente durante a noite inteira.

▪ ▪ ▪

Essa era a minha nova rotina.

Diariamente após as aulas da manhã, alternando entre os dias, os membros do clã me treinavam em diferentes áreas de especialidade, cada um ensinando sobre aquilo que mais dominava.

Com Tony eu praticava o uso de armas de fogo, além de aprender táticas militares e informações sobre segurança e tecnologia.

Com Mark, era afiado na arte da esgrima e aprimorava minhas habilidades de combate corpo a corpo.

Kuroneko – não, Ayumi compartilhava comigo noções sobre infiltração e espionagem, além de criar exaustivas rotinas de exercícios para melhorar o meu preparo físico.

E Scott me ajudava a mergulhar mais fundo nas artes marciais, com um foco especial em respiração, controle e meditação.

Tudo ia bem e eu demonstrava notável progresso. E foi assim por prazerosos dois meses.

Por fim chegou o dia em que Mark reconheceu que meu corpo e minha mente já estavam devidamente treinados, e que era chegada a hora de começar a focar mais no aprimoramento das minhas habilidades como switcher.

Porém, antes disso era necessário que um último procedimento fosse realizado.

Seguíamos os três, Tony, Mark e eu, pelo centro de Neo Atlantis. O primeiro dirigia, enquanto o segundo ia no banco do carona. Eu estava sentado no banco traseiro da minivan antiquada, escolhida com cuidado para não atrair nenhuma atenção indesejada enquanto transitava pelas ruas.

Chegamos ao parque central da cidade, uma enorme área arborizada que servia como um dos mais belos cartões postais de Atlantis. Crianças corriam por todos os lados – e seus pais os perseguiam, apressados –, casais namoravam debaixo de todas as árvores e velhinhos passeavam com seus cachorros, que sujavam tudo por onde passavam. Exatamente o tipo de movimentação que se espera encontrar em um lindo sábado como aquele.

Tony estacionou a minivan. Quando descemos, perguntei-lhe o que fomos fazer ali, e Mark respondeu:

– Hoje vamos descobrir o seu tempo de troca, Lucas.

Fazia tempo que eu não ouvia aquele termo. *Tempo de troca* – ou, em outras palavras, a janela de tempo que um switcher tem para retornar ao seu próprio corpo antes que a sua mente se habitue ao novo e a troca se transforme em um roubo.

Assim que Mark disse aquelas palavras, eu compreendi o que faríamos.

Iríamos selecionar uma entre as muitas pessoas naquele lugar e eu realizaria uma troca com ela, enquanto meus companheiros estariam de prontidão, observando o ato e calculando o tempo transcorrido até que os meus sentidos e minha consciência começassem a desvanecer e eu precisasse retornar ao meu próprio corpo.

Era uma operação relativamente simples, mas eu estava com muito medo mesmo assim.

...Difícil saber se aquela era uma reação normal ou se eu era, na verdade, um grande covarde.

Estendemos uma toalha de piquenique sobre a relva macia e nos sentamos. Havia, perto de nós, um homem sentado sozinho; um fotógrafo hiperativo e aparentemente amador que tirava fotos de tudo ao seu redor.

Mark sinalizou que seria ele o alvo. Tony consentiu com a cabeça.

Eu fechei os olhos e, sem cerimônias, fiz a troca.

Quando o estardalhaço da gritaria das crianças retornou aos meus ouvidos, eu estava em um corpo que não pertencia a mim. A caríssima câmera semiprofissional pendia do pescoço por um cordão laranja, e o atrito causado pelo manuseamento constante do equipamento causava irritação na nuca daquele homem que não era eu.

O fotógrafo estava sentado com as pernas cruzadas, lanchando. Tudo o que eu precisei fazer foi virar-me para Mark e Tony, sentados de maneira similar na toalha próxima, e esperar.

E eu esperei.

A fome do homem que havia sido interrompido no meio da sua refeição me assolava, mas eu não podia nem mesmo cogitar a possibilidade de terminar o sanduíche que tinha em mãos, pois não era meu por direito. Passei a focar-me em outras coisas para escapar daquela tentação: os pássaros voando e cantando alegremente; um músico falido tocando seu violão em troca de moedas; uma mulher que carregava um carrinho de bebê duplo com duas gorduchas miniaturas de gente em seu interior...

Por um período de tempo que parecia interminável, eu esperei. Esperei e esperei, até que finalmente a hora chegou.

A visão começou a embaçar. Depois, a enegrecer. Comecei a suar frio e olhei para Mark, que saíra de sua posição anterior e estava agora apoiado sobre um joelho, pronto para correr em minha direção caso necessário.

Tony, que segurava um cronômetro, já havia conseguido o que queria, portanto clicou o aparelho e fez um movimento com a outra mão, indicando que era a hora de voltar.

Respondi com um aceno da cabeça e fechei os olhos. Desliguei-me daquele corpo magricela e faminto e despertei novamente no meu próprio.

Justamente quando a minha audição fora restaurada, uma voz de mulher me recepcionou:

– Nove minutos e vinte e dois segundos. Bem-vindo de volta, garoto. Bom trabalho.

Quando retornamos ao carro, Mark parecia preocupado. Tony estava ocupado caçando moedas em seus bolsos para pagar o parquímetro, então resolvi investigar o motivo da inquietação do gigante louro ao meu lado:

– O que houve, Mark? Tem algo o incomodando?

Seus olhos perdidos se encontraram com os meus, mas o brilho caloroso que comumente os habitava estava saturado, morno.

– Não é nada... apenas fico ansioso quando nos expomos demais desse jeito.

– Mas Tony disse que tomou as medidas de segurança adequadas. Vai ficar tudo bem, ok? Tente relaxar.

– Eu queria ser tão otimista quanto você, meu amigo – ele admitiu, abrindo um meio sorriso. – Mas não consigo. Não depois de tudo pelo que passei.

Eu realmente achei que ele estava exagerando, mas preferi deixá-lo em paz.

As moedas deslizaram pela abertura do parquímetro e uma musiquinha simpática indicou que a quantia requerida havia sido paga. Tony aproximou-se de nós dois e falou:

– Tudo certo. Vamos?

– Sim, vamos. Quanto mais cedo retornarmos à mansão, melhor – foi a resposta de um Mark apreensivo.

Eu pus a minha mão na maçaneta da porta do carro, e então aconteceu.

Um ônibus caiu do céu.

Não, não foi bem assim – um ônibus *foi arremessado* pelo céu.

Despencou em alta velocidade e tinha a nossa simpática minivan como alvo. Foi tudo tão rápido que eu demorei a entender o que estava acontecendo. Quando dei por mim, já havia sido resgatado por Tony, que me carregava nos braços e perguntava se eu estava bem.

A minivan foi acertada em cheio, capotou diversas vezes junto com o ônibus e só parou depois de ter sido arrastada pelo objeto maior por vários metros. Havia ferragens por todo o lugar.

Felizmente não havia ninguém no interior dos dois veículos.

Tony me pôs no chão e Mark veio até nós. Ambos possuíam olhares sérios que eu nunca tinha visto até então.

– De onde veio? – perguntou Mark.

– De lá – Tony apontou para o final da rua larga que dava acesso ao parque.

– Está armado?

– Um pouco. Você?

– O suficiente.

Dois homens surgiram da linha horizontal que separava o lindo céu azul da ladeira. Tinham mais ou menos a mesma altura, mas se vestiam e caminhavam de formas completamente diferentes.

O mais desleixado, que usava uma bermuda cáqui e um blusão lilás de basquete, carregava apoiado sobre um dos ombros um taco de *baseball* prateado. Ele foi o primeiro a falar:

– Ora, ora, o que temos aqui, Matt? Mal posso acreditar no que os meus cansados olhos estão vendo.

O segundo homem, que vestia um elegante terno branco e gravata vermelha, respondeu:

– Seus olhos podem estar cansados, Vince, mas estão funcionando perfeitamente. São mesmo os Linces.

Os dois pararam. Uma atmosfera pesadíssima preencheu o ar e algumas pessoas começaram a se aproximar, curiosas, enquanto outras corriam em desespero por causa do misterioso e inexplicável acidente.

– Bem que eu pensei ter sentido um cheiro ruim. Veja, Mark, são os Cães.

Mark aproximou-se do amigo e participou do seu comentário ofensivo:

– Estou vendo, Tony. Ou melhor, estou *sentindo*. Como estão vocês nesta bela manhã, cavalheiros? A que devemos a honra destas boas-vindas tão... – olhou para os destroços dos dois veículos – ...passionais?

O primeiro homem, que tinha uma voz estridente e irritante, retrucou:

– Ficamos sabendo que os Gatos tinham finalmente deixado a toca. Pensamos em fazer uma visitinha, afinal, faz tanto tempo que não saímos para brincar, não é mesmo?

O tom de Mark mudou do sarcástico para o sério novamente:

– E há um motivo para isso, Vince. Vocês sabem do acordo de paz entre os nossos clãs. E mesmo se não soubessem, ficaram completamente loucos? Causar uma comoção desta magnitude bem no meio da cidade? O que pretendem com tudo isso?

O segundo homem, de voz mais grave que o primeiro, porém metálica e desagradável, respondeu:

– Sabe muito bem o que pretendemos, Mark. Ainda temos um assunto a resolver, eu e você.

– Pela última vez, Matthew: eu não sei do que você está falando! E ainda que soubesse, assunto nenhum valeria quebrar o acordo que nós tão veementemente juramos seguir!

– Acordo?! Ah! Como se eu ou qualquer um dos switchers de verdade honrássemos algum *acordo*! Vejo que continua cego como sempre, Mark-Punho-de-Ferro.

Punho-de-Ferro? repeti mentalmente. Era a primeira vez que eu ouvia aquele título em todos aqueles meses. O nome pareceu causar grande desconforto em Mark.

Continuei observando a troca de ofensas, em silêncio. Pessoas começavam a se amontoar ao nosso redor. Tony, percebendo o mesmo que eu, tentou apressar a discussão e trazê-la a um fim:

– Muito bem, vermes, vocês queriam a nossa atenção e a conseguiram. Mas não temos o dia todo, então digam logo a que vieram para que possamos resolver esta situação de uma vez, tomar o nosso rumo e reportar à Irmandade a enorme besteira que os dois acabaram de fazer.

O homem de terno ergueu o rosto, que mantivera abaixado até o momento, e revelou uma grimaça terrível que piorava ainda mais a sua cara, já horrenda por natureza. Abriu a boca grande, repleta de dentes decrépitos, e esclareceu, claramente, as suas intenções:

– Não é óbvio? Viemos matar vocês.

Eu gelei. Sabia que passara os últimos dois meses sendo forjado para lidar com situações como aquela, mas nunca poderia imaginar que a realidade seria tão terrível e assustadora daquele jeito. Aflito e com a voz rouca, direcionei-me ao líder do meu clã:

– Mark, do que ele está falando? Você não me disse que todas as lutas entre os switchers eram sempre disputas combinadas? O que vamos faz–

– Lucas – ele me interrompeu.

Tony sacou duas facas de sobrevivência dos bolsos e as segurou em ambas as mãos com uma pegada reversa.

– ...Sim?

– Você se lembra do que lhe falei a respeito de estratégias? De como nunca se deve pensar que elas são infalíveis e que, portanto, deve-se estar sempre preparado para lidar com o imprevisto? – Mark disse isso e pôs a mão dentro do sobretudo, de onde tirou um objeto preto cilíndrico.

– Sim... eu me lembro.

Vince curvou-se e segurou seu taco de *baseball* com as duas mãos. Matthew sacou de um coldre em sua cintura – ocultado pelo terno – um revólver de cano longo.

– Pois bem, aquilo foi a teoria...

Com o pressionar de um botão, a engenhoca de Mark se desdobrou em uma espada reta de lâmina escura.

– ...Bem-vindo à prática.

Capítulo 6

Medo

O ronco do motor lhe transmitia conforto e segurança incomparáveis.

O vento que esbofeteava seu corpo a fazia se sentir viva.

O capacete sufocante gerava um misto de incômodo e deleite nostálgico enquanto restringia os seus cabelos e lhe enrubescia a face.

Um sinal vermelho. Ela precisou parar.

As pessoas atravessando na faixa de pedestres a provocavam ligeira irritação, pois elas eram, ao seu olhar imediato, apenas empecilhos em seu caminho; estorvos que negavam a liberdade que ela tanto perseguia sobre a máquina robusta e escandalosa que ronronava avidamente entre as suas pernas.

Ela suspirou e o seu hálito quente se espalhou por dentro do capacete preto. As mãos, envelopadas por luvas sem dedos, torciam o acelerador impacientemente.

Um sinal verde. Um sorriso obstinado e um arranque barulhento.

Desapareceu na próxima esquina.

Ayumi seguia por um bairro nobre de Neo Atlantis. Yomi, sua querida motocicleta, rugia ferozmente pelas ruas, atraindo a atenção de todos por onde passava.

Em um rasante voo veloz, a jovem cortava pelos quarteirões brilhantes a caminho do seu objetivo:

Uma estação de metrô.

Chegou ao local em alguns minutos. Estacionou a moto e removeu o capacete, sacudindo a cabeça para ajeitar os lisos cabelos negros que brilhavam sob a luz do sol. Acomodou o equipamento no guidão e desceu as escadas da estação, abrindo um pouco o zíper da roupa de couro de peça única que vestia.

Parou antes da linha amarela desenhada no chão, talvez por ter sido condicionada a respeitar tal norma de segurança durante toda a sua antiga vida. Espreguiçou-se vagarosa e prazerosamente, como se não tivesse preocupação nenhuma no mundo.

Um homem baixo que carregava uma maleta prateada surgiu do banheiro da estação. Caminhando a passos largos, ele foi até Ayumi e parou ao seu lado; seus pés não respeitavam o limite amarelo como ela.

A jaqueta rasgada e o boné vermelho que ele trajava ocultavam-lhe a face, mas Kuroneko não precisava reconhecê-la.

Ela precisava apenas de um código.

– Um belo dia, não acha? – o homem deixou a voz fanhosa escapar por entre a gola alta da jaqueta.

– Os dias não são belos; nossos olhos o são – foi a resposta monótona da moça.

– Nesse caso, que belos olhos nós temos!

– Nossos olhos não são belos; cegos estão.

– Ora, se cegos os nossos olhos estão, então belo o dia é! Pois se eles já não veem mais...

– ...Julgar não poderão jamais.

Terminada aquela conversa enigmática, os dois finalmente se olharam. O homem possuía olheiras profundas, parecia não dormir bem havia dias.

– Foi um sucesso? – Ayumi perguntou firmemente enquanto encarava o olhar ameaçador do homem.

– Sim. Tudo nos conformes, como era de se esperar.

– Ótimo. Obrigada, mais uma vez. Aqui está.

Ela produziu um pequeno envelope pardo e o ofereceu ao homem. Ele o pegou, enfiou no bolso da jaqueta e agradeceu:

– Obrigado pela preferência. Volte sempre.

E, após se despedir como um lojista que acabara de fazer bom negócio, o homem estranho deu meia-volta e desapareceu escada acima, deixando a maleta no chão.

Kuroneko abaixou-se e agarrou o objeto pela alça. Era um pouco pesado, mas nada exorbitante. Depois de olhar para a valise e esboçar um pequeno sorriso, a garota saiu da estação e retornou à amada moto, prendeu a encomenda recém-coletada em um gancho em sua lateral, pôs o capacete e montou em Yomi.

Deu a partida e ganhou a rua novamente.

Entretanto, a leveza e o prazer proporcionados pelo veículo foram temporários, pois logo adiante, algumas esquinas depois da estação, um congestionamento violento inutilizara a grande avenida por onde Ayumi deveria passar. A fileira interminável de automóveis movia-se extremamente devagar, ocupando todas as quatro pistas da extensa via de mão única.

Decidida a não se deixar impedir por aquele frívolo imprevisto, a jovem resolveu fazer o que qualquer pessoa em poder de uma motocicleta no meio de um engarrafamento daqueles faria:

Costurar pelos espaços entre os veículos.

Roncando o motor, ela moveu Yomi e seguiu, cautelosa, por entre os caminhos formados pelos carros emparelhados. Saiu forçosamente da pista da direita – por causa de uma senhora que entrava em um táxi – e foi se esgueirando pela rua adjacente por mais alguns metros, quando a causa da confusão por fim se tornou visível.

Seus olhos mal puderam acreditar no que viam.

No meio da avenida, atravessado entre uma calçada e a outra, havia um enorme caminhão estacionado. A carreta era preta e prateada, com alguns detalhes brancos que refletiam a luz solar. O veículo tinha doze grandes rodas e era tão alto que projetava uma sombra colossal sobre os pequenos carros populares que buzinavam incessantemente ao seu lado.

– E essa, agora... – Kuroneko resmungou, a voz abafada pela espuma interna do capacete. Diminuiu ainda mais a velocidade enquanto se aproximava, pensando em como faria para fugir daquela situação.

Foi então que aconteceu.

A porta da cabine do caminhão se abriu e um homem imenso saiu de dentro. De pele escura e feições negroides, ele possuía cabelos crespos enrolados em *dreadlocks* e vestia calças jeans e uma regata branca. Em sua cintura havia um cinto marrom com largos bolsos, que aparentavam estar cheios. Ele era musculoso e altivo, e, em seu rosto rude, um par de óculos escuros escondia-lhe os olhos.

A aparição fez com que a garota hesitasse, obrigando-a a parar sua moto. Sua atenção fora completamente roubada pelo homem alto, forte e desconhecido que estava de pé no asfalto, movendo a cabeça como quem procurava por algo.

Talvez pelo fato de que a sua raiva fora agraciada com uma face à qual ela agora podia direcionar, Ayumi foi preenchida por uma súbita vontade de ir até o homem e tirar satisfações. Com o sangue fervendo, e desprovida de melhor razão, ela agiu por impulso: torceu o acelerador e partiu ao seu encontro.

No entanto, algo extraordinário teve início.

Ao passar por um sedan azul, Kuroneko foi surpreendida pela porta do motorista, que se abriu repentinamente. Ela desviou na última hora, chocou-se de leve com um carro na pista da esquerda, perdeu o equilíbrio e quase foi ao chão, mas conseguiu se estabilizar às pressas com uma das pernas.

– Ei, cuidado! O que pensa que está fazen–

Ela começou, mas logo interrompeu a si mesma e ficou em silêncio. Os olhos se arregalaram e a boca permaneceu aberta.

Quando Ayumi virara para gritar com o motorista do carro que quase a envolvera em um acidente, o encontrou já do lado de fora do veículo, de uma forma grotesca:

Mudo, com a boca escancarada e os olhos revirados de modo que somente o branco dos globos oculares era visível.

Ayumi arqueou as sobrancelhas, mais por preocupação do que por medo.

– O senhor... – direcionou a palavra ao homem de meia-idade – ...está bem?

Mas antes que ele dissesse qualquer coisa, outra porta de carro se abriu abruptamente. Dessa vez era uma SUV prateada, e dela saiu uma mulher muito bem-vestida, nas mesmas condições do homem do sedan azul.

O medo começou a se instalar em Kuroneko. Não fazia ideia do que estava acontecendo, e ela odiava não saber das coisas.

Entretanto, as surpresas não pararam por aí.

Ayumi notou que a mesma cena estava sendo reproduzida em inúmeros outros automóveis ao longo da avenida congestionada. Para todos os lados, portas se abriam e pessoas saíam, motoristas e passageiros, todos no mesmo estado em que os primeiros dois que vira. No total, eram cerca de quarenta pessoas, entre homens, mulheres e crianças, que saíram dos carros e ficaram ali, imóveis, como se aguardassem alguma instrução.

Foi então que Kuroneko percebeu que todos eles estavam virados para o mesmo lado. Mais do que isso, todas aquelas pessoas olhavam fixamente para o mesmo lugar:

O local onde estava o grande caminhão que bloqueava a via.

Ayumi retirou o capacete e o pendurou no guidão, como de costume. Desmontou da moto e espremeu os olhos para enxergar melhor. Por fim, lembrou-se de algo lógico e simples que em meio ao furor havia se esquecido:

O caminhão não chegara até ali por vontade própria – ele fora conduzido por *alguém*.

E esse *alguém* estava naquele exato momento com os braços esticados ao ar, movendo a boca como se dissesse alguma coisa.

A única explicação plausível para aquele fenômeno encontrou enfim o seu caminho até a mente da linda jovem. Estarrecida com a descoberta, Ayumi deixou um sussurro escapar-lhe dos finos lábios:

– Não pode ser... ele é...

Apertou o próprio punho com força.

– ...Um switcher!

A última porta de carro foi aberta. De dentro de um pequeno utilitário verde, que se encontrava próximo de onde o caminhão estava parado, saiu uma família inteira: o pai, a mãe e dois filhos adolescentes.

De repente, o homem enorme sorriu e baixou os braços. Imediatamente depois, as pessoas que até então permaneciam imóveis começaram a se mover em todas as direções.

Caos.

Gritos de desespero sobrepujaram as buzinas à medida que as quarenta pessoas começaram a atacar os outros motoristas e passageiros presos no engarrafamento. Vidros quebrados, corpos violentamente arrastados para fora dos veículos e barbáries de todo o tipo se desenrolavam diante da perplexa jovem de cabelos negros.

Ela ficou completamente sem ação.

Foi somente quando Ayumi se tornou o alvo de um senhor de idade que seu instinto a levou a desviar do ataque e a nocauteá-lo habilmente. Desperta, ela tirou a maleta da lateral da moto e subiu no teto de um carro desocupado; tencionava, dessa forma, evitar possíveis ataques futuros e obter uma ampla visão do quadro geral à sua volta.

Do topo do veículo, ela procurou pelo homem do caminhão. Encontrou-o exatamente na mesma posição de antes: em pé, com os braços fazendo curtos movimentos e a boca de lábios grossos formulando palavras inaudíveis àquela distância.

Kuroneko sabia, sem sombra de dúvidas, que a única maneira de encerrar aquele espetáculo pavoroso era indo diretamente até a sua fonte – isto é, ela precisava enfrentar o homem assustador cara a cara. Para isso, ajoelhou-se sobre o teto do automóvel, abriu a maleta e tirou de dentro o seu velho amigo que acabara de retornar de um árduo processo de manutenção:

O arco preto reforçado, Hikari.

Junto do arco, ela pegou uma aljava repleta de flechas de três cores – prateadas, vermelhas e azuis – que estava perfeitamente encaixada embaixo da arma, prendeu-a nas costas, empunhou Hikari na mão esquerda e pôs-se a correr, saltando de carro em carro a toda velocidade. A vinte metros do caminhão, Ayumi sacou uma flecha e a preparou no arco. Sem diminuir a aceleração, ela puxou o projétil e o atirou no alto de um pulo, segundos antes de aterrissar no asfalto, executando um rolamento.

O seu alvo era mais do que claro.

A flecha prateada raspou a protuberante maçã do rosto esquerda do homem e cravou-se com um som metálico na lataria do caminhão logo atrás. Ayumi, que terminara o seu rolamento gracioso, já havia preparado a segunda flecha em seu arco quando parou agachada com um dos joelhos no chão e bradou confiantemente:

– Não se mova, ou não garanto que conseguirei errar de propósito uma segunda vez!

Daquela distância ela pôde enfim ver os contornos dos olhos do homem, que estavam fechados. Um pouco de sangue escorreu pela ferida superficial que a flecha abrira.

– Quem é você?!

Silêncio.

– Responda!

Não respondeu.

Impaciente, Ayumi ficou de pé e elevou a voz:

– Vou perguntar pela última vez antes de abrir um buraco bem no meio dessa sua testa: quem é você?! – ela falou, aplicando ainda mais tensão na corda.

Os olhos do homem se abriram por detrás das lentes dos óculos esportivos. Eles eram profundos e misteriosos feito dois buracos negros em miniatura, e Ayumi sentiu-se tragada, perdida naquele imenso vazio.

A boca de lábios grossos finalmente se moveu:

– Sombra.

A voz era grave e retumbante como um trovão. Kuroneko tremeu um pouco perante a pressão que aquele homem exercia.

– *Sombra*? Hum... interessante. – A garota tentou não se deixar abalar pelo nome intimidador. – Muito bem, *Sombra*. Primeiramente, preciso que você acabe com esse seu truque barato antes que mais pessoas inocentes se machuquem e eu fique *realmente* zangada. O que me diz?

Ele piscou duas vezes, depois baixou os braços devagar e seus fantoches de carne e osso pararam de se mover.Ayumi notou que sua exigência fora cumprida e se sentiu um pouco mais confiante; em seguida, assumindo que estava no controle, ela disse:

– Agora, sim, nós podemos conversar. Representa algum clã, Sombra?

Dessa vez, o homem não usou a boca para responder. Em vez disso, ele usou a mão grande para puxar a camiseta na altura da axila esquerda em direção ao centro do tórax, revelando no peito musculoso a imagem de um cão de perfil tatuada num vibrante vermelho-sangue. Ayumi reconheceu a figura imediatamente: era o infame símbolo do mais violento e inescrupuloso clã de Neo Atlantis, o Bloody Hounds.

Não... a jovem pensou. *De todos os clãs nesta maldita cidade, por que tinham que ser logo os Cães?*

Ela então juntou toda a coragem que ainda lhe restava e continuou:

– Os Hounds, hã? Bom, já que é um Cão, imagino que saiba muito bem quem eu sou e a que clã pertenço, certo?

Ele assentiu com a cabeça.

– Nesse caso, imagino que saiba também do acordo que há entre os nossos grupos e, consequentemente, entre nós dois. Correto?

Mais uma vez, ele concordou.

– ...Sendo assim, não há motivos para complicar ainda mais esta pequena... *situação* na qual nos encontramos. Sugiro que você retorne ao seu caminhão, tire ele do caminho e se entregue pacificamente. Tenho certeza de que as autoridades já foram acionadas e chegarão aqui em breve para resolver o problema da maneira deles, então ligarei para a Irmandade antes disso e...

– Não.

O rosto de Ayumi se retorceu perante aquela ultrajante interrupção repentina – era a primeira vez que um inimigo em evidente desvantagem demonstrara tamanha ousadia para com ela. Em um impulso infantil, a garota retrucou:

– Não?! Como assim, *não*?! Por acaso já se esqueceu da posição em que está? Ou será da flecha apontada pra sua cabeça que se esqueceu, hein?! Sou eu quem está no comando aqui, Sombra; acho bom você se lembrar pelo menos disso! – Ela balançou o arco para reforçar a ameaça.

E então ele deu um sorriso amplo e resplandecente, composto por duas fileiras de dentes brancos muito bem tratados. Kuroneko levou alguns segundos para compreender a razão por trás da felicidade do homem à sua frente, mas, por fim, percebeu que se tratava da manifestação física de uma sensação que ela mesma conhecia muito bem; uma espécie de êxtase que ela adorava sentir:

A certeza incontestável da vitória.

Ela ouviu passadas rápidas se aproximando por trás. Virou-se instintivamente, mas só teve tempo de ver de relance o homem do sedan azul golpeando-a em cheio na cabeça com um extintor de incêndio automotivo.

■ ■ ■

Eles se encaravam com os olhos em chamas.

Os quatro estavam armados. Não trocavam nenhuma palavra, apenas deixavam a sua animosidade fluir, adquirir forma e se fundir em uma massa quase palpável de raiva, sede de sangue e vontade de matar.

Um deles olhou para mim, como um predador que avista a sua presa; chamava-se Vince, se eu ouvira o nome corretamente mais cedo. Mark, ao perceber isso, adiantou-se e quebrou o silêncio angustiante:

– Tire os olhos dele, Vince. Ele ficará de fora dessa; não tem nada a ver com os nossos assuntos.

O homem de aparência desleixada focou-se no gigante louro.

– Se ele não me tirar pra dançar, Mark, não tocarei no rapaz. Pode ficar tranquilo – ele respondeu dissimuladamente, enquanto rebatia uma bola invisível com o seu taco de *baseball* metálico.

Tony continuava preocupado com as pessoas se reunindo ao redor – algumas fotografavam e filmavam a comoção usando os celulares, enquanto outras faziam ligações e mandavam mensagens.

– Me pergunto quanto tempo demorará até a polícia aparecer e estragar a nossa pequena festinha – ele disse, olhando para a ponta de uma das facas que tinha nas mãos.

– Não se preocupe: eles não virão – o companheiro de Vince falou, girando o revólver no dedo.

Tony retirou o olhar da faca e o focou no homem feio de terno branco, que se chamava Matthew.

– Vocês realmente fizeram o dever de casa desta vez, hã? – comentou, em tom sarcástico.

– É exatamente como eu disse... – Matthew interrompeu a moção circular da arma e a apontou para Mark – ...desta vez, viemos para matar vocês.

Um tiro incrivelmente barulhento ressoou. Mark permaneceu imóvel e a bala raspou em sua têmpora esquerda, causando leve sangramento.

As pessoas que se amontoavam no local de repente se espalharam, em pânico. Era incrível como um ônibus caindo do céu não as assustara, mas um mero tiro de revólver as fez correr alucinadamente feito baratas.

Mark pousou a mão livre sobre a ferida, para estancar o sangue. Olhou para o líquido vermelho nos dedos em seguida e disse:

– Espero que tenha errado de propósito, Matthew. Do contrário, esta luta será uma completa perda de tempo.

– Oh, Mark! – Matthew exclamou. – Acredite: será um combate memorável!

Disse isso e investiu, disparando várias vezes o revólver prateado. Mark, seu alvo, aproximou-se também, desviando-se dos tiros em velocidade quase inacreditável. Ao mesmo tempo, a luta de Tony e Vince também se iniciou. Os dois encurtaram a distância que os separava com movimentos rápidos e logo estavam cruzando suas armas.

A ferida na têmpora de Mark já havia se fechado, mas seu corpo foi repetidamente perfurado por outras balas que Matthew disparara. Quando o tambor do revólver se esvaziou, Mark viu surgir a oportunidade perfeita para atingir o seu inimigo, então moveu a espada reta com a maior destreza e força que eu já havia visto um espadachim demonstrar e cortou diagonalmente, com beleza e técnica dignas de um conceituado chefe de clã.

Seu oponente, no entanto, era tão habilidoso quanto ele e fez o impensável: usou o revólver como espada e defletiu o golpe com um movimento perpendicular fantástico, saltando para a direita e afastando-se de Mark, que recobrava o seu equilíbrio após a investida fracassada.

Enquanto isso, Tony e Vince eram envoltos pelas vívidas faíscas produzidas pelo encontro de suas armas. As rápidas facas de Tony, quando conseguiam transpor a poderosa defesa da clava disfarçada de artigo esportivo de Vince, cortavam e rasgavam a carne do homem de blusão extravagante lilás, fazendo esguichar sangue. Entretanto, Vince esbanjava um terrível sorriso e gargalhava a cada corte sofrido, como se a dor lhe provocasse intenso prazer. Quando uma das lâminas do seu oponente por fim chegou perto o suficiente para se tornar um verdadeiro problema – Tony quase lhe perfurou o estômago com um golpe frontal –, ele decidiu contra-atacar: girou todo o corpo e explodiu uma tacada certeira no queixo do inimigo, deslocando-lhe a mandíbula e fazendo-o voar por vários metros.

Matthew recarregou seu revólver em um movimento espetacular – usou um objeto redondo cheio de projéteis que o permitiu inserir todos eles de uma só vez no tambor – e logo choviam balas na direção de Mark outra vez. Ele se desviou de algumas e foi acertado por outras, mas sem interromper em momento algum o seu ataque voraz. Finalmente, depois de muito esforço, ele enfim ganhou a vantagem do combate: Matthew fora encurralado na grade alta do parque, sendo forçado a escolher entre enfrentar Mark ou tentar fugir por uma das tangentes. Escolheu a primeira opção e pisou firme, lançando-se ao oponente. Este, por sua vez, manteve a aceleração sem hesitar e recebeu o ataque sem medo, com a lâmina a postos. O revólver atirou de novo e o projétil altamente perfurante passou perigosamente perto da cabeça de Mark, que se esquivou no último instante e ainda assim conseguiu firmeza o suficiente para projetar, com vigor, a sua espada para frente. O estômago de Matthew era o alvo.

Um som perturbador, nascido da fusão entre metal afiado e carne sendo dilacerada, invadiu os meus ouvidos. A força do golpe foi tanta que fez com que ambos os lutadores seguissem na trajetória daquele que o executou, e os dois chocaram-se bruscamente contra a grade esverdeada do parque, retorcendo-a com violência.

Eu estava me sentindo completamente inútil.

Em meio a toda aquela ação, o primeiro combate real e sangrento que me mostrava o peso da decisão que tomara, eu nada podia fazer. Fiquei ali, estático, pasmo, imóvel e impotente, apenas observando meus dois amigos lutarem por suas vidas.

...Patético.

As lutas tiveram uma pausa temporária. De um lado, Tony recuperava-se da fortíssima pancada que sofrera – restaurara o maxilar ao seu estado natural com um estalo e erguia-se lentamente do chão, enquanto Vince, seu maníaco adversário, aproximava-se dele, cantarolando despreocupado. Do outro, Mark empalava Matthew contra as grades retorcidas, inserindo a lâmina cada vez mais fundo em seu abdômen. O terno branco ganhara uma imensa mancha de sangue, que se expandia com rapidez.

E eu estava em pé no meio da rua, estupefato e ridículo.

Queria fazer alguma coisa. Queria mostrar o que aprendera com o rigoroso treinamento. Queria ajudar meus companheiros...

...Queria ser útil a alguém.

Mark cravava ainda mais a espada escura em seu inimigo.

– Está pronto para desistir, ou precisarei realmente matá-lo desta forma tão humilhante, em um dia tão lindo como este?

Matthew cuspiu sangue e tentou mover a mão que empunhava o revólver, mas Mark a imobilizou com seu pé esquerdo.

– Desistir, Mark? Não me faça rir! Já me conhece há tempo o suficiente para saber que mesmo na face da própria morte eu não seria capaz de tal coisa.

Eu não sabia se deveria ter ódio pela resistência e teimosia daquele homem ou respeito pela sua determinação e coragem. Mark continuou com o seu apelo:

– Não morra como um idiota, Matthew! Se recuarem agora, serão propriamente julgados na corte da Irmandade! Terão que pagar por tudo o que fizeram, é claro, mas pelo menos continuarão vivos!

– Huh! – Matthew deu uma risada preenchida pelo sangue que lhe subia da garganta. Os sons dos choques entre as armas de Tony e Vince serviam de trilha sonora para o momento crucial, ecoando ritmicamente ao fundo. – Pede para eu não morrer como um idiota, mas não vê que o único idiota aqui é você, Mark-Punho-de-Ferro!

Como se aquele título despertasse nele tremenda ira, Mark atravessou-lhe ainda mais o corpo com a espada.

– ...Vejo que a razão já o abandonou há muito tempo, Matthew. É triste, mas receio não ter outra escolha a não ser acabar com você aqui, e agora.

Ele removeu a espada do tronco do oponente em um movimento rápido e preparou-se para desferir o golpe de misericórdia em sua cabeça. O líquido vermelho esguichava intermitentemente da ferida exposta e manchava-lhe as roupas.

De repente, um novo som de lâmina perfurando carne se ouviu, seguido de uma risada igualmente perfurante. Não pude compreender exatamente o que acontecia – Mark estava curvado diante de Matthew com a espada levantada um pouco acima dele, bloqueando a minha visão –, mas, ainda assim, notei que algo não estava certo, pois aquela voz metálica novamente se fez ouvir. Era uma risada doentia e feral que arrepiou até o último pelo do meu corpo e me fez tremer descontrolado. De imediato, identifiquei a sua fonte:

Era o homem de terno.

– Ah, Mark, Mark, Mark. Doce, gentil e cego Mark Blackwood, poderoso líder dos magníficos Linces...

Mark tremeu um pouco e soltou a espada, que caiu ao seu lado.

– HAHAHA! – Matthew gargalhou altíssimo. O corpo trepidante de Mark tentava se mover custosamente. – AQUI ESTÁ, SENHORAS E SENHORES: O MAIS PODEROSO SWITCHER DE NEO ATLANTIS, FERIDO E SANGRANDO! HAHAHA!

Gritando com supremo contentamento, Matthew chutou o adversário para cima. Mark chocou-se contra o chão com violência, revelando enfim a adaga que lhe fora enfiada no peito.

Não vi quando ele cravou a arma em Mark. Talvez tenha fingido sofrer um dano pior do que o causado pelo ataque de antes e se aproveitado do momento em que ele retirara a sua espada para fazê-lo; ou talvez tenha sido um golpe extremamente rápido que nem meus olhos nem os de Mark conseguiram captar; ou ainda pior: talvez tudo aquilo tivesse sido planejado desde o princípio, e ele se deixara ferir estrategicamente para...

Mas que se dane tudo isso – apenas uma coisa importava naquele momento:

O meu amigo estava morrendo.

– MARK! – o urro de Tony afastou-me dos meus pensamentos e me trouxe de volta à realidade brutal. Ele e seu oponente não pararam a luta: continuavam trocando golpes em assustadora velocidade, fazendo o chão tremer a cada colisão das armas.

Eu sabia que precisava agir. Caso contrário, o meu amigo e mentor seria assassinado bem na minha frente, a sangue-frio, em um dia lindo como aquele.

Estava desesperado. Quis novamente fazer alguma coisa, mas...

...O quê?

Aquele homem que me derrotava sem dificuldade nos treinos, sem nem ao menos usar a sua força total, estava perdendo em um combate real de vida ou morte; que poderia eu, um novato fraco e desajeitado, fazer naquela situação?

Foi nesse instante em que eu me lembrei de algo importantíssimo.

Lembrei-me de quem eu era. Ou melhor, *do que* eu era.

E aquela palavra que eu tanto ouvira durante os dois últimos meses fluiu dos meus lábios como um tenro sussurro:

– Switcher...

Eu podia ser fraco, mas possuía algo que me diferenciava de todas as outras pessoas normais no mundo. Eu era um switcher, e era chegada a hora de finalmente utilizar os meus poderes em uma luta de verdade – contra um inimigo do meu clã, e não em brincadeiras de criança como um fotógrafo amador qualquer, um atlético aluno de faculdade ou um professor calorento de meia-idade.

Eu podia fazer aquilo. Eu podia salvar Mark.

Com extrema concentração, foquei-me em meu alvo. Matthew caminhava lentamente até Mark, que perdia sangue e tentava levantar-se do chão com muito custo. Não precisei repetir aquela minha frase ridícula – achei que o estresse e a seriedade do momento dispensavam a sua necessidade e, felizmente, acertei –, então simplesmente fechei os olhos e tentei invadir o corpo daquele homem desprezível de terno branco.

Mas havia coisas que os meus queridos companheiros ainda não tinham me ensinado a respeito do funcionamento dos meus poderes.

...E eu estava prestes a aprender uma delas da pior maneira possível.

No instante em que tentei a troca, um zumbido insuportável me ensurdeceu por completo. Acompanhando o barulho, uma dor de cabeça de proporções titânicas me subjugou e eu caí de joelhos, cobrindo os ouvidos com as mãos. Abri os olhos em reflexo e os direcionei para o meu alvo, apenas para ser recepcionado com uma terrível e assombrosa imagem:

Os olhos arregalados de Matthew fitavam-me de tal modo que parecia que me perfurariam a alma. Complementando a visão horripilante, o seu sorriso de dentes podres ressurgiu em sua face bizarra, gelando a minha espinha.

Não tive escolha: abortei o meu plano. Cancelei a tentativa de troca e fui ao chão, recolhido em posição fetal. Quando reergui a cabeça dolorida, Matthew ainda ria um pouco, mas logo perdeu o interesse em mim e retomou a sua caminhada calma em direção a Mark, que conseguira apoiar-se sobre os cotovelos.

Merda! eu gritei para mim mesmo, condenando o meu fracasso vergonhoso. *Como eu pude falhar num momento tão importante como este?! Idiota!*

Sem perceber, soquei o asfalto e feri a mão. O punho ficou vermelho e tudo indicava que sangraria, mas isso não aconteceu, por algum motivo.

O homem de terno chegou até Mark. *Acabou*, pensei. *Mark morrerá agora, e a culpa é toda minha...*

De repente, um estrondo.

Tony, de alguma forma milagrosa, conseguira reverter a situação em seu favor e atirou Vince em um prédio do outro lado da rua, fazendo-o atravessar uma de suas grossas paredes e levantando uma enorme nuvem de poeira no ar. Em seguida, passou por mim e correu até Matthew em extrema velocidade, arremessando uma das facas que empunhava na direção dele no meio do caminho.

O homem do terno branco ensanguentado defletiu a lâmina voadora com seu revólver e depois o ergueu para Tony, mas ele já estava perto demais e conseguiu acertar a arma de fogo com um poderoso golpe para cima, fazendo com que seu dono a deixasse escapar dos dedos. Com inconcebível agilidade, Matthew pôs a outra mão dentro do terno e tirou uma adaga idêntica àquela cravada em Mark.

Os dois envolveram-se então em uma fantástica disputa de lâminas: Tony com sua faca de sobrevivência restante e Matthew com sua segunda adaga cor de cobre. A velocidade de ambos era absurda – tão absurda que eu cheguei a perder alguns golpes de vista, sendo capaz apenas de captar os rastros prateados e acobreados que as armas deixavam no ar.

Mark, no chão, afastava-se do conflito vagarosamente. Com evidente sofrimento, ele arrancou o objeto afiado do peito em meio a gritos e o atirou longe.

Aquilo parecia uma reviravolta. Tony era forte: ele seria capaz de sustentar a briga até que Mark se recuperasse.

Nós podíamos ganhar.

Senti uma fisgada em meu coração. Era algo esquisito e fascinante que eu não sentia há muito tempo.

Sabia o nome daquele sentimento – chamava-se Esperança.

Porém, há um seriíssimo problema com a Esperança:

Com a mesma facilidade com que surge, ela se vai.

Matthew acertou um golpe que rasgou boa parte da blusa de botão que Tony usava, expondo sua roupa íntima pouco feminina. Da ferida saiu um sangue espesso, que caiu pesado e estalou no asfalto. Desnorteado, Tony soltou a faca, foi agarrado pelo pescoço e suspendido enquanto debatia-se desesperadamente.

Eu quis gritar – nós estávamos perdendo de novo. O pessimismo latente que vivo tentando combater dentro de mim encontrara uma brecha e tentava mais uma vez me dominar. Fui tomado por uma avassaladora vontade de desistir de tudo.

No entanto, notei que ainda havia um pouco daquela Esperança fugaz que tanto custara a ressurgir em meu ser, e que em tão pouco tempo eu reaprendera a amar.

Agarrei-me a ela. Escolhi não soltá-la nunca mais.

E não soltei.

Chega! esbravejei em pensamento. Era a segunda vez no mesmo dia em que um precioso companheiro meu estava em apuros e eu ficava ali, atônito, apenas observando a tudo sem mover um músculo. Sabia que Tony e Mark queriam me manter fora daquela luta para me poupar, e que eu provavelmente iria atrapalhar muito mais do que ajudar se tentasse qualquer coisa impulsiva, mas, mesmo assim, não havia como eu simplesmente deixar aquela carnificina continuar daquele jeito sem fazer nada.

Então, eu fiz.

Matthew suspendia Tony com uma das mãos. A outra permanecia em repouso com a adaga em punho, mas tudo o que me importava naquele momento era o braço estendido com o meu amigo sufocando em sua extremidade.

O homem de terno falava algo entre risadas à sua presa, portanto não percebeu minha aproximação súbita. Corri como nunca fizera antes e saltei com igual intensidade, despencando sobre o meu alvo com a fúria de um bárbaro, porém com a precisão de um espartano.

E, com a surpreendentemente leve espada reta de lâmina escura, que eu apanhara perto da grade esverdeada, decepei o braço que mantinha Tony como refém.

A força aplicada foi tanta que demorei a parar quando aterrissei, desgastando as solas dos tênis à medida que deslizava asperamente sobre o asfalto. Senti que o elástico laranja que prendia os meus cabelos se soltou, pois alguns fios me incomodavam os olhos.

Tony foi ao chão, mas logo desprendeu-se da mão sem vida e se afastou. Eu me levantei e aguardei a retaliação de Matthew, que certamente seria imediata. Entretanto, ao encará-lo, encontrei-o imóvel, sem expressão, com um braço a menos e muito sangue jorrando da imensa ferida aberta.

Ele olhou para a ausência do próprio membro e assobiou. O fluxo de sangue logo diminuiu de intensidade, mas o líquido continuava a mudar a cor do terno do homem, que àquela altura já não mais podia ser chamado de branco.

– Rapaz, você com certeza me surpreendeu! – a voz metálica e nociva invadiu-me novamente os tímpanos, desestabilizando-me como se as meras palavras daquele homem já fizessem mal.

– Obrigado, esse era o meu objetivo – retruquei com audácia, mas na verdade sentia muito medo.

– Parece que Mark o ensinou direitinho. Ele pode ser um filho da mãe desprezível, no entanto é preciso admitir: o canalha sabe lutar muito bem.

– É... ele sabe, sim.

Eu estava atento. Ele iria atacar a qualquer momento, então eu precisava ler os seus movimentos e...

– Só teve um pequeno problema nesse seu ataque surpresa, garoto.

– ...É mesmo? Qual? – eu disse, gradualmente me recuperando do susto causado pela sua interrupção.

Ele começou a caminhar na minha direção com passos pequenos.

– Você teve uma oportunidade de ouro e a deixou escapar. Priorizou a vida do seu amigo, e acabou desperdiçando uma chance perfeita para me cortar a cabeça.

Engoli em seco.

– A sua cabeça ainda está aí, então terei outras chances de cortá-la. Vida, no entanto, só se tem uma – blefei e filosofei fora de hora.

Ele estacou e riu:

– Hahaha! Quer saber? Gostei de você, moleque! Se tivéssemos nos conhecido em outras circunstâncias, provavelmente nos tornaríamos ótimos amigos. Talvez até parceiros!

Apertou com firmeza a adaga na mão esquerda.

– ...É uma pena que você não passará deste dia.

Avançou mais rápido do que eu pude acompanhar. Antes que eu percebesse, cravou a adaga no lado esquerdo do meu peito. Fitei-o nos olhos – ele estava tão próximo que eu consegui sentir o seu mau cheiro de suor, saliva e sangue.

Com um puxão, ele retirou a lâmina do meu corpo.

Despenquei, deixando um rastro escarlate no ar.

■ ■ ■

Sua cabeça girava e doía.

Abriu os olhos com dificuldade; sua vista estava turva e o mundo parecia ter dado uma guinada de noventa graus para a esquerda. Percebeu então que estava caída no asfalto, e lembrou-se dos acontecimentos que a levaram até aquele estado.

Levantou-se devagar. Sentiu o sangue quente deslizar-lhe pelo rosto, partindo da testa e descendo até a boca. Ao seu redor, os gritos e barulhos de coisas se quebrando contribuíam para a sua terrível dor de cabeça. Viu jogado no chão o extintor de incêndio que fora usado como arma instantes atrás – uma enorme mancha vermelha complementava o já vermelho cilindro de ferro.

Sentiu algo familiar em sua mão: seu querido arco estava ali, fortemente preso entre os seus dedos gelados. Ela perdera a flecha que havia preparado antes do ataque repentino, mas a aljava em suas costas estava cheia de muitas outras como aquela.

Procurou o homem que era a razão do seu infortúnio. Lá estava ele: sentado na carreta do caminhão, com as pernas cruzadas e os braços abertos. Ele contemplava o seu trabalho, deleitando-se como um artista que acabara de criar uma obra-prima.

Aquela imagem aumentou ainda mais a raiva de Kuroneko. Ela caminhou a passos lentos na direção de Sombra, decidida a acabar de vez com tudo aquilo.

– Devia ter me matado quando teve a chance – a jovem disse enquanto puxava das costas uma flecha e a acomodava no arco negro.

O homem a seguiu com os olhos profundos, sem desfazer o sorriso que já tinha no rosto. Com a aproximação da jovem – que o havia posto em sua mira mais uma vez –, ele baixou os braços e os usou para suportar o corpo, depois esticou as pernas e as deixou pender da carreta.

– Não sei se devo elogiá-lo pela sua ousadia ou ter pena da sua idiotice. É incrível a incapacidade que você e o seu grupinho têm de simplesmente fazer a escolha certa e resolver as coisas de maneira pacífica. Ou vocês todos possuem algum tipo de anomalia psicológica ou têm a mais deturpada lógica que este planeta já conheceu.

A ponta da flecha vermelha brilhava. Era um projétil visivelmente diferente dos prateados que Ayumi usara antes: possuía o mesmo comprimento, porém era mais grosso e tinha uma pequena protuberância no meio.

O homem de *dreadlocks* curvou-se um pouco, como quem se inclinava para observar melhor alguma coisa. O sorriso bestial transparecia o quanto ele subestimava a mulher à sua frente.

– Eu tentei agir com educação. Realmente tentei. Fui cordial até demais para o meu próprio gosto, na esperança de não agravar o problema, mas você não me deu alternativa e não sossegou enquanto não me tirou do sério...

Ayumi parou. A flecha quedou-se imóvel, perfeitamente alinhada com o seu alvo. No entanto, esse alvo não era o homem no topo do caminhão.

Era o caminhão em si.

– ...E agora vai aprender porque despertar o meu lado ruim foi uma péssima ideia.

A flecha voou, traçando uma linha vermelha e produzindo um som que se assemelhava ao de um apito. Perfurou a lataria da carreta e parou quando a protuberância impediu o seu avanço.

Sombra olhou para baixo – para o que ele logicamente pensou ser um tiro que falhara em seu propósito. Reergueu a cabeça para Ayumi e expandiu ainda mais o horrendo sorriso que tinha, zombando sem palavras da pequena arqueira.

Kuroneko nada mais fez: apenas relaxou e olhou para o homem, como se esperasse por algo.

E então, algo aconteceu.

A flecha começou a emitir um som. Sombra fitou o objeto vermelho, atraído pelos *bips* em sequência que ele produzia.

Quando o padrão do som mudou de lento para rápido, o homem compreendeu do que aquilo se tratava, então retornou os olhos preocupados para Ayumi e notou algo desconfortante:

Era ela quem, agora, estava sorrindo.

Os *bips* se transformaram em um único som contínuo. Sombra usou os braços apoiados no topo da carreta para levantar-se e, pisando com os dois pés, saltou de costas para o outro lado do caminhão.

E, imediatamente após o seu movimento apressado, uma grande explosão destruiu o local onde ele se sentava há instantes.

A flecha explodira em uma bola de fogo que desintegrou boa parte da carreta, mas a estratégia de Ayumi não terminara com aquele espetáculo pirotécnico.

Ela estava apenas começando.

Do outro lado do veículo, Sombra escapara por um triz do inferno causado pela garota com apenas parte de uma das pernas engolida pelo fogo. Girou no ar e preparava-se para cair no lado da avenida que a obstrução que ele provocara havia limpado de automóveis, quando algo extraordinário ocorreu:

Uma silhueta surgiu no meio das chamas.

Era Ayumi.

A garota atravessou a torrente de fogo e fumaça e pairava elegantemente no ar com o arco e uma flecha prateada apontados para o seu inimigo. Abriu a mão direita e deixou o projétil voar, cobrindo a curta distância entre ela e o seu alvo com tremenda velocidade.

Tudo aconteceu em uma questão de segundos.

O homem não tentou se desviar – estava claro que não conseguiria. Visando apenas diminuir o dano inevitável, ele posicionou a mão esquerda à frente do peito, interceptando a flecha. A resistência da mão não foi o suficiente para pará-la, e ela a atravessou sem dificuldade, perfurando o plexo de Sombra e abrindo caminho em sua carne por vários centímetros.

Kuroneko aterrissou suavemente.

Sombra não teve a mesma sorte e caiu desequilibrado, quase de costas. Seus óculos esportivos caíram no chão e uma das lentes se quebrou.

A garota constatou que não havia tempo a perder – sacou outra flecha e começou a andar.

Ele sabia que não podia mais subestimar aquela adversária – arrancou a seta do peito e fechou os olhos, concentrando-se.

Ayumi atirou. Sombra, guiado pelo som do projétil que se aproximava, esquivou-se, movendo a cabeça para o lado. A garota sacava mais uma flecha, quando...

Trovões ressoaram pela avenida larga.

Não, na verdade não eram trovões, e ela identificou aquele estampido reverberante no instante em que o ouviu:

Era o som de pessoas correndo.

Surgiram tanto das duas extremidades do caminhão quanto por entre o buraco deixado pela explosão. Todos em fúria, gritando como uma horda de maníacos violentos.

E todos iam em sua direção.

Ela pensou rápido: soltou a flecha prateada que pegava e agarrou uma das azuis, mirou para cima e disparou.

O rastro azulado terminou em uma explosão de luz branca. Ayumi virou-se de costas e fechou os olhos, mas mesmo assim foi um pouco afetada pela claridade que envolveu todo o quarteirão. As quarenta pessoas ficaram completamente confusas e cegas. Caíam, colidiam entre si e se prostravam no chão com lágrimas nos olhos.

A visão de Kuroneko, embora desfocada e lacrimejante, retornou logo. Ela viu que o seu oponente também se encontrava em similar situação.

A claridade foi dissipada, mas aqueles que a receberam diretamente permaneciam desnorteados. Sombra exibia pela primeira vez uma expressão que podia ser interpretada como assustada, com os lábios retorcidos e os olhos entreabertos. Ayumi, por sua vez, nunca se sentira mais confiante desde que a batalha havia começado.

Ela pôs-se a caminhar ao encontro do homem cuja regata branca perdera quase inteiramente a sua cor original graças à enorme ferida em seu peito. Sombra ainda não havia se dado por vencido: estava formulando um último plano desesperado enquanto via sua formidável oponente se aproximar.

Ayumi preparou uma nova flecha em Hikari. Sombra sentiu um arrepio percorrer-lhe a espinha.

Uma das quarenta pessoas, um adolescente, pareceu ter recuperado a visão e começou a correr em meio a gritos na direção da jovem. Ela percebeu e virou-se, preparando-se para nocauteá-lo da maneira menos dolorosa possível quando ele estivesse perto o suficiente.

Porém...

De súbito, o rapaz estatelou-se no asfalto. Foi como se algo dentro dele houvesse sido desligado – como se o controle que Sombra tinha sobre ele tivesse sido interrompido.

Logo depois, o mesmo comportamento foi observado em todas as outras marionetes humanas, que se recuperavam gradativamente do choque provocado pela flecha azul de Ayumi. Antes que ela pudesse perceber, mais da metade daquelas pessoas já se encontrava inconsciente no chão.

A garota voltou-se para o adversário para checar a sua condição. Para a sua surpresa, Sombra estava ajoelhado, com ambas as mãos apertando fortemente o crânio. Parecia estar lutando para manter os sentidos.

Foi então que ela compreendeu não somente o que estava acontecendo, como também a verdade por trás do funcionamento da habilidade especial daquele homem, que o permitia controlar tantas pessoas ao mesmo tempo.

Por fim, ele perdeu o domínio sobre o seu último fantoche. Sombra estava agora sozinho contra Ayumi.

Ele havia perdido.

– Acabou, Sombra. Eu venci.

O homem derrotado ergueu o rosto. Tinha um semblante conturbado digno de pena.

– Eu espero, para o seu bem, que todas essas pessoas estejam ilesas. Caso contrário, eu me certificarei de que você compartilhará o mesmo destino delas.

– Destino... – Sombra murmurou pesado, como se sofresse.

Kuroneko não sabia ao certo o que sentir. Sua mente estava cheia de inúmeras perguntas não respondidas, como qual seria o propósito daquele ataque inconsequente, ou o porquê da polícia ou qualquer outra autoridade não ter se manifestado até aquele momento. Contudo, ela sabia qual deveria ser a sua próxima ação: entrar em contato com a única autoridade apropriada para lidar com aquela situação – a Irmandade.

Ela pegou o celular. Procurava por um número na lista de contatos, quando algo a surpreendeu mais uma vez.

O caminhão atrás dela explodiu. O fogo que ainda ardia no veículo alcançara os tanques de combustível, e o que restava do automóvel foi engolido por uma parede incandescente de chamas. O calor era tanto que a garota podia senti-lo de onde estava.

Sua atenção foi automaticamente transferida do switcher ajoelhado para as pessoas inocentes desmaiadas no chão, próximas da explosão e do incêndio que se alastrava. Entretanto, ela já havia definido que a sua prioridade seria lidar com o criminoso, então se forçou a retornar a ele e...

Pasmou-se com o que viu.

Na mão de Sombra havia um objeto cilíndrico. Ayumi o reconheceu na hora: era uma granada de fumaça.

Ele removeu o pino e a deixou rolar. A granada explodiu e uma cortina densa de fumaça escura envolveu Kuroneko, que lutou desesperadamente para livrar-se dela. Por fim, ela conseguiu fugir da nuvem cinza e pôde respirar de novo, mas sua ira triplicou assim que ela constatou um terrível fato:

Sombra havia escapado.

Ayumi gritou para aliviar um pouco a frustração estocada em seu interior. Respirou fundo algumas vezes para acalmar-se, porque precisava agir.

Fez a ligação, depois passou o resto da manhã prestando socorro às vítimas naquela avenida.

▪ ▪ ▪

Aquela era a dor mais intensa e esmagadora que eu já havia sentido em toda a minha vida.

Todo o corpo estava dormente e, ao mesmo tempo, era como se todas as minhas células ardessem feito trilhões de brasas vivas. Era uma sensação tão terrível que eu desejava morrer, apenas para fazer com que ela parasse.

Eu estava deitado em uma poça do meu próprio sangue. O líquido vermelho escorria incessantemente da ferida em meu peito, encharcando a minha camisa.

Não conseguia me mover.

– Lucas! – Tony gritou de algum lugar à direita. Virei a cabeça para aquele lado com tremenda dificuldade, e pude ver a sua figura esbelta e exausta logo adiante.

Matthew permanecia aos meus pés, com a adaga banhada em meu sangue na mão. Ele soltou uma risada provocativa e falou alto:

– Ei, Vince! Até quando vai ficar aí, tirando um cochilo? Está perdendo toda a diversão!

De repente, ouviu-se um cair barulhento de pedaços de concreto no prédio a que Vince fora atirado por Tony anteriormente. Emergindo do entulho, o homem de blusão lilás vinha em seu próprio ritmo até o companheiro que o chamara.

– Desculpem a demora – a voz estridente ressoou –, o último golpe da lourinha aí me causou sérios problemas. Precisei de um tempo para me recuperar.

Ele parou a alguns metros de onde estávamos, carregando o taco metálico sobre o pescoço com as duas mãos. Olhou à sua volta analiticamente, averiguou o quadro geral e disse:

– Ora, ora, Matt! Vejo que fez uma verdadeira festa enquanto estive fora! Aquele caído logo ali... é o Mark? E esse aí aos seus pés, é mesmo o moleque que eles trouxeram? Achei que ele ficaria de fora dessa...

– E teria ficado, se não tivesse feito a burrice de interferir em nossa brincadeira quando o amiguinho estava perdendo – Matthew falou, olhando diretamente para mim.

Notei que o seu braço já havia se recuperado por completo; o terno, no entanto, perdera uma de suas mangas.

– Hum... – Vince murmurou com ironia. – Parece que o fedelho tem coração de mais e cabeça de menos, hã? Hahaha!

Subitamente, uma grande força me arrebatou. Quando dei por mim, eu estava deitado ao lado de Mark, que levantava-se devagar – Tony, aproveitando-se da distração proporcionada pela conversa despreocupada dos dois Cães, havia me levado até ali.

– Fique quietinho aí, garoto. Vou protegê-lo, custe o que custar – ele disse, de costas para mim e de frente para os implacáveis adversários.

A dor insuportável estava em seu ápice, mas eu senti que reconquistava aos poucos a habilidade de mover os membros. Com muito custo, levei a mão esquerda até a ferida em meu plexo e a tapei, visando parar o sangramento interminável. Mark conseguira se restabelecer quase por completo e estava um pouco atrás de Tony, ainda meio curvado. Achegou-se ao amigo, pôs a mão em seu ombro e disse:

– Obrigado por segurar as pontas por mim, Tony, mas agora pode deixar comigo. Cuide de Lucas, por favor.

Sem tirar os olhos dos dois inimigos que se alinhavam não muito distantes, Tony redarguiu:

– Tem certeza? Não me parece em condições de usar *aquilo*.

Mark tomou a dianteira:

– Não temos outra escolha.

Compreendendo sua decisão, Tony recuou.

– Ok, Mark... deixarei com você – ele falou e veio de costas até mim, agachando-se ao meu lado.

Uma rajada de vento soprou, balançando os nossos cabelos e roupas. Mark enfiou as mãos de maneira cruzada nos bolsos internos do sobretudo marrom e bradou:

– Cães! Esta luta termina agora! Eu serei o seu oponente! Preparem-se!

Tendo dito isso, ele tirou majestosamente as mãos do casaco longo e terminou a ação movendo os ombros e esticando os braços para baixo, deixando o sobretudo pesado cair no asfalto.

Tony amparava a minha cabeça e aplicava mais pressão sobre a mão que tentava estancar a hemorragia em meu peito. Daquela posição, pude ver bem o que Mark retirara do sobretudo e tinha agora nos punhos:

Eram dois objetos de metal. Envolviam-lhe os dedos e a parte superior das mãos, e tinham linhas feitas de algum material translúcido que emanavam uma linda luz azul.

Pareciam socos ingleses futuristas.

Os dois oponentes nada disseram – apenas sorriram como se aguardassem ansiosamente por aquele momento e partiram para o ataque. Ao mesmo tempo, Mark foi ao seu encontro. Quando alguns poucos metros os separavam, ele freou de repente, curvou o corpo para frente e, com um dos punhos, socou violentamente o chão.

O que se sucedeu foi quase inacreditável.

Com um som que lembrava um golpe forte nas teclas de um piano desafinado, o soco de Mark formou uma onda de impacto monstruosa que desfigurou o asfalto e arrancou enormes pedaços dele, abrindo uma gigantesca cratera no meio da rua e espalhando poeira e destroços para todos os lados. Vince e Matthew foram pegos no epicentro da explosão sônica e lançados para longe, caindo separadamente.

Meus olhos se arregalaram e minha boca se escancarou. Em meio ao sangue que me subia à garganta e escorria pelos cantos dos lábios, as seguintes palavras saíram:

– Punho… de ferro.

Matthew e Vince sorriam ameaçadoramente.

– Ah, aí estão eles! Já estava começando a acreditar que não usaria os seus famosos *punhos*, Mark!

Vince assobiou.

– Então são esses os tais, Matt? Eles conseguem fazer um belo estrago, hein?

– Sim, mas eles não serão uma ameaça se mantivermos a distância – Matthew disse e notou que seu revólver estava a alguns metros dele, no chão. Apanhou-o e comandou: – Você será a isca. Eu lhe darei cobertura. Vá!

– Como quiser, chefe!

Vince consentiu e avançou, sem se preocupar com o fato de que o seu plano fora ouvido por todos.

Matthew fez como antes: puxou do terno um objeto redondo repleto de balas e as introduziu de uma só vez no tambor da arma, depois de tê-lo esvaziado das cápsulas usadas. Enquanto isso, Mark se preparava para interceptar a investida do homem de blusão lilás. Este, por sua vez, saltou e atacou por cima com o seu taco de *baseball*, mas o punho de Mark foi de encontro, explodiu e repeliu o ataque, lançando-o para cima.

Segundo o plano nada secreto dos dois, aquele seria o momento em que Matthew faria chover balas mais uma vez sobre Mark. O homem já o tinha em sua mira e se preparava para puxar o gatilho, mas...

Antecipando-se, assim que fez Vince alçar voo, Mark avançou rumo ao segundo oponente. Na metade do trajeto, chocou os dois punhos com vigor e os dispositivos em suas mãos produziram, em meio ao som grave de piano desafinado, uma aura azulada que o envolveu e rapidamente se expandiu.

Eu não pude acompanhar muito bem com os olhos, mas sei que a aura agiu como uma barreira momentânea e ricocheteou as balas disparadas pelo revólver, fazendo com que elas voassem em todas as direções e acertassem tudo à sua volta – prédios, vidros, carros, placas e o asfalto. Depois, a aura se dissipou em uma miríade de pequenas partículas luminosas.

Pego de surpresa, Matthew ficou sem ação. Mark o alcançou cheio de fúria e socou-lhe o estômago com força surreal.

Os punhos de Mark rugiram novamente. O impacto foi tão grande que Matthew vomitou uma mistura nojenta de sangue e saliva, rodopiou no ar, rolou diversas vezes no chão – arrancando pedaços do asfalto – e só parou quando atravessou o muro de uma empresa no fim do quarteirão.

Apertei instintivamente o cabo da espada reta em minha mão direita – que não havia percebido que ainda estava em meu poder até então –, como se sentisse a dor provocada pelo golpe extraordinário de Mark. Senti-me muito menor do que o de costume perante aquela demonstração bruta de puro poder e determinação.

Eu tive medo do meu líder.

Vince finalmente caiu do céu. Aterrissou sobre as duas pernas afastadas com tanta aceleração que chegou a rachar o asfalto sob seus pés. Olhou para o Lince, que ainda tinha o punho e o corpo projetados para frente após ter desferido o poderoso soco, e engoliu em seco. Depois moveu a cabeça, seguindo o rastro de destruição deixado na rua larga que culminou no muro alto em pedaços, e gritou:

– Ei, Matt! Você está vivo?!

Sem resposta.

Pelos pés que espichavam para fora do buraco no concreto podia-se ver algum movimento, porém Matthew nada disse. Vince retornou a Mark e falou:

– ...Parece que os rumores são verdadeiros, afinal. Você realmente tem uma força a ser considerada.

Mark ergueu-se e mostrou os punhos, fechando-os ainda mais e estalando os dedos.

– Chegue mais perto e o deixarei considerá-la ainda mais.

Vince lambeu os beiços, saboreando a resposta afiada do seu rival. Preparava-se para iniciar um novo ataque, mas algo – ou melhor, *alguém* o impediu.

Emergindo dos escombros e pisando leve na rua, Matthew chamou pelo seu nome. Seu corpo possuía feridas horrendas que se regeneravam vagarosamente e seu terno adquirira uma camada espessa de reboco cinzento. Seu revólver havia, de modo miraculoso, permanecido em sua mão direita.

O homem vinha ao encontro do companheiro enquanto guardava no bolso um celular que eu não o vi pegar. Pareceu ter recebido uma ligação importante.

– Acabou o nosso tempo. Hora de voltar – ele anunciou ao outro, sem ânimo.

– Ah, mas já?! Logo agora que estava começando a ficar interessante... – Vince resmungou, balançando os braços feito uma criança contrariada.

– Eu sei, Vince. Acredite: quero matá-los tanto quanto você. Mais até, talvez. Porém ordens são ordens. – Ele parou ao lado do homem de blusão lilás e se dirigiu ao líder adversário: – É uma pena, Mark, mas parece que teremos de deixar a conclusão para outro dia.

Crispando-se, Mark falou, contendo a cólera:

– As coisas não ficarão deste jeito, Matthew. Tenha certeza disso.

Com um último sorriso desafiador, o homem de terno replicou:

– Assim espero, Mark Blackwood. Assim espero.

E aquelas foram as suas últimas palavras. Os dois Cães deram meia-volta e correram para longe, desaparecendo no fim do quarteirão.

Mark soltou o ar como se uma tonelada tivesse sido removida dos seus ombros. Virou-se e veio até onde Tony e eu nos encontrávamos.

Porém, eu não conseguia aguentar mais. Minhas forças por fim se esgotaram e minha consciência cedeu.

Escuridão total e um vazio absoluto se apoderaram de mim.

Sentia muito frio.

Capítulo 7

Cicatriz

Se acaso sonhei, não me lembro.

Lembro-me apenas de ter despertado naquela sala branca, que de tão iluminada fazia os olhos recém-abertos arderem terrivelmente.

O teto não familiar me recepcionou; eu estava deitado sobre algo macio. Virei-me e chequei o ambiente. Dentro da sala havia inúmeros equipamentos e instrumentos médicos, suportes metálicos e armários repletos de frascos de remédios e outras coisas.

Sentada numa cadeira acolchoada recostada a uma das quatro paredes, havia uma pessoa.

Melhor análise revelou ser uma mulher de cabelos negros.

Melhor análise ainda permitiu-me associar um nome àquela bela jovem:

Ayumi.

Juntei as peças do quebra-cabeça com a minha cabeça quebrada e cheguei à seguinte conclusão:

Eu estava na enfermaria da mansão subterrânea.

Kuroneko tinha nas mãos um livro verde de capa dura cujo título eu não conseguia ler. Ela estava tão absorta em sua leitura que não percebeu que eu havia acordado. Aproveitando-me disto, chamei-lhe a atenção:

– Está se divertindo?

Ela se assustou e olhou para mim em reflexo. Depois sorriu e disse, retornando ao livro:

– Sim, bastante.

– Bom livro?

– Um dos melhores.

– Tolkien?

– Nietzsche. – Ela então fechou o livro de maneira barulhenta e perguntou: – Como está se sentindo?

– Um pouco tonto. Por quanto tempo eu dormi?

– Dois dias.

Arregalei os olhos.

– Dois dias?! – exclamei.

Ela assentiu e ficou de pé, vindo até mim. Ergui o corpo e sentei-me na maca, olhando-a fixamente nos olhos.

– O que... aconteceu? – eu perguntei com relutância.

– Você foi severamente ferido. Como a sua habilidade de regeneração ainda não é muito boa, trouxeram-no pra cá às pressas e suturaram a ferida para impedir a hemorragia.

Conforme ela foi explicando o acontecido, as memórias foram gradativamente retornando à minha cabeça cansada. Quando me lembrei de Matthew e de sua adaga, olhei automaticamente para a área do meu peito que havia recebido o golpe fulminante e levei a mão até a suposta ferida, passando-a pela abertura entre os botões da roupa hospitalar verde que eu vestia. Assim que toquei a superfície da pele, notei um relevo que não estava ali antes. Percorri a ondulação esquisita e, antes que eu a interpretasse, Ayumi se adiantou:

– Como não se regenerou sozinha, a ferida deixou uma cicatriz ao se fechar. Considere-se com muita sorte, pois a adaga passou pertíssimo do seu coração. Mais um pouco para a direita e você provavelmente não estaria aqui neste momento.

Meu corpo todo congelou. A seriedade do ocorrido enfim me atingira.

Senti a cicatriz com a ponta dos dedos – ela tinha aproximadamente uns quatro centímetros e ainda doía quando tocada. Tomado pelo medo, procurei pelo rosto da menina que, percebendo o meu estado, sorriu e tocou-me a mão, retirando-a de dentro do vestido verde.

– Não se preocupe, você está seguro agora. Os Cães não o encontrarão aqui – ela disse, com a mais doce voz que eu ouvira sair dela até então.

Eu quis abraçá-la, apertá-la com toda a força entre os meus braços, mas faltou-me coragem. Em vez disso, abaixei a cabeça e tentei relaxar os rígidos ombros o máximo que pude.

– Por que eles nos atacaram daquele jeito? – perguntei por fim.

Ayumi sentou-se ao meu lado na maca. Enrubesci instantaneamente.

– Não temos certeza, mas Mark está trabalhando nisso.

– Mark?

– Ele acredita que os ataques fazem parte de um plano maior, e que há alguém de extrema influência por trás das ações dos Hounds.

– Hounds? – indaguei, pois era a primeira vez que ouvia aquele nome.

– Bloody Hounds. É o clã ao qual pertencem os desgraçados que causaram toda aquela confusão – ela disse rispidamente, como se aquele nome despertasse nela profunda ira. – Não passam de cães sarnentos que não têm o mínimo respeito pelas regras da Irmandade.

A *Irmandade*. Era a segunda ocasião em que eu escutava o termo, e estava prestes a perguntar o seu significado, mas um pensamento me veio de súbito à mente e eu precisei verbalizá-lo antes de qualquer outra coisa:

– Espera, você disse *os ataques*? Quer dizer que foram mais de um?

Ayumi recebeu o meu olhar assustado com os seus lindos, negros e levemente surpresos olhos.

– Ah, é mesmo! Você estava dormindo e não ficou sabendo – ela disse.

– Não, não fiquei sabendo – confirmei com ironia.

– Além da luta de vocês perto do parque, eu também me esbarrei com um Cão quando voltava de um certo lugar no mesmo dia.

– Você também? Mas o que fez para eles quererem algo contigo?

– Não fiz nada! O meu caso foi bem diferente. Esse cara não me atacou diretamente como os amigos dele atacaram vocês: ele causou uma enorme comoção numa avenida no meio da cidade, e deu o azar de eu estar passando por ela na hora.

Murmurei, admirado.

– E você conseguiu vencê-lo? – eu quis saber.

Ela fez uma careta.

– É lógico que sim! Quem você acha que eu sou? – disse com confiança.

Eu ri da sua expressão engraçada e falei:

– Tem razão, me esqueci por um segundo de que falava com a incrível Kuroneko-*sama*. Hahaha!

Ayumi corou.

– N-Não precisa exagerar, também. Quero dizer, ele acabou escapando no final...

Ela pareceu um pouco desanimada, então mudei o assunto:

– E os outros? O que pensam a respeito disso tudo?

Kuroneko suspirou e disse:

– Estão tão perdidos quanto nós dois, é claro. Mark vive trancado em seu quarto ou na biblioteca, tentando chegar a alguma conclusão, e *oji-chan* tem treinado sem parar nos últimos dias. Parece que a quase derrota o deixou em frangalhos...

Revivi rapidamente os momentos mais tensos daquela luta visceral. A imagem de Tony completamente vulnerável nas mãos de Matthew reprisava-se em minha mente com impressionante realismo.

– Entendo... – sussurrei com tristeza.

Ayumi espreguiçou-se para trás e o livro que ela ainda tinha na mão roçou suavemente nas pontas dos meus cabelos. Ao retornar à posição anterior, ela disse:

– Bem, pediram para que eu ficasse aqui o observando enquanto você não acordava, mas, já que acordou, acho que posso deixá-lo em paz.

Fitei-a com o canto dos olhos.

– Nietzsche diz que você não fez um bom trabalho – falei.

Ela olhou para o livro na mão direita e respondeu:

– Eu estava entediada, ora essa. Tudo o que você fazia era roncar e babar o dia inteiro, então eu precisei arranjar algo para passar o tempo.

Enrubesci novamente.

– E-Eu não ronco!

– Ah, ronca sim! – ela retrucou, com um sorriso malicioso.

Fechei a cara e olhei para o outro lado.

– Pelo menos não sou eu quem fica dando nomes ridículos às coisas como uma criancinha... – murmurei baixo.

– Hã? Disse alguma coisa? – Ayumi perguntou em tom ameaçador, como se tivesse entendido o que eu dissera.

– Nada! – falei alto para encerrar o tópico. – De qualquer forma, pode me dar licença, por favor? Quero tirar esta roupa ridícula.

Ela passou os olhos pelo meu corpo e disse:

– É, parece uma boa ideia.

Encarei-a com firmeza e ela, rindo, levantou-se da maca com um pulo.

– Suas roupas estão penduradas atrás da porta do banheiro. Use o comunicador para avisar a todos que acordou, mas espere alguns minutos.

– Tudo bem, mas esperar por quê?

– Porque se eles descobrirem que eu estive aqui, nem quero imaginar o quanto zombarão de mim.

A garota deixava a sala quando eu, percebendo a contradição entre o que ela acabara de dizer e as suas palavras de antes, pontuei:

– Se descobrirem que você esteve aqui...? Mas você não acabou de dizer que haviam pedido pra que você ficasse de olho em mim?

Ela parou já no corredor, com apenas metade do seu corpo ainda visível através da porta aberta. Um meio sorriso dissimulado adornava a sua face quando Kuroneko disse:

– ...Eu menti.

E então ela desapareceu, levando o livro verde consigo. *O que acabou de acontecer?* eu perguntei a mim mesmo, cada vez mais confuso sobre o que se passava pela cabeça daquela mulher.

Ri um pouco e saí da maca devagar. Fui até o banheiro e troquei o vestido feio por uma das mudas de roupas que eu deixara na mansão para quando fosse necessário, e que havia sido convenientemente trazida até aquele banheiro por algum benfeitor desconhecido.

Eu deixava a enfermaria quando dei de frente com um dos mais excêntricos e misteriosos membros do clã:

O velho mudo, Scott.

O homem baixo largou a bandeja cheia de frutas que carregava e abraçou-me desesperadamente, como um pai que não via o filho fazia anos. Agradecido e feliz, assegurei-lhe estar bem com palavras amigáveis e pude ver em seus puxados olhos de chinês que ele estava verdadeiramente aliviado pela minha recuperação miraculosa.

Se Scott pudesse gritar, estou certo de que sairia aos berros pela casa anunciando a minha melhora. Porém ele, talvez por não ser capaz de tal feito, contentou-se em apertar um botão vermelho no comunicador de parede mais próximo, e imediatamente depois uma campainha estrondosa que se assemelhava a um alarme exagerado de carro ecoou pelos corredores. Em seguida, o velho me arrastou, apressado, até o hall do elevador.

Segundos após a nossa chegada, Mark apareceu. Ele estava um caco: os cabelos desgrenhados, o roupão amarrotado, a cara amassada e a barba por fazer. Ao ver-me ali, são e salvo, ele abriu um sorriso esplendoroso e me abraçou sem uma palavra. Depois de um tempo daquele jeito, afastou-se e disse, ainda com as mãos em meus ombros:

– Como está se sentindo, Lucas? Recuperou-se devidamente?

– Estou bem – respondi. – Ainda sinto um pouco de dor, no entanto.

– Era de se esperar. Foi um verdadeiro milagre você ter sobrevivido àquele golpe, sabia?

Sabia: Ayumi havia me contado. Mas não revelei o seu segredo e apenas assenti com a cabeça, dizendo:

– Eu vi a cicatriz. Graças a Deus por ela ter sido a única sequela daquela luta horrorosa.

Mark calou-se e fez uma expressão complicada. Retirou os braços dos meus ombros, deu alguns passos para trás, suspirou leve e murmurou, desviando o olhar:

– Eu não diria isso...

Não compreendi o que ele quis dizer com aquilo, mas tive a impressão de que entenderia mais cedo ou mais tarde.

...E, para variar, eu estava certo.

Uma mulher entrou correndo no cômodo. Saiu esbaforida do corredor que dava acesso à sala de treino e suava copiosamente.

Era Tony.

Ele arfava e eu pude perceber que quase sorriu quando me reconheceu, mas os traços de alegria em seu rosto foram imediatamente substituídos por algo entre a raiva e o pesar. Aproximou-se de mim em silêncio e eu o saudei:

– O-Olá, Tony! Há quanto tem–

Sem me deixar terminar, Tony socou-me violentamente a face. Caí de costas no tapete felpudo e senti o sangue escorrer do nariz. Antes que eu pudesse reagir, ele esbravejou:

– Por que fez aquilo, Lucas?! Por que se expôs daquela maneira pra me salvar?! Onde estava com a cabeça, arriscando a sua vida daquele jeito mesmo depois de nós termos conseguido deixar você de fora da luta?! Seu idiota, você podia ter morrido!

Fiquei sem palavras. O sangue alcançou os lábios da minha boca aberta.

– Responda! – ele berrou e ameaçou-me com o punho fechado.

Permaneci estático e ele, mais irado do que nunca, preparou-se para socar-me outra vez.

– Tony, já chega! – Mark segurou-lhe o pulso.

– Não me impeça, Mark! Se ele vai ficar se arriscando dessa forma, é melhor que morra aqui mesmo, pelas minhas mãos!

Ayumi entrou silenciosamente no hall. Tinha no rosto uma expressão que transparecia ao mesmo tempo preocupação e um pouco de medo.

Meu instinto primitivo quis que eu me zangasse com a atitude de Tony, mas a razão felizmente não o permitiu. Acalmei os ânimos e fiquei de pé, limpando o sangue quente do rosto com o antebraço.

Os dois se aquietaram ao perceber o meu movimento. Olhei para Tony, respirei fundo e falei:

– Você estava em perigo e Mark incapacitado. Eu precisava fazer alguma coisa.

Tony relaxou o braço. Mark continuou a segurá-lo, por cautela.

– Você quase morreu. Se dependesse daquele carniceiro do Matthew, teria morrido! Eu sigo uma regra, moleque: de nada adianta salvar uma vida se for necessário que outra pereça em seu lugar.

Encarei-o, com afinco.

– E se fosse o contrário, Tony? E se fosse eu a pessoa em apuros e você o único capaz de me ajudar? Ficaria parado enquanto eu era morto bem na sua frente?

– ...Claro que não.

– Então por que a sua regra não se aplica a você mesmo, hein?

Silêncio. Pressionei-o:

– Por que com você é diferente? Por que pode se sacrificar por mim, se eu não posso me sacrificar por você?!

– PORQUE A MINHA VIDA NÃO IMPORTA!

Todos – inclusive eu – se calaram depois do berro. As palavras de Tony perfuraram-me o coração e causaram um dano muito maior do que a adaga de Matthew jamais sonharia em causar.

– Tony... – Mark murmurou enquanto soltava o amigo.

– ...Se você morresse, garoto, a dor de saber que fora para me salvar seria muito pior do que a sua morte em si. Eu não posso carregar mais um fardo tão pesado assim. Não posso ter mais sangue inocente em minhas mãos. Não vou suportar...

Ele levantou o rosto, que havia projetado para baixo junto com o grito.

– Quero que você me prometa que nunca mais se arriscará por mim ou por qualquer outro como fez naquele dia. Prometa que jamais colocará nenhuma outra vida acima da sua própria, e que não entrará em batalhas que não poderá vencer. Prometa, Lucas! Prometa!

– ...

– Lucas!

– Me desculpe, Tony, mas você sabe muito bem que essa é uma promessa que eu jamais poderei cumprir.

Dei meia-volta e comecei a andar. Scott, que permanecera fielmente ao meu lado durante toda a discussão, acompanhou-me, aflito.

– Perdão, Scott, mas eu preciso ir agora – eu disse ao velhinho com a voz mais branda que consegui produzir.

– Aonde vai? – perguntou Mark.

– Para casa – eu respondi. – Preciso de um tempo sozinho.

– Mas–

– Deixe-o ir, Mark! – Tony interrompeu-o repentinamente.

Estaquei por um segundo. Quis virar-me e encará-lo com firmeza, mas impedi a mim mesmo e forcei-me a continuar caminhando em vez disso.

– Deixe-o ir – Tony reforçou em voz grave. Sua mente orgulhosa estava tão decidida quanto a minha.

Entrei no elevador cromado e olhei uma última vez para os meus companheiros. Ayumi, Scott e Mark exibiam expressões infelizes e preocupadas; Tony evitava contato visual. Pressionei o botão na lateral e falei, enquanto as portas se fechavam:

– Obrigado por terem cuidado de mim.

Chorei um pouco durante o trajeto até o bar na superfície, mais de raiva do que de tristeza.

▪ ▪ ▪

Esqueci o celular na mansão – fato que constatei ao procurá-lo para saber as horas.

A julgar pela posição do sol no céu sem nuvens, estava de tarde. Duas horas, talvez?

Passei por um relógio de rua; passavam das três e meia. Soltei um *tsc* infantil – como se aquele meu equívoco simples fosse uma ofensa capital a mim mesmo – e aumentei a velocidade de Memphis.

Cheguei ao apartamento 407 por volta das quatro. Gustav veio correndo ao ouvir o som da porta pesada se abrindo e atirou-se aos meus pés como sempre faz – uma recepção calorosa que eu amava mais do que qualquer outra coisa no mundo.

...Ok, posso ter exagerado um pouco aqui. Acho que realmente estava precisando daquele carinho.

Fui até a pequena cozinha e tirei do armário o pacote de ração para gatos. Despejei as bolinhas e triângulos crocantes – sabor salmão – na tigela do meu colega de quarto e fui direto ao sofá.

O telefone sem fio apitava e piscava a tela ao alcance da mão. Estiquei o braço e o peguei desmotivadamente. O aparelho indicava ter dezesseis chamadas não atendidas, todas do mesmo número.

– Greg... – suspirei, como que lembrando a mim mesmo de que tinha um amigo.

Retornei a ligação. Levei uma bronca pelo meu sumiço. Disse que precisava de sua ajuda. Ele garantiu que chegaria em meia hora.

Quarenta e três minutos depois, Greg estava à minha porta.

– Está atrasado – falei ao recepcioná-lo.

Greg olhou para seu fiel relógio de pulso.

– Desculpa, o metrô atrasou – ele se explicou e foi entrando sem esperar a minha permissão. Tranquei a porta e nos sentamos no sofá.

– O que houve, Lucas?

– Me machuquei.

– Muito sério?

– ...Quase morri.

– Quê?! – Greg levantou-se um pouco do assento.

– Fomos atacados por um clã rival, no meio da cidade.

Greg ponderou e disse:

– Espera um pouco, quer dizer que aqueles *acidentes* de sábado...

– ...Não foram acidentes.

– Mas... os noticiários e os jornais...

– Os noticiários e os jornais encobrem a verdade. Como acha que os switchers têm se escondido por tanto tempo?

Ele parecia abalado.

– Então diga, o que realmente aconteceu? – pediu.

– Não sabemos ao certo. Acho que Mark tem uma teoria, mas ainda não a ouvi. O que sei é que há um clã chamando atenção para si, e eu fui pego no meio do conflito entre ele e os Lynx.

Greg respirou fundo, aflito. Parecia não saber o que dizer.

– A coisa foi feia, Greg. *Muito* feia. Eu estou com medo – falei, sustentando a cabeça com as mãos.

Como se não houvesse nada melhor que ele pudesse fazer naquele momento – e, de fato, não havia –, Greg calou-se e me deixou desabafar:

– Eu nunca tinha considerado o perigo no qual estava me metendo quando resolvi entrar para os Lynx. Acho que a excitação agiu como uma espécie de bloqueio, ou coisa parecida. Mas depois de sentir na pele a realidade brutal desse mundo... não sei se consigo ser parte dele.

Greg permaneceu mudo. Pude sentir o seu olhar compenetrado procurando pelo meu, que eu ocultava entre os dedos. Depois de uma pequena pausa minha, meu amigo enfim soltou a voz:

– E o que você vai fazer? Desistir? Vai fingir que nada disso aconteceu, ignorando os seus poderes e o desejo da sua mãe?

Enraiveci-me:

– Não fale da minha mãe, Greg. Ela fez o possível para me manter afastado desse inferno, e me deu liberdade pra fazer uma escolha.

– E você fez! Foi até Mark, aprendeu sobre os switchers e entrou para o clã... e agora vai simplesmente pular fora?

– Falar é fácil! Você não viu o que eu vi, não passou pelo que eu passei...

– Você está me interpretando mal. Entenda o seguinte: não estou assumindo o papel ridículo do cara que o condena por querer abandonar tudo por estar com medo. Ter medo é natural; é uma emoção humana, e eu aposto que switchers também têm o direito de senti-la. Só quero que, caso você resolva jogar tudo para o alto e fugir, que faça isso conscientemente e com convicção o suficiente para que não venha a se arrepender depois, pois poderá ser tarde demais.

Nossos olhos se encontraram. Greg tinha uma expressão firme e resoluta como eu jamais havia visto em seu rosto.

– Eu o conheço, Lucas. Se você agir precipitadamente e errar, nunca perdoará a si mesmo. E como seu amigo – não, como seu *melhor amigo*, eu não posso deixar que isso aconteça.

Ele pousou a mão em meu ombro e continuou:

– Não vou lhe dizer o que penso que deveria fazer. Você entrou nessa sozinho, então a decisão é inteiramente sua. No entanto, posso fazer algumas perguntas que talvez o ajudem a tomá-la.

Endireitei a coluna e assenti, observando-o com atenção em seguida. Ele começou:

– Por que procurou pelo Mark em primeiro lugar? O que esperava alcançar ao encontrá-lo?

Emudeci momentaneamente.

Ele havia feito as perguntas certas.

– ...Eu queria respostas. Queria saber sobre minha mãe e o mundo ao qual ela me arrastou, mesmo tendo feito tudo o que pôde para me manter longe dele.

– E você encontrou essas respostas?

– Algumas, sim. Mas à medida que estive entre aquelas pessoas, compartilhando experiências e aprendendo com elas, acabei encontrando outra coisa que também há muito procurava.

– Hum, e o que seria?

Pisquei pesado e observei o sol, que se escondia atrás de um prédio alto; seus raios alaranjados formavam uma membrana luminosa que parecia engolir a estrutura. Soltei um suspiro suave e disse:

– ...Um propósito.

Meu amigo arregalou um pouco os olhos. Acho que não esperava ouvir aquilo de mim.

Gustav se esfregou nas canelas de Greg, pedindo colo. Em resposta, ele ajeitou-se no sofá e deu dois toques de leve nos joelhos, indicando ao felino que subisse. Saltando graciosamente, o gato logo se aconchegou nas coxas que o receberam e pôs-se a ronronar pacificamente, enquanto a mão grande de Greg o acariciava.

– Estou dividido – eu murmurei enquanto observava os dois.

– Percebe-se – foi a resposta seca de Greg.

– Pensei que você fosse me ajudar.

– E não estou ajudando?

– Não.

– Estou aqui, não estou?

– Está...

– Não estou ouvindo você?

– Sim...

– Então o que mais espera que eu faça?!

– Eu não sei, Greg! Se soubesse, não precisaria da sua ajuda!

– Deus, como você é confuso!

– Olha quem fala!

Ficamos em silêncio por alguns minutos. Gustav rolou no colo de Greg e este lhe fez cócegas na barriga rosada, arrancando-lhe miados fininhos e manhosos. *Gato sem vergonha*, pensei, repleto de ciúmes, *se oferecendo desse jeito em troca de carinho...*

Inquieto, resolvi me levantar e ir até a janela. Olhei para a rua movimentada lá embaixo e observei descompromissadamente alguns pedestres que caminhavam com pressa para todas as direções, até que dois deles me chamaram a atenção.

Uma mulher jovem de cabelos longos carregava em uma das mãos um celular e na outra um garotinho, que não devia ter mais de cinco anos. O menino saltitava distraído, perdido em seu universo particular, e a mãe operava a tela do celular com a maestria que somente aqueles que passam o dia inteiro grudados no aparelho possuem.

De repente, o garoto tropeçou e foi de cara no chão, abrindo o maior berreiro em seguida. Sorri, dizendo *bem feito!* em pensamento enquanto acompanhava a cena em silêncio. Porém, o que se sucedeu preencheu-me com uma imensa vergonha e um terrível arrependimento da minha reação mesquinha:

A mãe, desesperada, enfiou o celular de qualquer maneira na bolsa e correu ao amparo do filho. Ajoelhou-se imediatamente, sem se importar com as meias-calças ou com os lustrosos sapatos – cujo brilho eu podia ver mesmo daquela distância –, e socorreu o menino, consolando-o e limpando seu rosto com um lenço.

Aquilo me doeu feito uma alfinetada direto no coração. Como se controlada por uma força invisível, minha mão mergulhou em minha blusa, agarrou o pingente do cordão que adornava o meu pescoço e o trouxe diante do meu olhar perplexo.

Uma cruz prateada de design simples, mas misteriosamente bela.

Era o cordão que pertencera a Lucy Killian, minha mãe.

A mulher acalmou o menino e o levou até a esquina, onde comprou-lhe um sorvete de casquinha num daqueles vendedores de rua. Eu apertava a cruz com tanta força que chegou a marcar a palma. Acabara de presenciar uma cena da qual nunca fora protagonista, mas ainda assim, de alguma forma, eu pude relacionar o cuidado daquela mãe para com o seu filho com o da minha própria.

Retornei ao meu amigo – que ainda entretinha o gato folgado em seu colo – e disse, sem soltar o pingente:

– Não quero fugir.

Greg tirou os olhos de Gustav e os focou em mim.

– Então não fuja – ele concluiu.

– Não é tão simples assim. Será difícil, não sei se sou forte o suficiente para aguentar.

Ele começou a se levantar. Gustav percebera o movimento antes que ele o realizasse e pulou elegantemente para o sofá. Greg aproximou-se de mim e disse:

– Meu amigo, se há uma coisa que eu aprendi nesta vida, é que ela não é nada fácil. Tudo é difícil, e se algo pode piorar, provavelmente irá. Seria muito mais cômodo para todos nós se simplesmente desistíssemos e acabássemos de vez com toda essa injustiça, não é mesmo? Mas não: somos teimosos, insistimos em viver. Creio que o que nos motiva e nos faz continuar é justamente a procura – essa busca interminável por um motivo pelo qual valha a pena sofrer...

Parou à minha frente e sorriu.

– ...E me parece que você encontrou o seu motivo, Lucas.

Estaquei, sem palavras. Jamais poderia imaginar que Greg, meu infantil e inconveniente amigo, pudesse ter tanta sabedoria escondida dentro de si.

– Que foi, o gato comeu a sua língua? – ele disse em tom descontraído e olhou para Gustav, que miou como se participasse da piada.

– Hehehe – soltei uma risada curta enquanto guardava o pingente na blusa –, você me enganou, por um segundo.

– Enganei? Como assim?

– Quase me convenceu de que tinha ficado inteligente de verdade. Belíssima atuação, Greg! Deixaria muitos em Hollywood com inveja!

– Ha-ha-ha. Muito engraçado, Lucas – ele respondeu com sarcasmo.

Ri um pouco, mas logo retornei à seriedade que o momento exigia.

– Obrigado, estou mais calmo agora.

– Já sabe o que vai fazer?

– Ainda não. Tenho que refletir mais um pouco a respeito, mas você definitivamente me ajudou, Greg.

Ele sorriu com seus dentes grandes e disse:

– De nada!

Nós pedimos uma pizza e conversamos até tarde. Quando nos despedimos à porta, Greg falou:

– Seja lá o que você decidir, lembre-se de que estou do seu lado. Conte comigo sempre que precisar.

– Ora essa, assim eu vou acabar ficando mal-acostumado – respondi zombando, mas aquela frase me deixou muito feliz.

– Ah, e vê se dá mais atenção pra esse seu bicho. O coitado estava praticamente implorando para que eu o levasse comig–

– Tchau-tchau, Greg – encerrei abruptamente a despedida e fui fechando a porta, sem deixá-lo terminar.

Assim que lavei a louça e joguei fora a caixa da pizza, fui até o meu quarto. Abri a gaveta da mesa do computador e tirei de dentro uma caixinha retangular de madeira polida. Levantei a tampa e a adaga prateada reluzente enfeitiçou-me de novo com a sua beleza estonteante.

Segurei-a com a mão direita enquanto admirava sua lâmina trabalhada e uma estranha nostalgia tomou conta de mim. Não sei ao certo por que, mas eu nunca havia conseguido ver a adaga que simbolizava a minha afiliação com o clã Moonlight Lynx como uma arma. Portanto, a mantive guardada durante todo aquele tempo, preservada como a magnífica obra de arte que ela era.

Percorri a lâmina com o dedo e o cortei superficialmente – ela não havia perdido o fio. Chupei o pouco de sangue que escorreu da ferida, que logo já estava fechada.

O peso da adaga fez brotar em mim uma reconfortante, ainda que ilusória, sensação de segurança.

Decidi que daquele dia em diante não sairia mais de casa sem ela.

■ ■ ■

– Cavalo para D6.

A peça branca holográfica movimentou-se independentemente sobre o tabuleiro, também holográfico.

Uma voz ríspida, acompanhada por um pouco de estática, saiu dos alto-falantes conectados ao computador diante do tabuleiro:

– Bispo para D6.

A peça preta deslizou sozinha até o quadrante ordenado e o cavalo, que antes a ocupava, explodiu em inúmeros fragmentos luminosos.

O garoto olhou para o monitor. A tela mostrava uma mulher ruiva de cabelos cacheados que tinha um semblante grosseiro e a boca coberta pelas mãos de dedos compridos e unhas douradas.

Ele não se sentia nem um pouco ameaçado – já enfrentara desafiantes piores. Sem olhar para o tabuleiro, deu um novo comando:

– Torre para F8. Xeque.

Um arrepio gélido fez com que alguns fios dos cabelos bagunçados da ruiva ficassem de pé. Ela sentiu-se desesperar: não tinha previsto aquele movimento; se tivesse, certamente não teria caído em uma armadilha tão simples como aquela.

– B-Bispo para F8!

Mais uma peça branca se despedaça. A mulher começa a suar.

O menino permanecia calmo, inabalável. Seus olhos meticulosos de ave de rapina percorriam a face da oponente – que perdia gradativamente a compostura –, analisando cada espasmo, cada contração que a sua musculatura sofria ao realizar, sem perceber, as mais variadas expressões de profunda aflição.

– Rainha para E3. Xeque – disse o garoto. Ele se recusava a olhar para o tabuleiro, como se houvesse memorizado não somente os espaços disponíveis, mas também as posições de todas as peças em jogo.

A última jogada do seu adversário criara uma abertura. Cegada por um lampejo de esperança, a mulher acreditou que ainda tinha uma chance.

– Bispo para E7!

– Cavalo para H6 – o garoto ordenou imediatamente após a oponente, que se assustou ainda mais com aquela urgência imprevista.

A mulher sentia-se encurralada. A pressão que aquela criança exercia era tão intensa que se tornou tangível – era como se os dois estivessem de fato jogando xadrez na mesma sala, olho no olho, com peças e um tabuleiro de verdade, e não por meio de um computador com hologramas e efeitos sonoros.

– Roque! – ela bradou, pondo toda a sua força de vontade naquela jogada como se a sua vida dependesse disso.

E então, o menino sorriu pela primeira vez.

Um sorriso mórbido, afiado, tão terrível que parecia capaz de estraçalhar a alma de qualquer um que tivesse o infortúnio de presenciá-lo.

Pendendo a cabeça sobre as mãos delicadas, ele fez seu último movimento:

– Rainha para H3. Xeque-mate.

Um retângulo azul surgiu acima do tabuleiro.

Fim de jogo! Vencedor: jogador 1

Os dizeres escritos em letras garrafais piscavam e uma fanfarra robótica saía dos alto-falantes. Por meio da imagem flutuante levemente transparente, o menino ainda podia ver sua adversária no monitor, gritando e arrancando grandes porções dos cabelos crespos.

Como se a vitória esmagadora já não fosse humilhação o suficiente, o jovem rapaz fez questão de comentar:

– Dez minutos? Quem diria, Cherry, é um novo recorde! Você conseguiu durar dez longos minutos em uma partida contra mim! Esqueça a minha vitória, isso sim é um feito e tanto!

A ruiva bateu as mãos contra a mesa e aproximou-se do monitor, fazendo uma careta.

– Vá para o inferno, Kid! – ela gritou e encerrou a comunicação com fúria.

– Ah, Cherry, Cherry, Cherry... sempre a má perdedora, hã? – o garoto disse, balançando a cabeça negativamente e dando de ombros.

– Você nunca se cansa, Kid?

Kid seguiu o som até o sofá de couro no centro da sala em que se encontrava. De onde estava, só podia ver as pernas cruzadas da moça a quem aquela voz forte pertencia.

– O que, me cansar de ganhar? Ficou louca? – o menino respondeu, aproximando-se devagar.

– Chama aquilo de ganhar? Ela nunca teve chance alguma! Você já tinha o jogo inteiro nas mãos desde o começo, não é verdade?

– Sim, e daí?

– E daí?! E depois eu é que sou louca! Francamente, qual a graça em uma competição na qual não existe a menor possibilidade de derrota? E ainda por cima se aproveitar da coitada daquele jeito! Eu posso ser ruim, mas você... você é um monstro!

Ele contornou o sofá e pôs os olhos sobre a mulher deitada, que usava roupas casuais e tinha uma revista de moda caída sobre o rosto.

– Sabe que esse seu falso moralismo barato me irrita muito às vezes, Madeleine? – Kid falou monotonamente.

Ela levou uma das mãos à face e removeu a revista, revelando um rosto bonito de traços finos, mas que no momento possuía uma expressão rude que transbordava sarcasmo e petulância.

– Engraçado, pois esse seu sadismo desenfreado me irrita muito *o tempo todo*, Kid – Madeleine replicou, mostrando os dentes.

De repente, um barulho enorme chamou a atenção dos dois e interrompeu a pequena troca de ofensas; era a porta sendo aberta com violência.

Dois homens entraram a passos largos. Exibiam no rosto uma mescla incomum de apreensão e ímpeto.

Madeleine saltou do sofá e Kid engoliu em seco. Um dos homens fitou-os com autoridade e disse:

– Reunião. Agora.

Ambos assentiram e foram rapidamente para a sala de reuniões, cuja entrada era por meio de uma das quatro portas que havia naquele lugar. O homem que falara virou-se para o outro ao seu lado e disse:

– Chame Sombra e vá na frente. Estarei com vocês em breve.

Vince fez que sim com a cabeça e caminhou até a porta do quarto de Sombra. Bateu três vezes, chamou seu nome e o intimou que fosse até a sala de reuniões, para onde se encaminhou antes mesmo de ouvir uma resposta. Matthew foi até o frigobar velho que ficava em um canto da pequena cozinha americana e apanhou uma garrafa de cerveja; abriu-a usando a quina do balcão e levou-a a boca, bebendo direto do gargalo como se participasse de uma competição universitária. Depois de algum tempo, com a garrafa ainda em mãos, foi até o local combinado.

Alguns minutos depois, estavam todos sentados à mesa redonda da sala de reuniões. Era um espaço relativamente grande, iluminado por uma fraca luz azulada que vinha do teto e destacava os rostos marcantes dos cincos membros do infame clã switcher, Bloody Hounds.

Matthew bebeu o último gole da cerveja que trouxera consigo e bateu a garrafa vazia com força contra a mesa escura de mogno. Todos os outros aguardavam em absoluto silêncio. Por fim, após um breve suspiro que não se sabia ao certo se era de preocupação ou de satisfação pela bebida consumida, o homem feio em seu lindo terno branco pôs-se a falar:

– As engrenagens começaram a girar, senhores. Não há mais volta.

O silêncio perdurou. Matthew prosseguiu:

– A primeira etapa do plano foi um sucesso, ainda que tenhamos perdido mais do que ganhado se contarmos apenas as estatísticas. As duas operações realizadas neste fim de semana encontraram forte oposição por parte do Moonlight Lynx. A primeira estava fadada a esse destino, pois se tratava de um ataque direto a eles, como nos foi permitido pelo Arquiteto. A segunda, por outro lado, foi simplesmente um caso de extrema falta de sorte.

Ao ouvir aquela última frase, Sombra bufou em seu lugar. Kid e Madeleine soltaram risinhos que tentaram – sem muito êxito – abafar com as mãos.

– ...De qualquer modo, tudo está correndo de acordo com o planejado. E isso significa que está na hora de darmos o próximo passo.

De súbito, a mão de alguém se ergueu, pedindo a palavra.

– Sim, Vince? – Matthew cedeu a vez ao companheiro, pacientemente.

– Quando vamos poder acabar com a raça daqueles Gatos nojentos?

– Paciência, meu caro; tudo ao seu tempo. Precisamos seguir com o plano.

– Eu não ligo pra droga de plano nenhum, só quero matar aqueles desgraçados!

Matthew sorriu.

– Então fique feliz, Vince, pois esse momento está mais próximo do que você imagina.

O rosto de Vince brilhou. Era como se uma luz doentia e deturpada deformasse as suas feições por completo, deixando em seu lugar os traços horripilantes e nefastos de alguém que possuía uma sede insaciável por sangue fresco – o rosto de um assassino.

– Parece que os Lynx estão enfim se tornando um problema, e destruí-los deixou de ser uma prioridade exclusivamente minha e passou a ser de todos nós. Por isso, recebemos permissão especial para enfrentá-los de novo, e dentro dos conformes dessa vez.

Os outros membros estavam ficando muito excitados com o que ouviam. Alguns inclusive já se levantavam um pouco das cadeiras, como bestas prontas para dar o bote em alguma presa insuspeita.

– Eis o que faremos: vamos ganhá-los em seu próprio jogo. Isto é, em uma disputa justa. Faremos um desafio formal, lutaremos sem truques e venceremos. É a melhor maneira de obtermos o elemento surpresa.

Kid pareceu confuso e perguntou:

– Surpresa? Como pode ser surpresa se os avisaremos com antecedência?

Os demais acompanharam a dúvida do companheiro, com murmúrios.

– É bem simples, na verdade. – Matthew ficou de pé e debruçou-se sobre a mesa. – A surpresa será justamente a aparente ausência de surpresas. Daremos a eles o dia, o horário e o local do encontro. Escolheremos quem lutará com quem e deixaremos que eles escolham as arenas, como é de costume. Será tudo tão incomum de nossa parte que eles não saberão como proceder.

Madeleine, que ouvia tudo atentamente, pediu a palavra. Uma vez concedida, ela disse:

– Chefe, perdoe a franqueza, mas os Linces não são idiotas. Acho que será necessário bem mais do que isso para garantir a vitória.

Matthew sorriu ainda mais.

– Brilhante observação, Madeleine. Mas não se preocupe, eu já pensei em tudo. – Ele começou a circular a mesa enquanto falava: – Os Lynx possuem uma enorme fraqueza que nós, felizmente, não possuímos. Alguém pode me dizer qual é?

Sombra, que permanecera mudo até aquele momento, abriu a boca de lábios grossos e disse:

– Coração.

– Exato – Matthew concordou. – Eles se preocupam demais; não querem ser vistos ou que ninguém inocente se fira por causa deles. Não teriam dificuldade nenhuma em nos enfrentar em algum lugar deserto, longe de qualquer interferência humana e onde eles pudessem lutar com força total sem medo das consequências...

O líder dos Hounds parou e debruçou-se outra vez sobre a mesa encerada.

– ...Por isso, vamos criar uma situação oposta.

Eles não se importaram em ouvir os detalhes: aquela frase foi o suficiente para que os outros membros do clã começassem a berrar e a aplaudir seu líder. Entre gritos e palavrões, guinchos e uivos preencheram a sala de reuniões. Era como se ali houvesse de fato uma confraria de vira-latas, que se ajuntavam à noite e latiam incessantemente para o alto, com olhares famintos, repletos de confiança e paixão, ensandecidos pela adrenalina e imersos em um furor tão poderoso que os levava a acreditar que seriam capazes de devorar a lua inteira em uma única mordida.

– Silêncio, meus filhotes! Silêncio! – Matthew acalmou os demais com uma voz rude e mansa ao mesmo tempo. – Temos ainda que discutir os pormenores, então guardem toda essa excitação para o tão aguardado dia.

– Ei, Matt – Vince chamou-lhe a atenção. – Tudo isso soa incrível, é claro, mas como vamos criar uma situação que envolva tantas pessoas a ponto de os Lynx ficarem em desvantagem? Já tentamos antes com Sombra, e... bem, não deu muito certo...

Sombra bufou de novo. Vince se sentiu um pouco intimidado e chegou a pensar que não devia ter dito aquilo, porém ignorou.

Matthew riu despretensiosamente, depois falou:

– O que Sombra fez não passou de um pequeno experimento. Foi uma preliminar, se me permitem a metáfora. Nela, nós criamos uma comoção que foi gradativamente acumulando várias pessoas em um mesmo lugar e nos permitiu que tivéssemos total controle sobre elas. Dessa vez, no entanto, isso não será necessário, pois o cenário perfeito já nos foi construído. A lenha para a fogueira já foi empilhada, só o que nos resta é riscar um pequeno fósforo e... *voilà*!

Os outros membros pareciam desorientados, como se a explicação enigmática de Matthew – que acompanhou um gesto das mãos, emulando o riscar do fósforo metafórico – só tivesse tornado tudo mais difícil de compreender. Percebendo isso, e determinado a fazer-se claro, o líder de terno branco limpou a garganta e falou, triunfante:

– Não se preocupem, tudo fará sentido em breve.

Endireitou-se e fez um sinal com a mão. Os demais se levantaram imediatamente.

– ...Espero que todos gostem de esportes – ele concluiu, com um sorriso maléfico no rosto.

▪ ▪ ▪

As aulas do dia foram chatas.

Greg faltou – algo muito raro. Parece que pegou um resfriado, segundo Maggie.

No final da manhã, saí da faculdade o mais depressa que pude. Precisava almoçar, mas não estava com a mínima vontade de preparar qualquer coisa. Resolvi parar em uma lanchonete no caminho de casa.

Sentado, abocanhei um cheeseburger duplo e cuspi os picles – que eu havia enfaticamente pedido para que fossem removidos, mas não foram mesmo assim. Eu observava carros e pedestres circulando pela rua através da fachada de vidro do estabelecimento, perdido em meus pensamentos. Um *blues* repetitivo tocava na *jukebox* retrô em um dos cantos.

Forçava-me a afastar para bem longe o desconforto que eu sentia. Tentava convencer-me de que estava tudo bem, de que não havia nada a temer. Bebi um gole do refrigerante *diet* viscoso e exageradamente doce – o convencional estava em falta. Pensei em Tony. Pensei em Mark e Scott...

...Pensei em Ayumi.

No fundo, eu sabia que não tinha uma escolha a fazer. Não havia nenhuma decisão a ser tomada: eu já havia me decidido meses atrás, quando procurei por aquele bar caindo aos pedaços e aceitei aquela adaga prateada.

Sabia, mas ainda assim meu coração covarde insistia em considerar a hipótese absurda de desistir de tudo.

E foi precisamente durante essa minha patética batalha interior que ele fez o seu primeiro contato comigo.

– Tempos difíceis, hã?

A voz fina entrou pelo ouvido esquerdo e ecoou por todo o corpo até chegar ao meu cérebro confuso, desestabilizando tudo no caminho. Assustado, virei instintivamente a cabeça para o lado de onde o som surgira, deparando-me com uma pessoa que – eu tinha certeza – não estava ali segundos atrás.

Sentada à mesma mesa alta que eu, olhando fixo para mim com enormes olhos azuis, havia uma criança. Um menino que aparentava ter oito ou nove anos de idade, de cabelos claros meticulosamente cortados e metido num terninho engomado fora de moda. Fixa no meio de sua testa grande, uma pedrinha vermelha esquisita refletia a minha imagem aterrorizada.

Pensei rápido e me acalmei com um pigarro, entrando em sua conversa logo em seguida, sem deixá-lo perceber o meu real estado de espírito:

– Sim, dificílimos! Tempos impossíveis, estes!

Ele apoiou o cotovelo na mesa e suportou o próprio queixo. Tinha um sorriso angular, perigoso, e não parava de me acompanhar com aquelas duas bolas de gude azuis em momento algum.

– Eu vi você aí, comendo o seu hamburguer sozinho, pensativo. Está com algum problema?

Era um cheeseburger, mas deixei passar.

– Vários! Tantos que nem consigo contar nos dedos. – Retornei a cabeça para frente e mordisquei uma batata frita.

– Ah, mas tem algum problema em especial, não é? Está escrito bem na sua cara – ele insistiu.

Fitei-o novamente.

– Está tão óbvio assim? – indaguei.

– Uhum – ele concordou, balançando a cabeça em afirmação.

– Bom, sabe como é... – peguei o cheeseburger e o contemplei enquanto falava – ...acontece que a vida é cheia de coisas como este cheeseburger aqui. Coisas que você deseja muito, luta para obtê-las, investe o seu tempo e dinheiro e, eventualmente, as obtêm. E fica extremamente feliz com isso, é claro!

Ele pareceu interessado. Continuei:

– ...Mas é só dar a primeira mordida pra você encontrar um picles escondido bem no meio de toda a carne suculenta, e a sua felicidade desaparece por completo em questão de segundos. Todo o seu esforço se torna vão por causa de um mísero legume em conserva.

O menino fez uma cara de espanto.

– Tem gente que gosta de picles – ele disse.

– Não eu. Eu os odeio!

– Você sempre pode pedir para tirá-los...

– Eu peço, mas eles nunca tiram!

– Então tire-os você mesmo, ora essa!

– Tarde demais! Os picles já contaminaram o cheeseburger! Comprometeram o seu sabor! E com a vida também é assim: basta uma pequena irregularidade para tudo ir por água abaixo. E é justamente essa cruel e desesperadora instabilidade que mais me irrita.

Após uma pequena pausa, o menino riu. Eu ri junto, porém a minha mente estava ocupada tentando calcular em quanto tempo eu conseguiria alcançar a mochila no chão e sacar a minha adaga, caso fosse necessário.

– Você é engraçado! – ele disse entre risos exagerados, socando a mesa.

– Eu sei, mas obrigado mesmo assim – agradeci com sincera falta de modéstia.

O garoto estranho desprendeu-se da mesa e projetou o tronco em minha direção. Afastei-me automaticamente no sentido contrário, e ele, ainda sorrindo, falou:

– Mas quer saber? Acho que você está exagerando.

Franzi as sobrancelhas.

– Eu, exagerando? Por quê? – indaguei, relaxando um pouco os ombros. A conversa de fato estava ficando interessante, apesar do pavor que ainda me consumia.

– A vida não é tão difícil assim. Há problemas, é claro, mas você está sendo pessimista demais. Fazendo tempestade em um copo-d'água. Em minha experiência, eu...

Sua audácia fez uma veia saltar em minha testa.

– Na sua experiência?! Ah, essa é boa: um guri remelento como você pagando de vivido! Não acha que precisa crescer um pouco mais antes de vir me dar lições de moral, garoto?

Eu estava começando a soar um pouco como Tony, e aquilo me deixou preocupado.

O nariz do menino se contorceu e ele o empinou com desdém.

– Engraçado, pois eu poderia perguntar o mesmo a você – ele retrucou, cruzando os braços.

– Perguntar o mesmo... *a mim*?! Hahaha! Por favor, moleque, vai me matar de rir desse jeito! Quantos anos você tem, oito? Não fale asneiras!

Nesse momento, o sorriso do menino mudou – foi como se o meu último comentário realmente o tivesse irritado. Os cantos dos lábios ficaram ainda mais angulados, como se fossem encostar em suas orelhas; os dentes pequenos se mostraram ferais e pontudos, feito presas de um demônio de histórias antigas. Disparando o mais penetrante olhar, ele disse:

– Chegou perto, Lucas. Eu tenho 108 anos.

Silêncio.

Pronto, pensei. *Você finalmente se revelou.*

Os traços descontraídos e cômicos desapareceram do meu rosto. Fiquei sério – sólido e inquebrável como uma rocha por fora, mas macio e maleável como uma gelatina por dentro.

– Quem é você? – perguntei, enfim, procurando me mostrar forte.

Ele se ajeitou na cadeira e cruzou as pernas.

– Direto ao ponto, hã? Gosto de gente assim.

– Desembucha! – mantive o personagem. Minhas pernas tremiam um pouco.

O menino esticou a mão e puxou minha bandeja para si. Apanhou uma batata frita e a comeu despretensiosamente.

– Não tenho um nome; deixei-o para trás há muito tempo. As pessoas me chamam de Kid, por algum motivo.

Reparei novamente em sua compleição de evidente e incontestável infantilidade. *Por algum motivo?! Você é idiota, ou o quê?!* pensei, mas não disse.

– O que veio fazer aqui? – eu continuei.

– Conversar – ele respondeu de boca cheia, pois já havia roubado outra batata frita.

– Sobre o quê?

Ele não usou a boca para responder dessa vez. Ao invés disso, comeu uma última batata, lambeu os dedos grudentos de criança e arregaçou a manga comprida do terninho azul--bebê, expondo uma tatuagem que eu nunca vira antes, mas que pude adivinhar, no instante em que pus os olhos nela, o que representava.

Era um cachorro vermelho-sangue.

– ...Você é um Cão – concluí em voz grave.

– O pior deles – ele respondeu, escondendo a tatuagem de novo.

– Nesse caso, então... – recostei-me na mesa – ...eu sou todo ouvidos.

Kid diminuiu o sorriso para algo próximo do suportável.

– Isso é ótimo, mas já conversamos o suficiente. O que eu preciso agora não é dos seus ouvidos ou da sua boca, mas sim dos seus olhos.

Disse isso e pôs a mão direita no bolso do terninho ridículo. O instinto fez com que todos os pelos do meu corpo se eriçassem e eu me preparasse para iniciar uma luta ali mesmo, no meio da lanchonete. Felizmente para mim – e para todos os outros clientes, que nada tinham a ver com aquilo –, tudo o que o garoto retirou do bolso foi um envelope branco.

– O que tenho aqui é um convite formal de desafio. Do meu clã para o seu.

Ofereceu-me o envelope. Havia nele um selo inviolado de cera derretida, algo que eu nunca pensaria ver fora de livros de História e filmes de época.

– Espero que o aceitem de bom grado – ele completou, com um risinho.

Engoli em seco e agarrei o objeto com relutância. Não gostava nenhum pouco daquilo, mas não havia outra coisa a se fazer.

– Bem – o menino misterioso disse, saltando do banquinho giratório –, eu me diverti bastante, mas preciso ir andando.

– E-Espere, eu...

– Foi um prazer, Lucas! – ele exclamou da porta envidraçada da lanchonete. – Aguardo *ansiosamente* pelo nosso próximo encontro.

E então, tão subitamente quanto surgira, ele foi-se embora, saltitando, alegre, rua afora.

Aquilo fora provisional, não restavam dúvidas. Exatamente quando tantas dúvidas me assolavam, aquele *menino* cruzou o meu caminho, ajudando-me a defini-lo no processo.

Um cômodo e traumático milagre, pode-se dizer.

Eu tinha agora mais um motivo para voltar. Fora desafiado; precisava carregar aquela mensagem até o meu líder e tomar parte naquela batalha.

Aquele foi como o golpe de misericórdia nas minhas últimas incertezas. Saí da lanchonete e respirei fundo – o sol brilhava novamente.

Memphis rugiu pelas ruas e avenidas: eu estava voltando para a mansão.

Voltando para casa.

▪ ▪ ▪

Não esperava nenhuma comitiva de recepção quando retornei à mansão, mas ainda assim a completa ausência de qualquer alma viva naquele hall gigantesco me desanimou grandiosamente.

Para qualquer lado que olhasse, não havia ninguém; apenas um deprimente vazio que não se espera encontrar ao chegar em casa – sobretudo uma casa daquele tamanho.

– Alô?! – eu gritei, o eco me zombando imediatamente depois. – Alguém em casa?!

Sem resposta.

Franzi o cenho, contrariado. Cheguei a pensar em dar meia-volta e ir embora para o meu apartamento, xingando Mark e os outros em voz alta durante todo o percurso. Felizmente, em um breve e raro impulso de maturidade, eu coletei os meus pensamentos e engoli o desconforto, decidindo não tirar conclusões precipitadas.

Olhei para a parede. Avistei o comunicador preto. Lembrei-me de que poderia utilizá-lo para chamar alguém e me aproximei, mas um som magnífico adentrou meus ouvidos no meio do trajeto e congelou-me onde eu estava.

Não, era mais do que apenas um *som*.

Era *música*.

Uma melodia impactante, linda e diversa que parecia crescer conforme eu ia seguindo o seu rastro sonoro, procurando pela sua fonte. Pude identificar o chorar melancólico dos violinos, o martelar ardente do piano, o sopro delicado dos oboés, os graves guturais dos violoncelos, os gritos estridentes dos trompetes, o rufar sísmico dos tímpanos...

Tateando pelos corredores, fui caminhando na direção da orquestra invisível. Foi como se aquela música sublime me circulasse e envolvesse em um abraço apertado e caloroso, fazendo-me esquecer de todos os problemas que trouxera comigo. Eu estava em paz; sorria e flutuava em êxtase, como se não houvesse mais maldade alguma no mundo. Era tudo divino. Perfeito.

Quando dei por mim, havia chegado à biblioteca da mansão. Em uma das paredes, entre uma estante de livros e outra, jazia a vitrola que reproduzia a espetacular música. A capa do disco de vinil estava apoiada na máquina, virada para mim; entretanto, àquela distância, era difícil entender o que estava escrito nela. Espremi os olhos e pude distinguir com esforço uma única palavra complicada em destaque:

Tchaikovsky.

De repente, um som familiar e nada agradável interrompeu o fluxo melódico da música. Era uma descarga.

Estacado na porta dupla da biblioteca, voltei-me para o lugar de onde ouvira o som sair – o banheiro do outro lado do corredor – e, para a minha total surpresa, de dentro dele surgiu Mark, cansado e abatido.

Nossos olhos se encontraram e sorrisos despontaram em nossos lábios. Dois passos nos uniram. Um aperto de mãos selou o momento.

– Bem-vindo de volta, Lucas.

– Obrigado, Mark.

Ele me convidou a juntar-me a ele na biblioteca. Diminuiu o volume da vitrola e serviu-me chá da mesma garrafa térmica da qual ele se servira antes. Cheirava bem – era camomila.

– Então... aproveitou o seu tempo sozinho? – Mark indagou após um longo gole da bebida quente.

– Pode-se dizer que sim – respondi, nas mesmas circunstâncias. – Pensei bastante. Recoloquei a mente no lugar. Coisas do tipo.

Ele riu pelo canto da boca.

– Bom, bom. Faz bem fazer isso de vez em quando.

Bebi mais um pouco de chá.

– Faz – concordei.

Sentávamos em duas poltronas de couro recostadas a uma das paredes. Havia, no mesmo local, uma escrivaninha espaçosa, sobre a qual uma quantidade inconcebível de papéis havia sido espalhada.

Notando que eu analisava o móvel bagunçado, Mark falou:

– Desculpe a confusão. Ando meio ocupado ultimamente...

Fitei-o, tentando ler a sua expressão. Ele fazia uma cara risonha, mas era possível perceber que se tratava de uma máscara. Tinha olheiras horríveis.

– Quando foi a última vez que dormiu?

Mark levou a mão à nuca e a coçou.

– Não sei... anteontem, talvez? – ele respondeu, um tanto envergonhado.

– *Tsc* – eu protestei. – Fico fora por alguns dias e a mansão inteira vem abaixo, hã?

– Vejo que não perdeu o seu senso de humor, pelo menos. Ótimo, pois seria *realmente* desagradável se isso acontecesse! Haha!

– Haha!

Ah! Olá, Sarcasmo, velho amigo! Senti sua falta.

Tossi algumas vezes para cortar as gargalhadas. Em seguida, perguntei:

– Onde estão os outros?

Mark diminuiu a atmosfera descontraída, como se a minha pergunta o tivesse lembrado de algo ruim.

– Estão por aí. Neko saiu, não disse para onde; Tony está treinando, como sempre; e Scott... bem, eu não faço a mínima ideia de onde esteja Scott.

– Ótimo...

– Por que pergunta? Precisa deles agora, por acaso?

– Não precisa necessariamente ser agora, mas gostaria de reunir todos ainda hoje, se possível. Tenho algo importante para discutir.

Os cerúleos olhos de Mark se reavivaram no instante em que ele ouviu aquelas palavras.

– O quão importante?

– *Muito* importante – eu frisei e lancei-lhe um olhar sério.

Mark calou-se por alguns instantes. Coçou a barba loura – ainda por fazer – e, por fim, disse:

– Bom, nesse caso, o que estamos esperando? Vou contatar a todos agora mesmo!

– Agora? Mas–

– Por favor, vá na frente e aguarde na sala de reuniões. Ligarei para Neko e tentarei encontrar Scott. Estarei com vocês dois em breve – ele exclamou com energia e foi me arrastando para fora da biblioteca, fechando a porta atrás de mim como se eu o estivesse interrompendo em algo importantíssimo. Tentei ficar com raiva da sua atitude, no entanto não consegui e comecei a rir de toda aquela situação engraçada.

Fiz como pedido e caminhei devagar até a sala de reuniões, que ficava no segundo andar da mansão. Era um cômodo gigantesco, com uma mesa elíptica de vários lugares e um carpete vinho muito macio e gostoso de pisar. Difusamente iluminada por alguns abajures de parede e um grande lustre acima da mesa, a sala estava imersa em uma penumbra tão agradável que eu fui tomado por uma repentina vontade de me jogar ao chão e cochilar pelo resto do dia, mas consegui resistir ao impulso.

Alguns minutos depois, eu ouvi passos se aproximando. Levantei-me da cadeira e me preparei para recepcionar o companheiro que logo passaria pela porta.

Nesse momento, por alguma razão, pensei em Tony. Pensei no desentendimento que tivéramos da última vez em que nos vimos, e do gosto ruim que aquela experiência terrível deixou em minha boca.

Como uma bola de neve mental que se expandia incontrolavelmente, lembrar daquilo fez-me lembrar também de algo estranho acerca das frases apressadas que Mark dissera enquanto me expulsava da biblioteca.

Ele tinha me dito que entraria em contato com Ayumi e tentaria localizar Scott, mas não disse uma só palavra a respeito de Tony.

Em adição, não ouvi-lo usar o comunicador da mansão. Logo, imaginei que Tony não ficaria sabendo da reunião que estava prestes a acontecer. Esquisito, muito esquisito.

A menos que...

Estarei com vocês dois em breve.

Ele tenha sido avisado de alguma outra forma...

Vocês dois.

...Pelo próprio Mark.

Dois.

Tony entrou na sala de reuniões, trajando suas costumeiras roupas de treinamento e molhado do banho que acabara de tomar para livrar-se do suor.

– Filho da... – eu resmunguei, fazendo uma careta.

A mulher – digo, *o homem* olhou de imediato para mim, esmagando-me com a pressão característica que a sua presença emanava. Eu recebi aquela pressão de frente, sem vacilar, pois o meu orgulho também estava em jogo.

Usando a toalha que trazia no pescoço, Tony começou a afagar em círculos os longos cabelos soltos para secá-los, enquanto saudava-me monossilabicamente:

– Oi.

Respondi à altura:

– Olá.

Ele terminou de se secar superficialmente e jogou a toalha branca sobre o ombro. Chegou mais perto e perguntou, com inesperada naturalidade:

– Já voltou, tão cedo?

Senti uma vontade quase incontrolável de responder tortamente àquela pergunta óbvia, mas sabia que seria uma péssima ideia e me contive.

– Sim. Resolvi o que tinha que resolver, e trouxe algo importante.

Tony passou direto por mim, sem fitar-me. Virei-me para acompanhá-lo por costume, mas ele, de costas, pendurou a toalha molhada em uma das cadeiras da mesa negra, pôs as duas mãos em seu encosto e disse:

– Então... escolheu continuar bancando o herói?

Senti uma fisgada no coração que depois se estendeu por todo o meu corpo. Mantive-me centrado, resoluto – firme na decisão que tomara.

– Sim – respondi, com os punhos cerrados.

Uma pausa. Ele se virou e fitou-me nos olhos.

– E essa é a sua palavra final?

Engoli em seco.

– É – concluí assertivamente.

Tony abaixou a cabeça e suspirou. Em seguida, ergueu o semblante e fitou-me mais uma vez.

– Lembre-se de que essa é uma decisão única e exclusivamente sua, garoto. Você optou por isso, ninguém o está obrigando a coisa alguma.

– Eu sei.

– Não espere agradecimentos, honra ou estátuas suas espalhadas pela mansão, ouviu? E eu sugiro que tome muito cuidado, pois heróis não costumam viver muito.

Percebendo a sutil mudança em seu tom, ousei revelar um pequeno sorriso.

– ...Mas eles salvam muitas vidas, *sensei*. E isso já basta.

Seu rosto se retorceu em espanto. Ele parecia estar em conflito sobre como de fato deveria se sentir naquele instante. No fim, deixou escapar um risinho e murmurou:

– Maldito moleque convencido...

Sentamo-nos os dois, um ao lado do outro. Conversamos por aproximadamente dez minutos, e eu senti que havíamos conseguido enfim resolver as nossas diferenças – pelo menos por enquanto. Quando nos demos conta, os demais membros do clã estavam entrando na sala, e após ingressarmos em uma rápida troca de cumprimentos e palavras amigáveis, Mark se pronunciou:

– Muito bem, Linces, vamos começar. Como é ótimo estarmos todos juntos de novo! Sentimos a falta de nosso mais novo membro durante esses dias em que ele precisou se ausentar, mas ele hoje retornou para nós, e trouxe algo que deseja compartilhar conosco. Lucas – ele se direcionou a mim e eu assenti com a cabeça –, a palavra é sua.

Agradeci e pus-me de pé; todos os olhos estavam fixos em mim. Uma gota quente de suor deslizou pela minha face.

Respirei fundo e, sem cerimônias, comecei:

– Nós fomos desafiados... pelo Bloody Hounds.

Capítulo 8

PLANO

O tique-taque ritmado do relógio rompia o silêncio fúnebre que se estabelecera após o meu anúncio.

Todos me fitavam; suas feições não eram de surpresa ou incredulidade, porém sutis vestígios de apreensão e desconforto eram perceptíveis nos semblantes rígidos.

Sentei-me novamente e tirei do bolso o envelope entregue por Kid mais cedo. Levei-o à superfície da mesa polida e o deslizei com a ponta dos dedos até Mark, que se sentava na cadeira ao lado. Este, por sua vez, apenas olhou o objeto de papel enquanto fazia uma expressão pesarosa, como se aquela carta fosse o prelúdio de uma terrível tragédia que estava prestes a acontecer.

Ele tomou o envelope nas mãos e percorreu lentamente a face de todos os ali presentes. Parecia pedir com os olhos permissão para violar o selo e ler o conteúdo da carta em voz alta – ou talvez fosse o contrário: já ia fazê-lo, e desejava, em seu subconsciente, que um de nós o impedíssemos.

Ninguém se manifestou, no entanto; tudo o que se podia ouvir era o tique-taque infinito do grande relógio de corda fixado a uma das paredes. Mark suspirou e abriu o envelope com o indicador. Puxou de dentro uma única folha de papel pequena e a leu em voz alta:

– Saudações, ilustres membros do clã Moonlight Lynx. Nós, os integrantes do Bloody Hounds, os desafiamos para uma disputa oficial até a morte. O confronto se dará no dia 7 de agosto, e o ponto de encontro inicial será...

Nesse ponto, Mark engasgou e arregalou os olhos. Depois engoliu em seco e continuou:

– ...Será no Estádio Olímpico Internacional de Neo Atlantis, às três da tarde.

Hã? eu disse apenas em pensamento, pois estava tão sem palavras que nada saiu da minha boca. *O Estádio Olímpico? Mas o que significa iss–*

– O QUÊ? – Tony esgoelou-se ao ouvir aquilo, verbalizando em alto e bom som o que aparentemente estava entalado na garganta de todos.

– Então quer dizer que eles, enfim, resolveram começar uma guerra... – Ayumi murmurou, visivelmente perturbada. Scott roía as unhas ao seu lado.

– Ainda tem mais – Mark recobrou nossa atenção com a sua poderosa voz e sacudiu a folha de papel, que se dobrara para trás, para ajeitá-la. Pigarreou e prosseguiu:

– Todos os membros de ambos os clãs deverão participar, e, como ditam as regras da Irmandade, caberá a nós, os desafiantes, eleger os oponentes, e a vocês, os desafiados, os locais onde eles se enfrentarão. Armas serão permitidas. Não há a necessidade do envio de uma resposta, pois estamos certos de que honrarão o nosso convite. Portanto, ansiamos pelo dia em que se decidirá definitivamente qual entre os dois clãs é o superior, embora o resultado, para nós, já esteja mais do que claro. Atenciosamente, Matthew B.

Ao terminar a leitura, uma raiva súbita se apoderou de Mark e o fez amassar o papel com violência e batê-lo contra a mesa. Tony fechou a cara e se contorcia em meio a murmúrios ininteligíveis, enquanto Ayumi e Scott mantinham-se em absoluto silêncio, com as cabeças baixas.

Eu permanecia sem palavras. Um desafio até a morte? Encontrar-se em um estádio? Aquilo tudo era demais para mim.

Desnorteado e sentindo a necessidade de ouvir alguém dizer qualquer coisa – ainda que esse alguém fosse eu mesmo –, forcei-me a fazer uma pergunta idiota:

– Então... e agora?

Tony foi o único que direcionou a palavra e os grandes olhos verdes para mim:

– E agora, garoto? Agora estamos ferrados! Na merda, isso sim!

– Mas por quê? Não podemos simplesmente recusar o desafio?

– Em quaisquer outras circunstâncias, poderíamos simplesmente fingir que ele nunca tivesse sido feito em primeiro lugar. Mas eles destruíram essa opção por completo quando definiram a data e o local do encontro.

– O local eu entendo, mas o que tem de tão especial nesse dia? Algum jogo ou evento no estádio?

Tony soltou um suspiro pesado e levou a mão à testa. Desviando o olhar, ele disse, em tom grave:

– No dia 7 de agosto acontecerá a cerimônia de abertura... dos Jogos Olímpicos de 2032.

Minha boca se escancarou e meus olhos se esbugalharam.

– Não pode ser... – falei, quase sem fôlego.

Tony fitou-me outra vez.

– Entendeu agora? O estádio vai estar lotado. Se não formos, eles farão uma carnificina naquele lugar. Milhares de pessoas inocentes serão mortas, e...

– ...E os switchers serão expostos para todo o mundo.

Quando Mark disse aquilo, todos os olhos se voltaram imediatamente para ele. Como se a realização daquele fato terrível que ele mesmo trouxera à tona o fizesse perder o controle de suas emoções, ele bradou, acertando a mesa com os dois punhos:

– Maldição! Eu devia ter previsto que fariam uma loucura dessas! Cães desgraçados! Como pude deixar a situação chegar a este ponto?!

– Você não tem culpa de nada – foi a vez de Ayumi intervir. – Eles são um bando de loucos inconsequentes, e você sabe muito bem disso. Não havia nada que pudesse ser feito.

Tentei ajudar:

– Ela tem razão, Mark; você não pode ser culpado por coisa alguma. Todos aqui viram o quanto você tem se esforçado para–

– De nada adianta ter me esforçado tanto se no fim não consegui impedi-los – Mark me interrompeu, dessa vez em um tom bem menos agressivo do que antes.

Tony, que normalmente àquela altura já estaria arrancando os próprios cabelos – ou socando alguém –, surpreendeu-nos ao se acalmar e tentar restaurar a paz a sala de reuniões:

– É verdade, Mark; você não conseguiu impedi-los. Eles nos encurralaram, e agora não temos outra escolha a não ser cair na armadilha deles. Como eu disse, nós estamos ferrados.

Mark ficou ainda mais cabisbaixo com as palavras do amigo. Tony continuou:

– ...Mas nós já estivemos bem ferrados antes, e sempre demos um jeito. E sabe o que mudou daquele tempo pra cá?

O gigante louro fez menção de levantar a cabeça, no entanto desistiu no meio do caminho.

– ...Nós ficamos mais velhos e acabados?

– Não, seu idiota! Agora não estamos mais sozinhos! Olhe à sua volta. Está vendo essas pessoas ao nosso lado?

Ele ergueu-se um pouco e percorreu os olhos azuis por nossos rostos levemente sorridentes.

– Estou...

– Nós somos um clã, Mark. O *seu* clã. Somos o Moonlight Lynx, lembra? Você não precisa mais carregar tudo sozinho: nós vamos sair dessa juntos. Vamos acabar com esses Cães sarnentos de uma vez por todas!

Os olhos de Mark marejaram. Um lindo sorriso adornou-lhe os lábios e seus punhos firmes relaxaram sobre a mesa lustrosa.

– Tem razão, Tony. Perdoem-me, Linces. Estou melhor agora.

– Fique tranquilo, chefe. Já dissemos que você não tem culpa de nada – eu lhe assegurei, sorrindo também.

Tony levantou-se, de súbito.

– Aonde vai? – Mark indagou ao companheiro, que já se encaminhava para a porta.

– À adega. Preciso de uma bebida.

Kuroneko olhou-me e fez uma cara de desdém que sugeria que ela já esperava por aquilo. Eu ri, mais da sua expressão engraçada do que daquilo que a provocou.

Alguns minutos depois, Tony retornou à sala com uma garrafa de vodca e alguns copos. Ofereceu a bebida a todos, mas somente Mark e Scott aceitaram. Após servi-los, ele bebeu a sua parte direto do gargalo.

– Muito bem – disse Mark, após um gole da bebida. – Primeiramente, precisamos reunir o máximo de informações disponíveis. Lucas, conte-nos sobre quem lhe entregou a carta.

Fiz que sim com a cabeça e comecei a falar:

– Era um moleque esquisito. Usava um terninho azul ridículo e tinha uma daquelas pedras vermelhas brilhantes que os indianos usam colada bem no meio da testa. Disse que se chamava Kid.

– Kid... – Mark murmurou. – O nome não me é estranho...

– Como ele era? Parecia forte? – Ayumi perguntou, curiosa.

– Não muito. Era uma criança, mas disse ter 108 anos. Imagino que isso seja o suficiente para não o subestimarmos, certo?

Tony ajeitou-se na cadeira.

– De fato... – ele disse e bebeu mais um gole da vodca que, em virtude das circunstâncias, começava a não parecer uma má ideia.

– Onde estava quando ele o abordou? – Mark inquiriu.

– Numa lanchonete. Não sei se ele me seguiu até lá ou se me encontrou por coincidência, mas, se tivesse que apostar, escolheria a primeira opção.

– Definitivamente, a primeira opção – Ayumi concluiu.

– Bem, parece que acabamos de confirmar que os Hounds têm cinco membros; exatamente como nós – Tony pontuou.

Contei, em mente, os membros que eu conhecia e o resultado foi três. Arriscando reviver más memórias, ousei perguntar:

– Além do menino de hoje e dos caras que enfrentamos no sábado, quem são os outros dois?

Tony e Mark se entreolharam. O segundo sinalizou ao outro que falasse, então Tony virou-se para mim e disse:

– Madeleine e Sombra. Não sabemos muito a respeito da primeira, apenas que é uma especialista em combate corpo a corpo; e sobre o segundo... bom, tem alguém aqui mais adequado do que eu para falar dele.

Ele olhou diretamente para Ayumi, como se passasse a palavra a ela. A garota compreendeu a deixa, torceu os lábios e explicou:

– Sombra é um caso bastante... peculiar. Não o vi lutar propriamente dito, mas pude experimentar a sua habilidade especial bem de perto. Ele é perigoso, e muito traiçoeiro.

Mark seguiu a jovem com o olhar.

– É mesmo, Neko: ainda não tivemos a chance de ouvir sobre o homem. Por que não aproveitamos o momento e fazemos isso agora? – ele disse, enquanto apoiava os cotovelos na mesa e sustentava o queixo com as mãos.

– Boa ideia – Kuroneko concordou. Ela respirou fundo e começou: – Sombra parece forte fisicamente falando, mas seu verdadeiro poder está na sua capacidade de controlar várias pessoas ao mesmo tempo.

– Várias pessoas... *ao mesmo tempo*? Como assim? – eu indaguei, sem esperá-la terminar o raciocínio.

– É exatamente como soa: ele troca com mais de uma pessoa simultaneamente. Durante a nossa luta, por exemplo, foram cerca de quarenta. Acho que ele divide a própria consciência entre os corpos que invade para ganhar o controle deles, criando uma espécie de exército de zumbis alucinados. Parece coisa de filme de terror.

Todos na sala – principalmente eu – ficaram bestificados. Scott parecia que gritaria a qualquer momento, se fosse capaz.

– Mas não pensem que essa habilidade é invencível. Como ele precisa se focar em muitos corpos de uma vez só, qualquer quebra em sua concentração pode ser fatal. Além disso, o controle dele só dura enquanto o seu tempo de troca durar, pois imagino que a sua mente precise estar em um único corpo quando o tempo chegar ao fim, para que não acabe se destruindo. Pelo menos foi o que pareceu quando ele começou a perder o controle dos zumbis e se desesperou para retornar ao corpo principal.

– E você conseguiu calcular o tempo de troca dele, Ayu? – Tony perguntou, olhando inquisitivamente para a garota.

– ...Não – ela negou com evidente tristeza. – Eu fui acertada em cheio na cabeça por um dos zumbis, e fiquei desacordada por não sei quanto tempo. Pelo que sei, o tempo dele pode durar cinco minutos ou cinco horas... não faço a menor ideia. Desculpem.

– Tudo bem – Tony a confortou amavelmente. – Você nos deu informações valiosíssimas; fez a sua parte.

Ela sorriu, mas estava tão frustrada que era óbvio ser somente para não magoá-lo.

Scott pediu a garrafa a Tony com um gesto e encheu o seu copo, bebendo um pouco em seguida. Mark o observou sem compromisso durante o ato – parecia ponderar sobre alguma coisa. Tony recuperou a garrafa, virou-a mais uma vez na boca e depois disse:

– Ok, acho que isso é o máximo de informações que conseguiremos por ora. Vamos ter que bolar alguma estratégia que nos permita ganhar com o pouco que sabemos. Alguma sugestão?

Peguei a carta amassada e corri os olhos por ela. Notando algo, pontuei:

– Que história é essa de eles escolherem os adversários e nós os locais das lutas? E o que é essa tal de Irmandade que eu tanto ouvi falar nos últimos dias?

Foi Ayumi quem respondeu:

– A Irmandade é o órgão regulador dos switchers. Eles assumem uma posição neutra e controlam as relações entre os clãs, além de manterem a nossa existência escondida da sociedade regular.

– Eles são compostos por dez dos switchers mais poderosos em atividade, e são escolhidos democraticamente pela comunidade switcher a cada cinquenta anos – Mark complementou. – Cabe a eles criar as regras que nos regem, além de julgar e penalizar quando essas regras não são respeitadas.

Tony respondeu a pergunta que faltava:

– O sistema de disputas entre clãs foi criado por eles para impedir guerras catastróficas e a revelação dos switchers ao mundo. E as regras, como a carta explica, ditam que os desafiantes escolhem quais serão os oponentes, e os desafiados podem escolher os locais das lutas. Mas antes é necessário que haja um encontro inicial, em um lugar estabelecido pelo clã que fez o desafio.

Fiz uma breve pausa para pensar um pouco.

– Mas isso significa que nós estaremos em total desvantagem! – exclamei por fim.

Tony sorriu amargamente.

– Eu nunca disse que o sistema era justo, garoto.

– E é exatamente por ficarmos em desvantagem nessa situação que os Cães decidiram adotá-la – Mark disse. – Você viu como eles não têm respeito nenhum pelas regras da Irmandade durante aquele incidente. A única coisa que os faria agir de acordo com elas é se eles pudessem se aproveitar disso de alguma forma.

– ...Por isso escolheram o maior estádio da cidade, durante a abertura do maior evento esportivo do mundo – eu murmurei, quase não acreditando no quão ardiloso o plano do inimigo era.

– Precisamente – Tony secundou. – Querem nos colocar em xeque, nos obrigando a lutar para impedir um massacre e, ao mesmo tempo, debilitando nossas forças ao nos fazerem preocupar com os civis e com a exposição em escala global dos nossos poderes. É um plano relativamente simples, porém maquiavelicamente genial.

– Sim... genial demais para eles.

Aquela última frase saíra dos firmes lábios de Mark, que olhava perdido para o lustre acima das nossas cabeças. Seu rosto estava enigmático, contemplativo e distante.

– Sou forçado a concordar – disse Tony, num desabafo. – Parece muito elaborado para ter sido concebido pelos Hounds. Há muitas variáveis, muita coisa que precisa ser posta em prática com antecedência para dar certo.

De repente, pensei algo que julguei ser importante. Ergui o braço e tornei pública a minha observação:

– Escutem, se essa tal de Irmandade é responsável pelo equilíbrio entre as sociedades switcher e regular, não poderia jamais permitir que um plano tão absurdo como esse se concretizasse, certo? É possível comunicá-los e esperar que tomem alguma providência?

Mark travou os olhos claros nos meus.

– Normalmente, isso é o que faríamos. Entretanto, se a teoria que eu venho desenvolvendo há algum tempo estiver correta...

Ele pausou e afiou ainda mais o olhar. Um brilho penetrante e assustador fulgurava em suas pupilas.

– ...A Irmandade nada fará a respeito.

Um silêncio mortal invadiu a sala de reuniões. Todos os olhos aflitos convergiam para Mark, que os recepcionava com uma face inexpressiva e medonha. Depois de algum tempo, a voz de Tony irrompeu e dissipou um pouco da atmosfera tensa:

– Você vai ter que nos explicar *direitinho* essa sua teoria maluca mais tarde, Mark. – Ele então se virou para mim: – Lucas, se apelássemos para a Irmandade, e ela fosse de fato fazer alguma coisa, certamente não seria cancelar o confronto. Ela no máximo mudaria o local, para evitar que a matança fosse televisionada.

A palavra *matança* causou um arrepio involuntário em minha espinha. Tony continuou:

– Ainda assim eu acho que, eles tomando partido ou não, nós devemos contatá-los.

– Eu concordo – Ayumi disse. – Eles me atenderam quando eu precisei de ajuda com as consequências do ataque de Sombra no sábado, então não acredito que estejam completamente inacessíveis. Mas tem algo de esquisito acontecendo, pois quando perguntei o porquê de não terem aparecido mais cedo, como o teriam feito normalmente, eles simplesmente desligaram na minha cara...

Scott fez um sinal positivo quando Mark o fitou tencionando ouvir – ou melhor, *ver* a sua opinião. Balançando a cabeça, o líder do clã falou:

– Entendido; eu farei a ligação mais tarde. Contudo, devemos nos preparar para o pior cenário possível, no qual não teremos nenhum auxílio da parte deles e teremos que resolver o problema inteiro sozinhos.

Todos, unanimemente, concordamos. Em seguida, Tony virou mais uma vez a garrafa e depois a chocou contra a mesa. Seu rosto começava a corar devido à alta quantidade de álcool circulando no sangue.

– Agora – Mark prosseguiu – vamos analisar o que temos e planejar a nossa estratégia. Tony, você primeiro.

O homem largou temporariamente a bebida, ficou sério de novo e então começou:

– Bom, já que não podemos prever quem enfrentará quem, nos resta apenas decidir onde lutaremos. Para isso, precisamos levar em consideração as qualidades e defeitos de cada um e escolher os lugares baseados primordialmente nisso.

– Antes – eu me intrometi – acho que devemos trabalhar com as duas lutas que nós *podemos* prever.

Todos me olharam, espantados. Compreendi de imediato que queriam que eu me explicasse, então o fiz:

– Tem aqueles dois... Matthew e Vince, se não me engano. Eles tinham uma rixa muito grande com Mark e Tony, logo tenho quase certeza de que escolherão ambos como adversários... não acham?

Suas expressões de espanto se transformaram em admiração e orgulho.

– Tem toda a razão, Lucas! – Mark admitiu. – Matthew insiste em sua vingança cega contra mim, e Vince não parecia nenhum pouco contente por ter apanhado de Tony. A possibilidade de os oponentes daquele sábado se repetirem no confronto do dia 7 é bem grande.

– Ótimo – Tony assentiu –, partamos daí. Onde seria melhor enfrentá-los?

Mark levou o indicador ao queixo, pensativo. Depois de algum tempo, chegou enfim a uma conclusão:

– Acho que é melhor lutarmos no próprio estádio. Dessa forma, poderemos ficar de olho nos dois Cães mais perigosos e impedir que ocorram casualidades, além de termos uma ampla área de combate.

– Parece bom pra mim – Tony afirmou, com um olhar determinado.

De súbito, a palavra *casualidades* se repetiu em minha mente. Associando-a de imediato ao seu significado nefasto, um sentimento estranho me preencheu. – As pessoas no estádio... – eu disse – ...o que acontecerá com elas?

A atenção de todos se voltou novamente para mim. Ayumi, que estava em silêncio até então, respondeu:

– Se agirmos corretamente, nada. Mas, se falharmos, só Deus sabe do que aqueles Cães serão capazes de fazer...

Aquele mesmo arrepio de antes me subiu outra vez a espinha.

– Não seria melhor impedirmos que elas estejam lá em primeiro lugar? – sugeri. – Por que não damos um jeito de cancelarmos o evento? De acionarmos as autoridades?

Mark, o semblante inabalável, respondeu:

– *Ele* não permitiria isso.

Aquele pronome tão comum à nossa língua adquirira uma tonelada ao ser pronunciado daquela maneira pela profunda e grave voz de Mark.

– Quem é... *ele*? – eu perguntei, com medo da resposta.

Mark respirou fundo e cruzou os braços.

– Não sei seu nome. Ninguém sabe, na verdade. Entre um grupo seleto de switchers, ele é conhecido apenas como o Arquiteto.

Tony, que seguia a Mark com os selvagens olhos de raposa, indagou:

– É ele quem está por trás de tudo isso?

– Sim – Mark respondeu. – Isto é, se eu estiver correto, é claro.

Comecei a suar. Era patético amedrontar-me de tal forma por causa de um simples pseudônimo, mas a ciência de que alguém, em algum lugar, observava tudo e todos enquanto arquitetava planos doentios como aquele – com algum propósito maior desconhecido em mente – gerava em mim uma aflição tão extraordinária que beirava à loucura.

– A cidade está na palma das mãos dele – Mark prosseguiu. – As autoridades também. Por que acham que não vimos nenhum sinal de policiais ou bombeiros no sábado até o final das lutas? Estou certo de que tudo o que está acontecendo já foi há muito definido, e não há nada que possamos fazer a não ser entrar em seu jogo e arriscar tudo o que temos.

O medo adquiria novas formas e crescia incontrolavelmente em meu ser. Meus lábios tremiam em espasmos involuntários, e o coração palpitava tanto que eu pensei que ele explodiria a minha caixa torácica a qualquer momento e dançaria can can sobre a mesa escura.

– ...Então seremos ratos presos em uma enorme ratoeira – deixei escapar, sem perceber.

Um silêncio breve. Ninguém ousou dizer qualquer coisa – foi como se a minha metáfora impensada tivesse definido com maestria a horrível situação na qual nos encontrávamos.

Um marasmo pungente começou a se espalhar pela sala. Teria se instalado e permanecido ali pelo resto do dia, mas, de repente...

– Não – Mark falou firme, atraindo os nossos olhares perdidos. – Seremos *linces* em uma enorme ratoeira, e sairemos de lá vitoriosos, com cães entre os dentes e salvando todos os ratos presos em seu interior no processo.

Aquela frase injetou em mim uma grande dose de confiança, afastando boa parte do medo que me assolava. Pude sentir minha expressão mudar e se tingir de novas cores, como se voltasse a arder na minha alma a efêmera chama da Esperança.

Os outros pareciam estar em similar estado de espírito: Scott tremia de excitação na cadeira e Ayumi, ao seu lado, estalava os dedos dos punhos fechados, enquanto um amplo sorriso adornava seus lindos lábios desenhados; Tony entornara mais um gole da bebida translúcida e grunhia feito um animal silvestre.

Mark sorria, orgulhoso por ter aparentemente reaquecido moral do grupo. Após mais uma pequena pausa, ele tornou a falar:

– Dois a menos, Linces; faltam três. Vamos, ainda temos muito trabalho pela frente!

▪ ▪ ▪

– Há, talvez, mais uma luta que possamos prever – Ayumi disse assim que Scott retornou do banheiro e sentou-se à mesa elíptica.

Mordi um biscoito doce – que Mark havia trazido junto com chá – e foquei-me na jovem de cabelos negros. Os outros também demonstravam sinais de enorme interesse.

– Creio que Sombra me escolherá – Kuroneko prosseguiu. – Não tenho certeza, mas minha intuição me diz que será esse o caso.

Nós quatro, os homens do clã, permanecemos em silêncio. Imagino que eles, assim como eu, já haviam aprendido a nunca duvidar da intuição de uma mulher.

– E no que está pensando? – Mark perguntou. – Como planeja derrotá-lo?

– Preciso isolá-lo de seu recurso principal: pessoas.

– Hum – Tony murmurou, pensativo. – Temos que tirá-lo do estádio a qualquer custo, então.

– Exatamente. Acho que a melhor saída seria algum lugar abandonado, mas não consigo pensar em nenhum...

Todos se calaram momentaneamente para tentar pensar no tal lugar. Eu ponderava junto dos outros, mas o meu conhecimento a respeito da topografia da cidade era tão válido quanto o de uma barata tonta, cega e bêbada.

De repente, Tony teve uma ideia:

– Que tal aquele supermercado em construção? Não vai haver ninguém por lá num fim de semana exceto talvez um vigia ou dois, e o estacionamento é tão grande que você terá bastante espaço para se mover e atacar.

Os olhos de Ayumi brilharam.

– É isso, *oji-chan*! O supermercado fica no final da avenida do estádio, então não teremos problema em chegar até lá. E eu poderei retornar rapidamente para ajudá-los assim que terminar de chutar o traseiro daquele cara. É perfeito! Está decidido.

A sua determinação era inebriante. Senti-me ainda mais atraído por ela.

– Ótimo! Agora só faltam Scott e Lucas – Mark disse, juntando as mãos.

Scott sacou seu caderninho e sua caneta e começou a rabiscar algo com rapidez. Terminado, mostrou-nos a folha rasgada, que dizia:

Quero lutar nas docas.

Mark e Tony fizeram expressões complicadas. Eu também não havia entendido o porquê daquela requisição inusitada, mas já estava acostumado a não entender as coisas.

– Você tem algo em mente, Scott? – indagou Mark, fitando o chinês.

O velhinho assentiu energicamente – realmente parecia estar cozinhando algo dentro daquela cabeça redonda e careca. Mark, compreendendo e confiando em seu companheiro, declarou:

– Muito bem, então. Deixo em suas mãos.

Scott sorriu o seu característico sorriso desdentado, contagiando os demais com um ar inocente.

Tony tossiu e coçou a testa.

– Bem, agora só falta o novato – soltou uma indireta.

Refleti com cuidado acerca do que deveria dizer. Lembrando que era provável que meu oponente seria a desconhecida especialista em combate corpo a corpo, ou o pirralho atrevido do terninho azul-bebê, julguei melhor escolher um lugar que me permitisse armar uma emboscada – ocultar a minha presença de modo que evitasse um confronto direto duradouro, pois não me considerava forte o suficiente para sobreviver caso isso acontecesse.

Com tudo isso em mente, eu formulei um plano absurdo.

– E se eu... pudesse lutar em um espaço fechado e lotado de coisas que dificultassem a movimentação?

Os quatro fizeram expressões inenarráveis. Tony foi o primeiro a perguntar:

– Você... qual é o seu problema, garoto?

– Enlouqueceu de vez, Lucas? Quer tanto assim morrer? – Kuroneko se manifestou também.

– Acalmem-se os dois; deixem-no se explicar – interveio Mark, mas havia um quê de incompreensão em sua voz. Scott franziu o cenho e comeu um biscoito enquanto me encarava.

– Não é nada disso – eu disse. – Acontece que não sei exatamente com o que estarei lidando, então pensei em reduzir a mobilidade do adversário e pegá-lo de surpresa.

As caras esquisitas se abrandaram um pouco – acho que eu começava a fazer algum sentido.

– Pode até ser um bom plano – Mark disse –, mas o que garante que você se sairá bem nessa situação, já que estará nas mesmas condições que o inimigo?

Sorri confiantemente.

– Bom, nós ainda temos duas semanas antes da luta, não é? Vocês por acaso se esqueceram da minha habilidade especial? É simples: eu só preciso trocar com várias pessoas para ficar mais forte e ágil, e Tony poderia criar uma rotina especial de treinamento que me preparasse para o grande dia. O que me diz, *sensei*?

A mulher loura de olhos verdes suspirou pesado.

– A coisa do treinamento especial pode ser feita sem problemas, garoto; mas a parte de trocar com várias pessoas... está fora de questão.

– Fora de questão? Mas por quê?

– Se fosse algo simples como você pensa que é, não me oporia de maneira alguma. O problema é que o que pretende fazer é arriscado demais.

Os outros na sala emudeceram-se por completo.

– Eu não sei se você percebeu, Tony, mas *tudo* o que fizermos será arriscado demais. Estamos na merda, lembra? Não acho que podemos nos dar ao luxo de sermos cautelosos.

Ele suspirou novamente – mais pesado ainda do que antes.

– Você não entende, Lucas. Quando você troca com alguém, não está apenas adquirindo as suas características físicas. Mesmo que não se foque em absorver as memórias, sua mente ainda precisa lidar com o fato de que está assimilando outra pessoa a si, e se você não for cuidadoso e sair por aí consumindo um milhão de pessoas diferentes, vai chegar a um ponto em que ela não mais se reconhecerá. Não saberá quem é você ou qual é o seu corpo original, e aí você perderá aquilo que é mais importante para um switcher...

Ele fechou os olhos, como se revivesse uma memória ruim. Abriu-os de novo, mais perfurantes do que nunca e apontados exclusivamente para mim.

– ...A sua identidade.

Engasguei com aquela informação. Eu não fazia ideia.

– Nós já vimos isso quase acontecer, Lucas – Mark disse. – Presenciamos o que acontece com uma pessoa que abusa da Mirror Switch, e não é nada bonito.

Algo estalou dentro de mim – eu sabia o que aquilo significava.

– Essa pessoa... – balbuciei – ...era a minha mãe?

Mark balançou a cabeça devagar, confirmando a minha suspeita. Tony esclareceu:

– Lucy quase se perdeu, garoto. Teria enlouquecido por completo e acabado morta, não fosse pelo seu pai.

– Meu... pai?

Mark fitou-me novamente.

– Ele foi o único capaz de trazê-la de volta à razão, controlando o seu surto e a acalmando quando tudo parecia perdido. Foi uma experiência terrível.

Gelei. Definitivamente, eu não fazia ideia.

– Ouça bem: nada de trocar a torto e a direito com a primeira pessoa que vir na rua – Tony advertiu-me com firmeza. – Se quiser trocar para se fortalecer, tudo bem; mas façamos isso de maneira controlada e correta. Entendido?

Assenti pausadamente com a cabeça, mas a minha mente já não estava mais ali.

O relógio anunciou oito da noite. Estava ficando tarde.

– Durma aqui esta noite, Lucas – declarou Mark, sem dar espaço para uma recusa. Suas intenções eram claras: desejava mudar o rumo da conversa.

– Quem está responsável pela cozinha hoje? – Ayumi indagou a todos, provavelmente com o mesmo objetivo.

Scott, que supervisionava religiosamente o rodízio da preparação dos alimentos, apontou para duas pessoas: Mark e eu.

Nosso líder, que tinha estampado em sua cara o olhar de quem se esquecera de algo, disse, envergonhado:

– Ah, tem razão... parece que hoje é por nossa conta, Lucas.

Olhei-o sem tentar disfarçar o que sentia.

– Esplêndido – retruquei, propositalmente sarcástico.

– Por que não começam agora mesmo? Estou com fome, e acho que cozinhar pode ajudá-lo a melhorar esse seu mau humor – Tony, tentando me animar – ou irritar –, sugeriu.

Era de fato o melhor a se fazer. Mark proclamou um intervalo na reunião e nós fomos juntos para a cozinha, onde passamos a próxima hora preparando o jantar.

Quando o rosbife e os seus acompanhamentos ficaram prontos, Mark pediu-me para anunciar as boas novas no comunicador e convocar a todos para se dirigirem à sala de jantar, onde nós os esperávamos. Ao chegarem, eles se depararam com uma mesa farta de ponta a ponta, e salivaram como se fossem náufragos famintos que não viam comida havia dias.

Depois da oração costumeira que antecedia cada refeição, servimo-nos e comemos alegremente. Conversas afloraram com naturalidade e o meu coração se acalmou aos poucos, porém, talvez estimulado pelo alimento saboroso, meu cérebro resolveu se lembrar de uma coisa que vinha há bastante tempo me incomodando. Não queria me esquecer, então resolvi falar antes que fosse tarde demais:

– Aconteceu algo no sábado que ainda não tive chance de contar para vocês.

Os demais focaram a atenção em mim. Tony tinha as bochechas estufadas de tanta carne que enfiara na boca e Ayumi tinha um pouco de purê de batatas no lábio superior.

– Vá em frente – Mark disse, visivelmente interessado.

– Quando Matthew o feriu, Mark, eu tentei uma troca com ele. Achei que conseguiria dominar seu corpo e impedi-lo de machucá-lo ainda mais.

Notei um espasmo no olho direito do homem ao dizer aquilo. Continuei:

– ...Mas não consegui, e um zumbido infernal quase estourou os meus tímpanos. Matthew pareceu ter percebido a minha tentativa de invasão, pois olhou direto pra mim com uma cara horrível, como se soubesse das minhas intenções. Algum de vocês pode me explicar o que houve?

Eles se entreolharam. Tony engoliu toda a comida que vinha conservando nas bochechas de uma só vez – como um hamster assustado – e disse:

– Não tivemos tempo de chegar a esse ponto em seu treinamento, então é normal que você não saiba o que houve; mas não foi nada de extraordinário. Pelo contrário: teria sido muito estranho se *não* tivesse acontecido o que aconteceu.

Eu odiava aqueles rodeios, portanto o forcei a ir direto ao ponto:

– E o que aconteceu foi...?

– Você foi repelido – ele respondeu com naturalidade. – Ou melhor: Matthew repeliu *você*.

Cocei a cabeça. O que raios ele queria dizer com aquilo?

Mark tomou um gole da vodca cristalina disposta em seu copo.

– Um switcher não é facilmente invadido, Lucas – ele disse, com um olhar sério. – Nós temos uma espécie de defesa; um campo de força invisível que protege nossas mentes de outros switchers. Quando você tentou a troca com Matthew, sua investida foi frustrada porque ele a percebeu a tempo e o manteve longe de sua cabeça.

Franzi as sobrancelhas.

– Então quer dizer que... switchers não conseguem invadir outros switchers?

– Errado – Tony me corrigiu. – Switchers podem, sim, usar seus poderes em outros switchers, mas é uma tarefa dificílima que requer muita concentração e inúmeros fatores.

– A melhor maneira de conseguir isso é criar uma distração incrivelmente eficaz ou provocar extrema fadiga no oponente – Mark explicou. – Dessa forma, ele não conseguirá manter erguidas as suas defesas e um switcher bem preparado será capaz de ultrapassá-las. O zumbido que você ouviu foi na verdade causado pela sua mente tentando subjugar a de Matthew.

Fiquei estupefato. Aquilo tudo era fantástico, de um modo assustadoramente surreal.

– E quando a sua mente ganha... o que vem depois? – eu indaguei, com excitação e curiosidade claramente manifestas em meus olhos.

Tony respondeu:

– O que vem depois é um dos maiores e mais fascinantes mistérios do nosso poder. Um fenômeno singular que só pode ser plenamente compreendido por aqueles que o vivenciaram.

Engoli em seco. Ele prosseguiu:

– As consciências dos dois switchers são transportadas para uma área branca infinita na qual as leis do nosso mundo não se aplicam. É uma área nascida da junção das mentes de ambos, o invasor e o invadido, e elas competem entre si pelo controle definitivo do corpo. Nós chamamos esse fenômeno de Weiss – o Branco.

Meu queixo caiu. Fiquei completamente sem reação.

Mark continuou:

– No Weiss, o dono original do corpo é capaz de mudar a aparência do espaço segundo a sua vontade. É possível retratar locais reais de suas memórias ou criar cenários completamente novos, baseados puramente em sua imaginação. A mente é o único limite.

– E os dois – Tony acrescentou –, tanto o dono do corpo quanto aquele que o deseja tomar, conseguem criar qualquer tipo de ferramenta que os auxiliem na vitória, desde armas e veículos até animais e outros seres vivos. Mais uma vez, a mente é o limite.

Eu suava frio. Estava preso entre acreditar nas palavras experientes e muito sérias dos dois ou questionar a natureza duvidosa daquelas afirmações, que de tão inverossímeis poderiam facilmente ter saído de um livro de fantasia ou jogo de videogame.

Ayumi, que limpara a boca com um guardanapo de pano, direcionou-se a mim:

– Fique calmo, Lucas. Todo mundo tem dificuldade em acreditar quando ouve sobre o Weiss pela primeira vez. Eu mesma nunca vi a coisa pessoalmente, então sei o quão insano tudo soa. Mas esses dois creem com as suas vidas que ele é real, e inclusive já o experimentaram em primeira mão. Então faça como eu: escolha acreditar que é verdade, e um dia, quando tiver a chance, veja por você mesmo e nos conte o que achou.

Acreditar – algo verdadeiramente difícil para mim. Ter fé em uma coisa tão implausível quanto aquela exigiria de mim um esforço monumental tal qual não costumava dedicar a quase nada na vida.

Mas, ainda assim, uma grande porção de mim me inclinava naquela direção. Eu *queria* acreditar, e sentia esse impulso porque não ouvira aquelas palavras de uma pessoa randômica na TV, ou as li em um livro ou artigo qualquer da internet.

Não, quem me dizia aquilo eram os meus companheiros de clã; meus parceiros, meus amigos, meus irmãos...

...Minha família.

– Eu acredito – declarei, a voz limpa e sonora.

Todos sorriram.

– Ah, não leve isso tudo tão a sério, garoto – Tony disse, meio encabulado. – Não é questão de acreditar ou não: o Weiss é real; e um dia, mais cedo ou mais tarde, você e Ayu terão a oportunidade de conhecê-lo.

Uma sutil expressão de tristeza se apoderou do rosto de Mark e ele murmurou:

– ...Mas torçam para que esse dia esse dia esteja bem distante, crianças.

Scott, ao lado de Mark, acariciou suas costas para devolver-lhe um sorriso aos lábios. Ele agradeceu e assegurou-lhe estar bem.

Tony agarrou o garfo que deixara cair sobre o prato e disse:

– Bom, agora já chega de conversa fiada; vamos comer antes que tudo esfrie!

A concordância foi universal e todos nós retornamos ao jantar magnífico que Mark e eu havíamos preparado com esmero. Cerca de uma hora e meia depois, nós recolhíamos as louças e as despejávamos na pia da cozinha – para futura lavagem, é claro –, quando um súbito pensamento me veio à mente.

– Tony – chamei-lhe a atenção –, mais cedo você me disse que eu poderia fazer algumas trocas para ficar mais forte, desde que o fizesse com o cuidado adequado, certo?

– Aham – ele concordou por cima do ombro enquanto saíamos da cozinha e caminhávamos para a sala de reuniões. – Por quê?

Apertei o passo até conseguir acompanhá-lo. Olhei-o de soslaio e sorri com o canto dos lábios.

– ...Por que eu acho que tive uma ideia.

Tony respondeu meu sorriso com outro à altura e bagunçou os meus cabelos, dizendo *bom garoto!* em tom descontraído.

Ao chegarmos à sala de reuniões, contei o que tinha pensado para os demais. A ideia pareceu agradar a todos, e logo uma data para a operação foi determinada.

Ficamos boa parte daquela noite acordados, planejando os mínimos detalhes do que seria a maior tribulação pela qual o Moonlight Lynx já havia passado.

Fui dormir às três, e não fazia ideia de como faria para acordar e ir para a faculdade na manhã seguinte.

▪ ▪ ▪

A teoria de Mark era aterrorizante.

Quando ele a revelou, a sombra do medo e da angústia pairou dentro da sala de reuniões, e uma profunda desesperança assolou os membros do Moonlight Lynx.

Isso porque, segundo ela, a Irmandade – a pedra angular, o alicerce e o porto seguro no qual os switchers supostamente podiam confiar e recorrer sempre quando necessário – estava sendo controlada, e servia exclusivamente aos ocultos propósitos de uma única pessoa:

O Arquiteto.

Para Mark, um grande esquema havia sido posto em movimento. O desafio feito pelos Hounds era apenas uma das muitas jogadas daquele que organizava as peças no grande tabuleiro que era a cidade-estado de Neo Atlantis – se é que era essa a extensão máxima do seu alcance.

Mark tentou contatar a Irmandade depois do jantar como prometido, mas não obteve sucesso. Todos os meios de comunicação seguros que utilizava até então para falar com eles se mostraram indisponíveis, fora do ar ou sem resposta.

E com isso, sua teoria tornou-se um fato para todos nós.

Não podíamos mais contar com a Irmandade. Precisávamos caminhar às cegas à beira do precipício, sem esperar que houvesse alguém no topo ou na base para amparar uma possível queda.

Estávamos sozinhos, mas tínhamos que lutar mesmo assim.

Faltava menos de uma semana para o confronto, e aquele domingo foi o dia escolhido para pormos em prática a minha ideia mirabolante. Graças a um contato de Mark, ganhamos acesso a um dos quatro centros de treinamento para atletas olímpicos da cidade – um enorme complexo esportivo no meio de Triptown, bairro vizinho de Shaft. O centro moderno e absurdamente caro fora construído às pressas após a desapropriação de dois quarteirões inteiros de casas e prédios, mas estou certo de que as Olimpíadas são bem mais importantes do que o patrimônio e as memórias das famílias que ali residiam.

Sentados nas duras e amarelas cadeiras de plástico, Mark, Tony e eu observávamos atentamente ao treino de atletismo daquela manhã ensolarada.

O tiro da pistola de largada soou e os dez atletas dispararam na pista. A tensão em seus músculos era tanta que, mesmo de onde eu estava, era possível vê-los contrair e expandir em ciclos furiosos, dando a impressão de que não suportariam o esforço e estourariam a qualquer momento, levando junto tendões, ligamentos e cartilagens.

– E lá vão eles – Tony pontuou o óbvio enquanto acompanhava os corredores com a mão acima da testa, produzindo uma pequena sombra.

– Já escolheu? – Mark perguntou-me sem tirar os olhos dos borrões de gente, que já faziam a primeira curva.

– Ainda não – eu respondi, fazendo o mesmo.

Mais alguns segundos e o primeiro atleta cruzou a linha de chegada, esbaforido. Corria tanto que foram necessários vários passos para parar completamente. Era um homem alto e esguio, de pele negra e cabeça raspada. Não reconheci a bandeira em sua roupa de corrida, então presumi que fosse de algum daqueles pequenos países da África conhecidos primordialmente por produzirem bons corredores.

– É ele – eu anunciei, e os dois olharam para o rapaz logo em seguida.

– Está muito longe para alcançá-lo, garoto. Teremos que chegar mais perto.

– Eles farão um intervalo agora – Mark disse. – Vamos aproveitar o momento para nos aproximarmos. Peguem seus equipamentos.

Assentimos, pusemos as mochilas que repousavam no chão de volta em nossas costas e agarramos as *cases* de diferentes tamanhos que pesavam horrores, todas pretas e de material resistente. Descemos ao nível da pista e caminhamos calmamente até os bancos onde os atletas descansavam, enganando a todos os diligentes membros da segurança com o nosso disfarce impecável de fotógrafos profissionais de uma conceituada revista esportiva.

Paramos a cerca de vinte metros do meu alvo. Mark e Tony montavam tripés e rebatedores, enquanto eu selecionava lentes para as câmeras como se soubesse o que estava fazendo.

– Água! – meu alvo gritou, e um dos ajudantes adolescentes de prontidão voou até ele e lhe entregou um *squeeze* verde-limão. O homem alto bebeu o líquido da garrafinha com extrema rapidez, provando que correr não era a única coisa que ele fazia com pressa.

Agora, determinei em pensamento, decidindo que aquele era o melhor momento para atacar. Sentei-me no chão e fechei os olhos. Meus amigos estavam próximos, atentos e prontos para manter o meu corpo seguro durante toda a troca. Concentrei-me e mentalizei – imaginei que o corpo daquele atleta era meu.

Instantes depois, ele de fato era.

A exaustão que somente alguém que acabara de levar os seus músculos ao limite me consumiu. Era como se um manto de chumbo tivesse sido atirado sobre mim e amarrado com firmeza ao redor da minha cintura, comprimindo-me com uma força extraordinária que ia gradativamente aumentando – ou talvez era eu quem, impotente, sucumbia ao seu abraço inescapável.

A sede agonizante que o homem sentia – e que eu agora sentia também – queimava como se alguém me forçasse um carvão em brasa esôfago adentro, destruindo toda a carne no caminho e evaporando qualquer resquício de saliva que ali havia.

O *squeeze* em minha mão era como uma provisão divina: sem pensar duas vezes, virei a garrafinha de plástico sobre a boca sedenta aberta e a apertei o máximo que pude, despejando o resto do seu conteúdo. A água se misturou com a saliva e o suor, proporcionando a maior sensação de alívio que eu já sentira na vida.

O ajudante, assustado com a mudança repentina de comportamento do homem à sua frente, perguntou:

– Senhor... está tudo bem?

– S-Sim! – respondi, apressado. – Eu me engasguei, foi apenas isso. Não se preocupe!

A voz do homem era grave e sonora, mas a sequidão a deixara um pouco arranhada e esquisita.

O jovem assentiu e retornou ao seu posto, ao lado dos demais ajudantes. Respirei fundo e olhei para Mark e Tony, sinalizando que a troca havia sido bem-sucedida.

Mais uma para a lista. Mamãe ficaria orgulhosa.

...Ou talvez não.

Mas não era hora para reflexões ou pensamentos que não diziam respeito à missão em andamento – eu precisava seguir com o plano.

Não queria apenas as habilidades físicas daquele atleta: eu queria também aprender as técnicas que ele conhecia. Para isso, curvei o corpo para frente – apoiando os cotovelos nos joelhos – e deixei a cabeça cair. Naquela posição, isolei-me do mundo à minha volta e mergulhei fundo na mente do homem, buscando em suas memórias por lembranças relacionadas ao esporte que ele praticava.

Ao olhar para os confortáveis tênis de corrida, a torrente memorial começou, exatamente como havia acontecido daquela vez, no restaurante. Agora, no entanto, eu sabia como proceder – Tony havia me ensinado –, e fui capaz de direcionar o fluxo interminável de memórias até encontrar as informações que desejava.

Foi assim que, em meio ao turbilhão de lembranças, eu pude filtrar o que considerava desnecessário e um rolo de filme projetou-se vívida e realisticamente diante dos meus maravilhados olhos. Nele estavam contidos o árduo e cansativo treinamento, as concorridas competições em diferentes locais do mundo e todas as inúmeras experiências relacionadas ao atletismo que compunham a história daquele homem.

Tudo durou cerca de dois minutos, mas as imagens passavam tão rapidamente que parecia que eu havia recebido o equivalente a vinte anos de informações naquele curto espaço de tempo. O corpo invadido acusava sentir tanto impacto quanto a minha mente, pois tremia muito e um filete de sangue escorria do nariz.

Olhei outra vez para meus dois companheiros de clã. Suas expressões estavam sérias – provavelmente notaram o sangue. Balancei a cabeça para sinalizar que estava bem, agarrei o *squeeze* de novo e passei o dedo pelo bocal, captando as últimas gotas de água que ali se acumularam e as transformando em uma gota maior, que depois levei ao nariz e usei para limpar o líquido vermelho. Tapei a narina para estancar o sangramento em seguida.

O coração se aquietou. Pelos meus cálculos, ainda me restava bastante tempo, mas não havia necessidade de continuar habitando aquele corpo exausto. Recostei-me ao banco para evitar um possível acidente e tornei a focar-me no meu eu original. Fechei os olhos.

Ao abri-los de novo, eu estava de volta.

A diferença era notável. Novamente Lucas, era agora um Lucas mais leve do que o anterior, com uma respiração mais controlada e um fôlego mais extenso, um pouco mais de força nas pernas e uma vontade súbita de correr para qualquer lugar.

Mark aproximou-se.

– Está tudo bem, Lucas? Como foi?

– Tudo ótimo – afirmei. – Foi um sucesso.

– Sente alguma diferença?

Apertei firmemente os punhos.

– Sim, mas quero fazer um teste. Acha que conseguem terminar aqui sem mim?

Tony observava atentamente o atleta para checar o seu estado. Tendo averiguado que ele acordara e estava bem, embora um pouco confuso, veio até nós dois e disse:

– Vá, garoto; mas não abuse. Lembre-se de que precisa estar em plena forma no dia da disputa.

Assenti com um sorriso, depois procurei a face de Mark para receber o seu aval. Ele suspirou, soltou um curto *tudo bem* e em seguida pôs-se a recolher os equipamentos de fotografia.

Agradeci com pressa e dei meia-volta, saindo da área central do complexo esportivo em passo acelerado. Passando pelos seguranças, atravessando os portões principais e ganhando a calçada, respirei fundo enquanto olhava a distância. Agachei-me onde estava – sem me importar com os olhares curiosos dos transeuntes que por ali caminhavam –, estiquei uma das pernas, dobrei a outra e levei as duas mãos ao chão sujo de concreto. Ergui a cabeça e, após ouvir o tiro imaginário da pistola de largada, disparei a toda velocidade.

Eu corri.

Corri como jamais correra antes, tão rapidamente que pensei que o atrito derreteria as solas dos meus tênis vermelhos e rasgaria os fundilhos das minhas calças de linho.

Cruzei Triptown feito uma locomotiva a todo vapor, atravessando ruas e avenidas e desviando de carros, pedestres, lixeiras e postes como se não fossem nada.

Não havia obstáculo nenhum que pudesse me parar.

Sem perder o fôlego, cheguei à Shaft. Antes que percebesse, havia chegado ao bar e à mansão. Tony e Mark, que estavam de carro, demoraram mais quinze minutos para chegar, apenas para serem recepcionados com um irônico *estão atrasados* dito por mim.

Eu me sentia vivo. Fazia séculos que não corria despretensiosamente daquele jeito, e poder fazê-lo depois de adquirir a agilidade e a destreza daquele homem tornava a experiência ainda mais prazerosa.

Estava ficando mais forte – não restavam dúvidas. Meus poderes realmente podiam ser uma dádiva, uma herança formidável e um ótimo motivo para continuar seguindo em frente.

Meus poderes podiam ser uma bênção.

E o dia em que eles seriam enfim postos à prova se aproximava. O confronto estava logo ali, dobrando a esquina.

Decidi que precisava fazer aquilo de novo. Precisava trocar com outras pessoas – outros cujas características pudessem me deixar ainda mais forte e preparado para a luta.

A Esperança ganhou duas novas amigas: a Confiança e a Coragem. E juntas, as três começaram a caminhar de mãos dadas em direção ao Futuro.

Capítulo 9

Confronto

As ruas estavam imersas em um frenesi insuportável.

Para onde quer que se olhasse, *banners*, cartazes, *outdoors* e panfletos poluíam visualmente a cidade, que no momento era muito menos Neo Atlantis, vanguarda tecnológica e primeira nação totalmente independente e autossuficiente do mundo, e muito mais Neo Atlantis, caótica, barulhenta e suja sede dos Jogos Olímpicos de 2032.

Fogos de artifício ressoavam sem parar e todos os canais de televisão já faziam a contagem para o início dos Jogos. Toda a população comemorava euforicamente, como se as Olimpíadas fossem a sua maior prioridade na vida.

...Maslow ficaria envergonhado.

Para nós, no entanto, não havia nenhum motivo de alegria. Para o meu clã, todos aqueles sinais possuíam apenas um significado:

Morte.

Sábado, 7 de agosto. Um dia ensolarado, com algumas nuvens grossas que o vento sudoeste trouxera flutuando livremente no céu azulado. Helicópteros desenhavam círculos acima de nossas cabeças e carros circulavam nas ruas e avenidas com homens e mulheres projetando-se para fora das janelas e tetos solares, balançando bandeiras, soprando cornetas e gritando juras de amor e palavras motivacionais para seus países – como se tudo aquilo fosse, de alguma forma, ajudá-los a vencer a competição.

Todavia, nós não podíamos nos juntar a eles. Se o fizéssemos, iríamos condenar o tão aguardado evento multinacional à ruína.

...Pensando melhor, ele já estava condenado – os Hounds se certificaram disso. Tudo o que podíamos fazer era tentar reduzir a escala da catástrofe inevitável.

Um calafrio subiu-me a espinha quando Tony foi parado na bilheteria do Estádio Olímpico Internacional. Ele não entraria conosco, como meros espectadores – tinha um papel importantíssimo, e a nossa estratégia dependia do sucesso de seu disfarce.

Da longa fila de entrada, podíamos ver o segurança bloquear sua passagem. Tony tentava entrar no estádio sem passar pelo detector de metais, pois seu carrinho de cachorros-quentes certamente ativaria o alarme e a comoção resultante disso seria uma tremenda dor de cabeça para todos os envolvidos.

O segurança era firme, e mantinha-se fiel aos seus princípios:

– Se não passar pelo detector, não entra!

Tony, que vestia um avental branco e um boné da mesma cor, entendeu que aquilo não iria a lugar algum e decidiu mudar sua tática; largou então o carrinho e pôs-se a caminhar vagarosamente na direção do homem. Este, ao deparar-se com aquela incrível visão – uma linda mulher loura de brilhantes, selvagens e sedutores olhos verdes se aproximando –, perdeu logo a compostura, e Tony, após algumas palavras ditas ao pé do ouvido do brutamontes, ganhou a permissão que tanto queria e entrou alegremente no estádio com o seu precioso carrinho.

A desenvoltura de Tony me surpreendeu – nunca poderia imaginar que ele tivesse tanta lábia a ponto de conseguir convencer um homem sério daqueles a violar os seus preceitos e deveres apenas com palavras e um olhar. Ouvi alguns risinhos vindos de trás. Virei a cabeça o suficiente para vê-los, e ali estavam Mark, Ayumi e Scott, lutando para não explodirem-se em gargalhadas. Percebi então que o contraste entre o Tony que conhecíamos e aquele que acabamos de ver em ação era o motivo daquele comportamento, e me juntei a eles.

Cerca de dez minutos depois, estávamos dentro do estádio. Seguimos por um longo corredor que circundava toda a estrutura e atravessamos uma das entradas largas que davam acesso à área central, sendo recepcionados pelo coral de gritos, canções, conversas e sons de todos os tipos produzidos pelas centenas de pessoas que já se acomodavam nas cadeiras e arquibancadas.

Chegamos com facilidade ao nosso setor e aos assentos previamente comprados pela internet. Demorou algum tempo para eu me acostumar com todo aquele estardalhaço infernal, mas, mesmo quando por fim o fizera, ainda era necessário falar alto para conseguir me comunicar com os demais.

Instantes depois, avistamos Tony, seu avental e boné e seu carrinho de cachorros-quentes. Sinalizamos com as mãos e ele nos identificou, veio até nós, estacionou o carrinho de três rodas no pequeno corredor lateral e sentou-se ao meu lado, na última cadeira da fila.

– Nem uma palavra – foi o que ele disse, sem fazer contato visual. Tinha os braços cruzados e uma expressão envergonhada e ligeiramente irritada no rosto.

– O que foi que disse a ele, *oji-chan*? Elogiou seu cabelo? Chamou-o para sair? – insinuou Kuroneko.

Tony estendeu o punho fechado para a garota e a encarou.

– Eu disse: NEM. UMA. PALAVRA.

Ayumi fingiu tristeza:

– Nossa... o que será que o seu novo namorado diria se o visse falando desse jeito...?

Uma veia saltou na testa de Tony.

– Ayu, eu juro por Deus que se você não calar essa sua maldita boca, eu... eu vou...!

Tarde demais: suas ameaças já não surtiam nenhum efeito. Começamos os quatro a rir descontroladamente e sem o menor pudor, pisoteando o chão e dando pancadas nas cadeiras.

Só se ouviam três risadas, no entanto – a boca de Scott não emitia som algum.

Tony eventualmente desistiu, resmungou um *eu odeio vocês* entre os dentes e virou-se para o outro lado. Passou os próximos minutos enxotando todos os clientes em potencial que foram até ele para comprar os saborosos cachorros-quentes que ele supostamente deveria estar vendendo.

Por volta das duas da tarde, a cerimônia de abertura estava em seu ápice. Um famoso cantor pop apresentava-se sobre um elaborado palco circular no centro do estádio, bem onde o meio de campo estaria se o gramado não tivesse sido coberto por uma espécie de lona emborrachada cinza e equipamentos de som e luz. Acompanhando o show, uma renomada companhia circense internacional também se apresentava, realizando as mais inacreditáveis proezas e dificultando a escolha entre acompanhar as suas piruetas desafiadoras da gravidade ou o artista adolescente que cantava as mais estranhas canções e fazia as mais ridículas poses.

O público ia à loucura, e o furor ganhou novas proporções quando um atleta entrou no estádio carregando a tocha olímpica. Suado e cansado, mas sem perder a pompa, o homem de meia-idade e meio fora de forma – provavelmente aposentado; uma joia do passado a quem a honra de carregar a tocha fora concedida – seguiu pelo trajeto combinado, passando pelo palco circular, dando uma volta ao redor do campo de futebol e parando no meio do estádio, em um recuo na parede próximo às cadeiras onde a pira de design pós-moderno havia sido instalada. Tudo isso ao som da ovação ininterrupta dos milhares de espectadores maravilhados.

Com um movimento majestoso, após algumas palavras ao microfone de uma mulher aparentemente importante – desconhecida por mim, é claro –, o atleta acendeu a enorme pira, que foi no mesmo instante engolida pelas chamas vorazes. O público vibrou ainda mais.

À medida que a hora fatídica se aproximava, o anseio e o medo dentro de mim aumentavam exponencialmente. Cada minuto, cada segundo que se passava era uma tortura, e uma angústia violenta me corroía dolorosamente as entranhas, deixando um enorme vazio em seu lugar.

Pude constatar que meus companheiros se encontravam em similar estado, pois seus olhos ágeis percorriam toda a extensão do imenso estádio, atentos a qualquer mudança ou movimentação anormal que sinalizasse o início do verdadeiro espetáculo que estava prestes a acontecer naquele lugar.

Faltavam dez minutos para as três da tarde quando finalmente começou.

Sem aviso prévio, durante o discurso do ilustríssimo presidente de Neo Atlantis, os grandes portões retráteis do estádio se fecharam lentamente. Algumas pessoas estranharam, mas o momento era tão solene e distinto que ninguém deu muita importância.

Cinco minutos depois, as coisas começaram a ficar realmente esquisitas.

Inúmeras figuras surgiram no topo da estrutura oval do estádio. Eram homens e mulheres de diferentes estaturas, todos vestindo roupas pretas e mantos encapuzados da mesma cor, que lhes ocultavam as faces.

Os demais, logicamente, assumiram que tudo fazia parte da ousada e inovadora cerimônia de abertura.

Nós, entretanto, sabíamos que não era esse o caso.

– Agentes da Irmandade... – Mark murmurou, parecendo não acreditar no que via.

– A Irmandade?! – eu exclamei. – Mas não definimos que eles não iriam aparecer aqui?!

– ...Parece que alguém se esqueceu de avisá-los – Tony disse, enquanto apertava o braço da cadeira com força o suficiente para deixar rachaduras.

– Preparem-se, Linces; chegou a hora – Mark declarou sem nos fitar, pois os seus olhos estavam focados em uma das figuras misteriosas em particular.

O homem despencou rápido do alto do estádio – atraindo a atenção de todos e arrancando vários gritos estridentes – e aterrissou rudemente no palanque onde o presidente fazia o seu discurso, bem diante dos seus perplexos olhos. Ergueu-se ileso, sacudiu a poeira do terno branco que vestia, aproximou-se do assustado governante grisalho e tomou-lhe o microfone das mãos. Em seguida, virou-se para a plateia, respirou fundo e disse:

– Boa tarde, senhoras e senhores! Estão aproveitando o show?

Já o havia reconhecido pelo terno e pela altura absurda da qual tinha caído sem sofrer nenhum dano, mas a voz metálica que saiu dos alto-falantes e ecoou por todo o estádio eliminou qualquer possibilidade de dúvida que pudesse sonhar em existir.

Aquele era Matthew; o líder do Bloody Hounds em pessoa.

Ele limpou a garganta e prosseguiu:

– Gostaria de pedir perdão pela minha rude intromissão, mas, se tiverem um pouco de paciência, asseguro-lhes que daqui para frente desfrutarão de um espetáculo muito melhor do que este pelo qual pagaram e vieram assistir.

Atrás de Matthew, o presidente se manifestou e a sua voz foi captada pelo microfone sem fio.

– O que significa isto?! – ele disse enquanto três dos seus guarda-costas tomavam-lhe a dianteira para protegê-lo.

O líder dos Cães soltou um risinho e continuou:

– Não se preocupe, Vossa Excelência. Se o senhor se comportar direitinho, nada lhe acontecerá.

Disse isso e saltou para o campo, bem onde a companhia circense se apresentava até minutos atrás – os seus integrantes encontravam-se agora completamente estáticos, e tinham nos belíssimos e maquiados rostos expressões de puro assombro e confusão.

– Não liguem para mim – Matthew falou com naturalidade à trupe, o microfone ainda captando as suas palavras –, eu estou só de passagem.

Ele atravessou o mar de artistas, subiu no palco central, pediu licença ao cantor de calças largas e penteado esquisito e tornou a se dirigir ao público estarrecido:

– Como devem ter notado, os portões do estádio foram fechados. Em outras palavras, estamos todos presos aqui dentro.

De imediato, as pessoas se puseram a confirmar o que Matthew acabara de dizer e um burburinho sufocante, acompanhado por eventuais berros e palavrões, se espalhou.

– Ah, e eu não tentaria nada estúpido, se fosse vocês – Matthew alertou. – Do contrário, meus amigos serão forçados a tomar medidas drásticas... se é que vocês me entendem.

Como se aguardando aquela fala, alguns dos agentes de preto desceram até as seis grandes saídas do estádio e se posicionaram ali, imóveis e mudos feito guardas reais britânicos.

– Q-Quem é você? – o *popstar* adolescente inquiriu diretamente a Matthew. Sua voz, outrora afinada e melodiosa, era agora vacilante e rouca.

O homem feio de terno branco encarou o jovem à sua direita; as câmeras projetavam a sua imagem horripilante nos telões do estádio.

– Quem sou eu? – ele disse, em tom irônico e ameaçador. – Eu sou o mestre de cerimônias, ora essa!

Estendeu o braço e olhou para a pira flamejante.

– ...E o evento principal começará agora! Vince!

De repente, um estalo vindo do metálico objeto em chamas – alto o suficiente para ser ouvido sem a ajuda de amplificação – reverberou pelo estádio lotado. A pira se mexeu, desprendeu-se do chão com outro estalo e flutuou por alguns segundos, depois se ergueu ainda mais e pode-se enfim compreender o que estava acontecendo.

Abaixo da enorme tocha, havia um homem.

Era Vince.

Ele gritou e arremessou a pira usando as duas mãos. A bola de fogo incandescente girou no ar e se espatifou no campo coberto, rasgando e queimando a lona cinza, abrindo uma cratera no gramado recém-cortado e iniciando um pequeno incêndio. Os artistas fugiram para todos os lados em pânico; o *popstar* fez o mesmo.

A multidão enfim se descontrolou. Berros, guinchos e barulhos de todos os tipos preencheram a arena esportiva, e o desespero fez com que muitos se levantassem e começassem a correr rumo às saídas bloqueadas, mas a forte resistência dos agentes da Irmandade logo os fez mudar de ideia.

Havia, porém, cinco pessoas cujo comportamento não sofreu nenhum tipo de mudança. Três homens e duas mulheres que permaneceram calmamente sentados em seus lugares, observando àquela cena hedionda sem dizer uma palavra sequer.

Esses éramos nós; o Moonlight Lynx.

– Isso mesmo! Medo! Desespero! Esse sim é o verdadeiro espetáculo! Bravo, senhoras e senhores! Bravo! – Matthew bradou ao microfone, com uma felicidade macabra estampada na cara. – Mas... onde estarão os personagens principais? Vocês vieram, não é? Já estão entre nós, assistindo, não estão? Eu posso senti-los, Linces! Não sejam tímidos, apareçam! Aqui, gatinhos, gatinhos! Venham brincar!

Atrás de Vince, três sombras surgiram da escuridão do recuo onde a pira costumava ficar: um homem musculoso de regata branca, jeans, óculos escuros e *dreadlocks*; uma mulher de curtos cabelos castanhos e aparência relaxada vestindo um surrado macacão cinzento; e uma criança loura de terninho azul que eu conhecia muito bem – embora o terno fosse diferente daquele que eu vira no outro dia.

Eram os outros Cães.

Olhei novamente para o relógio digital embutido em uma das paredes curvas que separavam o campo dos assentos. Eram três da tarde.

Mark se levantou.

– Vamos, Linces. Vamos dar um fim a esta loucura – ele disse, com os punhos cerrados.

Assentimos e ficamos de pé. Tony puxou uma alavanca em seu carrinho de cachorros-quentes falso e um compartimento na lateral se abriu, revelando as armas que haviam sido cuidadosamente escondidas dentro.

Ayumi pegou Hikari e prendeu sua aljava cheia de flechas nas costas. Scott apanhou uma espada fina, daquelas usadas para perfurar, e não para cortar. Tony, após se livrar do avental e boné, agarrou suas duas facas de sobrevivência e as pôs nos bolsos das calças; depois pegou também uma escopeta de cano serrado, um cinto de munição cheio de cartuchos vermelhos – que prendeu na cintura – e alguma outra coisa que não pude identificar – que enfiou num bolso largo das calças cargo. Mark deixou a espada reta desdobrável para mim – já que eu, segundo suas próprias palavras, a havia usado melhor do que ele naquele sábado – e equipou-se com os seus socos ingleses futuristas, que àquela altura eu já sabia que se chamavam Punhos Sônicos. Eu havia trazido, além da espada, a minha prezada adaga prateada e a prendi, com um cinto para pernas, à minha canela esquerda.

Saltamos juntos por cima da grade do estádio e pousamos no campo avariado; o fogo provocado por Vince se alastrava à nossa direita. Em formação linear, aproximamo-nos do palco central, com expressões firmes em nossos rostos e profunda cólera em nossos corações.

– Matthew! – Mark o chamou, pois o homem estava virado para o outro lado.

O líder adversário girou vagarosamente e nos fitou. Seu sorriso lúgubre desfigurava-lhe ainda mais as feições horrendas.

– Mark! Como é bom vê-lo aqui! É bom ver *todos* vocês aqui! Estava começando a achar que não viriam!

Os demais membros dos Hounds vieram correndo em alta velocidade, com Vince na liderança. Pararam à base do palco circular em fila, como se aguardassem às instruções do chefe.

– Poupe-nos dessa atuação ridícula, Matthew! Desça já aqui e vamos acabar logo com isso!

Ele fez uma falsa expressão de surpresa.

– Acabar? Mas nós nem sequer começamos! E por que a pressa? Não vê que estamos no meio de uma apresentação importante?

De súbito, Ayumi sacou uma flecha prateada e a apontou para Matthew.

– A menos que você queira que a sua *brilhante* carreira de ator tenha um trágico e repentino fim, eu sugiro que pare com essa palhaçada toda AGORA MESMO! – ela bradou, aplicando ainda mais tensão na corda de Hikari durante a última parte.

A ameaça fez com que os outros Cães preparassem suas armas e assumissem posições de luta. Nós, em reflexo, fizemos o mesmo; a lâmina escura da espada em minha mão projetou-se para fora do cabo com um som afiado e excitante.

– Calma, camaradas! Calma! – Matthew exclamou, balançando os braços. – Não foi isso o que combinamos!

Mark relaxou os músculos e respirou fundo.

– Tem razão – ele disse. – Viemos até aqui para resolver permanentemente as nossas diferenças, de maneira organizada e de acordo com as regras.

As regras. Seriam elas que supostamente deveriam impedir que essa situação estivesse acontecendo em primeiro lugar, porém, em vez disso, ali estávamos nós: presos numa armadilha mortal que não apenas havia sido permitida, mas que estava também sendo mantida pelos próprios representantes daqueles que deviam estar do nosso lado.

O que antes era possibilidade se tornou verdade absoluta:

Não podíamos confiar em ninguém além de nós mesmos.

Matthew sorriu e desceu do palco. Parou ao lado de Vince e falou:

– Eu não poderia ter dito melhor, Mark. Então, sem mais delongas, vamos direto ao assunto. HOUNDS!

Ao ouvirem o grito, os Cães responderam à altura com um *sim!* exagerado, como se fossem militares reportando a um superior.

– Conforme o combinado, definiremos agora quais serão os oponentes desta disputa até a morte. Madeleine... – ele olhou para a única mulher do seu grupo e ela assentiu – ...damas primeiro.

– Hum, deixe-me ver... – Madeleine murmurou, enquanto passava os olhos cor de mel por cada um de nós. – Ah, este aqui – ela apontou para Scott, que tinha no rosto a expressão mais rígida que eu já havia visto nele.

O chinês careca balançou a cabeça afirmativamente uma única vez, deixando bem claro que ter sido escolhido primeiro não o tinha abalado de forma alguma.

– Muito bem. O próximo será... Sombra!

O líder adversário comandou, mas o homem imenso, diferentemente de sua companheira, parecia já haver feito a sua escolha há bastante tempo, e apontou para Ayumi assim que ouviu seu nome.

Kuroneko encarou-o corajosamente e sorriu – ela havia previsto aquilo, afinal.

– Previsível como sempre, Sombra – Matthew disse, entre risos. – Sua vez, Kid. Escolha com sabedoria.

O menino, que já exibia o seu sorriso demoníaco, tinha os olhos fechados até aquele momento, porém, assim que foi chamado, arregalou-os e sondou-nos detalhadamente, tomando o tempo que julgou necessário. Eu estava confiante de que seria a sua escolha e havia me preparado para isso ao longo das últimas semanas; tudo estava indo de acordo com os nossos planos.

Mas...

– Eu escolho... ela.

Não pude acreditar no que via quando o dedo fino do garoto apontou não para mim, mas para Tony, que tinha um olhar tão surpreso quanto o meu.

– Você e esse seu fetiche por mulheres bonitas, Kid – Matthew comentou, dando de ombros e balançando a cabeça. – Isso ainda vai matá-lo, sabia?

– O que posso fazer? Sou um homem fraco... – a *criança* respondeu, aos risos.

Tony e eu nos entreolhamos, confusos. Tentávamos, por meio de uma deficiente comunicação não verbal, assegurar um ao outro de que aquilo não mudava absolutamente nada.

...Mas era mentira: aquilo mudava absolutamente *tudo*.

– Bem, agora sou eu, certo? – Vince adiantou-se, impaciente. – Como sei que você vai querer enfrentar o chefão ali, Matt, imagino que terei de me contentar com o novato.

Sua fala capturou-me a atenção de imediato – ele estava falando de mim.

Vince apontou em minha direção e disse, num tom ameaçador:

– Prepare-se, fedelho. Você é meu.

Engoli em seco. Minha confiança foi-se embora quase por inteira.

Matthew suspirou feito um pai que desiste de tentar repreender o filho teimoso, depois retornou a Mark, sorriu e disse:

– Parece que o destino quer mesmo que nos enfrentemos, Mark.

– Destino, você diz? – meu líder rosnou com desdém. – Sua idiotice realmente não conhece limites, hã?

– Igualmente – foi a devolução simples e infantil do homem feio de terno.

Tony falou algo no ouvido de Mark, e ele, após confirmar com a cabeça, dirigiu-se outra vez a Matthew:

– Gostaríamos de alguns minutos para discutir certos detalhes antes de prosseguirmos. É possível?

O líder inimigo semicerrou os olhos.

– Fiquem à vontade – disse por fim.

Demos meia-volta e caminhamos cerca de vinte metros. A comoção causada pelas pessoas aprisionadas piorava gradativamente, e alguns dos agentes de preto passaram a usar violência para controlar a multidão enfurecida.

Agrupamo-nos em um círculo, nos certificando de que estávamos longe o bastante para não sermos ouvidos. Eu comecei:

– E agora? Aquele moleque acabou com o meu plano!

– Não acabou, não – disse Tony, fitando-me com firmeza. – Nós ainda temos o depósito e a estratégia, a única mudança será quem a executará.

– Espera, você seguirá o plano em meu lugar? Mas eu o criei comigo em mente! E eu pratiquei tanto! Impossível, você não está preparado para–

– Não estou preparado? E quem foi que preparou *você*, posso saber? Quem foi que criou o treinamento especial e perdeu várias horas – não, vários *dias* pra que você estivesse pronto para hoje, hã? Não fui eu?

Mordi a língua. Ele tinha razão.

– Fique sossegado, garoto; eu tenho tudo sob controle – Tony assegurou-me e pôs a mão em meu ombro. Senti-me um pouco aliviado e deixei o ar escapar dos pulmões aflitos.

– Mas uma coisa é certa – Kuroneko acrescentou –, agora teremos que lidar com o fato de que Lucas terá de enfrentar Vince.

Todos os pelos do meu corpo se eriçaram. Tinha me esquecido daquilo por completo.

– Não há com o que se preocupar – Mark disse. – Vince é forte, mas sua velocidade não se equipara à de Lucas. Se ele se aproveitar dessa vantagem, certamente vencerá.

Suspirei.

– Acho que vocês me superestimam demais... – murmurei, desanimado.

– Bom, pelo menos ele também estará no estádio, Mark. Qualquer coisa, é só você aparecer e salvar o seu traseiro – Ayumi concluiu, não deixando claro se aquilo era uma piada ou a sua real opinião.

– Haha, verdade – Mark concordou, risonho.

Um pigarro barulhento invadiu os nossos ouvidos e nos trouxe de volta à realidade. Era Matthew ao microfone.

– Já terminaram? Vamos logo, não temos o dia inteiro! – apressou-nos o líder dos Hounds com a sua voz irritante.

Olhamo-nos e concordamos com um gesto que tudo seguiria conforme o planejado. Retornamos aos Cães impacientes e Mark pôs-se a falar:

– Seus amigos de preto permitirão que saiamos do estádio, correto?

– Precisamente – Matthew respondeu, com uma lasca de ironia na voz.

– Bom. Nesse caso, seguiremos a ordem que vocês mesmos definiram. Primeiro, Scott enfrentará Madeleine nas docas, a alguns quarteirões daqui.

A dupla mencionada se entreolhou desafiadoramente. Mark prosseguiu:

– O combate de Ayumi e Sombra acontecerá no supermercado em construção no final da avenida.

– Mal posso esperar – Kuroneko provocou o oponente. Sombra, fitando-a através das lentes dos óculos escuros, cuspiu no chão.

– Tony e Kid lutarão em um depósito na divisa com Shaft. Tony conhece o lugar.

Tony não demonstrou interesse algum no adversário – apenas continuou limpando o cano da arma poderosa com a regata verde-oliva, em silêncio. Kid o observava com afinco, sempre sorridente.

– E por último... – Mark olhou-me de relance com o canto dos olhos azuis, depois retornou ao líder adversário – ...Lucas e Vince, assim como eu e você, Matthew, lutaremos aqui mesmo, neste estádio.

O homem horripilante expandiu ainda mais o sorriso. Vince estalou os dedos com tanta força que pareceu tê-los quebrado.

– Escolhas peculiares, Mark; mas eu não esperava menos de você – Matthew disse e fez um sinal para um dos agentes encapuzados de prontidão numa das saídas. Este, por sua vez, falou alguma coisa no que parecia ser um comunicador fixo em seu ombro e, logo em seguida, outros agentes desceram do topo do estádio e correram até os Cães. Havia três deles no total e todos carregavam algo nas mãos. Quando chegaram perto, eu pude identificar o que traziam:

Eram as armas do clã rival.

Matthew recebeu o seu revólver prateado – que guardou no coldre preso à cintura – e suas odiosas adagas cor de cobre, que escondeu nos bolsos internos. Vince tomou rudemente o taco de *baseball* metálico das mãos da mulher que o entregara, quase a fazendo cair no chão. A Kid foram entregues uma pistola pequena e um punhal. Madeleine e Sombra não receberam nada.

Imediatamente após terminarem, os agentes retornaram às suas posições iniciais. Matthew ajeitou a gravata vermelha e falou:

– Cada dupla que sairá do estádio será acompanhada por um agente que observará o duelo do início ao fim. Assim que nos separarmos, contaremos quinze minutos e iniciaremos os combates simultaneamente. De acordo?

– Sim – Mark respondeu sem vacilar.

– Perfeito – o Cão afirmou, depois falou novamente ao microfone: – Hans, deixe que apenas os seis e três dos seus homens saiam.

O mesmo agente de antes assentiu com a cabeça e, depois de um novo comando dado em seu comunicador, um dos grandes portões da arena se abriu cerca de três metros. Ao perceber isso, a multidão enlouquecida se agitou ainda mais, e os agentes se tornaram ainda mais violentos para mantê-los longe da única saída disponível.

Tony deu uma última olhada em cada um de nós. Foi um olhar denso, penoso, repleto de medo – ele provavelmente temia que aquela fosse a última vez que veria os seus queridos amigos. Por fim, disse um curto e direto *não morram* e começou a caminhar para fora do estádio, com Kid em seu encalço. Um dos agentes despencou e os seguiu.

Ayumi foi a próxima. Ou melhor, Sombra foi o próximo, e a garota o seguiu em um quase transe sem nem ao menos se despedir, como uma mariposa atraída às chamas. No meio do trajeto, ela deu uma rápida olhada para trás e encontrou os meus tristes olhos, que sofriam devido à separação abrupta e à gravidade da situação, tranquilizando-os um pouco com um breve e lindo sorriso. Outro agente foi com eles.

Scott saiu em seguida, com Madeleine logo atrás. O chinês mudo parecia outra pessoa, pois estava incrivelmente sério e se foi sem fazer nenhum dos seus típicos gestos amigáveis. *Boa sorte, Scott*, senti-me impelido a dizer, mas as palavras ficaram presas na garganta. Um terceiro agente se juntou a eles.

Logo, só havia nós quatro naquele imenso estádio – além das milhares de pessoas aprisionadas e as centenas de traidores encapuzados, é claro. O portão se fechou novamente, e com isso o mundo foi trancado outra vez do lado de fora.

O pequeno incêndio à direita diminuía em intensidade, restringindo-se à pira que teimava em se manter acesa e aos restos de lona queimada e grama em seu entorno. Os espectadores foram com o tempo se acostumando à ideia de que não sairiam daquele lugar tão cedo, e ao invés de gerar ainda mais confusão, passaram a prestar atenção em nós – os responsáveis pelo seu encarceramento e pela ruína do que era, alguns instantes atrás, a maravilhosa cerimônia de abertura de um importantíssimo evento esportivo.

Por algum motivo – e, felizmente, para o melhor – Matthew e Vince se calaram. Mark e eu também ficamos em silêncio, isolados em nossos próprios pensamentos enquanto aguardávamos o fim do prazo de quinze minutos.

O relógio da parede indicava que faltavam quatro minutos quando meu líder finalmente se pronunciou:

– Escute bem, Lucas. Sei que o estivemos preparando para este dia, e que a sua resolução é forte e digna, mas eu preciso ter certeza de que compreende o que está prestes a fazer.

Encarei-o, ainda em silêncio. Ele continuou:

– Você lutará pela sua vida, e só sairá vitorioso se for capaz de liquidar seu adversário. Sei que está do nosso lado e que tem os seus próprios motivos pessoais, porém devo deixar bem claro que, a partir do momento em que tirar uma vida, você não conseguirá nunca mais ser o mesmo. Nada jamais será como antes. Acha que está preparado para isso?

Desviei o olhar e respirei fundo. Aquilo era pesado. Agressivo, até. Mark tocou num assunto de extrema importância – algo que eu vinha deliberadamente tentando manter trancado em um obscuro canto da minha mente durante os últimos meses, fingindo que não estava ali.

Tirar uma vida – eu seria capaz de fazer isso?

Mais do que isso, será que eu realmente *precisava* fazê-lo? Não havia nenhuma outra escolha?

Foi então que meus olhos correram involuntariamente pelas cadeiras e arquibancadas do estádio. Os rostos temerosos e o pavor puro, natural e instintivo daquelas pessoas lembraram-me de com o que – ou melhor, com *quem* – eu estava lidando. A verdadeira natureza dos meus inimigos foi-me enfim revelada por meio do sofrimento desumano ao qual eles estavam submetendo todos aqueles milhares de inocentes.

Tirar uma vida é errado.

Porém, mais errado ainda seria permitir que aquelas criaturas desalmadas, capazes de provocar tamanha tragédia, permanecessem vivas.

Naquele momento, eu decidi me tornar uma má pessoa. Decidi fazer o errado para fazer o certo, e soube que daquele dia em diante um fardo pesadíssimo se afixaria permanentemente às minhas costas.

Nada jamais seria como antes.

Respirei fundo, voltei o semblante determinado para o meu líder e deixei as palavras sinceras fluírem:

– Não sei se estou preparado, Mark; mas tenho certeza de que é o que preciso fazer.

Minha resposta o atordoou. Mark pareceu arrependido – talvez se sentisse culpado por ter me envolvido no cíclico redemoinho sangrento que é o brutal mundo dos switchers –, mas não havia tempo para aquele tipo de emoção agora. Ele estendeu a mão grande e disse:

– Independentemente do que acontecer aqui, quero que saiba que eu me sinto muito feliz e honrado por ter conhecido e lutado ao seu lado, Lucas Killian.

Suas palavras perfuraram-me o coração como se fossem uma das afiadas flechas de Ayumi. Emocionei-me tanto que tive vontade de chorar.

Apertei com força a mão que se estendia à minha frente e retribuí:

– Obrigado por tudo, Mark Blackwood. Muito obrigado.

E então...

– Muito bem, Linces. Podemos começar?

...Matthew nos interrompeu.

Entreolhamo-nos uma última vez e nos aproximamos da dupla.

– Estamos prontos – Mark respondeu enfaticamente.

Ficamos de frente para os nossos respectivos adversários. Com as armas a postos, entramos em guarda.

...Isto é, todos menos Matthew, que continuava tranquilamente empunhando apenas o microfone sem fio roubado.

– Não vai se preparar, verme? Ou será que planeja me enfrentar usando esse microfone? – Mark falou, agitando os punhos que emanavam uma linda luz azulada.

– Hahaha! Que audácia, Mark! Nem parece você! – o homem de terno retrucou.

– Acabe com esse teatro de uma vez e venha me enfrentar, Cão! Não era isso o que queria?

Vince encarava-me com olhos famintos, aguardando apenas a permissão do chefe para avançar.

– Ah, quanta impaciência! Quanta selvageria! – Matthew insistia em provocar o adversário. – Que lado mais... *humano* esse que está nos mostrando hoje, Mark! Magnífico!

– Humano? Você, mais do que ninguém, sabe muito bem que nenhum de nós jamais poderá ser considerado humano outra vez!

– Exatamente, Mark! – Matthew exclamou, entre risadas. – Não somos mais humanos, e nunca voltaremos a ser! Somos switchers, e estamos reunidos aqui hoje por um único motivo: para mostrar ao mundo do que somos capazes.

Ele aproximou o microfone da boca e dirigiu-se ao público, que agora se dividia entre aqueles que corriam alucinadamente para todos os lados, os que permaneciam sentados, tremendo de medo, e os que gravavam o espetáculo com as câmeras dos celulares.

– Senhoras e senhores, prestem bastante atenção e vejam bem quem somos! Vejam *o que* somos! Maravilhem-se e temam, pois a era dos switchers começa agora!

Soltou o microfone – que emitiu um som terrível em contato com o chão –, depois tirou uma adaga do bolso e gritou:

– ATAQUEM!

▪ ▪ ▪

Ele odiava aquilo, mas não havia o que pudesse ser feito.

Em sua mente, perguntava-se se era de fato necessário – se não existia um meio de evitar a situação ingrata na qual se encontrava. Sabia, contudo, que o pensamento não passava de um último esforço desesperado de seu cérebro cansado que, cada vez mais próximo do limite, tentava convencê-lo diariamente de que a melhor saída seria desistir de tudo.

Tony, porém, não se podia permitir realizar o nefasto e imperdoável ato que lhe traria a tão almejada paz definitiva. Havia, antes disso, algo que ele precisava fazer.

Algo que somente ele poderia fazer.

E por esse motivo continuou caminhando sob o sol quente, rumo ao depósito onde seu duelo teria lugar.

Kid e o agente da Irmandade o seguiam como predadores à espreita – sombras que não hesitariam em tirar-lhe a vida quando lhes fosse permitido. As pessoas ao redor, ao ver aquele grupo incomum seguir em marcha lenta pelas calçadas brilhantes, se dividiam em três tipos: aqueles que percebiam de imediato as armas que a criança e a mulher carregavam e fugiam para o lado oposto; os curiosos que os acompanhavam com os olhos, filmando e fotografando com os celulares enquanto fofocavam baixinho; e aqueles que os tomavam por um trio alienado de nerds fantasiados indo para alguma conferência de quadrinhos e os ignoravam.

Felizmente, não havia tanta gente nas ruas devido à grandiosa cerimônia de abertura interrompida e à comoção que a sucedeu, cuja cobertura estava sendo transmitida em tempo real em todas as mídias possíveis e imagináveis graças aos repórteres e câmeras já instalados no estádio antes do pequeno show de Matthew e aos cinegrafistas amadores com seus celulares de última geração.

– Até quando iremos andar, gatinha?

A voz infantil embrulhou o estômago de Tony e quase o fez vomitar, mas ele, juntando todas as suas forças, engoliu o desaforo, suprimiu o asco e restringiu-se a responder apenas metade da frase que tinha na ponta da língua:

– Falta pouco. Estamos quase na fronteira.

Após seguirem por mais um quarteirão, chegaram ao ponto em que o centro da cidade se transformava em Shaft. Pouco depois, estavam na fachada do depósito.

Tony operou o pequeno teclado embutido na parede e, após um ranger de engrenagens e um estalar de metais, as imensas portas duplas do enorme depósito de dois andares se abriram.

Kid assobiou e disse:

– Descobriram até mesmo a combinação do sistema de segurança? Vocês Linces não brincam em serviço, hein?

Tony, de costas para o desprezível inimigo, retrucou:

– Descobrir a combinação? Haha, isso é brincadeira de criança!

Virou-se para encará-lo pela primeira vez desde que saíram do estádio e acrescentou:

– ...Nós compramos o depósito.

– Hum... – o menino murmurou, admirado. O agente inexpressivo acompanhava o abrir das portas pesadas com seus olhos invisíveis abaixo do capuz.

Ao entrarem, as muitas lâmpadas do teto se acenderam automaticamente, revelando o conteúdo do espaçoso depósito de uma só vez. Estocadas até onde os olhos podiam ver, inúmeras caixas de diferentes materiais bloqueavam a luz solar que tentava entrar pelos basculantes próximos ao teto. Máquinas de construção empoeiravam-se num canto; âncoras, boias e redes de pesca emaranhavam-se em outro; restos do que um dia fora uma atração de algum parque de diversões qualquer pendiam de uma das paredes.

Para Kid, tudo aquilo era apenas lixo empilhado; tralha inútil acumulada ao longo de vários anos.

Para Tony, era o seu playground; a arena cuidadosamente selecionada para exterminar o seu adversário.

Usando um teclado idêntico ao do lado de fora, Tony fechou as portas gigantescas mais uma vez. Adiantando-se, Kid pôs-se a explorar o corredor principal do depósito, que dividia grosseiramente o amontoado de coisas em seu interior em duas longas fileiras de caixas empilhadas com uma miríade de pequenos corredores ramificando-se entre si, transformando tudo em um enorme labirinto com cheiro de mofo.

– Ei, você! – Tony chamou o agente, cujo olhar oculto se perdera na imensidão do espaço ironicamente claustrofóbico. – Falta quanto tempo?

O homem deu uma rápida checada em seu relógio de pulso.

– Quatro minutos – foi a sua curta e nada amigável resposta.

Tony inspirou com vigor e falou alto para que Kid, um pouco distante, o escutasse:

– Ouviu isso, moleque? Pare de brincar e venha já pra cá! Está quase na hora!

Kid deu meia-volta e retornou saltitando até a entrada.

– Então, como faremos? – o menino indagou enquanto removia alguns fios de cabelo que lhe caíram sobre a face.

– Começaremos separados, cada um num extremo do depósito. A partir do sinal do homem de preto ali, será cada um por si e não haverá mais nenhuma regra. Entendido?

– Ok – Kid consentiu sorridente, transparecendo o quão confiante estava.

– Dois minutos. Preparem-se!

Ouvindo aquilo, os dois oponentes assumiram, de imediato, as suas posições. A estrutura retangular era tão imensa que Tony mal podia ver a figura pequena da criança que estaria enfrentando em alguns segundos. Kid aguardava do outro lado, e uma gota de suor, evidência do quão ansioso ele estava por aquela luta, deslizou de sua testa até o pescoço, ensopando a gola do terninho azul.

– Dez!

O homem encapuzado começou a contagem regressiva. Um arrepio subiu a espinha de Tony e a escopeta carregada em sua mão esquerda parecia pulsar em concordância com o seu coração. Ocorria entre ele e a ferramenta mortal uma harmoniosa ressonância, e a arma deixava de ser meramente uma extensão do seu corpo e tornava-se parte integrante do seu organismo – parte do monstro chamado Anthony Brennan. Uma simbiose perigosamente aprazível.

– Cinco!

A pistola cintilava nas delicadas mãozinhas da criança de 108 anos. Kid sentia o sangue ferver nas veias, os músculos se contraindo e se preparando para o delicioso combate que os aguardava.

O tempo pareceu congelar no intervalo entre os últimos números da contagem. Nenhum dos adversários respirava e a atmosfera dentro daquele lugar estava tão pesada que desnortearia facilmente qualquer pessoa comum.

Entretanto, não havia pessoas comuns ali.

Na verdade, não havia nem sequer pessoas naquele depósito abafado.

E então...

– Comecem!

...A espera por fim terminou.

Dois vultos desapareceram nos corredores estreitos entre as caixas empilhadas no instante em que ouviram o comando. Tony e Kid não avançaram diretamente um contra o outro – em vez disso, decidiram ambos que o melhor seria aproveitar ao máximo o ambiente à sua volta.

Tony escorava-se em uma caixa grande de madeira enquanto mantinha a escopeta de cano serrado a postos. Sua respiração controlada indicava que seu corpo estava pronto; seus sentidos estavam mais aguçados do que nunca.

Ele não sabia a localização exata de seu oponente, mas tinha um plano. Movendo-se o mais silenciosamente possível, esgueirou-se pelos corredores apertados atento a qualquer som que denunciasse a presença do inimigo. Com um salto macio – quase inaudível –, subiu em um empilhado de caixas e estirou-se no topo, obtendo assim uma ampla visão da extensa e intrincada área de combate. Não havia sinal de Kid em lugar algum, porém Tony tinha os experientes olhos e ouvidos em vigia minuciosa e a arma preparada para disparar a qualquer momento.

De repente, um tiro. Errou por pouco, acertando a lateral da caixa sobre a qual Tony se deitava. Sua reação imediata foi rolar para o outro lado e procurar pela origem do disparo, mas, para a sua surpresa, ele não viu ninguém.

Outro tiro. Este veio de baixo e por trás, atravessou a madeira da caixa e perfurou a coxa direita de Tony, que grunhiu de dor. Com esforço, ele usou os braços e deixou-se cair do topo da caixa, aterrissando bruscamente no chão empoeirado e distanciando-se dali com pressa.

Huh, ele é bom, Tony admitiu em pensamento enquanto movimentava-se pelos corredores sufocantes. A bala de Kid atravessou-lhe a carne sem se alojar, portanto seu ferimento se regenerava com facilidade.

Chegou a uma interseção e dobrou à direita, escondendo-se entre dois grandes contêineres amarelos. *Começou bem, fedelho*, falou para si mesmo, espichando a cabeça para ver se Kid estava por perto. *Mas a brincadeira acaba agora; sou eu quem está no controle por aqui.*

Estufando o peito, Tony gritou:

– Ei, pirralho! Não acha que está pegando muito pesado com uma mulher?! Onde está o seu cavalheirismo?!

Sem resposta, como o esperado. Ele continuou:

– Quando Matthew falou sobre o seu fetiche por mulheres bonitas, pensei que pelo menos soubesse como tratar uma! Mas parece que não é bem assim, hã?! Você é só conversa! Francamente, que decepção!

Calou-se e se agachou onde estava. Pressionou a escopeta gelada contra o peito, abraçando-a enquanto concentrava sua audição a fim de captar o menor ruído que perturbasse o silêncio angustiante.

Subitamente, um estrondo – algo grande e pesado caíra não muito longe dali. Tony seguiu o barulho, correndo em alta velocidade. Era Kid; tinha que ser ele.

Retornou à interseção de antes e apontou a arma, mas tudo o que encontrou foi uma caixa quebrada e todo o seu conteúdo – peças mecânicas de automóvel – esparramado pelo chão.

– *Tsc* – ele protestou e franziu as sobrancelhas.

Não deu chance para a simples e óbvia armadilha do oponente: tornou a correr, seguindo até uma bifurcação no corredor e dobrando à esquerda. Chegou a um longo caminho mal iluminado cujas paredes consistiam de compridas estantes repletas de variados objetos, que iam desde partes usadas de computadores até ferramentas de jardinagem. Virou-se rapidamente para proteger a retaguarda e caminhou de costas, concentrando-se para localizar o inimigo. Sua respiração entrecortada denunciava o seu conturbado estado de espírito.

Mas, ao contrário do que ele esperava, Kid não veio em seu encalço ou surgiu do outro lado do corredor escuro. Tony progrediu lentamente, ora apontando a escopeta para uma direção ora para a outra, tentando evitar ser pego de surpresa pela criança traiçoeira.

E então...

– Bu!

Tony seguiu a interjeição infantil vinda da direita e deparou-se com o semblante maléfico de Kid, simetricamente posicionado entre um motor velho de motocicleta e uma caixa de papelão.

Ele estava do outro lado da estante.

Tony tentou desviar, mas a pistola rugiu e o projétil disparado à queima-roupa penetrou-lhe o torso na altura do estômago. Em um esforço desesperado, ele chutou a estante com vigor, fazendo-a despencar sobre o menino que se escondia atrás dela. Em seguida, cambaleou para restaurar o equilíbrio perdido e afastou-se às pressas dali.

A bala afixara-se em suas entranhas, provocando uma dor terrível e tornando a regeneração lenta e incompleta. Tony sentia o ferimento se fechando, mas o objeto de chumbo ainda estava ali dentro, sendo expelido aos poucos, rasgando-lhe os órgãos a cada passada rápida que dava.

Pirralho maldito! o Lince exclamou internamente enquanto atravessava o corredor principal que dividia o depósito. *Ele é rápido e silencioso demais. E está sempre um passo à minha frente! Desse jeito não conseguirei seguir com o pla–*

Interrompeu-se, pois notou algo que lhe fisgou a atenção. No final da enorme estrutura, bem no centro do corredor principal, havia um estranho objeto na espessa parede de concreto. Quadrado e vermelho, tinha um grande botão da mesma cor em seu interior, protegido por uma fina película de vidro.

Era um alarme de incêndio.

– Bingo – Tony comemorou em voz baixa com um meio sorriso, depois olhou em torno para checar se havia sido seguido até ali. Concluindo que não o fora, partiu apressadamente em direção ao alarme, quebrou o vidro com a coronha da escopeta e pressionou o botão com ímpeto, acionando a sirene e o sistema de *sprinklers* do teto.

Uma tempestade artificial se precipitou sobre o depósito, inundando todo o chão e formando uma camada de quatro centímetros de água e sujeira. Ensopado, Tony enfiou-se entre alguns caixotes, fechou os olhos e focou a audição para ouvir os passos do adversário.

Após alguns minutos, três tiros calaram a sirene infernal.

Kid.

...Ele estava perto.

A água do sistema emergencial caía ininterruptamente e qualquer movimento produzia barulho e ondulações na superfície da água que já se assentara no assoalho; seria impossível para Kid se aproximar sem que Tony percebesse a sua presença. Em adição, sua arma era capaz de desferir uma quantidade esmagadora de dano a curta distância, o que colocava Tony em indubitável vantagem sobre o seu oponente.

– Aah! Veja só o que você fez com o meu lindo terno novo! Está arruinado!

A voz aguda sobrepujou as inúmeras gotas que se chocavam contra a água no chão.

– E pensar que eu o comprei especialmente para hoje! Pobrezinho...

Tony podia ouvi-lo caminhar. Ele estava se aproximando.

– Eu apenas o deixei viver até agora porque estava me divertindo bastante, Brennan; mas desta vez você foi longe demais...

Seus passos pararam abruptamente.

– ...É hora de transformar este esconde-esconde em um pega-pega.

Tony respirou fundo e abriu os olhos – o momento havia chegado. Com sublime leveza e desenvoltura, pulou para fora do corredor em que estava rumo ao principal, com a arma em riste mirando à esquerda. No ar, seu olhar se encontrou com o de Kid, a apenas alguns metros de distância e com sua pistola apontada para ele.

Três tiros ressoaram. Os dois de Kid erraram por pouco – o movimento de Tony, um salto horizontal que terminaria em um rolamento, o tornava um alvo difícil. O de Tony acertou em cheio a perna do oponente, destruindo sua canela e expondo músculos, ossos e tendões.

Kid perdeu o equilíbrio graças à perna dilacerada e caiu enquanto atirava mais duas vezes. Tony rolou no chão, levantando consigo uma parede de água, e apontou novamente a escopeta para o menino. A criança, no chão, disparou os últimos projéteis no pente de sua pistola, acertando o ombro de Tony e fazendo-o errar o último tiro carregado em sua arma, que explodiu numa caixa logo atrás.

Impossibilitados de atirar, eles se moveram. Kid levantou-se com um salto e correu para o centro do corredor principal – sua perna se regenerava com extrema velocidade, mas ainda deixava um tenebroso rastro de sangue na água suja a cada pisada – enquanto tirava um pente de munição do bolso do terninho azul imundo e recarregava a pistola. Tony fez o mesmo que seu inimigo: acompanhou-o à medida que abria o cano duplo da escopeta com um clique, expondo a câmara e fazendo voar os cartuchos vazios, inserindo os dois cheios que retirou do cinto logo em seguida e fechando de novo o cano da arma com um gesto rápido.

Ingressaram em novo fogo cruzado. Kid disparava sem cautela, acertando somente alguns dos muitos tiros que saíam de sua pistola. Tony, cujos disparos se restringiam a apenas dois por vez antes que tivesse que recarregar a sua escopeta barulhenta, atirava com mais comedimento e precisão, acertando quase sempre e pintando o chão alagado de vermelho com o sangue fresco do seu resiliente adversário.

Kid, por fim, ficou sem munição e resolveu fugir. Com um salto impressionante, alcançou o topo das caixas e correu, jogando a pistola para algum lugar. Tony, que recarregava sua arma, seguiu-o pelo térreo, movendo-se rapidamente por um dos corredores sem perdê-lo de vista. Disparou uma vez e quase alvejou o adversário por baixo, mas errou e destruiu um gordo saco de areia, alertando a criança que ameaçou cair, mas se restabeleceu e dobrou à direita, saindo do alcance de seu perseguidor.

Tony, disposto a não deixá-lo escapar, usou as paredes do labirinto de caixas para chegar ao nível do oponente, emergindo velozmente do corredor e aterrissando no topo com um baque que deu a impressão de que tudo viria abaixo. Ergueu a arma logo em seguida e preparou-se para atirar, mas...

Seu alvo não estava em lugar algum.

Para onde quer que olhasse, ele via apenas caixas e mais caixas; tralha sobre tralha e nenhum sinal do menino de terninho azul em frangalhos. Acalmou-se e fechou os olhos – Tony sabia identificar uma emboscada quando via uma, e era exatamente isso que lhe estava acontecendo. Sacou uma das facas de sobrevivência com a mão direita e ficou ali, imóvel, apenas aguardando o iminente ataque que viria a qualquer momen–

– Uaaah! – o grito estridente acompanhou uma investida furiosa de Kid, que surgira de um vão entre alguns sacos de cimento e um bloco de madeira à esquerda. Tony abriu os olhos e virou-se para o lado de onde já sabia que seu inimigo atacaria, aparando o golpe do punhal com sua faca.

– Achei você – ele disse e direcionou a escopeta para Kid, disparando. O menino, em uma manobra inacreditável, projetou o aparentemente frágil corpo para o lado, girando e recebendo apenas algumas das pequenas esferas de chumbo espalhadas pela poderosa arma em seu flanco. Pousou atrás de Tony e tentou uma estocada veloz, no entanto foi violentamente interrompido por uma das pernas do Lince, que o acertou com um coice e o fez voar por vários metros.

Tony soltou a escopeta – pois não queria perder tempo recarregando-a outra vez – e foi até seu rival, puxando do bolso a segunda faca de sobrevivência que trouxera. Kid recuperou-se e foi ao seu encontro.

Faíscas dançavam à medida que as lâminas se encontravam. A velocidade anormal do adversário forçou Tony a abandonar a ofensiva e defender-se, mas a habilidade física do menino era claramente superior à sua e os seus avanços estavam começando a se tornar verdadeiramente perigosos. Dolorosos cortes em rápida sucessão rasgavam-lhe a carne em diferentes lugares e seu sangue vertia de cada ferida aberta até que ela se regenerasse algum tempo depois.

De súbito, uma abertura inesperada na guarda da criança permitiu a Tony quebrar-lhe as costelas com um chute lateral, atirando-o contra uma torre de caixotes empilhados. Incapaz de suportar o impacto, uma grande porção do labirinto de caixas sobre o qual os dois lutavam ruiu, levantando uma grossa nuvem de poeira malcheirosa no ar e soterrando ambos os oponentes em seus detritos.

Kid pulou para fora dos escombros e entrou em um corredor estreito. Tony o seguiu, e logo estava face a face com o detestável Cão outra vez. A poeira dificultava a visão.

– Você é muito bom – o Lince falou, com um olhar que transparecia o quão desagradável era para ele admitir tal coisa.

– Huh! – Kid soltou uma risada curta, provocante. – E você não é tão ruim, também.

– Essa aparência que escolheu… é uma boa tática para enganar seus oponentes. Mesquinha e desonrosa, é claro; mas eficaz mesmo assim.

– Estou honrado.

– Pois não deveria. Não era pra ser um elogio.

O menino sorriu ainda mais.

– Entretanto, segundo a minha interpretação, foi. E um dos bons, devo acrescentar!

Tony ergueu as facas.

– Pense o que quiser, moleque. Você não passará de hoje, mesmo.

Kid preparou-se também.

– Isso é o que veremos.

Como se a última frase de Kid fosse um sinal para o fim do intervalo, Tony avançou com ferocidade, dispersando a nuvem de poeira que os envolvia. Seu golpe furioso foi suprimido, mas a segunda faca moveu-se voraz em um arco perpendicular e cortou Kid no plexo, rasgando-lhe da base do pescoço até o osso pélvico.

A criança gemeu e tombou, borrifando sangue no adversário que já se preparava para dar mais um golpe. Porém, quando Tony montou sobre o garoto e projetou vigorosamente a ponta da faca em direção à sua cabeça, Kid fez o impensável:

Ele parou a lâmina com os dentes.

O Lince tentou atacar com a segunda faca, mas o pulso do menino se chocou com o seu e o repeliu. Depois, sem perder o sorriso horrendo, Kid usou seu punhal e cortou o pescoço de Tony, que em reflexo deixou cair uma das facas e saiu rapidamente de cima do garoto, afastando-se alguns metros. Sua carótida fora rompida e uma quantidade exorbitante de sangue esguichava profusamente, fazendo com que Tony ficasse tonto e um pouco desorientado. Ele levou a mão livre até a ferida e a tapou para conter a hemorragia enquanto seu corpo se regenerava – agora mais lento, devido à fadiga provocada pelo duelo exaustivo.

Kid levantou-se, risonho. Aproximou-se devagar de Tony, encharcado e ensanguentado – uma visão terrível capaz de causar arrepios até mesmo no frio, calculista e experiente switcher. Limpando o punhal no terninho rasgado, ele disse:

– Que pena, eu errei. Sua cabeça deveria estar rolando no chão neste momento...

Tony sentiu o ferimento se fechar e baixou a mão. Olhou firme para Kid, mas não disse uma palavra.

– Você ficou surpreso, não ficou? Quero dizer, eu parei a sua faca com os dentes! Você devia ter visto o olhar na sua cara! Hahaha!

O Lince pôs a mão no bolso largo das calças cargo. Seria a hora de usar *aquilo*?

Mas não, ainda era muito cedo; ele precisava criar a situação perfeita para que sua estratégia funcionasse corretamente. Olhou para cima – para o teto do primeiro andar do depósito, de onde os *sprinklers* faziam chover sem cessar. Algumas gotas certeiras incomodavam-lhe os cintilantes olhos verdes.

De repente, ele teve uma ideia. Era ousada e totalmente contra os seus princípios, mas se havia alguma maneira de sair daquela batalha vivo, seria aquela.

Voltou os olhos para o adversário, cada vez mais próximo. Sem aviso, arremessou a faca restante em sua direção, e o garoto a defletiu, sem esforço, com o punhal. Porém, quando as faíscas produzidas pelo cruzar das lâminas desapareceram, Kid percebeu que ao invés de atacar, Tony estava recuando.

Ele estava fugindo.

Ascendeu ao topo das caixas e correu até o ponto onde estava antes do desabamento. Recuperou a escopeta e, sem olhar para trás, retornou ao chão e sumiu no meio do labirinto.

Kid foi atrás, mas o perdeu de vista. Contudo, ao contrário do que Tony sentia quando se via obrigado a desempenhar aquele papel, caçar seu inimigo lhe proporcionava intenso prazer, e ele gritava alucinadamente enquanto procurava por sua presa que, acuada, tentava esconder-se de seu algoz implacável.

Cerca de cinco minutos de incessante busca depois, Kid não encontrara Tony em lugar algum e a sua paciência começava a se esgotar. Ele parou, inflou os pulmões e berrou:

– GATINHA! EI, GATINHA, AONDE VOCÊ FOI?! NÓS AINDA NÃO TERMINAMOS DE BRINCAR!

E então, como se respondendo ao seu chamado, um barulho intermitente irrompeu o silêncio que se formara após o grito de Kid. Era um som agudo vindo de cima, um estalar alto entre dois objetos de metal que carregava um significado muito simples e claro:

Eu estou aqui. Venha me pegar.

Kid expandiu ainda mais o seu sorriso diabólico.

– Achei você – ele sussurrou e partiu imediatamente para a escada na lateral esquerda do depósito, pois sabia que Tony estava no segundo andar, aguardando-o.

Capítulo 10

Sangue

Foram necessários somente seis minutos para que Ayumi, Sombra e o agente da Irmandade chegassem ao local do duelo.

O supermercado em construção ficava no final da mesma larga avenida do Estádio Olímpico Internacional, e sua quadrada e extensa área ocupava a maior parte do quarteirão. Britadeiras, rolos compressores e outras máquinas de trabalho pesado repousavam espalhadas por todo o perímetro, mas não havia ninguém no recinto além dos três switchers que pularam o portão principal e o vigia de prontidão, que se desesperou ao vê-los e os ameaçou com seu revólver, porém foi facilmente nocauteado pelo agente de preto.

Ayumi logo se pôs a checar o lugar. No centro do estacionamento gigante jazia o esqueleto do supermercado, cujas paredes incompletas projetavam sombras sobre o concreto exposto ao sol da tarde. Havia também sacos de areia e cimento amontoados por todo canto, além de vigas empilhadas e blocos maciços de diferentes materiais.

Sombra sentou-se com as pernas cruzadas no asfalto. Com os olhos fechados por detrás dos óculos escuros, ele parecia meditar. Ayumi aproveitou o tempo que ainda lhe restava para explorar a arena e planejar seu curso de ação.

Quando o agente declarou que faltavam cinco minutos para o início da disputa, Ayumi encaminhou-se até onde Sombra estava e o encarou. Sentia muito calor debaixo da confortável, porém abafada, roupa de couro que vestia – traje que fazia jus ao seu apelido: Kuroneko, a Gata Preta. Hikari pulsava em sua mão esquerda e uma brisa leve soprava em seus cabelos lisos.

– Um minuto. Preparem-se! – declarou o agente ao olhar em seu relógio de pulso. A hora havia chegado.

Sombra levantou-se e fitou Ayumi pela primeira vez desde o estádio. Levou uma das mãos à face, removeu seus óculos e os deixou cair no chão. A garota, sem desfazer a expressão obstinada, recebeu o olhar penetrante e devastador do homem com inabalável coragem e determinação.

Kuroneko preparou uma flecha no arco e a apontou para o oponente. Ele, por sua vez, flexionou os joelhos e dobrou o corpo para frente – estava pronto para avançar assim que ouvisse o sinal.

E então...

– Comecem!

O sinal foi dado; o duelo começou.

A flecha de Ayumi cruzou o ar com espantosa velocidade e acertou o ombro direito de Sombra – que fora ao seu encontro sem se preocupar com o dano que sofreria –, cravando-se com tanta força que despontou do outro lado do membro musculoso.

O ferimento não o abalou, no entanto. Implacável, Sombra alcançou a garota antes que ela pudesse sacar outra flecha e a socou com o ágil e poderoso punho esquerdo, mas Ayumi conseguiu desviar-se na última hora e golpeou-lhe a nuca com a faca da mão, fazendo-o cair de joelhos.

Kuroneko afastou-se com um pulo alto para trás e, no ápice da parábola que seu corpo esbelto desenhou no ar, puxou outra flecha e a atirou. Sombra esquivou-se do projétil e correu para onde calculou que a garota aterrissaria, enquanto arrancava a flecha prateada do ombro e a arremessava longe.

Vendo o comportamento hostil completamente oposto àquele que presenciara em seu primeiro confronto, Ayumi compreendeu que aquele homem dessa vez não a estava subestimando. Sombra estava sério; via nela uma oponente à altura, e queria matá-la o mais depressa possível.

...Então ela precisava parar de subestimá-lo também.

Pousou leve e agachada. Passou Hikari pelo pescoço e o prendeu ao tronco pela corda. Ergueu o corpo e a guarda.

Resolveria aquela luta com as próprias mãos.

Sombra veio, deslizando no asfalto e chutando sem piedade. Ayumi temeu não ser capaz de suportar sua força, portanto esquivou-se para a esquerda, usou a mão para segurar a perna direita esticada do homem e tentou dar-lhe uma rasteira no pé de apoio, mas–

O adversário previu seu movimento e saltou no último instante, libertando-se do domínio sobre a sua perna e girando habilidosamente no ar, ficando de frente para a Lince estupefata. Kuroneko, em uma posição complicada – consequência da rasteira malsucedida –, tentou aparar o soco feroz que seguiu a manobra inusitada, mas não houve tempo: o golpe a acertou em cheio no rosto, atirando-a para a direita.

A garota rolou no asfalto duro, ralando o corpo em diversos lugares e rasgando sua roupa. Levantou-se com rapidez e se distanciou de costas, sem tirar os olhos do inimigo, que aterrissou suavemente no chão. A lateral esquerda do seu rosto estava vermelha e inchada, e ela podia sentir o gosto de sangue em sua boca.

Contudo, apesar do dano significativo que Ayumi sofrera, sua expressão não parecia em nada com a de alguém que acabara de apanhar. A jovem franziu o cenho, sorriu pedantemente e falou:

– Ah, isso é tudo? *Tsc*, e eu aqui toda preocupada com a sua força...

Cuspiu o sangue que se acumulara na boca e limpou os lábios com o antebraço.

– ...Mas parece que você não passa de um fracote, afinal.

A ferida provocada pela flecha se regenerava muito lentamente, e seu soco não fora forte o suficiente para quebrar ou sequer deslocar a mandíbula da garota.

Tinha certeza: Sombra já havia trocado diversas vezes, mas não havia roubado muitos corpos.

Ele era fraco.

...Assim como ela.

– Nesse caso... – Kuroneko disse, preparando-se para atacar – ...eu não preciso me conter!

Disparou e logo Sombra estava em seu alcance. Socou rápido, pressionando o homem grande que bloqueava com precisão e retribuía com a mesma intensidade. Os dois trocaram golpes violentos e se cobriram de hematomas, até que Ayumi por fim acertou a face do inimigo e o fez tombar para trás, aproveitando-se do momento para atirar-se sobre ele, prendê-lo entre as pernas e envolver-lhe o pescoço com as mãos firmes, estrangulando-o. Sombra debateu-se e esbofeteou a garota repetidamente enquanto sua garganta se obstruía cada vez mais, tornando a passagem do ar mais difícil a cada segundo.

– Morra! – Kuroneko bradou, movida pelo ódio cego que sentia do homem que esganava. Porém, em uma atitude surpreendente, contrastante ao furor animalesco demonstrado pela garota, Sombra fechou os olhos e mergulhou numa súbita e inacreditável serenidade. Ayumi estranhou, mas não deu importância e aplicou ainda mais pressão no pescoço do inimigo.

E então Sombra posicionou ambas as mãos sobre as de sua rival e as agarrou, dobrando os polegares e fazendo uma espécie de pinça. Em seguida girou os pulsos para fora, infligindo tanta dor que Kuroneko não teve escolha senão afrouxar a sua pegada, criando assim a oportunidade que o Cão tanto desejava.

De repente, Sombra abriu os olhos e cabeceou forte, acertando a testa de Ayumi e jogando-a para trás. Uma de suas mãos foi liberta e ele a usou para espalmar o plexo da garota, retirando-a bruscamente de cima de si e projetando-a para o alto.

Kuroneko caiu rigidamente, chapando as costas no asfalto. Uma ferida fora aberta em sua delicada face e um filete de sangue escorria dela. Atordoada e sem ar, ela se levantou, mas Sombra já estava ali.

Uma joelhada veio de baixo e Ayumi a bloqueou em reflexo, com dificuldade. Aproveitou-se do susto para se restabelecer e socou o queixo de Sombra, que cambaleou um pouco, porém logo se recuperou e tentou um cruzado veloz, que a garota defletiu com uma defesa imperfeita, resultando em uma pequena fissura no osso do pulso esquerdo.

Foi no instante em que ele se preparava para atacar novamente que ela enfim notou algo vital: Sombra era ágil, mas confiava demais em suas pernas fortes e desenvolvera todo o seu estilo de luta deselegante em torno delas.

...E Ayumi sabia bem que nunca se deve confiar demais em algo que pode ser facilmente tirado de você.

Fez uma finta, obrigando Sombra a se preparar para defender um golpe diagonal, mas, em vez disso, avançou sobre a perna esquerda adiantada do adversário e a pisou, quebrando o osso na altura do joelho.

O homem guinchou de dor e caiu. Ayumi, agora ciente de que derrotá-lo com as mãos vazias seria muito difícil, distanciou-se e tirou Hikari das costas, sacou uma flecha e a apontou para a cabeça de Sombra.

– Eu venci – ela disse, mas quando ia soltar a flecha, um tiro de revólver ressoou e uma dor fulminante explodiu em seu ombro esquerdo. Ayumi virou-se para aquele lado e identificou o autor do disparo – era o vigia da construção.

Mais três tiros ecoaram enquanto Ayumi tentava sair da mira do homem magricela de uniforme engomado. A garota pulou sobre uma escavadeira e se escorou em sua lataria para proteger-se dos projéteis.

Merda, o vigia! Kuroneko pensou, furiosa consigo mesma por ter se esquecido do homem. Procurou seu inimigo e viu que Sombra estava no mesmo lugar de antes, ajoelhado e recolocando os ossos no lugar com lágrimas nos olhos. *Sombra não pensará duas vezes antes de matá-lo, preciso fazer alguma coisa!*

Procurou então pelo agente que deveria estar mantendo o vigia sob controle para que ele não interferisse no duelo, mas não o encontrou. Sabia que ele os estava observando de algum lugar, porém o homem encapuzado ocultara a sua presença com tanta eficácia que era como se nem estivesse ali. Ela definitivamente não poderia contar com a sua ajuda.

Os disparos cessaram por um instante – o homem estava recarregando o seu revólver. Ayumi aproveitou-se da abertura e dirigiu-se a ele:

– Ei, você! Ficou maluco?! Saia logo daí se não quiser morrer!

Mas não houve resposta: o homem fardado apenas reergueu a arma e começou a caminhar em silêncio na direção da jovem escondida. Ayumi revisou suas opções e decidiu que sua prioridade deveria ser garantir a segurança do vigia, portanto, após prender Hikari a si novamente, correu até o homem – esquivando-se de seus tiros imprecisos –, desarmou-o habilmente e acertou-lhe o estômago com o punho, fazendo-o perder os sentidos. Em seguida, retornou o foco a Sombra e preparou-se para finalizá-lo, mas, naquele instante...

Ela ouviu sirenes.

Uma sonata caótica e ensurdecedora produzida por cinco viaturas que, de súbito, atravessaram o portão principal fechado e entraram no estacionamento do supermercado em obras, parando não muito distantes de onde Sombra se encontrava, ainda ajoelhado. De dentro dos carros, quinze policiais armados surgiram e assumiram posições de tiro apoiando-se nas portas abertas, tendo os dois switchers como alvo.

– Não... – Kuroneko sussurrou com aflição.

Um dos policiais falou ao megafone do veículo do qual saíra:

– Atenção! Vocês estão cercados! Larguem as armas e deitem-se no chão, ou seremos obrigados a usar força letal!

Ayumi soltou o revólver que ainda segurava e o chutou para longe. Procurou de novo pelo agente da Irmandade que deveria ter se manifestado para impedir a interferência da polícia – que, por sinal, nem deveria estar presente –, entretanto, mais vez, ele não estava em lugar algum. Suando frio, a jovem direcionou os inquietos olhos para o oponente, e foi então que ela enfim entendeu o que estava acontecendo.

O Cão sorria e movia os lábios, como se falasse algo inaudível. Imediatamente, a mente aturdida da garota a levou de volta àquele fatídico sábado no qual ela havia presenciado de perto a habilidade especial daquele homem assustador, e tal lembrança a permitiu chegar a uma terrível conclusão:

Sombra estava controlando o pobre vigia inocente naquela hora, e, usando um simples revólver, conseguira alojar uma bala em seu ombro.

...E agora ele estava prestes a controlar quinze policiais armados até os dentes.

Kuroneko não teve escolha: tirou Hikari do tronco outra vez e o ergueu acima da cabeça, indicando que se entregava. No entanto, quando levantava o segundo braço, puxou rapidamente uma de suas flechas azuis e a atirou para cima, sem mirar. Sombra, já familiar com aquela tática, cobriu os olhos e não foi afetado pela explosão de luz fustigante que pegou os policiais desprevenidos. Ayumi então aproveitou a deixa que criara e correu para o único lugar onde poderia ter alguma chance de se proteger contra os tiros que em breve choveriam sobre ela – o esqueleto do supermercado no centro do estacionamento.

A luz se dissipou depois de alguns segundos, mas antes que os policiais desorientados se recompusessem por completo, Sombra os controlou sem dificuldade e os fez marchar vagarosamente sobre o asfalto quente, rumo ao esconderijo precário da garota de preto.

▪ ▪ ▪

Ele era forte, mas eu era mais rápido.

Era essa a filosofia por trás do meu plano de batalha improvisado, e se Mark estivesse realmente correto, bastava ater-me a ela para que a vitória fosse minha.

...Huh, falar é fácil, não é?

Minhas costas se desprenderam do holofote ao qual eu havia sido atirado pelo primeiro golpe do taco de *baseball* metálico de Vince. Despenquei os vinte metros que havia subido involuntariamente segundos antes e caí sobre a lona cinza e o gramado, os inúmeros fragmentos das lâmpadas estouradas caindo junto de mim e me perfurando ainda mais a carne.

Vince, em seu blusão alaranjado e calças capri, caminhava sem pressa em minha direção. Balançava o taco de um lado para o outro, como um jogador profissional pronto para rebater a próxima bola com ainda mais força, visando pontuar um belo *home run*. Forcei-me a me levantar e soergui a espada reta em minha mão direita, mas a dor violenta que assolava todo o meu corpo me fazia tremer, e o medo também não ajudava.

A alguns metros de mim, Mark e Matthew lutavam a todo vapor. Os Punhos Sônicos cantavam a cada soco do meu líder, destruindo o gramado e o palco circular mediante gritos de admiração e temor dos milhares de espectadores aprisionados.

Mas não era a hora de prestar atenção nos dois: eu tinha os meus próprios problemas para resolver.

Vince estava perto – se eu investisse agora, certamente seria capaz de acertá-lo. Senti a maior parte das feridas em minhas costas se regenerando e a dor diminuindo; era o momento de atacar.

Disparei antes que sua guarda estivesse levantada e cortei de baixo para cima, da direita para a esquerda. De alguma maneira, o Cão conseguiu aparar a lâmina com o taco, negando o meu golpe em meio a cálidas faíscas que se espalharam para todos os lados.

Enquanto ele se recuperava do ataque súbito, eu retraí a espada e depois a projetei para frente, mirando o seu coração. Porém, Vince girou o tronco para a esquerda no último instante e a ponta da lâmina raspou superficialmente em seu tórax, rasgando-lhe o blusão e causando apenas um ferimento leve. Ele então acertou o meu rosto com força, fazendo-me voar e beijar o chão.

À medida que eu me levantava, vi Mark ser ferido pela adaga de Matthew. A blusa de flanela que ele vestia e a lona cinza sobre o gramado se coloriram de vermelho, mas meu líder não se deixou abalar e retaliou de imediato socando o plexo do inimigo, que voou por vários metros e se estatelou contra a parede curva.

Vince corria até mim com um sorriso no rosto – parecia estar se divertindo. Interceptei-o no meio do caminho, nossas armas se colidindo e mais faíscas explodindo. Sua força era de fato descomunal, e cada golpe desferido por ele se tornava uma verdadeira prova de resistência. O impacto e a pressão eram tantos que eu pensei que o meu frágil corpo se desmantelaria a qualquer instante.

Três ágeis golpes meus em sucessão criaram uma abertura miraculosa em sua intransponível defesa, expondo o seu pescoço de músculos rígidos. Avancei e cortei horizontalmente sua garganta – meu primeiro dano significativo desde o começo da luta.

Sangrando muito, o Cão tropeçou e caiu sentado, estupefato. Sentindo ainda a vibração da lâmina negra coberta pelo líquido vermelho-escuro, troquei a base e aguardei o contra-ataque com a espada erguida. Vince, entretanto, apenas tapou a enorme ferida com uma das mãos e começou a rir.

– Boa, fedelho! Me pegou direitinho! – ele disse em tom comemorativo. Sua voz era rouca e falhada, pois a garganta aberta dificultava a fala.

Não respondi. Não estava em condições de fazer os comentários inteligentes de sempre.

– ...Mas já chega de brincadeiras – Vince continuou e, tendo a ferida em seu pescoço se regenerado quase por inteira, retirou a mão ensanguentada que protegia a abertura e a usou para se levantar. – Agora é hora de você morrer!

Pulou alto, sua figura rude bloqueando o sol enquanto caía sobre mim. Saltei para trás, segundos antes de seu taco de *baseball* abrir uma cratera no gramado. Através da parede de terra erguida pelo golpe surreal, eu vi os seus olhos, travados em mim, brilharem feito pedras mágicas – como se a intenção assassina daquele homem tivesse se cristalizado na forma de duas joias vermelho-sangue, que emanavam uma aura maligna não pertencente a este mundo.

Antes que a terra esvoaçante se assentasse, Vince veio ao meu encontro arrastando ameaçadoramente o taco no chão, destruindo a lona e o gramado e levantando ainda mais terra e detritos no ar. Pensei que, caso fosse capaz de suportar aquele ataque e impedir o seu avanço, sua cabeça ficaria desprotegida e eu, com a minha velocidade superior, conseguiria acertá-lo e causar-lhe um dano considerável – talvez até derrotá-lo. Com isso em mente, decidi arriscar e segurei a espada paralelamente ao corpo com as duas mãos, recebendo em cheio a tacada violenta vinda de baixo.

Mas...

Mark acertou quando disse que minha velocidade era superior à de Vince, porém errou ao dizer que ele era mais forte.

...Porque Vince era *muito* mais forte do que eu.

A pancada absurda arremessou-me para cima, enviando-me em uma desagradável viagem rumo às arquibancadas lotadas. Girando sem controle, eu destruí os bancos de concreto que felizmente foram esvaziados às pressas pelos que ali se sentavam quando me viram voar em sua direção.

Eu estava acabado. Não sentia o meu corpo, mas sabia que muitos dos meus ossos quebraram-se no choque contra a arquibancada. Não conseguia me mover ou sequer falar, e havia perdido minha espada no trajeto. As pessoas começavam a se amontoar ao meu redor e gritavam algo que eu não conseguia entender.

De repente, Vince surgiu em meu campo de visão. Estava a alguns metros de mim e sorria como nunca. Ele deu um salto e aterrissou bem à minha frente, ergueu o taco acima da cabeça e disse, com um olhar impiedoso e triunfal:

– Acabou, novato! Mande lembranças à sua mãe!

Minha... mãe?! indaguei em pensamento, mas não haveria tempo para solucionar aquele mistério: minha vida havia certamente chegado ao fim. Aceitei meu destino em silêncio, fechei os olhos e–

– Ei, você!

A voz aguda veio de uma criança. Uma menina de uns sete ou oito anos que, contrária ao desejo de seus pais – que a tentaram conter –, chamou a atenção do homem de blusão alaranjado.

– Deixe o moço em paz! – ela ordenou e arremessou o copo de refrigerante que tinha na mão, acertando Vince e o ensopando da cabeça aos pés.

O Cão congelou, com o taco de *baseball* a alguns centímetros de estraçalhar a minha cara. Girou a cabeça e, disparando um olhar penetrante e menosprezador, encarou a menina:

– Hã? O que foi que você disse?

A criança engoliu em seco, mas respondeu, corajosamente:

– Machucar os outros é errado! Você é burro, feio e mau! Deixe o moço em paz!

Os pais da criança, incapazes de falar qualquer coisa, observavam à cena com olhos arregalados. Vince, sem desfazer a expressão hedionda, virou-se e pôs-se a caminhar devagar até a menina, que logo se assustou e começou a tremer e a ranger os dentes.

Como se movidos pelo instinto, os pais voltaram a si e envolveram a filha. O pai, à frente, tentou implorar ao Cão que se aproximava:

– P-Por favor, senhor, perdoe a minha filha! A culpa foi toda minha! Faça o quiser comigo, mas não a machuque, por favor!

Mas Vince não respondeu – apenas seguiu em frente, cada vez mais perto, brandindo o taco metálico e sorrindo diabolicamente. A mãe gritou e apertou ainda mais a criança.

O sangue em minhas veias ferveu. Uma poderosa descarga elétrica percorreu todo o meu corpo e atiçou todas as preguiçosas sinapses do meu tumultuado cérebro. Meu coração descompassado aprumou-se e acelerou feito um potente motor de carro esportivo.

Antes que percebesse, eu estava de pé, ignorando a intensa dor que sentia e os ossos quebrados que ainda não havia posto no lugar. Quando a arma grosseira de Vince despencou sobre o pai desesperado, algo a parou em pleno ar.

Minha mão esquerda.

Enquanto os nossos olhos se encontravam, naquele quarto de segundo repleto de ódio e fúria, algo se moveu rapidamente e acertou o rosto de Vince.

Minha mão direita.

Ele capotou para trás, rolando sobre os destroços da arquibancada, destruindo a grade de contenção e caindo no gramado lá embaixo. Pasma, a família salva por mim parecia incapaz de processar o que acabara de acontecer. Olhei-os, exibindo o sorriso mais simpático que consegui formar em meio à dor agonizante que me consumia, e disse:

– Muito obrigado pela ajuda, mas podem deixar o resto comigo.

A criança, notando o sangue que escorria da ferida em meu punho inchado – consequência imediata da imensa quantidade de força aplicada naquele último golpe –, tirou um lenço delicado do bolso e o ofereceu a mim.

– Hope, não! – sua mãe a repreendeu em reflexo.

– Não, tudo bem – eu a assegurei. – Obrigado, mas não precisa – eu disse e mostrei-lhe a mão, que já se regenerava e nem doía mais.

A menininha, maravilhada, deixou escapar um suspiro e os seus olhos brilharam como se presenciassem um milagre. Comovido, pisquei um olho para ela, depois pigarreei e me dirigi aos seus pais:

– Sua filha é uma menina incrível. Meus parabéns.

Sem esperar por uma resposta, deixei-os para trás, encaixei as articulações deslocadas, religuei os ossos fraturados e caminhei trôpego até a beirada da arquibancada. Lá embaixo, Vince, já de pé e recuperado, fitava-me braviamente com sua clava monstruosa à mostra.

De repente, ele flexionou os joelhos – ia saltar. Antecipei-me e pulei, lançando-me em sua direção. Vince alçou voo e nos cruzamos no ar. Eu tentei agarrar a sua arma, mas não suportei sua força, cedi e saí pela tangente, pousando no gramado enquanto o Cão rodopiava no alto e se ajustava para efetuar um novo ataque.

Saí do seu caminho e corri para o centro do campo. Vince desceu, abrindo outra cratera no chão com o taco, mas logo levantou-se e veio direto até mim. Desviei do golpe ao curvar-me para trás, apoiando as duas mãos no chão e chutando para cima, lançando meu rival de volta para o ar. Concluí o chute com uma cambalhota para trás e aproveitei a deixa para percorrer meus olhos por toda a arena, em busca da arma que eu havia perdido.

Mark e Matthew batalhavam, enfurecidos, perto do relógio digital da parede. Alguns agentes batiam em um grupo de pessoas que tentavam fugir forçosamente por uma das saídas lacradas do estádio. Um homem caiu das cadeiras e ficou estirado no campo, imóvel, enquanto uma mulher berrava seu nome freneticamente.

Onde ela está?! pensei alto o suficiente para ser quase audível. Não encontrava a espada em lugar nenhum.

Vince aterrissou e atacou de imediato. Usei minha agilidade para evadir-me de seus golpes sucessivos, mas ele, embora parecesse, não era nada estúpido, e já estava começando a se acostumar com os meus movimentos.

Uma finta que eu tentei em vão defender foi tudo o que bastou para que o Cão explorasse uma abertura enorme em minha guarda e me acertasse o peito, atirando-me perto da pira que, outrora esplendorosa e flamejante, fora agora reduzida a um monte fumacento de sucata sobre a grama queimada.

Os rugidos dos punhos de Mark retumbavam ao longe quando a minha vista embaçada captou a imagem de Vince se aproximando lentamente, com o taco de *baseball* apoiado nos ombros.

– Você é bem duro na queda, hein? – ele disse, não deixando claro se aquilo era um elogio ou uma crítica.

– Obrigado – agradeci, tentando ganhar tempo enquanto continuava procurando pela espada.

– Acho que entendo agora por que o chefe gostou tanto de você. Você realmente se parece muito com ela.

Ela.

Minha... mãe?

– O que sabe sobre minha mãe? – indaguei assertivamente após me levantar.

Vince parou cerca de cinco metros à minha frente e respondeu:

– Sei que ela era uma switcher formidável...

Baixou o semblante, envolvendo-o em uma escuridão profunda que deixava aparente apenas o brilho ameaçador dos seus olhos e o branco afiado dos seus dentes.

– ...E que foi muito difícil matá-la; assim como você.

Cólera, ira, raiva e qualquer outro nome que possa ser atribuído a este primitivo e poderoso sentimento – era tudo o que meu organismo conseguia sintetizar naquele momento. Aquele homem – não, aquele *demônio* conhecia minha mãe, e estava, de alguma forma, envolvido em sua morte.

Todos os motivos que eu havia formulado em minha mente para ser capaz de enfrentá-lo derreteram instantaneamente como um cubo de gelo atirado ao fogo intenso, dando lugar a apenas um:

Vingança.

Meus olhos sedentos foram guiados por uma força desconhecida a um ponto rasgado da lona cinza que expunha a parte do gramado onde as balizas do gol deveriam estar fincadas.

E ali, cravada na grande área pela lâmina escura, estava a espada reta desdobrável.

Vince seguiu meu olhar e viu para onde ele apontava. Entreolhamo-nos de relance e, como se um fosse capaz de ler os pensamentos do outro, disparamos para o mesmo lugar.

Ganhei a corrida – eu era mais rápido, afinal – e arranquei a espada do chão, seguindo reto rumo à parede curva com o Cão em meu encalço. Subi a parede rapidamente, ignorando a gravidade, e saltei de volta para o campo, vendo Vince, logo abaixo, frear e dar meia-volta, acompanhando-me. Pousei na grama danificada e ele já estava diante de mim, cortando o ar com o taco metálico.

Eu havia aprendido, àquela altura, que apenas bloquear os seus ataques não era eficaz e adotei uma nova tática: desviá-los para os lados a fim de desestabilizá-lo e criar uma oportunidade para transpor a sua defesa de aço. Fiz isso uma vez, mas ele não me deixou tirar vantagem do ato e se esquivou do meu contra-ataque; fiz uma segunda e consegui cortá-lo no rosto, mas de maneira rasa e nada letal; na terceira vez ele mudou o padrão dos seus golpes de modo a impedir que eu os desviasse, conseguindo assim inutilizar minha estratégia e acertar-me o ombro com violência, me jogando ao chão.

Rolei para evitar o seu próximo ataque e me levantei com um salto, projetando minha espada na direção da sua nuca desprotegida. Ele se esquivou no último segundo e a lâmina passou-lhe pela lateral do pescoço, fazendo jorrar muito sangue.

Por um instante, pensei que estivesse ganhando. Não sei se foi a intuição ou a adrenalina, mas algo me fazia crer que aquela luta sangrenta estava chegando ao fim, e que o vencedor seria eu.

Avancei o pé direito e cortei diagonalmente o Cão atordoado devido à grave perda de sangue. O taco de metal subiu, aparou a minha espada e deixou exposto todo o flanco direito de Vince. Girei sobre o pé adiantado e encaixei um chute rodado com a outra perna, sentindo suas costelas se quebrando no peito do meu pé.

Entretanto, aquilo não saiu como eu esperava.

Vince não se moveu nem um centímetro após receber o meu golpe. Permaneceu imóvel, inabalado e sem demonstrar nenhum sinal de dor – pelo contrário: estava sorrindo amplamente, como se...

...Como se eu tivesse feito exatamente o que ele queria.

O taco de metal desceu veloz e explodiu em meu plexo, lançando-me ao outro extremo do campo. Rolei no gramado várias vezes e só parei quando finquei a espada na terra para cortar a minha aceleração.

Ajoelhado, tentei me levantar, mas uma súbita ânsia se apoderou de mim e me fez vomitar uma grande quantidade de sangue. Minha caixa torácica estava fraturada, e respirar doía como se todas as moléculas dos gases que compunham o ar passando pelos meus pulmões tivessem se transformado em tachinhas, pregos e alfinetes.

Ao longe, Vince vinha vagarosamente em minha direção. Eu tremia, mais de dor do que de medo, e havia quase perdido as esperanças, porém algo me surpreendeu.

Um homem caiu dos céus e chocou-se bruscamente contra o chão a alguns metros à minha esquerda, abrindo um enorme buraco no gramado. Depois que a poeira baixou, meus lacrimejantes olhos curiosos o seguiram e tentaram identificá-lo, arregalando-se ao constatar que se tratava de Mark.

O homem louro me reconheceu e riu, com um pouco de sangue escorrendo dos cantos da boca.

– Ah, olá, Lucas! Como vai o duelo? – ele indagou, entre engasgos.

A dor não amenizara muito, mas eu estava aos poucos me acostumando com ela. Respirei ofegante e respondi em uma voz rouca:

– Vai mal, Mark... estou tomando uma surra. E você?

– Idem – ele disse, erguendo o tronco com esforço.

Vince continuava se aproximando e Matthew se juntou a ele, trocando algumas palavras com o companheiro e sorrindo.

– Minha velocidade não é o suficiente para vencê-lo... a diferença de poder é grande demais.

– Já eu estou tendo dificuldade para conter os golpes rápidos de Matthew – Mark admitiu. – Aquela maldita adaga me corta antes mesmo de eu pensar em me defender!

Meu corpo começava a se recuperar do forte trauma que sofrera. Já podia sentir os ossos do plexo se pondo no lugar e a dor parecia se acalmar um pouco. Fiquei de pé.

...E, quando respirei fundo, um pensamento repentino me veio à mente. Mark, que se levantara depois de mim, notou que eu ponderava sobre algo e perguntou:

– O que foi, Lucas? Teve alguma ideia?

Apertei o cabo da espada em minha mão direita e sorri de soslaio. Virei a cabeça para Mark e o encarei.

– Ei, líder... – eu disse, com um brilho impetuoso no olhar – ...o que acha de fazermos esses Cães sarnentos provarem do próprio remédio?

Ele não compreendeu a princípio, mas confiava em mim. E quando lhe expliquei o meu plano, Mark aceitou-o de imediato e uma forte determinação brotou em seu rosto. Em poucos segundos, já havíamos combinado tudo e nos preparávamos para agir, porém, de repente...

– As duas moças já terminaram de cochichar? – Vince falou alto, pois uma distância de aproximadamente trinta metros ainda nos separava. Matthew, ao seu lado, nada disse, porém tinha a expressão impaciente de quem havia se cansado de esperar.

– Sim, já terminamos – Mark, embora não precisasse, respondeu. – Perdoem a demora, vamos continuar de onde paramos.

– Ótimo! – Vince exclamou e os dois investiram, cada um visando o seu adversário.

Não nos movemos: assumimos nossas posições de luta, mas permanecemos no mesmo lugar, esperando que os dois entrassem na zona de impacto.

Fazer provar do próprio remédio. Essa frase clichê possui um significado bastante simples: mostrar para alguém o quão desagradável é para os outros o modo como ele se porta, faz ou deixa de fazer algo, usando isso contra ele mesmo.

No nosso caso, isso acarretaria em nós, os Lynx, agindo de maneira desonesta, inconsequente e suja – algo que os Hounds fazem normalmente, mas que optaram por não fazer dessa vez para nos prejudicar. Seria quebrar as regras, ir contra a nossa honra e o nosso orgulho, descendo ao nível dos nossos detestáveis inimigos em prol da vitória. O fim justificando os meios.

Fazê-los provar do próprio remédio – em outras palavras, vencê-los em seu próprio jogo.

Enganar os enganadores.

Trair os traidores.

Assassinar os assassinos.

– Agora! – gritei o mais alto que pude quando os dois Cães se achavam a poucos metros de nós. Mark, atendendo ao comando, berrou enquanto socava o chão com toda a sua força, fazendo seu punho trovejar e destruir uma imensa área do campo de futebol.

O soco gerou uma poderosa onda de choque e ergueu uma quantidade abismal de terra e grama que se espalhou por todos os lados, obrigando Vince e Matthew a se afastarem rapidamente do epicentro para não serem pegos. Mark e eu desaparecemos no interior da explosão sônica e pusemos em prática a nossa deplorável manobra arriscada:

Trocar de oponentes no meio da luta.

▪ ▪ ▪

A água do sistema anti-incêndio que provinha do segundo andar escorria ininterruptamente pelo vão da escada feito uma cascata.

Kid subiu cautelosamente, com o punhal a postos. A linha do chão alagado ia revelando a enorme área mal iluminada que, diferente do primeiro andar do depósito, não possuía caixas empilhadas para todos os lados, e sim algumas grandes máquinas industriais de costura, prensas de diferentes tamanhos e especificações, inúmeros rolos de fios de cobre em um canto e vários canos de alumínio largados em outro. A chuva artificial produzia estalos irritantes em contato com o metal da maquinaria inoperante.

Não se ouvia mais o barulho intermitente que havia convidado o menino até aquele lugar, mas o olhar experiente de Kid notou uma chave inglesa caída próxima a uma das finas pilastras de ferro que sustentavam o telhado triangular acima, e ele deduziu logo que a combinação entre a ferramenta e a coluna de metal foi o que dera origem ao som alto que ouvira antes.

Havia, em ambos os extremos do andar, duas janelas idênticas que iam do piso até o telhado, dando ao espaço amplo a aparência de um campanário cujos vitrais perderam a cor devido à passagem do tempo. A luz do sol de fim de tarde permeava e criava uma atmosfera ao mesmo tempo artificial e bucólica.

Tony estava escondido. Seu esconderijo lhe concedia uma visão privilegiada de seu oponente e ele o tinha na mira; precisava apenas esperar o momento certo para agir e pôr um fim àquele duelo detestável.

Kid foi até uma das janelas. Estava ansioso e atento, por isso caminhou de costas e não tirou os olhos da retaguarda nem por um segundo. Podia ver claramente até o outro lado do andar e tencionava, desse modo, aumentar as chances de perceber qualquer movimentação que denunciasse o paradeiro de Tony.

Subitamente, um estrondo. Kid o seguiu bem a tempo de ver os últimos canos de alumínio que caíram rolando à esquerda e o vulto que os derrubou serpenteando para a direita. Fez menção de persegui-lo, porém deteve-se quando um tiro ressoou e explodiu a grande lâmpada fluorescente acima de sua cabeça, deixando-o no escuro. Sua reação imediata foi correr de volta para a janela, onde a luz do sol ainda se fazia presente, mas, assim que deu meia-volta, deparou-se com uma terrível visão:

Tony, à queima-roupa, com o cano duplo de sua escopeta de cano serrado apontado diretamente para o seu abdômen.

– Bu! – ele disse e puxou o gatilho, disparando o segundo e último projétil carregado na câmara da arma nas entranhas da criança, que voou para trás e caiu atônita no chão, com um rombo imenso em sua barriga e outro ainda maior nas costas.

Sangue por toda parte.

Kid gritaria de dor, mas não lhe restava ar nos pulmões – na verdade, não lhe restava mais pulmões. Olhou odiosamente para Tony e já sentia seus órgãos, ossos e músculos se regenerando, porém seu inimigo, recusando-se a deixá-lo se recompor, agachou-se, tirou algo do bolso das calças e o enfiou na enorme ferida aberta.

A criança, com as poucas forças que ainda tinha, inclinou a cabeça para ver o que Tony mantinha firme entre os seus intestinos, e foi então que o pavor por fim se apoderou dele.

Isso porque ele reconheceu imediatamente aquele medonho objeto verde-escuro.

Aquilo era uma granada.

Tony levou a mão direita até o pino, sentindo as vísceras do garoto se reestruturando ao redor do membro ensanguentado. Olhou-o nos olhos arregalados e disse, sem emoção:

– Ei, pirralho...

Puxou o pino, depois soltou a granada e agarrou Kid pelo pescoço.

– ...Te peguei.

E, ficando de pé, virou-se para trás e o arremessou contra a janela. O menino a atravessou sem a menor resistência e, em meio ao estilhaçar estridente do vidro e o bater descompassado do próprio coração, ouviu uma última frase sair dos lindos lábios de seu oponente:

– Está com você.

E então Kid explodiu, projetando inúmeros pedaços em todas as direções e um jato quente de sangue, que pintou as paredes do depósito, o que restou da enorme janela e Tony de vermelho-vivo.

Capítulo II

Fúria

Os próximos dez minutos foram os mais tensos de toda a sua vida.

Durante esse tempo, ela não disparou uma única flecha ou desferiu um único soco – apenas fugiu, esgueirando-se pelos corredores incompletos da estrutura rudimentar do supermercado em construção.

Os policiais-zumbis a caçavam diligentemente, espalhando-se pelo local e atirando a esmo toda vez que ouviam o menor ruído, achando que haviam encontrado a garota. Ayumi, no entanto, sabia o que estava fazendo. Não ser vista era a sua especialidade, e aquela era a melhor situação possível para inverter as escalas daquela disputa injusta e levá-la ao fim que ela almejava.

Detrás do balcão do que viria a ser a ala de pescados do supermercado, Kuroneko observava seus perseguidores. Dali, ela podia ver três deles: dois armados com pistolas e um com uma escopeta tática. A Lince olhou rapidamente para o relógio de pulso em sua mão esquerda. *Falta menos agora*, pensou enquanto suspirava. *Aguente firme, Ayumi*.

Foi então que, para o seu infortúnio, seu pé escorregou quando ela tentou mudar de posição e sua bota raspou no concreto empoeirado, produzindo um som mínimo que durou menos de dois segundos, mas que foi o suficiente para atrair a atenção dos três policiais na proximidade.

Os oficiais atiraram imediatamente, destruindo o balcão e forçando Ayumi a correr para a esquerda. Um tiro de pistola acertou de raspão uma de suas coxas, mas ela ignorou o ferimento, saltou sobre um misturador de cimento, rolou e desapareceu numa porção do assoalho que ainda não havia sido cimentada. Os três policiais e as demais marionetes fardadas se uniram para perseguir a jovem de preto que, tendo sido exposta, se viu obrigada a fugir para o outro extremo do supermercado – a parte cujo teto já tinha sido construída.

Os tiros ressoavam sem parar e alguns chegavam muito perto da garota, causando maior dano à sua psique fragilizada do que ao seu corpo bem preparado. Ao sair de um dos corredores, ela deu de frente com um policial, agachou-se para evitar o disparo de sua escopeta e o nocauteou, pegando a arma no processo. Virou-se para trás e atirou nos policiais que se aproximavam, errando de propósito e fazendo-os recuar.

Contudo, a ação fora meramente um reflexo de Sombra, o qual os controlava a distância, e o homem fez com que seus zumbis, pelos quais não possuía o menor apreço, se pusessem de novo na mira de Ayumi, pois sabia que a jovem não seria capaz de atirar em inocentes.

Kuroneko estalou a língua e largou a arma poderosa enquanto fugia às pressas daquele corredor, que foi logo coberto por balas. Foi surpreendida por outro policial, que disparou sua pistola e quase lhe acertou a perna, mas a Lince se esquivou, saltou veloz e deu uma joelhada certeira no rosto do homem, que tombou para trás, inconsciente.

Agora em uma ampla área do supermercado, Ayumi estava completamente desprotegida. Os corredores daquela ala eram mais afastados uns dos outros, de modo a formarem uma espécie de grande saguão que viria a ser, provavelmente, o setor de frutas e hortaliças. Ela procurou algum lugar para se esconder, porém não encontrou. Olhou seu relógio mais uma vez – haviam se passado catorze minutos. Angustiada, ouviu passos se aproximando e, em meio ao desespero, precisou tomar uma medida drástica.

Tirou o arco das costas e o apontou para o teto. Sacou uma flecha vermelha e a levou à boca, mordeu a ponta para imobilizá-la e girou o corpo do projétil comprido, desativando o temporizador com um clique.

– Por favor, me perdoem... – pediu aos trabalhadores que passaram meses trabalhando naquele edifício e aos policiais covardemente controlados por Sombra, ainda que eles não a pudessem ouvir, e soltou a flecha, que explodiu ao entrar em contato com o teto.

Do estacionamento, Sombra avistou a explosão e a fumaça escapando pelas várias janelas sem vidro, pelos corredores expostos e pelo buraco que Ayumi acabara de abrir no pouco teto que a estrutura possuía. Alguns segundos depois, o teto não suportou e cedeu, levantando ainda mais poeira e fumaça para todos os lados.

Estando a sua consciência dividida, o Cão acompanhou a cena de múltiplos ângulos, sentindo a dor e a aflição de suas marionetes à medida que os destroços as soterravam. Sabia que nenhuma delas havia perdido a vida, mas várias estavam feridas e, uma vez que não lhe eram mais úteis, ele simplesmente as abandonou. Endireitou-se e pôs-se a caminhar, circulando devagar a estrutura destruída enquanto mancava com sua perna ainda não restaurada por completo.

De súbito, um vulto negro saiu dos escombros com um pulo e pousou no asfalto – era Ayumi. Ela estava coberta por uma espessa camada de cal e reboco e tinha horríveis ferimentos espalhados pelo corpo.

O olhar profundo de Sombra encontrou-se com o dela. Sobrancelhas se franziram, veias saltaram e músculos se retesaram, porém, antes que a jovem pudesse apontar seu arco e flecha para o inimigo, ela ouviu o som de alguém surgindo do monte de entulho à sua direita e o disparar repentino de uma pistola, cuja bala furiosa passou-lhe a milímetros da nuca.

Temendo por sua vida, Ayumi fugiu para o lado oposto. Enquanto corria em zigue-zague para desviar dos próximos disparos do policial-zumbi, o mesmo som de pessoas abrindo caminho por entre os detritos da construção dizimada invadiu repetidamente os seus ouvidos apurados – eram os demais policiais emergindo de modo ameaçador dos escombros, feito mortos-vivos reerguendo-se dos túmulos em um filme de terror antigo ou num certo videoclipe musical famoso do qual ela tinha vaga memória.

Saltou por sobre uma pilha de vigas para se proteger dos tiros, que agora haviam aumentado em quantidade e frequência graças à adição das armas que os oito homens fardados que se juntaram ao primeiro empunhavam. Os projéteis ricocheteavam no metal a que a garota se escorava, agachada; seu sangue, que vertia profusamente das três feridas à bala recentes em suas costas, flanco esquerdo e coxa direita, amontoava-se e fazia uma pequena poça carmesim no chão sujo.

As marionetes se aproximavam devagar; seu titereiro vinha logo atrás. O ribombar infindo das armas de fogo mal a deixava pensar, mas Ayumi estava certa de que havia chegado o seu fim.

Foi então que, como se a sorte resolvesse finalmente ficar do seu lado, o momento pelo qual ela tanto esperava chegou enfim.

Um dos revólveres se calou de repente e seu usuário estatelou-se no asfalto, como se uma força invisível o tivesse subjugado. Seguindo-o, outros policiais sofreram o mesmo destino, e em pouco tempo restavam apenas três deles ainda de pé. Os homens largaram suas armas e agarraram as próprias cabeças, revirando os olhos como se sentissem incalculável dor. Ayumi espichara a cabeça e os observava pela lateral da pilha de vigas, com um sorriso afiado estampado no rosto ensanguentado. Procurou por Sombra e o encontrou a cerca de vinte metros de si, ajoelhado e exibindo similar comportamento ao de suas marionetes. Constatou de imediato que ele tinha negligenciado a contagem do seu tempo de troca, assim como fizera naquele sábado.

...E exatamente como ela havia previsto que ele faria de novo.

Agora! Kuroneko exclamou em pensamento e saiu do abrigo. Correu em direção ao Cão, que tentava desesperadamente reagrupar a sua consciência dividida em seu corpo principal, e, antes que ele o fizesse, apontou Hikari, puxou uma flecha vermelha e a disparou.

A seta cruzou o ar, passando pelo vão entre dois dos três policiais remanescentes, perfurou o crânio de Sombra e ali se alojou. Seu temporizador ativou-se enquanto o estupefato homem musculoso deixava pender o corpo para frente e soltava os braços pesados, que se chocaram contra o chão.

Os últimos policiais caíram, inconscientes. Os *bips* sequenciais da flecha fincada na testa de Sombra se tornavam mais rápidos a cada segundo. Seus esbugalhados e lacrimejantes olhos se encontraram uma última vez com os de sua formidável inimiga, que, alguns metros adiante, interrompera o seu avanço impetuoso com uma freada brusca e já tinha outra flecha aprontada em seu arco.

– Eu... perdi... – o Cão ajoelhado murmurou com seu último fôlego, segundos antes da violenta explosão obliterar todo o seu corpo da cintura para cima e espalhar suas vísceras pelo asfalto poeirento.

■ ■ ■

Matthew observava atentamente a nuvem de poeira e detritos erguida por Mark na esperança de localizá-lo, mas não obtinha êxito.

Pedaços de terra caíam espalhados ao redor, alguns pequenos como bolas de golfe, outros tão grandes quanto carros populares. O líder do Bloody Hounds mantinha-se calmo e contido; ele aguardava o suposto ataque surpresa que certamente seguiria a ação desesperada de Mark, e estava pronto para neutralizá-lo.

No entanto, a surpresa do ataque não foi o ataque em si, e sim aquele que o estava executando. Isso porque quem surgiu da enorme parede marrom-escura brandindo a espada negra em sua direção não foi Mark, mas Lucas.

– Uaaah! – o jovem, cujos cabelos haviam se soltado no decorrer da luta com Vince, berrou enquanto avançava sobre o inimigo e o cortava com toda a sua força.

Sem palavras, e por pouco sem reação, Matthew interceptou a lâmina escura com sua adaga cor de cobre, recebendo o impacto do golpe em meio a brilhantes faíscas. Os dois se entreolharam e o tempo pareceu desacelerar.

– Você?! – o homem de terno exclamou, perplexo.

– Eu! – Lucas respondeu e, descruzando as armas, chutou o estômago de Matthew com a perna direita.

O Cão capotou para trás diversas vezes, até que conseguiu se firmar no gramado e levantar-se com um pequeno salto. Lucas, ainda com a perna esticada, tinha no rosto uma expressão firme e determinada e não exibia o menor sinal de insegurança ou medo. Tal visão preencheu Matthew com um misto de alegria e anseio, e ele, incapaz de resistir, gargalhou ruidosamente.

Enquanto isso, instantes após Vince ter ouvido o embate do outro lado da nuvem de poeira que começava a se assentar, era a sua vez de se surpreender. Emergindo veloz da parede marrom-escura, Mark tinha o punho retraído e pronto para atacar. A reação de Vince foi lenta, e tudo o que ele conseguiu fazer foi ouvir a aveludada voz do Lince, que disse um sucinto e cordial *olá* antes de acertar-lhe a face com um soco esmagador.

O homem de blusão alaranjado sentiu o cérebro pinotear dentro do crânio à medida que rolava desgovernadamente pela grama. Quando parou, usou o taco de *baseball* para endireitar-se e ficar primeiro de joelhos, depois de pé. A poeira enfim se acalmou e a imensa cratera deixada por Mark no gramado se fez visível.

Vince viu o homem louro se aproximando com calma e entrou em guarda.

– Ei, ei, o que significa isso? – ele indagou ao adversário, cada vez mais perto.

– É exatamente o que parece – Mark respondeu, descontraído. – Estamos trocando de oponentes.

– Trocando de oponentes...? – o Cão repetiu, semicerrando os olhos. Parecia não acreditar no que via e ouvia. Avistou então seu líder não muito longe dali e notou que ele permanecia imóvel e risonho, enquanto Lucas, a alguns metros à sua frente, apontava-lhe a espada desdobrável. – Matt, eles podem mesmo fazer isso? O que aconteceu com *jogar de acordo com as regras*?

Matthew trocou um rápido olhar com o companheiro, mas não respondeu prontamente. Olhou para cima e encontrou, no topo do estádio, o comandante dos agentes da Irmandade, que também olhava diretamente para ele. O homem de altura mediana e compleição firme assentiu de leve com a cabeça, sinalizando que não havia problema na mudança não programada efetuada pelos Lynx.

– Está tudo bem, Vince; deixe-os fazer como bem entenderem – o homem feio de terno branco determinou. – No fim das contas, não faz diferença quem enfrenta quem nesta disputa.

Tornou a fitar Lucas e continuou, como se suas palavras fossem agora exclusivamente direcionadas a ele:

– ...Além do mais, tenho a impressão de que isto será *muito* interessante.

Vince, que já estava mais do que acostumado a lidar com os caprichos de seu líder, e cuja sede de sangue dispensava preferências, apenas suspirou e disse:

– Hehe, como quiser, chefe.

Ao ouvi-lo dizer aquilo, Mark, que estava a postos, investiu impetuosamente. Vince foi ao seu encontro e os dois envolveram-se em um violento combate.

Em contrapartida, Lucas e Matthew nada fizeram. Estavam se encarando com selvageria, preparados para matar um ao outro assim que lhes aprouvesse; porém, por algum motivo desconhecido a ambos, os dois foram tomados por uma súbita necessidade de trocar mais algumas palavras.

O Cão foi o primeiro:

– Vejo que está muito mais forte do que quando nos conhecemos, Lucas.

O Lince o seguiu:

– E você continua o mesmo bastardo insofrível de antes, Matthew.

– Oh! – Matthew demonstrou sincera admiração e levou a mão esquerda ao olho, como quem enxugasse uma lágrima. – Ah, perdoe-me o descontrole emocional, mas você realmente me pegou desprevenido. É a nostalgia, sabe? Você é tão parecido com ela que eu não pude evitar...

Lucas soube de imediato a quem o seu odioso inimigo se referia. Relaxou os membros, que se haviam retesado para o combate, e perguntou, sem rodeios:

– O que sabe sobre minha mãe... sobre Lucy Killian?

Matthew sorriu.

– Tudo – ele disse, expandindo o sorriso medonho.

O jovem engoliu em seco, mas não podia fraquejar agora. Respirou fundo e prosseguiu:

– Conte-me o que sabe e prometo que o matarei mais rápido.

– O quê?! Hahaha! – Matthew se curvou de tanto rir, de modo que sua testa quase alcançou a cintura. – Essa foi boa, rapaz! Sem dúvida a melhor que ouvi hoje!

O Lince deu um passo e reergueu a espada.

– Eu pareço estar brincando? – ameaçou com grave entonação.

O homem de terno se acalmou, porém continuava risonho.

– Oh, por favor! Acredita mesmo que está em posição de me fazer ameaças? Ter a mesma habilidade especial rara de Lucy não faz de você um switcher tão forte quanto ela. Na verdade, você não chega nem perto disso! Não me faça rir!

Lucas se sentiu ofendido e impotente, porém não retrucou. Pôs a mão esquerda no peito e sentiu o relevo na camisa azul estampada, provocado pela cicatriz que a adaga de Matthew havia deixado naquele sábado. O líder adversário, observando à cena, soltou mais um risinho irritante e falou:

– Eu acertei em cheio, hã? Era apenas uma hipótese, a princípio, mas a comprovei quando vi você destruir aquela arquibancada com as costas e viver para contar a história. Nenhum switcher novato que nunca tivesse roubado um corpo teria sobrevivido àquilo.

A mão de Lucas tremia e o suor nas palmas tornava difícil manter uma pegada firme no cabo da espada reta. Ele podia ouvir o trovejar dos Punhos Sônicos de Mark ressoando, vívidos, ao longe.

Matthew pendeu a cabeça lateralmente, sem perder a expressão jocosa, e indagou, em tom acusador:

– Você a possui também, não é? A Mirror Switch?

Ele sabia. Lucas pensou que se tratava de um segredo, mas, de alguma forma, aquele homem sabia de sua habilidade especial. Concluiu que não faria sentido algum continuar tentando esconder as coisas, então engoliu as aflições e retornou à sua atitude desafiadora de antes:

– Ora, ora... parece que você não é tão estúpido quanto eu pensei que fosse.

– Queria poder dizer o mesmo de você, filho da Lucy – Matthew devolveu. Uma veia saltara em seu pescoço. – De qualquer modo, suas habilidades melhoraram consideravelmente. Com quantos corpos você já trocou até agora? Dez? Quinze?

O rapaz sorriu de soslaio, confiante.

– Vinte e seis – respondeu.

Matthew assobiou.

– Tudo isso? – ele indagou, genuinamente surpreso. – Mark nunca lhe avisou sobre os perigos de se trocar indiscriminadamente?

– Ele avisou, sim... – Lucas redarguiu e apontou o indicador esquerdo para o ouvido do mesmo lado – ...mas a minha audição não é das melhores, entende?

Matthew riu tanto que chegou a engasgar.

– Hahaha, entendo, entendo! – ele afirmou enquanto tentava recuperar o ar perdido.

– Enfim, como sabe tanto sobre minha mãe? Por acaso era apaixonado por ela ou algo do tipo? – Lucas retornou ao tópico.

– Ah, que bela teoria! Daria uma ótima novela, tenho certeza – o Cão disse enquanto usava a ponta da adaga para coçar a nuca, completamente despreocupado e isento de qualquer sinal de apreensão. – A realidade, no entanto, é bem mais crua e menos romântica...

Lucas temeu o que estava prestes a ouvir e cogitou interrompê-lo antes que fosse tarde demais, entretanto já havia cruzado o limite da razão – e faltava-lhe pouco para cruzar o da humanidade –, e ele precisava saber o que aquele ser desprezível tinha a dizer de qualquer maneira.

– ...Eu fui um dos oito switchers designados para assassiná-la, Lucas – Matthew disse e expandiu ainda mais o sorriso decrépito. – Eu cacei e matei a sua mãe.

Um calor anormal começou a se apoderar do corpo de Lucas. Era como se o seu sangue tivesse sido substituído por mercúrio em ebulição; todas as veias ardiam e as artérias pulsavam vertiginosamente, como se fossem explodir.

– Vince também estava lá, sabia? – Matthew continuou, ignorando a mudança notável no semblante do rapaz. – Foi ele quem quebrou suas pernas e algumas das costelas. Pobrezinha...

O Lince enfurecido deu um passo na grama macia. Deu outro passo e ergueu a espada de lâmina reta, sem fitar o inimigo. O terceiro passo acompanhou um grito:

– MATTHEW! – ele bradou e encarou o homem de terno com um olhar perfurante repleto do mais puro e profundo ódio. – PREPARE-SE PARA MORRER!

Matthew rejubilou-se com a atitude do jovem.

– Isso, Lucas! Isso mesmo! – comemorou prazerosamente, depois se curvou para frente e berrou: – Venha! Mostre-me do que é capaz!

Os dois avançaram simultaneamente e retomaram a luta. Os golpes rápidos de Matthew tinham, enfim, encontrado um adversário à altura, pois a espada de Lucas estava sempre ali para defleti-los ou bloqueá-los. Cruzavam as lâminas diversas vezes e aproveitavam-se desses momentos para trocarem olhares mortíferos, cegos pelo desejo de vingança e pela excitação da batalha, extasiados com o cheiro e o sabor do sangue fresco jorrante e hipnotizados pelas claras faíscas dançantes nascidas das múltiplas colisões entre os metais afiados.

Ao mesmo tempo, Mark e Vince trocavam golpes devastadores não muito longe dali. Lutavam de igual para igual, e embora um perdesse para o outro em questão de mobilidade e ímpeto, ele compensava com força bruta e extraordinária defesa. Era uma disputa acirrada, cujo vencedor não se podia prever por mais que se tentasse.

De repente, um soco de Mark atirou seu rival contra a parede curva, deixando-a com um grande buraco que seguia perfeitamente o seu contorno, de uma forma quase cartunesca. O Lince ouviu Lucas e seu implacável inimigo reingressarem em vigoroso combate e os seguiu com os olhos azuis, porém, nos poucos instantes em que ele dedicou a sua atenção aos dois, Vince conseguiu desprender-se da parede, aproximar-se rapidamente de Mark e acertar-lhe o peito antes que ele pudesse reagir.

O homem enorme rolou sem controle pelo gramado por vários metros. Quando parou, levantou-se devagar e trêmulo, enquanto Vince vinha com calma até ele, com o taco metálico apoiado nas costas e um sorriso irônico nos lábios.

– Você está distraído, Mark. Preocupado com o pirralho da Lucy?

Mark chocou-se ao ouvir aquilo, a ponto de arregalar os olhos e ficar sem palavras por alguns segundos.

– Vocês... sabiam? – ele indagou enfim, vacilante.

– É claro que sabíamos! Que foi, achou realmente que eram os únicos de olho no garoto?

– O que querem com ele? – Mark foi direto ao ponto. Ele tentou se acalmar e fechou a cara para mostrar uma segurança que não tinha.

– O mesmo que você ao recrutá-lo para esse seu grupo patético de escoteiros, a que chama de clã – Vince disse, com tanta insolência que por pouco Mark não o atacou novamente. – Estamos atrás do moleque há quase tanto tempo quanto vocês. Mas quando matamos o idiota do pai dele, soubemos que o desgraçado o havia deixado sob os cuidados daquele velho gagá, o Worthington; e sabemos muito bem que não se deve mexer com aquele homem.

Mark estava estarrecido – jamais poderia prever aquele desenvolvimento. Vince continuou:

– Assim que o fedelho fez dezoito e saiu do orfanato, nós o localizamos e tornamos a observá-lo, apenas esperando para ver se ele iria de fato despertar ou se teríamos que matá-lo, caso isso não acontecesse dentro de dois ou três anos. É uma pena que, quando finalmente confirmamos a existência do seu poder, vocês foram mais rápidos e o abordaram primeiro...

– Então vocês... naquele sábado...?

– O plano era matar você e a lourinha e levar o garoto para a nossa base, onde tentaríamos limpar a mente dele das besteiras que vocês enfiaram lá dentro e trazê-lo para o nosso lado. Mas infelizmente, e temos a vocês para agradecer por isso, tudo foi por água abaixo. Muito obrigado, por sinal.

As palavras continuavam resistindo a sair da boca de Mark. Sua fronte estava anormalmente úmida e oleosa devido ao suor excessivo, evidência do seu abalado estado de espírito. Percebendo isto, Vince lançou-lhe um olhar desdenhoso e falou:

– Deve estar se perguntando o porquê de todo esse trabalho, não é? É bem simples, na verdade: é por causa daquela maldita habilidade especial dele e da vadia da mãe dele!

Ao ouvir aquilo, Mark cerrou os punhos com vigor e crispou-se por impulso. Sua cabeça baixa não permitia a Vince enxergar sua expressão com clareza, porém ele, ciente de que o que dissera provocara ao Lince intensa ira, retificou-se, ironicamente:

– ...Perdão, *finada* vadia.

Mark não reagiu à provocação e permaneceu em silêncio. O Cão desaforado fez um gesto com a mão esquerda e continuou sua explicação:

– Se nosso mestre puser as mãos naquela habilidade, nada nem ninguém jamais poderão detê-lo, e a sua visão maravilhosa enfim se tornará realidade. Nós precisamos desse poder, Mark, e faremos o que for preciso para–

– Nós os subestimamos, Vince – Mark o interrompeu e Vince, intrigado, calou-se.

O líder dos Lynx ergueu o semblante bravio e encarou o inimigo com um olhar tão intimidador que parecia capaz de derreter a sua face caso ele o sustentasse por muito tempo.

– Não, *eu* os subestimei, e por isso estou profundamente envergonhado... – ele se corrigiu, sem desfazer a expressão ameaçadora. – Mas agora que tenho ciência do meu erro, sinto-me ainda mais responsável por tudo o que está acontecendo aqui hoje, e é com plena convicção que lhe farei uma promessa.

Vince sorriu e falou, em tom debochado:

– Uma promessa, você diz? Ótimo, eu adoro promessas! Vá em frente.

Mark afastou as pernas e curvou-se ligeiramente para frente. Respirou fundo, franziu ainda mais o cenho e declarou em alta e clara voz:

– Dou-lhe minha palavra de honra de que não descansarei até ter pessoalmente eliminado todo e qualquer traço do seu clã imundo da face da Terra! A começar por você!

Investiu assim que terminou a frase, pisando forte o chão esburacado e eliminando a distância que o separava de seu alvo. Seu primeiro soco potente foi desviado pelo taco de Vince, mas o próximo acertou o Cão no abdômen exposto, lançando-o para cima.

Antes de Vince aterrissar, e antes mesmo que ele pudesse se restabelecer no ar, Mark pulou e o interceptou no alto, desferindo-lhe outro golpe poderoso que o atirou diagonalmente ao gramado, no qual ele arrastou a face e a maior parte do corpo por vários metros até parar em frente ao palco circular destruído.

Mark pousou macio e disparou rumo a Vince, que se levantava sobressaltado e se preparava para o próximo ataque. O punho luminoso do Lince cortou o ar passando a milímetros do rosto do adversário, que se esquivou no último instante e deu uma joelhada no estômago desprotegido do oponente, afastando-o de si. Antes que ele se recuperasse, Vince balançou o taco metálico mirando a sua cabeça, mas o braço esquerdo de Mark subiu e aparou o golpe. A força esmagadora fraturou-lhe o pulso e o fez deslizar por sobre a grama e os restos da lona cinza rasgada, rasgando-a ainda mais.

Vince partiu para a ofensiva e avançou, atacando de cima para baixo. Mark recuperou o equilíbrio e foi até ele, desferindo um soco preciso cuja tremenda força exercida, em oposição à aplicada por Vince, fez com que suas mãos não suportassem a pressão e, em meio ao quebrar de ossos e ao romper de ligamentos, deixassem escapar sua arma, que alçou voo e caiu do outro lado do campo de futebol.

Desarmado e em desvantagem, o Cão não foi capaz de defender-se do próximo golpe devastador, que destruiu suas costelas e o atirou longe.

Lucas ouviu o corpo pesado do homem de blusão alaranjado cair no chão, mas não podia desperdiçar sua atenção com ele – seu adversário se aproximava ferozmente com os dentes à mostra, tão reluzentes quanto a lâmina da adaga em sua mão.

A arma pequena cortou com rapidez, mirando sua garganta. Lucas, no entanto, antecipou-se e a bloqueou com a espada, depois se aproveitou do curto tempo que Matthew levaria para se recuperar do ataque defendido para socar-lhe a cara com a mão livre. Ele, porém, abaixou-se para evadir-se do soco e projetou-se para frente e para a esquerda, avançando pela lateral e cortando o flanco do rapaz.

Os dois estavam agora de costas um para o outro. A próxima fração de segundo poderia decidir a luta, e a vantagem era claramente de Matthew. Lucas girou o corpo para a direita e Matthew virou-se para o mesmo lado, movendo a adaga e desenhando um arco veloz que, caso acertasse, rasgaria o torso do Lince desde a cintura até o ombro.

Aconteceu num piscar de olhos.

Lucas baixou a espada até o nível da coxa, deixando-se ferir. Seu sangue esguichou e uma dor excruciante o assolou enquanto ele via o sorriso horripilante do inimigo se expandir.

E então Matthew, cuja adaga ainda pairava no ar, sentiu um impacto súbito e uma leve resistência na mão que empunhava a arma. Retirou os olhos do rosto expressivo do rapaz e os direcionou para o próprio membro, e o que viu surpreendeu-o imensamente:

Lucas projetara sua mão esquerda aberta na ponta da adaga com força, fazendo a lâmina atravessá-la até a base. Sangue escorria dos dois lados do ferimento medonho.

Matthew estacou por um instante, mas assim que o jovem moveu a espada na direção de seu peito, ele agiu por reflexo e soltou a arma, afastando-se com alguns passos para trás. Lucas, que tinha a outra mão ocupada, levou a mão ferida à boca, mordeu o cabo da adaga e a arrancou do membro ensanguentado, cuspindo-a na grama tingida de vermelho em seguida.

Aquele ato brutal foi como um combustível para o furor do Cão sanguinário, e ele parecia salivar enquanto metia a mão destra no terno branco e tirava do coldre oculto o seu temível revólver prateado. Lucas não perdeu tempo e correu em sua direção. Dois tiros ressoaram e o rapaz, como um felino, desviou-se de ambos com inacreditável leveza. Matthew atirou novamente e Lucas, agora perto o suficiente para acompanhar o movimento dos olhos do adversário – que denunciavam a sua mira –, pôs a espada reta à frente do corpo, usando a parte mais larga da lâmina para defletir o projétil. Maravilhado com tamanha velocidade de reação, Matthew gargalhou e disparou outra vez, e o jovem repetiu o feito com perfeição, ricocheteando a segunda bala majestosamente.

O Lince avançou com sua perna direita, deslizando pelos últimos cinco metros que o separavam do alvo. Inverteu a pegada em sua espada e, girando o corpo, cortou para cima, decepando a mão de Matthew, e desferiu, ao mesmo tempo, um soco certeiro em seu estômago com a outra mão, atirando-o contra a parede curva logo atrás. O homem de terno estatelou-se contra a parede e caiu de joelhos no gramado.

Lucas abaixou-se e apanhou a mão que caíra no chão. Fincou a espada na grama, levantou-se e arrancou o revólver do membro amputado, arremessando-o longe em seguida. Caminhou até Matthew e apontou-lhe a arma – seus olhos estavam vazios e sem vida, como os de um assassino desprovido de emoções. O corte profundo em seu tronco se fechava lentamente.

– Vá em frente, Lucas – Matthew disse, sorrindo e encarando-o sem medo. – Atire.

Lucas puxou o cão. O tambor da Magnum 44 girou com um clique metálico.

– Vingue sua mãe! Vença o duelo! Mate-me, filho da Lucy!

Seu dedo coçava e tremia sobre o gatilho. A palma suava mais do que o normal.

– O QUE ESTÁ ESPERANDO?! PUXE O GATILHO!

Um tiro ecoou pelo enorme estádio. O buraco deixado na parede era grande – maior do que uma arma ordinária seria capaz de fazer. A ferida superficial na bochecha direita de Matthew era tão insignificante que, logo após o homem de terno ter sacado a sua segunda adaga do bolso e avançado rapidamente sobre Lucas, enfiando-lhe a lâmina cor de cobre nas entranhas, o fino risco vermelho já havia desaparecido.

As pernas de Lucas fraquejaram e os seus joelhos foram ao chão. Matthew, que incidia seu peso sobre ele, o acompanhou, sem tirar a adaga de seu abdômen sangrento. O Cão, sorrindo como nunca, aproximou a boca de dentes podres do ouvido do rapaz e sussurrou, em tom irônico:

– Você errou.

Porém, uma resposta inesperada saiu dos trêmulos lábios de Lucas:

– Não...

Uma dor aguda invadiu as costas de Matthew. Sua face se contorceu e ele girou a cabeça para ver o que a havia provocado, e então seus olhos se arregalaram ao notarem a adaga prateada cravada em sua espinha.

Uma obra de arte que merecia estar em exposição em algum prestigiado museu.

O distinto símbolo da afiliação com o clã Moonlight Lynx.

Mas, antes de tudo isso, uma arma.

Lucas recuou a cabeça para encará-lo, depois encostou o cano do revólver – cujo tambor ainda possuía uma única bala restante em seu interior – na têmpora esquerda de Matthew e disse:

– ...Eu não errei.

Puxou o cão e em seguida o gatilho. O projétil saiu do outro lado da cabeça de Matthew, levando consigo muito sangue e inúmeros fragmentos de crânio e cérebro, compondo uma perturbadora imagem que, reforçada pelo barulho ensurdecedor do revólver disparado à queima-roupa, não sairia jamais da impressionável mente de Lucas.

A cabeça do cão pendeu para a direita e uma quantidade interminável de sangue fluía da grotesca ferida aberta. Seus olhos piscavam descontroladamente e sua boca balbuciava sílabas incompletas e sem sentido, mas o homem se recusava a morrer e a sua pulsante carne exposta já demonstrava sinais de regeneração.

Lucas não tinha muito tempo.

Ele deixou cair o revólver e olhou ao redor. O efeito anestésico da adrenalina estava passando e a dor intensa proveniente da grande quantidade de dano que ele havia sofrido começava a se propagar por todo o seu corpo. Foi então que ele viu, a cerca de vinte metros de onde se encontrava, outra cena que também ficaria para sempre registrada em sua memória:

Mark imobilizara Vince sobre o gramado e tinha um dos punhos erguidos. Ele gritou e socou com toda a força, explodindo a cabeça do adversário e deformando o chão à sua volta em meio ao som desconcertante emitido pela sua manopla luminosa. Sangue e miolos espalharam-se por toda parte.

O corpo de Vince estrebuchou e uma de suas mãos ameaçou se mover, porém eram apenas os últimos reflexos do switcher derrotado. Ele estava morto – Mark o havia matado.

O choque provocou ânsia em Lucas, mas ele suportou o mal-estar e respirou fundo. Ele havia miraculosamente criado a oportunidade perfeita para encerrar a luta com o melhor resultado possível, porém não conseguiria fazê-lo sozinho. Não no estado em que se encontrava.

Ele precisava de ajuda.

...Precisava de seu líder.

– MARK!

O urro desesperado do rapaz o alcançou, e o homem louro sujo de sangue virou-se para fitá-lo.

– TROCA!

O comando não era claro e eles não haviam combinado mais nada além da substituição de oponentes realizada antes. Não existia um plano, muito menos algum tipo de sinal previamente determinado que o ajudasse a interpretar o que Lucas queria dizer com aquela palavra.

...Mas, de alguma forma, ele entendeu.

Ficou de pé, deixando o cadáver de Vince para trás, e deu alguns passos na direção do jovem ajoelhado e do Cão imóvel em seus braços. Fechou os olhos e inspirou devagar, acalmando os nervos e normalizando os batimentos do seu coração acelerado. Afastou as pernas e ergueu os braços, abriu os olhos azuis e os direcionou a Matthew.

Um zumbido terrível fez a musculatura do seu rosto se retorcer. A cabeça doeu pungentemente à medida que Mark forçava seu caminho através da barreira mental de Matthew, que se mantinha estável o suficiente para oferecer forte resistência apesar do estado precário ao qual Lucas o havia reduzido.

Entretanto, a exaustão extrema e as emoções tumultuosas não o permitiram resistir por muito tempo, e Mark por fim encontrou uma abertura. Sua consciência penetrou a mente doentia de Matthew e seu corpo despencou no gramado.

– Agora é com você... Mark – Lucas sussurrou e tombou para trás, deixando o homem de terno cair, inconsciente, sobre si.

Capítulo 12

Branco

Quando abriu os olhos, Mark deparou-se com uma imagem familiar.

Uma brancura plena, ofuscante e intimidadora que se estendia eternamente para muito além do que os seus experientes olhos podiam enxergar.

Ele conhecia aquele lugar muito bem, mas preferiria que não fosse esse o caso. Já estivera ali antes, já lutara ali algumas vezes, e, se pudesse, não poria os pés no Weiss nunca mais.

Porém, em uma cruel manobra do destino – embora Mark não acreditasse em coisas do tipo –, ali estava ele outra vez, sendo engolido pelo branco absoluto e prestes a apostar a própria vida novamente.

À sua frente, havia um homem. Matthew fitava-o com evidente desprezo, a boca firmemente cerrada e as mãos apoiadas na cintura. Assim como Mark, ele estava completamente nu.

O Weiss não era um ambiente físico – era uma arena psíquica, nascida da fusão entre as consciências de dois switchers. Por isso, coisas como armas e roupas se perdiam na transição do mundo real para o artificial, de modo que, ao despertar no segundo, o switcher possuía apenas uma projeção do próprio corpo, e todo o resto precisava ser criado do zero.

Uma radiante luz amarela envolveu o esquelético corpo de Matthew e em instantes uma réplica exata do terno branco que ele vestia antes se materializou, feito mágica. Em seguida, o mesmo fenômeno ocorreu a Mark, e uma blusa de flanela e um par de calças sociais cobriram seu corpo bem estruturado. Apesar das roupas originais estarem em um estado irreconhecível devido à árdua batalha, suas reproduções eram como novas, impecavelmente engomadas e sem o menor sinal de mácula.

Matthew inspirou e soltou o ar na forma de um longo suspiro. Curvou-se um pouco e quebrou o silêncio:

– Meus parabéns, Mark. Inicialmente, esta parte do espetáculo deveria acontecer dentro da sua cachola, porém vocês conseguiram mais uma vez deixar tudo de cabeça para baixo e arruinar os meus planos. Odeio admitir, mas vocês Linces têm a incrível habilidade de sempre conseguirem virar o jogo, das mais imprevisíveis e impensáveis maneiras. Se há alguma qualidade em seu clã, com toda a certeza, é esta.

Mark sorriu com o canto da boca.

– Ora, obrigado, Matthew – ele agradeceu, em tom ligeiramente sarcástico. – Eu tentei pensar em alguma qualidade do seu clã para retribuir-lhe a gentileza, mas, infelizmente, não encontrei nenhuma.

– ...Hum, você pode ter perdido as suas memórias, no entanto vejo que pelo menos o seu senso de humor irritante continua o mesmo.

O Lince desfez a expressão relaxada e franziu a testa. Estava curioso a respeito de como o seu inimigo ficara sabendo que ele sofria da mesma perda de memória de que sofre a maioria dos switchers vivos há muito tempo, mas aquilo teria que esperar. Ele respirou fundo e disse:

– Muito bem, e agora? Retomaremos a luta e nos cortaremos até que um de nós caia e não se levante mais?

Matthew tirou as mãos da cintura e cruzou os braços acima da cabeça, espichando a coluna e estalando-a prazerosamente enquanto respondia:

– Ainda não. Antes disso, se estiver tudo bem para você, eu gostaria de aproveitar que estamos aqui para discutir algumas coisas. Conversaremos um pouco primeiro, e depois teremos todo o tempo do mundo para nos matarmos. O que me diz?

Mark queria, mais do que ninguém, acabar de vez com aquele homem desprezível o quanto antes. No entanto, Lucas o havia presenteado com a oportunidade perfeita para obter o maior número de informações possível a respeito do seu real inimigo – aquele por trás de todas as terríveis ações dos Hounds –, então ele estava disposto a perder mais alguns minutos ouvindo as baboseiras que Matthew tinha a dizer.

–...Faça como quiser – o líder dos Lynx consentiu sem muita ênfase, mas um arrepio incomum crepitou-lhe a espinha ao ver expostos os dentes do homem de terno.

– Pois bem. Vamos começar pelo cenário, então.

Seguindo a fala de Matthew, algo extraordinário teve início.

As mesmas luzes que precederam a materialização de suas roupas surgiram no infinito chão branco e desenharam linhas ao redor dos dois switchers, mudando subitamente de direção várias vezes e cruzando-se aqui e ali, formando ângulos retos e algumas curvas. Em pouco tempo, uma extensa área havia sido coberta pelos traços de luz, compondo uma imagem que se assemelhava a uma planta baixa traçada de forma meticulosa por mãos muito competentes.

Instantes depois, formas luminosas começaram a emergir das linhas no chão. Eram objetos cúbicos, feito tijolos, que se desdobraram para cima e formaram paredes. Ao atingirem uma altura de aproximadamente três metros, as paredes crescentes de luz pararam e seguiram horizontalmente, encontrando-se no meio e dando origem a um teto. Em seguida, formas similares despontaram em diferentes partes da estrutura, moveram-se para cima, para baixo e para os lados e se transformaram em inúmeros objetos luminescentes.

Logo após, as paredes incandescentes começaram a perder o seu brilho e pôde-se enfim ver a enorme casa que se erguera em torno dos dois homens. Os objetos luminosos se transformaram em mobília e utensílios domésticos, mas estava tão escuro que mal se podia distingui-los.

Aquilo não era nenhuma novidade para Mark – ele já havia presenciado tal procedimento algumas vezes, afinal. Contudo, e ele não sabia por que, aquele cenário minuciosamente projetado e construído por Matthew o fazia se sentir estranho. Uma dor desconhecida e uma sufocante sensação de tristeza e desconforto brotaram em seu coração apertado; sua cabeça latejava e uma quantidade anormal de suor fluía de seus poros.

– Incrível, não? – Matthew disse após contemplar a sua criação, com orgulho. – Não é perfeita, mas tentei ser o mais fiel que pude à original.

Mark, cujo olhar estava perdido até então, focou-se no Cão exultante e perguntou:

– Que lugar é este?

A alegria de Matthew desapareceu no mesmo instante, e uma camada de profundo desapontamento preencheu-lhe a face.

– Você realmente se esqueceu de tudo, hã? Pensei que rever a casa depois de tanto tempo seria o suficiente para pôr esses seus miolos preguiçosos para funcionar, mas aparentemente eu estava errado. – O homem feio abriu os braços e deu de ombros. – Aah, isso é o que eu ganho por esperar demais das pessoas...

Mark fez uma expressão confiante e falou, em tom firme:

– Cerca de 90% dos switchers vivos há mais de um século sofrem com perdas de memória de longo prazo e crises de identidade. Minha amnésia é pura estatística, e se você acha mesmo que vai me intimidar com uma jogada tão óbvia assim, está muito enganado. Já vi através desse seu blefe ridículo.

O homem de terno riu e, após materializar um pequeno pente vermelho na palma da mão, pôs-se a pentear os cabelos levemente grisalhos enquanto dizia:

– Você e essa sua prepotência insuportável.

Terminou de pentear-se, livrou-se do pente – que desapareceu da mesma maneira com que havia surgido – e continuou:

– Não é um blefe, Mark; eu realmente conheço o seu passado. Sei de tudo o que você deixou para trás, e de todos que abandonou.

– Oh? – o Lince exclamou, com desdém. – E como, se me permite perguntar, você adquiriu tal conhecimento?

Matthew sorriu.

– É bastante simples, na verdade: eu estava lá. Ou será que eu deveria dizer... *aqui*?

Mark franziu o cenho.

– Explique-se! – demandou em tom grave e sério.

– Farei melhor do que isso; irei mostrá-lo.

Imediatamente após o término de sua frase, as pesadas cortinas da grande janela atrás de Matthew se abriram sozinhas, deixando a luz do sol entrar no cômodo abafado e dissipar a penumbra sustentada até então pelo único castiçal aceso no local. A claridade revelou que o cômodo se tratava de uma sala de estar requintada, decorada com móveis que não se via mais em lugar algum. Tudo aquilo lhe chamava a atenção e despertava em Mark uma estranha nostalgia, mas antes que ele pudesse refletir a respeito e tirar qualquer conclusão, um som alto entrou pela janela semiaberta e reverberou por toda a casa.

Era um relógio.

Algo estalou dentro de Mark ao ouvir aquilo. Ele conhecia aquele badalar ritmado; não se lembrava de onde ou quando, entretanto tinha certeza de que já o ouvira diversas vezes em algum momento de sua vida.

– É o Big Ben. Barulhento como sempre, o desgraçado – a voz metálica de Matthew invadiu-lhe os tímpanos, que ainda vibravam com o soar ininterrupto do relógio. – Acho que exagerei um pouco no volume, no entanto. Bem, não é minha culpa, afinal eu era apenas um fedelho naquele tempo, e todos os sons sempre pareciam mais altos do que realmente eram para mim...

Inconscientemente, Mark aproximou-se da janela em silêncio, sem se importar com o inimigo em seu caminho. Matthew deslocou-se para a esquerda e o observou, atento, enquanto seus olhos azuis se perdiam no lado de fora.

O Lince mal podia acreditar no que via através do vidro empoeirado.

Carruagens e cabriolés circulavam em ruas de paralelepípedos. Pessoas iam e vinham altivas, trajando roupas antiquadas e distintas – os homens vestiam ternos com gravatas e cartolas, capas ou casacos longos para se protegerem do frio congelante e cintilantes sapatos engraxados com perfeição; as mulheres usavam vestidos longos e berrantes com espartilhos e chapéus delicados, carregavam sombrinhas decoradas nas mãos enluvadas e casacos finos adornavam seus ombros, enquanto sapatos brilhantes protegiam seus pés. Casas e prédios opulentos enfeitavam a vizinhança burguesa e tudo estava mergulhado em uma espessa neblina cinzenta que parecia envolver toda a cidade. Ao fundo, além da conturbada avenida principal, podia-se ver o Tâmisa, o imponente Palácio de Westminster e o famoso relógio, cujo sino não parava de tocar.

– Isto é...

– A Londres vitoriana – Matthew completou com satisfação em sua voz. – Bem-vindo de volta ao século XIX, Mark.

Como se desperto de um transe, Mark virou-se abruptamente para o homem de terno e afastou-se da janela, entrando em guarda.

– O que significa isto? – ele exclamou, visivelmente abalado.

– Parece que finalmente começou a se lembrar – Matthew disse, animando-se. – Agora que se situou quanto à cidade e ao tempo, vamos diminuir a escala e tornar as coisas mais... pessoais. Olhe ao seu redor.

Mark arqueou ainda mais as sobrancelhas.

– Não se preocupe, não o atacarei enquanto estiver distraído – Matthew o assegurou, risonho. – Não seria divertido desse jeito.

Convencido, embora a sua desconfiança não tivesse diminuído nenhum pouco, Mark fez o que ele pediu. Percorreu os olhos pela sala, e aquela sensação esquisita, que até então vinha se intensificando gradativamente, triplicou a cada objeto analisado. – O que, de fato, estou olhando? – o Lince indagou, impaciente.

– Não reconhece este lugar? Esta casa não lhe é familiar? Não se lembra desta mesa, sempre cheia de documentos e outros papéis que voavam e se espalhavam pela sala toda vez que entrava um vento mais forte pela janela? E esta poltrona, onde você, empanzinado feito um porco, costumava tirar cochilos depois do jantar? Ou este tapete em frente à lareira, no qual costumávamos nos deitar para ler ou ouvir às intermináveis histórias do papai? Você realmente não se lembra de nada disso?

Foi então que Mark começou a compreender onde Matthew estava tentando chegar com tudo aquilo. Sua mente estava imersa em uma confusão enlouquecedora, tão intensa e violenta que prejudicava o seu raciocínio, mas ele enfim começou a compreender.

Percebendo que fazia progresso, o Cão respirou fundo e continuou:

– Lembra-se de como eu assinei a carta de desafio que lhes enviei?

Mark pesquisou nas próprias memórias pela resposta.

– Matthew... B.? – disse por fim, hesitante.

– Ah, então você *consegue* se lembrar daquilo que lhe interessa, hã? – o outro comentou, acidamente.

– E o que tem isso? Vá direto ao ponto e–

– Nunca se perguntou o que o *B* significa?

O Lince engoliu em seco e se calou – as palavras fugiram de sua boca. Depois de uma curta pausa, Matthew disse, desfazendo a expressão irônica:

– Blackwood. Meu nome completo é Matthew Blackwood.

– O quê...?

– Eu sou seu irmão, Mark.

Silêncio.

Mark sentiu uma fraqueza avassaladora apossar-se de seus joelhos e seus ombros tremiam um pouco, mas ele não baixou a guarda mesmo assim.

– ...Esta é a sua reação? Sério? – Matthew questionou com uma expressão enigmática no rosto. – A grande reviravolta, o clímax do espetáculo... e é assim que você reage? Sem gritos guturais de negação ou lágrimas de desespero? Meu Deus, Mark! Sempre soube que você era um demônio sem coração, mas isto já é demais!

– Meu... irmão...? – Mark murmurou pausadamente, como se tentasse convencer a si próprio do que acabara de ouvir.

– O primeiro e único. Bem... até onde eu saiba, pelo menos.

– E esta é...?

– A Casa Blackwood, lar de nossa prestigiada família. É a mansão onde morávamos...

O semblante de Matthew se fechou e a sua voz engrossou, ameaçadora.

– ...Até você arruinar tudo.

De repente, misteriosos vultos surgiram e cruzaram a visão de Mark. Moveram-se pelos cômodos da casa, sentaram-se nas cadeiras e poltronas, atravessaram portas, acenderam velas e manipularam objetos. Ele sabia que aquelas manchas disformes, que se assemelhavam a hologramas defeituosos, não eram reais – aquilo não passava de sua mente tentando se lembrar de algo importante –, mas o passado e o presente estavam misturados, deixando-o terrivelmente desorientado.

– O que... aconteceu? – perguntou o líder dos Lynx. Sua expressão era pesarosa, mas transparecia, ao mesmo tempo, enorme curiosidade.

Matthew meneou a cabeça para a esquerda e disse, sem desviar o olhar afiado:

– Seus poderes despertaram. E sua primeira troca foi com ninguém menos do que a nossa querida progenitora.

Mark gelou. Tentou duvidar do que acabara de ouvir, mas o coração apertado não o deixava. Era como se, no fundo, ele soubesse que Matthew estava falando a verdade.

– Você a matou, Mark. Matou nossa mãe.

E então, como se a fala de Matthew os tivesse comandado, a maior parte dos vultos que rodeavam os dois switchers desapareceu, restando apenas três no centro da sala. Um deles era delicado e esguio, e seus contornos denunciavam que se tratava de uma figura feminina. Os outros dois eram menores do que o primeiro: um deles alcançava o ombro da suposta mulher e aparentava ser um adolescente de dezesseis ou dezessete anos; o outro era consideravelmente menor, mal passando da cintura do rapaz – parecia-se com uma criança de sete ou oito anos.

De súbito, o rapaz, que parecia discutir com a mulher, despencou no chão. A criança correu para socorrê-lo, mas desesperou-se ao perceber que ele não se movia. Foi então que a mulher, após notar o jovem prostrado, caiu de joelhos e agarrou a própria cabeça com força. Nenhum som saía de seus lábios, porém Mark sabia que ela estava gritando pelo contorno de sua boca escancarada – a única coisa distinguível em seu rosto abrumado. Após arrastar-se desorientada pela sala, a mulher se aproximou da criança, disse-lhe algo e pôs as mãos em seus finos ombros, apertando-os com violência. A criança desvencilhou-se do outro vulto e se afastou, assustada. A mulher pareceu chorar copiosamente, depois ficou de pé e correu para fora da casa, deixando as outras duas sombras para trás.

– ...E pensar que tudo começou com uma mera discussão tola – a voz desagradável de Matthew trouxe Mark de volta a si. – Naquela época nós não sabíamos de nada. Não tínhamos como saber que, se você não tivesse se desesperado daquela maneira, talvez conseguisse retornar ao próprio corpo antes que o seu tempo de troca chegasse ao fim, e nada teria acontecido à mamãe. Entretanto, depois que a roubou, você fugiu de casa levando consigo o seu corpo, condenando-a para sempre e deixando-nos jogados às traças.

– Eu...

– E, para piorar, escolheu o caminho mais fácil e esqueceu-se de tudo. Começou uma nova vida, fez nova fortuna, e nunca mais olhou para trás. Aposto que nem pensou duas vezes antes de substituir o corpo de nossa mãe por um outro qualquer que lhe fosse mais útil!

– E-Eu...

– E quer saber o que aconteceu com a nossa família depois disso?! Bom, por onde devo começar: pelo nosso nome, riscado para sempre da alta sociedade londrina devido ao escândalo do desaparecimento inexplicável de nossa mãe?! Ou por nosso pai, que não suportou a perda de sua esposa, de seu *status* e dinheiro, e acabou cometendo suicídio, enforcando-se no próprio quarto?! Ou talvez por mim, que tendo sido acolhido por parentes distantes e obrigado a viver na pobreza por sete longos anos, ainda vi despertar em mim a mesma maldição responsável pela completa destruição de nosso lar?!

– Eu... me lembro.

Mark ergueu o rosto que tinha deixado cair sem perceber. Seus olhos claros emanavam um raro brilho triste e lágrimas escorriam deles, ensopando-lhe as bochechas.

– Não são claras, mas tenho memórias desse dia. Memórias desta casa... – fitou Matthew diretamente nos olhos – ...e memórias de você.

O homem de terno se acalmou um pouco.

– Acredita em mim agora? – indagou.

Mark enxugou as lágrimas com a mão esquerda.

– Sim, Matthew; você diz a verdade. E creio que preciso pedir-lhe perdão.

O Cão irritou-se outra vez:

– Ah! Acha que será fácil assim, *irmão*? Que agora que tudo foi esclarecido nós poderemos pôr as nossas diferenças de lado e o passado para trás, nos abraçar e fazer as pazes? As coisas não funcionam desse jeito, Mark! Eu jamais o perdoarei pelo que fez!

O Lince respirou fundo e fechou os olhos. Pensativo, reorganizou os pensamentos e chegou a uma conclusão que restaurou a sua resolução, que fora por um breve momento enfraquecida devido às circunstâncias. Abriu os olhos de novo, travou-os no homem à sua frente e moveu os lábios com placidez:

– Não espero que o faça, porém é meu dever como cavalheiro pedir-lhe que me perdoe. Agora que conheço os fatos, sei a extensão do mal que lhe causei, e isto está me corroendo por dentro.

– Estou comovido – Matthew debochou.

Inabalado, Mark prosseguiu:

– ...Eu falhei com você, Matthew. Falhei como pessoa e como irmão, e não consigo imaginar o sofrimento pelo qual você passou ao longo de todos esses anos. Se pudesse, eu daria a minha própria vida para reverter esta catástrofe – mas infelizmente não há como voltar no tempo e mudar o passado. Entretanto, não tentarei me livrar da culpa ao alegar que o que aconteceu foi um acidente; sou homem o suficiente para assumir as minhas responsabilidades, e é exatamente isso o que farei agora.

Uma forte luz amarela irradiou da palma da mão direita de Mark. Após se estender por quase dois metros, a luz se transformou em uma espada longa – uma *Claymore*, idêntica àquela em sua coleção de armas brancas na sala de treino da mansão subterrânea.

– Meu pecado e a desgraça que ele trouxe a você e à nossa família não justificam as suas ações. E ter ciência do nosso parentesco não muda o fato de que somos inimigos, e de que apenas um de nós sairá com vida deste lugar. O que você tem feito nos últimos meses é tão imperdoável quanto o que eu fiz, e, como seu irmão, deverá cair sobre mim o fardo de enviá-lo para o inferno.

Matthew abriu um sorriso irônico e arqueou as sobrancelhas.

– Espera, acha mesmo que tudo o que eu fiz até agora foi somente para me vingar de você?! Hahaha! Não seja patético, Mark! Você não é tão importante assim.

O Lince reforçou a pegada em sua imensa espada escocesa, emitindo um sutil estalar metálico. Matthew continuou:

– Vingança é apenas um dos motivos por trás de minhas ações. Pode até ter sido o que mais me motivava no início, confesso, porém tudo mudou quando eu conheci nosso mestre e a sua linda visão.

Nosso mestre, Mark repetiu em pensamento. Era a segunda vez que ouvira a expressão sair da boca de um Hounds – a primeira ocorrera não muito tempo atrás, durante o seu combate com Vince. Ele tinha uma hipótese a respeito de quem seria esse tal *mestre*, e embora aquele não fosse o melhor momento para testá-la, Mark decidiu fazê-lo mesmo assim:

– Seu mestre... fala do Arquiteto?

– Ora, já ouviu falar dele? – Matthew inquiriu, mas era difícil saber se sua surpresa era autêntica ou não.

– O suficiente. O que ele planeja?

– Acha mesmo que lhe direi?

– Não custa nada tentar.

– É, de fato. Sinto muito, mas fiz um juramento de sigilo absoluto. Se quiser respostas, terá que arrancá-las de mim ao me derrotar.

Mark adiantou o pé direito.

– Então arme-se, pois é exatamente o que farei.

Matthew sorriu outra vez.

– Tem razão, já conversamos demais – ele disse.

– Será aqui mesmo, ou criou esta casa apenas para tentar me dissuadir?

– Dissuadir? De maneira alguma, apenas quis ajudá-lo a lembrar-se de seu crime. Não seria justo se você morresse de consciência limpa, afinal.

– Você ainda não respondeu à minha pergunta – Mark o pressionou. Estava começando a ficar verdadeiramente impaciente.

O Cão, transbordando de ironia, deu de ombros e falou:

– Não, não será aqui. Eu preparei um cenário bem mais adequado para o ato final.

Disse isso e estalou os dedos da mão esquerda. Imediatamente, a casa foi ao chão e o ambiente à sua volta começou a se remodelar.

▪ ▪ ▪

Havia algo macio sob a minha cabeça quando eu voltei a mim.

Abri os olhos turvos e enxerguei, com dificuldade, uma silhueta familiar. Senti a mão de alguém se aproximar e dar tapinhas leves na minha bochecha direita.

– Ei, Lucas! Lucas, acorde! – a voz doce, embora um pouco tensa, soou melodiosamente e preencheu-me com um calor gentil e agradável.

Minha visão por fim se clareou e o lindo rosto de Ayumi entrou em foco. Sua face estava um pouco inchada e coberta de pequenos ferimentos; um filete de sangue escorria de sua testa.

– ...A-Ayumi – balbuciei. – Você está... bem?

De súbito, um peteleco veloz arrancou de mim um gemido involuntário:

– Ai! Mas o quê–

– Sou eu quem deveria estar te fazendo essa pergunta, idiota! – Kuroneko exclamou, um pouco furiosa, mas, acima de tudo, visivelmente aliviada. – Estou ótima. Venci minha luta sem problemas.

Avaliei suas feridas com um olhar apreensivo.

– Não é o que parece... – observei.

– O que, isto? – ela disse, passando a mão pela testa machucada. – Não foi nada; você devia ter visto como ficou o outro cara.

Soltei um risinho sem querer, e ela, contagiada pela atmosfera descontraída, e talvez feliz por ver que eu estava bem, fez o mesmo.

Ainda um pouco desorientado, eu respirei fundo e olhei em volta para me situar melhor. Notei que, curiosamente, o céu avermelhado de fim de tarde se estendia acima da cabeça da garota, com dois ou três helicópteros de noticiários famosos circulando e nos filmando sem permissão. *Que estranho*, pensei e em seguida baixei o olhar confuso, apenas para deparar-me com o topo do estádio – ainda repleto de homens e mulheres encapuzados – e a parte mais alta das arquibancadas lotadas.

Movi a cabeça para trás e encarei Ayumi outra vez.

– Que foi, alguma coisa errada? – ela perguntou, intrigada.

Foi então que o meu cérebro resolveu finalmente voltar a funcionar e eu compreendi a situação em que me encontrava. A constatação de que a coisa macia abaixo da minha cabeça se tratava das belas coxas de Ayumi – que, ajoelhada no gramado, acolhia-me carinhosamente em seu colo – fez-me arregalar os olhos e saltar em reflexo, quase a acertando no processo.

– Ei, cuidado! – a garota exclamou, assustada.

– D-D-Desculpe, K-Kuroneko! E-Eu... e-eu...!

Sua reação seguinte denunciou que ela também não tinha percebido a gravidade do que havia feito – provavelmente agira por impulso quando chegou ao estádio e me viu desacordado no chão, com o corpo imóvel de Matthew caído sobre mim –, pois Kuroneko corou e começou a gaguejar como eu:

– N-N-Não tenha nenhuma ideia errada, L-Lucas! E-Eu só estava...

De repente, um som alto irrompeu e roubou-nos a atenção. A vergonha que ambos sentíamos desapareceu de imediato e nossos olhares se encaminharam automaticamente para um dos enormes portões do estádio, que se abria com lentidão.

Ayumi pôs-se de pé e retirou Hikari das costas, empunhando-o e deixando uma flecha prateada pronta para o disparo. Eu também me levantei e arranquei a espada reta da grama, erguendo-a com as duas mãos. Meus olhos encontraram o corpo inconsciente de Matthew – que Kuroneko aparentemente havia removido de cima de mim ao me encontrar – e viram que minha adaga permanecia firme cravada em suas costas, mas retornaram ao ponto de maior interesse logo em seguida. Vê-lo daquele jeito lembrou-me dos meus próprios ferimentos, e de como eles milagrosamente não doíam mais. Levei a mão ao abdômen e constatei que a enorme ferida deixada pela arma infernal de Matthew havia desaparecido, junto de todas as outras.

O portão barulhento parou de se mover ao atingir uma abertura de aproximadamente dois metros e alguém o atravessou. Seu caminho foi desobstruído pelos agentes de preto, que bloqueavam a multidão alucinada que se agitou ainda mais ao ver a grande porta retrátil se abrir. Não consegui reconhecer quem era devido à distância que nos separava, no entanto existia algo aterrorizante naquela figura misteriosa que caminhava devagar em nossa direção:

Ela estava coberta de sangue.

A saída se fechou novamente e a multidão aquietou-se assim que a figura ensanguentada cruzou sua visão. Como uma horripilante aparição de filme de terror, ela continuou o seu trajeto com calma, aproximando-se com passos curtos e despretensiosos; segurava um objeto que parecia uma arma em sua mão esquerda. Kuroneko e eu estávamos em alerta

– não podíamos confirmar a identidade daquela pessoa, afinal –, e não baixamos a guarda por um momento sequer.

Conforme a distância diminuía, o contorno daquele ser foi se tornando cada vez mais nítido. Em pouco tempo, suas curvas revelaram que se tratava de uma mulher. Logo depois, seus longos cabelos, completamente ensopados pelo líquido rubro pegajoso, mostraram-se estar presos em um rabo de cavalo. A suposta arma em sua mão ganhou forma, e eu a pude enfim identificar – era uma escopeta de cano cerrado. Por fim, quando a outra mão passou pelo seu rosto, removendo boa parte do sangue ali contido, dois selvagens olhos verdes fulguraram incisivamente, refletindo os últimos raios de sol do dia.

– E então, já vencemos?

A inconfundível voz grave e sibilante que saiu de seus lábios finos trouxe consigo a indubitável certeza:

Aquele era o nosso querido companheiro, Tony.

– *Oji-chan*! – Ayumi exclamou com alegria após soltar um pouco do ar que prendera em seus pulmões. Em seguida, ela baixou o arco preto e fitou-me, sorrindo.

Suspirei longamente e sorri como ela, baixando a espada e dando alguns passos em sua direção.

– É bom vê-los em segurança, crianças – Tony disse, achegando-se a nós. – Como vão as coisas por aqui?

– Ótimas – Ayumi declarou com orgulho. – Derrotei Sombra e voltei para cá o mais rápido que pude. Quando cheguei, encontrei os quatro desse jeito.

Tony correu os olhos pelo campo danificado e avistou os corpos de Vince, Mark e Matthew caídos sobre a grama.

– Meu Deus, o que foi que aconteceu por aqui? – ele indagou, surpreso.

Aproximei-me dele e expliquei:

– Mark e eu trocamos de oponentes no meio da luta. Foi uma tática desesperada que não pensamos que iria funcionar, mas, para a nossa total surpresa, eles acabaram aceitando. Mark derrotou Vince e eu imobilizei Matthew para que ele o invadisse, e agora–

– ...E agora os dois estão se enfrentando no Weiss, hã? – Tony interrompeu-me, pois já havia compreendido tudo.

– ...Sim – eu concordei, embora fosse desnecessário.

Ele baixou o semblante e olhou para o homem de terno branco estirado na grama, depois suspirou e disse:

– Esse daí está te dando bastante trabalho, hein, Mark?

Ao ouvir o nome de Mark, meus olhos procuraram pelo seu corpo. Encontrando-o não muito distante de mim, notei algo extremamente alarmante, e minha boca se moveu sozinha antes que eu pudesse perceber:

– Tony, ele não está respirando!

Virei-me para encará-lo, mas Tony não demonstrou nenhum espanto com a minha observação preocupante – apenas limpou um pouco mais a face sanguinolenta com o antebraço e falou:

– Não esquenta, garoto. Ele está bem.

– Mas... – eu disse, meu olhar alternando entre um Tony anormalmente despreocupado e um Mark completamente imóvel – ...você não havia me explicado no outro dia que durante a troca o corpo de um switcher retém as suas funções vitais enquanto o seu tempo não chega ao fim?

– Sim, eu expliquei – Tony respondeu, chegando mais perto. – Durante uma troca convencional, isto é, entre um switcher e um regular, isso acontece para que o switcher tenha como retornar para o seu próprio corpo caso não deseje roubar o corpo invadido. Mas essa ligação é cortada quando o corpo pertence a outro switcher, ou seja, quando há um conflito no Weiss. O motivo disso é que, uma vez que se entra naquele lugar, só há dois possíveis desfechos...

Engoli em seco enquanto ouvia a sua explicação. Uma gota de suor escorreu até meu olho direito, causando uma ardência incômoda.

– ...Ou você vence a batalha e toma o controle do corpo invadido, absorvendo a mente do seu dono anterior por completo, ou perde e é totalmente absorvido pelo oponente, desaparecendo para sempre.

Fiquei sem palavras. Ayumi, que parecia já saber de tudo aquilo, fez uma expressão consternada e desviou o olhar.

Tony continuou:

– O corpo de Mark não está respirando porque não há mais a necessidade de se manter vivo. Mark jamais retornará a ele – não passa de uma casca vazia; um cadáver.

Uma tristeza profunda e um violento sentimento de culpa assolaram o meu coração ao ouvir aquelas palavras. Sentia-me responsável pela situação em que Mark havia se colocado por minha causa, e meu arrependimento era tão grande que tive vontade de gritar.

Entretanto, Ayumi, lendo-me como um livro, interpretou os sinais do conflito interno que me afligia – evidenciados em meu rosto – e se manifestou:

– Nada de querer carregar toda a culpa nas suas costas como sempre faz, Lucas. Mark sabia melhor do que ninguém dos riscos de se entrar no Weiss, e escolheu fazê-lo mesmo assim.

Fitei-a longamente. Ela prosseguiu:

– Tudo o que podemos fazer agora é torcer para que ele vença, e estar prontos para lidar com Matthew caso o pior aconteça.

Tony aproximou-se e pôs a mão em meu ombro.

– Ela está certa, garoto. Estou tão aflito quanto você, mas não há nada que possamos fazer a não ser esperar. Além disso, Mark não vai gostar nenhum pouco de saber que você ficou tão desanimado e preocupado por sua causa quando voltar – você sabe o quanto ele odeia incomodar aos outros. Então levante a cabeça e recomponha-se!

A frase motivacional acompanhou um tapa leve em minha nuca. Sorri – eles haviam conseguido, de algum modo, acalmar o meu espírito.

Kuroneko se juntou a nós, e foi então que aconteceu.

Um dos agentes desceu do topo do estádio. Trazia algo nas mãos, e sua chegada repentina fez com que eu e meus amigos erguêssemos as nossas armas e nos preparássemos para o pior. O homem, notando o clima pesado que se formara ao seu redor, levantou as mãos em sinal de rendição, expondo claramente o objeto que carregava.

Era uma espada quebrada.

Meus olhos se arregalaram involuntariamente. Imagino que o mesmo tenha acontecido com meus companheiros, mas as circunstâncias me impediram de conferi-lo. Um formigamento esquisito percorreu minhas pernas e um arrepio subiu-me a espinha. A pegada em minha espada foi firmemente reforçada.

– O que significa isto? – Tony perguntou ao homem em tom sério.

Ele nada disse – simplesmente arremessou a arma branca avariada sobre o gramado, que aterrissou com um baque surdo, quase inaudível, na superfície macia.

Ayumi soltou Hikari e caiu de joelhos.

– Não... – ela sussurrou e levou as duas mãos ao rosto. Tony mantinha-se estável, porém os músculos de sua face se retorciam em espasmos feito uma cobra acuada. Uma raiva crescente se apoderou de mim, e eu atirei um olhar perfurante ao homem encapuzado.

Uma simples ferramenta letal danificada como aquela não deveria ser o suficiente para provocar emoções tão poderosas quanto as que afloravam em nós três naquele momento. No entanto, não era a espada que nos fazia sentir daquela maneira, mas sim a pessoa a quem ela pertencia.

Isso porque aquele era o florete de Scott.

Não, aquelas eram somente a empunhadura e uma metade da lâmina – o que *sobrou* de seu florete.

Tony retirou os olhos da espada e os lançou sobre o agente.

– O que houve com a mulher? – indagou, sem esconder o ódio contido em sua voz.

– Fugiu assim que a declarei vencedora – o homem encapuzado respondeu. Seu tom era grave e intimidador.

Tony apertou a coronha de madeira de sua escopeta, provocando um estalido sutil.

– Isso não a desqualifica? – perguntou, tentando acalmar-se.

– Não – foi a resposta seca do agente. – Ela venceu, e sua vitória foi atestada por mim. O que fez ou deixou de fazer depois disso não é da minha conta, e não muda coisa alguma.

– Entendo... – Tony disse entredentes, apertando ainda mais a coronha estalante. Eu podia sentir a sua ira de onde estava.

O agente abriu um sorriso falso, parcialmente ocultado pelas sombras do capuz, e falou, com ironia:

– Mas não se preocupem: mesmo que tenham perdido essa luta, ainda estão ganhando a disputa. O placar está três a um para vocês, Linces; alegrem-se.

Disse isso e foi-se embora, retornando para o topo do estádio de onde viera.

Um silêncio desolador se instalou entre nós. Não havia nada a ser dito, e qualquer tentativa de iniciar uma conversa fútil seria um ato de tremendo desrespeito.

E então, de repente...

– Merda!

A voz de Tony ecoou, carregada de fúria e frustração. Eu quis berrar também, mas algo no ar me chamou a atenção e impediu-me de fazê-lo – um resmungar fino, baixinho, quase imperceptível esgueirava-se por entre as mãos de Ayumi, ainda ajoelhada no gramado.

...Ela estava chorando.

As inconsoláveis ira e tristeza que eu sentia foram temporariamente postas de lado, pois havia algo muito mais importante acontecendo naquele momento:

A mulher que eu amava estava sofrendo.

Aproximei-me dela devagar. Agachei-me ao seu lado e pus a mão em sua cabeça, amavelmente. Ela descobriu o rosto, olhou-me rápido, com os olhos transbordando de lágrimas, e atirou-se em meus braços, deixando o choro escapar sem o menor pudor.

Ficamos daquele jeito por um bom tempo. Soubemos, naquele instante, que mesmo que viéssemos a vencer aquela disputa sangrenta, nós havíamos perdido algo insubstituível naquela tarde, e nenhum grito de comemoração ou canção de vitória seriam ouvidos durante o jantar.

■ ■ ■

Havia areia quente sob os seus pés.

Sobre a sua cabeça, o sol ardia fervorosamente, como se desejasse exterminar toda a vida que ainda teimasse em existir naquele lugar desolado.

Mark olhou em torno de si; para todos os lados só havia areia, sol e desespero.

Era um deserto – o maior que ele já tinha visto. Parecia estender-se para sempre, assim como o Weiss em seu estado bruto. Porém, se comparado à sua contraparte de brancura infinita, o deserto diante de seus olhos era muito mais intimidador e hostil.

– Gosta do que vê? – Matthew, diretamente à sua frente, indagou com um sorriso.

– É impressionante – Mark respondeu à medida que levantava um pouco de areia com o pé, a fim de checar sua consistência. – Se ao menos você fosse tão bom lutando quanto é construindo cenários...

– Ora essa, eu não os crio; apenas reproduzo o que já existe.

– Hum... – Mark murmurou enquanto ponderava sobre o ego inflado de Matthew, que o impedia de enxergar, mesmo nas mais óbvias ofensas, qualquer coisa além de elogios. – Então este deserto existe de fato, hã? Onde estamos, no Saara?

– Exatamente! – Matthew exclamou, exultante. – Bravo, Mark! Sua inteligência me enche de orgulho.

– Obrigado. Suponho que, assim como o anterior, há algum motivo deturpado por trás da escolha deste local em particular para o nosso confronto final, correto?

– Mais uma vez, corretíssimo. Você claramente se esqueceu, mas certo dia, durante uma das sessões de histórias ao pé da lareira, nosso pai nos contou tudo a respeito do maior deserto da Terra. Explicou-nos como suas dunas, tão grandes quanto casas, viviam em constante movimento devido aos fortes ventos. Falou-nos sobre o calor infernal e a sede enlouquecedora que ele provocava, capazes de derrubar o mais resistente dos homens em algumas horas. Falou-nos também dos curiosos e pacíficos camelos, com suas corcovas engraçadas e patas fortes; dos escorpiões sorrateiros e das serpentes ariscas, cujos poderosos venenos paralisavam e matavam em questão de minutos; dos fascinantes e misteriosos povos nômades, mestres da sobrevivência tão familiares com o ambiente inóspito que as terríveis intempéries em nada os afetavam...

O olhar impaciente de Mark demonstrou o quão farto ele estava dos rodeios intermináveis de Matthew. Notando isto, o homem de terno se apressou:

– Bem, para encurtar a história: você ficou extremamente empolgado com tudo aquilo e prometeu, perante toda a família, que não morreria sem antes presenciar as maravilhas do Saara pessoalmente. Então dê uma boa olhada ao redor, meu irmão, pois agora que sua promessa foi, enfim, cumprida...

Luzes surgiram nas mãos de Matthew e adquiriram forma, dando origem a duas submetralhadoras negras apontadas para Mark.

– ...É hora de você morrer.

Puxou os gatilhos ao mesmo tempo e as armas rugiram com ferocidade, cuspindo inúmeras balas na direção do inimigo. Este, por sua vez, correu para a esquerda, desviando-se dos tiros com destreza. Matthew calculou o movimento de Mark e corrigiu a mira para acertá-lo com a próxima saraivada de disparos, mas seu oponente, cuja principal virtude era a sua habilidade de pensar rapidamente e se adaptar conforme as circunstâncias, transformou, em meio a uma ofuscante luz amarela, a enorme espada em suas mãos em uma espécie de escudo retangular, que protegeu boa parte do seu corpo e defletiu os projéteis sem dificuldade.

Mark avançou rumo ao adversário, cujas balas disparadas em rápida sucessão acertavam o escudo improvisado, espalhando faíscas por toda parte, e a areia do chão, levantando-a e deixando buracos. O Lince, agora a apenas alguns metros do homem de terno, chutou o chão e alçou voo, despencando sobre ele com violência.

O escudo brilhou e voltou a ser uma espada, e Mark a usou para cortar de cima para baixo. Em reflexo, Matthew ergueu os braços acima da cabeça e as armas em suas mãos se iluminaram, uniram-se e se transformaram em uma lança dourada, que ele usou para aparar o golpe furioso de seu irmão.

O choque nascido da colisão entre as duas armas brancas foi devastador. A duna abaixo dos switchers foi revirada pela forte rajada de vento produzida pelo impacto e a areia se espalhou para todos os lados, precipitando-se vagarosamente em seguida. Os pés de Matthew afundaram-se até as canelas na areia fofa, mas seus joelhos flexionados conseguiram suportar a enorme pressão exercida por Mark.

Quando o Lince pisou no chão, não deu chance para o adversário se recuperar: tão logo descruzou as armas, moveu sua *Claymore* destruidora novamente, dessa vez cortando da direita para a esquerda. O metal pesado zuniu e a lâmina seguiu em direção ao pescoço de Matthew, mas ele, no último momento, moveu a lança e a usou para desviar a trajetória do golpe, fazendo com que a ponta da espada raspasse em sua têmpora esquerda.

Aproveitando-se do empuxo criado pelo segundo ataque de Mark, Matthew saltou para a direita e se distanciou do inimigo. Seu rosto estava ferido, porém não havia sangue fluindo do corte superficial – apenas uma clara luz.

Era uma ferida luminosa que não sangrava.

Os corpos no Weiss não passavam de representações dos switchers que nele combatiam. Nesse mundo isento de fronteiras, mas não de limites, a mente e a imaginação permitiam aos duelistas uma miríade de possibilidades. No entanto, havia uma particularidade que deveria ser sempre levada em consideração:

Não existia regeneração. Quando alguém morria, era para sempre.

A mente não possui propriedades regenerativas tal qual o resto do corpo. Caso seja danificada, ela nunca mais voltará a ser a mesma, e não há nada que se possa fazer para reverter isso. Da mesma maneira a alma, o ser também funciona, e uma vez que a essência desse ser era fielmente reproduzida no Weiss, assumindo forma idêntica ao último corpo utilizado pelo switcher, as mesmas regras se aplicavam.

Partículas translúcidas de luz desprendiam-se da ferida de Matthew e flutuavam antes de desaparecer. A areia ao redor se assentava suavemente, compondo uma imagem pacífica que contrastava gritantemente com o ódio exalado pelos dois inimigos mortais encarando-se com selvageria.

Matthew girou a lança dourada e a apontou para Mark, convidando-o. Ele correspondeu à provocação e avançou, levantando areia consigo a cada passada veloz.

Encontro. Choque de armas. Rajadas de vento cortante. Areia entrando nos olhos. Emoções à flor da pele.

Os dois trocavam golpes com incrível destreza e agilidade, mas cada ataque de um era habilmente defendido ou desviado pelo outro, e nenhuma das feridas abertas se provava fatal.

De repente, após desviar-se de um ataque que previra, Matthew acertou o rosto de Mark com a ponta não letal de sua lança, composta por uma esfera maciça de metal do tamanho de uma bola de bilhar. O líder do Moonlight Lynx voou por vários metros e quicou repetidamente nas dunas, até que conseguiu frear usando os braços e as pernas e reergueu-se devagar com os olhos em chamas.

Havia uma distância significativa entre os dois, e Mark, conhecendo bem seu adversário, antecipou que Matthew, cuja especialidade era ataques de longo alcance, mudaria sua tática para explorar ao máximo este fato. Portanto, antes que isso acontecesse, o Lince resolveu dar o primeiro passo e transformou a espada em suas mãos em uma enorme arma de fogo.

M134D *Minigun* – uma metralhadora calibre 7.62 com tambores rotativos, capaz de realizar de dois a seis mil disparos por minuto. Uma arma monstruosa como esta estava agora apontada diretamente para o líder do Bloody Hounds, que olhava para o seu oponente do alto de uma duna, com um imenso sorriso estampado no rosto castigado pelo sol.

Um agudo gemido mecânico anunciou o início da temerosa rotação dos tambores da *Minigun*, e logo em seguida a arma começou a vomitar projéteis imensos a uma velocidade descomunal em meio a um som ensurdecedor. O ponto em que Matthew se encontrava foi assolado por rápidas e sucessivas explosões de areia, e a torrente de tiros parecia não terminar à medida que a metralhadora consumia indiscriminadamente a longa carreira de balas que pendia da sua lateral direita e expelia os cartuchos vazios por uma abertura circular.

O atirador aliviou a pressão sobre o gatilho e os disparos cessaram momentaneamente. Sem perder a mira, Mark aguardou, paciente, a areia se acalmar, porém, quando ele pôde enfim enxergar através da grossa névoa arenosa, avistou algo que não deveria estar ali:

Uma parede de metal.

Era obviamente blindada e havia sido construída por Matthew no último instante, impedindo-o de ser aniquilado pela chuva de balas incandescentes.

Tsc, Mark protestou, mas antes que pudesse pensar em uma nova estratégia, notou um movimento súbito; era Matthew correndo para a esquerda com dois revólveres nas mãos.

O Cão pressionou os gatilhos alternadamente, porém errou devido à baixa visibilidade do campo de batalha. Mark pôs-se a correr na mesma direção para onde seguia o homem de terno e reativou sua *Minigun*, fazendo-a cuspir ainda mais balas sobre ele.

Como se dotadas de vida própria, novas paredes idênticas à primeira emergiram da areia. Matthew disparava uma ou duas vezes e Mark retribuía com uma saraivada ininterrupta de projéteis, que eram eficientemente bloqueados pelas paredes instransponíveis que surgiam em sequência.

Por fim, Matthew parou de correr e abrigou-se atrás da última parede que erguera. Mark deslizou na areia e parou também, mas continuou com a arma em riste, mirando na direção do inimigo escondido.

Foi então que, de súbito, dois mísseis teleguiados despontaram das laterais da parede. Tinham Mark como alvo.

Os mísseis eram extremamente velozes e não estavam muito longe – iriam atingi-lo em pouquíssimo tempo. Guiado mais pelo instinto do que pela razão, Mark manuseou sua *Minigun* e abateu um deles; o segundo, no entanto, já estava perto demais, e ele seria pego na explosão caso o destruísse da mesma maneira. Abandonou a metralhadora gigantesca e saltou para trás, fugindo da zona de impacto. Instantes depois, o míssil acertou o chão e explodiu em uma mistura de fogo, fumaça preta e areia, que envolveu Mark e obscureceu totalmente a sua visão.

Indefeso e incapaz de enxergar um palmo à frente do próprio nariz, Mark caía sem destino. Esperava, logicamente, um novo ataque de Matthew, mas não podia prever de onde ou quando ele viria.

De repente, viu um brilho prateado se aproximando em altíssima velocidade. Protegeu a cabeça com os dois braços em guarda e os revestiu com placas de titânio criadas às pressas, milésimos antes de algo os acertar com extraordinária força.

Mark foi atirado para fora da nuvem negra e chocou-se violentamente contra a areia, deixando um extenso rastro na superfície alaranjada. Restabeleceu-se, ficou de pé e direcionou os olhos para cima, de onde despencava agressivamente seu inimigo, que tinha uma longa espada de lâmina ondulada nas mãos.

O Lince produziu sua *Claymore* outra vez e aparou o golpe potente de seu irmão. Mais uma duna inocente foi dizimada pelo catastrófico embate dos switchers poderosos.

A tensão entre os dois adversários podia ser sentida a quilômetros de distância. Em meio a ofuscantes faíscas, devastadoras rajadas de vento e estrondosos baques, as lâminas dançavam com elegância, encontrando-se diversas vezes e erguendo uma densa camada de areia que ficava maior a cada segundo.

Mark defletiu um corte rápido de Matthew e usou o empuxo resultante para se afastar alguns metros para trás. Moveu a espada longa próxima do chão e o vento produzido levantou uma cortina de areia veloz que o separou de seu inimigo, ocultando-o por completo.

Do outro lado da cortina, Matthew preparou-se para o ataque seguinte, mas foi surpreendido pela rapidez e adaptabilidade de Mark, que surgiu da areia, logo após tê-la levantado, em uma posição inusitada – com o centro de gravidade baixo, muito rente ao chão, e a *Claymore* à frente do corpo, projetando-a com vigor e mirando sua perna esquerda.

O Cão saltou para a direita e defletiu a lâmina de Mark com sua *flamberge*, mas, antes que pudesse se restabelecer, seu irmão já havia se recuperado da investida ousada e corria ao seu encontro com a espada gigantesca no princípio de um arco feroz.

Matthew defendeu o golpe e todos os que o sucederam. Foi então forçado a adotar uma postura defensiva – a pressão exercida pelo sublime rival era alarmante, e ele sabia que, se continuasse daquele jeito, seria apenas uma questão de tempo até Mark sair vitorioso.

Era preciso mudar de estratégia.

Esquivou-se do último corte rasante do Lince e rasgou-lhe a coxa esquerda com a espada. Mark rangeu os dentes e girou o corpo para proteger a lateral exposta, mas Matthew, ao invés de aproveitar-se da abertura para atacar, usou-a para distanciar-se e modificou a arma em suas mãos novamente.

A comprida lança dourada reluziu sob o fustigante sol do deserto outra vez. Mark estranhou a reutilização da arma, mas a experiência o ensinara a jamais subestimar a inteligência de seus inimigos, então ele assumiu que havia algo maior por trás daquela decisão aparentemente insensata e redobrou a atenção.

Felizmente, ele estava certo.

Matthew apontou-lhe a lança e a lâmina afiada em sua extremidade brilhou. A arma dourada expandiu-se com assombrosa velocidade e o alcançou, raspando-lhe o ombro esquerdo – pois ele se esquivara no último instante. Em seguida, retraiu-se e estendeu-se de novo, dessa vez mirando o centro de seu tórax. Mark pôs sua espada à frente do corpo e a lança a acertou com admirável força, arrastando o Lince para trás sobre a areia esvoaçante.

Matthew encolheu a lança pela segunda vez. Preparava-se para repetir seu ataque, quando Mark começou a correr em linha reta na sua direção. *Idiota*, ele pensou e reforçou a pegada dupla em sua arma enquanto calculava o melhor momento para finalizar seu oponente de uma vez por todas.

No entanto, ao contrário do que aparentava, o avançar repentino de Mark nada tinha de impensado ou inconsequente, e ele, na metade do trajeto, produziu uma granada em sua mão esquerda, removeu o pino com os dentes e a arremessou adiante, mirando não em seu adversário, mas na pequena duna entre os dois. O mortífero objeto verde-escuro explodiu e espalhou areia e fumaça para todos os lados, fazendo Matthew perder seu inimigo de vista.

Contudo, o Cão já havia presenciado aquela tática simples antes, e não cairia duas vezes no mesmo truque. Ele então direcionou a lança para a nuvem de areia, corrigiu o ângulo e a prolongou; sua lâmina cruzou rapidamente o ar até fincar-se em algo resistente e pesado.

– Peguei você! – Matthew exclamou, confiante de que aquilo no fim de sua arma era, de fato, o seu irmão. A areia estava enfim se dissipando e ele apurou os olhos para confirmar o seu sucesso; entretanto, assim que a silhueta de seu alvo se tornou distinguível, uma intensa raiva, mesclada com surpresa e incredulidade, se apoderou de seu ser, e sua boca se escancarou.

Na extremidade da lança dourada expandida, perfurado bem no meio do seu corpo, havia não um homem, mas um boneco. Era um cachorro de *design* simples, preto e sem muitos detalhes, mas grande e firme o suficiente para suportar o peso de um adulto. Estava com as quatro patas sobre a areia, e seu estofamento de espuma vazava do buraco criado pela arma. Acima dele, inusitadamente encolhido com os joelhos flexionados e as costas curvadas, equilibrava-se o líder do Moonlight Lynx, Mark Blackwood.

O Lince ficou de pé sobre o boneco, altivo. Na visão de Matthew, aquela imagem representava mais do que o seu fracasso – era uma mensagem, uma premonição; o futuro inevitável que Mark estava construindo.

Um arrepio assustadoramente humano subiu a espinha do monstro de terno.

Mark não tinha muito tempo – precisava agir. Desceu do boneco e avançou com fúria sobre o inimigo. Matthew despertou de seu estupor e retraiu a lança, mas seu irmão se aproximava rápido demais; então ele, com a mão livre, recriou uma das submetralhadoras que usara anteriormente e disparou dezenas de projéteis na direção de Mark. O Lince ergueu a espada larga e defletiu a maioria dos tiros – alguns penetraram-lhe várias partes do corpo, no entanto –, deslizou sobre a areia e cortou para a direita, decepando a mão esquerda de seu adversário.

Matthew afastou-se alguns metros com um salto curto e, usando a mão remanescente, atravessou o flanco esquerdo do irmão com a lança após prolongá-la de novo, espalhando fragmentos luminosos pelo ar. Mark, desequilibrado e ferido, não seria capaz de mudar a trajetória de sua espada pesada – que no momento seguia para a direita, no auge de sua aceleração e inércia – a tempo de conseguir contra-atacar ou defender-se de um próximo golpe, então a soltou – deixando-a voar desgovernadamente – e moveu a mão esquerda de modo a apontá-la para o rosto de seu oponente, flexionando os dedos como se segurasse alguma coisa.

Matthew compreendeu o que aquele gesto significava e, antes que a pistola negra se materializasse na mão de Mark, sua cabeça foi envolvida por uma luz amarela e um elmo reluzente a cobriu logo em seguida.

Tudo ocorreu em um piscar de olhos.

A pistola ressoou e o projétil ricocheteou no capacete medieval, deixando uma pequena depressão no ponto em que os metais colidiram. O Cão torceu o cabo polido e a lança, após brilhar como nunca, transformou-se em uma foice imensa cuja lâmina curva, nascida da ponta da arma que atravessara o flanco de Mark, estendeu-se ao longo de suas costas e ao redor de seu corpo, pronta para ceifar-lhe de vez a vida.

– Acabou, Mark! – a voz, abafada pelo elmo sufocante, soou da boca oculta de Matthew. Não se podia ver sua expressão, mas seu tom evidenciava o quão certo da vitória ele estava.

Entretanto...

Com uma velocidade inacreditável, a mão destra de Mark se moveu para a esquerda e para cima, e foi somente então que Matthew notou que ela segurava algo em seu punho fechado. Algo comprido e maleável, apesar de rígido, composto por vários elos incrivelmente resistentes:

Uma corrente.

E, para aumentar ainda mais a sua surpresa, havia um objeto grande no fim daquela corrente presa por um bracelete de metal ao pulso de seu imprevisível oponente:

Uma espada.

Larga e extremamente pesada – uma *Claymore*.

A espada escocesa seguiu o trajeto desenhado pela corrente e separou o retesado braço direito de Matthew – que até então se mantinha firme em sua foice – do resto do corpo, deixando um rastro luminescente no ar.

Em seguida, a mão esquerda de Mark apontou a poderosa pistola calibre 45 para o plexo exposto de seu estupefato inimigo.

– Acabou, Matthew – ele disse e disparou as nove balas remanescentes no pente, antes mesmo que o oponente pudesse compreender a fundo o que estava acontecendo. Aleijado e indefeso por completo, Matthew recebeu os projéteis perfurantes de frente, sacudiu com violência a cada impacto sofrido, cambaleou forçosamente para trás e tombou na areia quente.

Um silêncio mórbido se instaurou em seguida. O vento abafado sacudia as roupas e os cabelos dos dois homens, e seus olhos lacrimejavam devido à areia fina e à imperdoável luz do sol.

Mark deixou cair a pistola preta e respirou fundo. Não havia alívio ou felicidade em seu coração – apenas uma sensação esquisita e indescritível que mais tarde, quando questionado, ele viria a chamar simplesmente de *vazio*.

A foice cravada em seu corpo provocava intensa dor. O braço de Matthew, ainda agarrado ao cabo dourado, pendia para baixo e balançava a cada movimento de Mark, que se dirigia vagarosamente até o inimigo caído enquanto sustentava, com a mão esquerda, o peso da arma que lhe perfurava a carne.

Matthew estava coberto de ferimentos que emanavam uma cálida luz amarela. Sua deplorável forma desprovida dos membros superiores era digna de pena, porém Mark não era capaz de sentir nada naquele momento.

– Aah, eu perdi – o Cão murmurou entrecortadamente, com suas últimas forças. – Imagino que agora seria a parte em que eu, o vilão trágico, me arrependeria de tudo o que fiz e encontraria redenção perante a face da morte, não é? Hehe... é uma pena, mas acho que não tenho energia ou tempo suficientes para isso...

Mark ajoelhou-se ao seu lado, fitando-o gravemente. O bracelete e a corrente que uniam a *Claymore* ao seu pulso desapareceram num feixe de luz.

– Não precisava ser assim, Matthew. Foi você mesmo quem escolheu este destino, e não há ninguém para culpar senão a si próprio.

– É fácil para você dizer isso, meu irmão. Você, que fugiu do passado... e me deixou para afogar-me nele sozinho.

– Estou certo de que não fugi por mero egoísmo. Esquecer deve ter sido o que me manteve vivo. Conheço-me o suficiente para saber que eu nunca me perdoaria pelo que fiz, e provavelmente a única forma que a minha mente encontrou para me proteger de mim mesmo foi abrir mão das minhas memórias.

– Besteira! – Matthew exclamou e tentou erguer o tronco mutilado, no entanto não conseguiu e gemeu de dor quando as suas costas retornaram à areia. – As coisas... não são tão convenientes assim, Mark. Não tente... não tente se...

– Como eu disse antes, não estou tentando me justificar, se é isso o que está pensando. E a prova disto é o que farei agora.

Mark pôs a mão direita na base do elmo do switcher derrotado, arrancando-o de sua cabeça com um movimento brusco e atirando-o longe. O sorriso retorcido de Matthew encarou-o desafiadoramente, satisfeito e repleto das mais variadas e conflitantes emoções.

– Sim, querido irmão – o Cão disse, com voz rouca e vacilante. – Pegue minhas memórias. Tome tudo de mim... não deixe nada para trás. Consiga todas as informações que deseja... e lembre-se daquilo que escolheu esquecer.

O Lince pousou a mão sobre a face do irmão, ocultando-lhe as feições grosseiras.

– Eu sinto muito – ele disse, e em seguida todo o corpo de Matthew se iluminou e passou a se desfazer lentamente, começando pelos pés e terminando em sua cabeça, por onde a palma grande de Mark o absorvia.

As memórias de Matthew invadiram sua mente com agressividade, instalando-se com tanto realismo que Mark sentiu como se tivesse vivenciado aqueles acontecimentos ele mesmo. Primeiro, ele acessou as informações de que precisava – nome, aparência, intenções e paradeiro do homem conhecido como o Arquiteto. Depois foi a vez de investigar o passado de Matthew, confirmar tudo o que ele havia dito e enfrentar os fatos.

Como se assistindo ao rebobinar frenético de uma fita cassete, Mark acompanhou a exibição do filme da vida de Matthew no sentido contrário até chegar ao momento que ele mesmo, durante o lapso memorial ativado pelas palavras do Cão e pela sua representação fidedigna da casa na qual os dois viveram, havia presenciado. Contudo, dessa vez as figuras eram nítidas – não eram mais vultos disformes de faces abrumadas –, e o ponto de vista agora era outro, pois ele assistia à cena através dos apavorados olhos de seu falecido irmão mais novo.

Sanou definitivamente as suas dúvidas: Matthew dissera mesmo a verdade.

...Era *tudo* verdade.

Seu coração se comprimiu e uma aflição pungente brotou de suas entranhas.

– Matt... – ele sussurrou, curvando-se para frente enquanto um rio de lágrimas fluía de seus olhos azuis.

Assim como Matthew, o deserto ao redor se transformou em luz, e Mark, após ser envolvido por inúmeros fragmentos luminosos de todas as formas e tamanhos, que subiam aos céus feito uma cascata invertida e desapareciam logo em seguida, viu-se, mais uma vez, na imensidão branca.

Desta vez, porém, ele estava sozinho.

▪ ▪ ▪

Percebemos que ele acordava por causa de seus olhos.

Estavam fechados, mas lágrimas começaram, de repente, a cair deles e a escorrer pela lateral de seu rosto, encerrando-se na grama abaixo de sua cabeça.

– Tony! – chamei-lhe a atenção, e meu amigo aproximou-se do corpo de Matthew com sua escopeta a postos.

Ayumi, que ainda se apoiava em mim, percebeu a movimentação e deixou a tristeza temporariamente de lado, sinalizando com a cabeça que estava bem; tanto o inchaço de seu rosto arredondado quanto os demais ferimentos do seu corpo já tinham diminuído um pouco. Levantamo-nos então com as nossas armas em punho e nos juntamos a Tony.

O braço do homem de terno e todas as suas feridas – com exceção daquela em suas costas – haviam se regenerado durante o tempo em que ele ficara desacordado, mas a sua roupa permanecia rasgada e sanguinolenta. Não fazíamos ideia de quem despertaria naquele corpo: nosso amado líder ou nosso odiado inimigo; precisávamos nos preparar para o pior.

Os olhos encharcados por fim se abriram, emanando um brilho tão impactante que por pouco não me atordoou. Tony apontou sua arma em direção à face do homem e disse, sem cerimônias:

– Cão ou Lince, o que é você?

O homem deitado de bruços piscou e uma lágrima empoçada em sua pálpebra escorreu.

– Lince – ele disse. – Sou eu, Tony.

Um alívio muito bem-vindo preencheu o meu coração, mas notei que meus companheiros não haviam relaxado nem um pouco e mantive o personagem.

– Prove. Diga algo que apenas Mark saberia – Tony demandou, brandindo a escopeta ameaçadoramente. – Mas sem gracinhas; um tiro desta belezinha a esta distância e eu garanto que você dormirá de novo por um *longo* tempo.

O homem soltou um risinho, inabalado pelas palavras do outro. Usou os braços para erguer o tronco, passou as pernas para a frente do corpo e, sentado, falou:

– Toda santa vez, hein, Tony? Quantas vezes nós já passamos por isto, hã? E quantas vezes eu já disse que, caso eu tivesse perdido a batalha e este que vos falasse fosse de fato outra pessoa, ela teria absorvido todas as minhas memórias e saberia de tudo o que eu sei, sendo, portanto, plenamente capaz de me imitar com precisão?

Cocei a cabeça com o indicador.

– Ele tem razão, sabe? – falei sem perceber.

– Realmente – Kuroneko concordou.

– N-Não interessa! – Tony exclamou, um pouco envergonhado e sem jeito. – Faça o que estou mandando ou eu juro por Deus que puxarei o gatilho e espalharei os seus miolos pelo gramado!

O homem arqueou as sobrancelhas grossas e despenteadas e disse, um tanto exaltado:

– Jesus Cristo, Tony! Você tinha um cachorro chamado Bisteca e o atropelou com o carro! Lucy disse que era melhor assim, pois linces não deviam criar cães, então vocês brigaram e ficaram sem se falar por duas semanas! Pronto, satisfeito?!

Tony arregalou os olhos, surpreso. Em seguida, um lindo sorriso despontou em seus delicados lábios e ele disse:

– Mark... é mesmo você!

Ayumi e eu suspiramos ao mesmo tempo. Tony é certamente a criatura mais peculiar que já pisou neste planeta.

– Hahaha, em carne e osso! – Mark falou e em seguida contemplou o próprio corpo. – Bem... carne e ossos diferentes, no entanto...

Um forte sentimento de culpa me assolou novamente. Ayumi, talvez notando isto, apressou-se em mudar de assunto:

– Então, chefe, como foi a luta?

Mark ponderou por uns segundos e respondeu:

– Foi... complicada. Não somente o combate em si, como também alguns fantasmas que precisei enfrentar.

– Fantasmas? – indaguei, curioso.

Ele fitou-me, sereno.

– Não se preocupem, já cuidei de tudo. Um dia contarei para vocês em detalhes – concluiu e, após dar uma rápida olhada ao redor, acrescentou: – Ao que parece, estamos ganhando a disputa. Como se saíram?

Tony respondeu:

– Bem, na medida do possível. – Ele passou a mão nos cabelos, espremendo um pouco do sangue acumulado entre os fios colados. – A minha luta, como pode ver, foi uma grande sujeira...

Mark fez uma careta e soltou um grunhido engraçado enquanto punha a língua para fora da boca, sorrindo. Em seguida, virou-se para Ayumi.

– E você, Neko, como foi? – perguntou.

– Bem. Foi perigoso, mas nada que eu não pudesse dar conta. O desgraçado teve ajuda, no entanto: a polícia apareceu de repente e ele os controlou, justamente quando estava prestes a perder.

– A polícia, hã...? – Mark disse, pensativo. Aquela informação era novidade para mim, entretanto parecia não ser para o meu líder.

Ayumi prosseguiu:

– Sim, mas eu consegui dar um jeito e venci apesar de tudo. Ele nem era tão forte no final das contas; apenas covarde e traiçoeiro.

– Entendo – Mark aquiesceu, depois olhou para mim e pôs-se de pé. – Bom, tive o privilégio de presenciar seu combate pessoalmente, Lucas, então não será necessário fazer-lhe a mesma pergunta. Saiu-se muito bem.

– Eu agradeço, Mark, mas acho que está me superestimando demais. Eu não teria conseguido sem você.

Mark arregalou os olhos.

– Ora essa, pois eu digo que é você quem não está se dando o devido crédito! – ele replicou em tom descontraído, porém assertivo ao mesmo tempo. – Diz que não teria conseguido sem mim, mas não vê que na verdade é justamente o contrário...

Aproximou-se e encostou o punho fechado em meu peito.

– ...Sou eu quem *definitivamente* não teria conseguido sem você, Lucas.

Não tive reação. Ridículo, eu sei, mas aquele havia sido o maior reconhecimento que eu tivera em um longo tempo, e um turbilhão de emoções prendeu as palavras na minha garganta.

Mark teve um espasmo repentino, como se tivesse sentido uma fisgada súbita em suas costas. Virou a cabeça para descobrir a causa da dor misteriosa, soltou um *ah, é mesmo!*

ao encontrá-la e, com um puxão veloz da sua mão esquerda, retirou um objeto afiado de sua carne e o ofereceu a mim.

– Creio que isto seja seu – ele disse, segurando a minha adaga prateada suja de sangue diante dos meus perplexos olhos.

– O-Obrigado – agradeci e agarrei a arma, prendendo-a à minha canela esquerda logo em seguida.

E então, após sorrir e passar os olhos por cada um de nós, Mark finalmente fez a inevitável pergunta:

– Digam, onde está o Scott?

A atmosfera mudou num piscar de olhos. Em um instante, estávamos felizes pelo despertar do nosso amigo; no outro, havíamos retornado ao clima pesaroso que nos rondava minutos atrás.

– Ele ainda está lutando? – Mark continuou questionando inocentemente, sem a menor ideia do que havia acontecido.

Ayumi e eu não conseguimos responder, então o fardo precisou recair sobre Tony. Ele desviou o olhar para direita e disse, em tom sério:

– Scott... perdeu.

O semblante de Mark se fechou de imediato. Seus olhos perderam o viço e seguiram os de Tony até o gramado, sobre o qual os restos do florete de Scott se encontravam.

– Perdeu... – meu líder repetiu, mecanicamente. Parecia estar tendo dificuldades em aceitar o que acabara de ouvir, ou talvez a compreensão do verdadeiro sentido daquela frase, mascarado pelo eufemismo óbvio de Tony, o tivesse deixado sem palavras.

– Mark... – murmurei, preocupado com o impacto que aquela informação teria sobre ele.

Porém, de repente...

– Ei, você! – Mark deu-nos as costas e gritou olhando para o topo do estádio, de onde ainda se podia ver as figuras encapuzadas dos agentes da Irmandade. – Hans, não é? Desça já aqui e termine esta maldita disputa imediatamente!

O líder dos agentes precipitou-se da beirada e aterrissou agachado na grama castigada. Ficou de pé e veio até nós, com calma.

– Nós vencemos. Declare a nossa vitória e abra os portões do estádio – Mark ordenou com rispidez.

Hans fitou-nos de relance, pigarreou e anunciou em voz alta:

– A vitória é do clã Moonlight Lynx, com o placar final de quatro a um sobre o derrotado clã Bloody Hounds. Portanto, de acordo com as normas do código switcher, e tendo os meus irmãos aqui presentes como testemunhas, eu declaro por encerrada esta disputa oficial. – Ele então pôs a mão no comunicador em seu ombro e disse: – Abram os portões; deixem-nos passar.

As engrenagens rugiram e os enormes portões do estádio começaram a se abrir. Sem pensar duas vezes, a multidão enlouquecida começou a correr desesperadamente, atropelando-se para deixar aquele lugar perigoso o mais depressa possível. Nenhum agente de preto os tocou ou tentou impedi-los.

Ao longe, além dos gritos da turba desenfreada e dos motores dos helicópteros pairando acima de nossas cabeças, podíamos ouvir sirenes de viaturas policiais, ambulâncias e caminhões de bombeiro se aproximando.

Quando todos deixaram o estádio – com exceção de alguns últimos repórteres e curiosos que insistiam em registrar todo o acontecimento fantástico em câmeras profissionais ou celulares –, foi a vez dos agentes da Irmandade desaparecerem.

Tony, sempre prezando pelo bem-estar de nosso clã, quebrou o silêncio que se estabelecera entre nós:

– Mark, a polícia vai estar aqui a qualquer momento, e eu tenho a ligeira impressão de que eles não serão nem um pouco cordiais conosco. Atirarão primeiro e farão as perguntas depois, então precisamos sair daqui. Agora!

Mark voltou-se para nós com um sorriso falso no rosto e disse:

– Tem razão, Tony. Vamos embora...

Olhou para o céu crepuscular e uma última lágrima escorreu do seu olho esquerdo.

– ...Vamos para casa.

Epílogo

Decisão

Tive um pesadelo naquela noite.

Não me lembro precisamente do seu conteúdo, mas uma das cenas conseguiu trespassar o limite do sono e permaneceu em minha mente mesmo após despertar. Eu corria desesperadamente por um corredor infinito, com espectros de forma humana banhados em sangue em meu encalço, uivando e guinchando feito criaturas selvagens. Quando me alcançaram, lançaram-se sobre mim com garras e dentes afiados, dilacerando o meu frágil corpo com enorme facilidade, como se ele fosse feito de papel.

A morte brutal no sonho me trouxe de volta à vida fora dele, sobressaltado e encharcado de suor. Eu estava deitado para a direita, na cama do meu quarto na mansão.

Assim que retornamos do estádio, exaustos e emocionalmente em frangalhos, meus companheiros e eu trocamos algumas poucas palavras e nos separamos no hall, seguindo em diferentes direções. Não sei dos outros, mas tudo o que eu fiz em seguida foi tomar um longo banho e desabar em minha cama.

Senti um movimento inusitado no colchão – alguém havia se sentado ao meu lado. Virei a cabeça para a esquerda e vi uma bela mulher de cabelos louros a me encarar.

– Bom dia, princesa – Tony disse, sorridente. Seus cabelos estavam soltos, o que tornava a sua figura ainda mais atraente. – Dormiu bem?

Soltei uma risada contida e sentei-me também, esfregando os olhos.

– Não – respondi em meio a um bocejo. – E você?

– Idem. Não preguei os olhos por um segundo sequer.

Bocejei de novo.

– O que o traz aqui? – indaguei.

Ele atirou-me um olhar displicente.

– Desde quando eu preciso de um motivo para visitar o meu querido pupilo?

– Não é isso – eu respondi, meneando a cabeça. – É que geralmente suas visitas só podem significar uma de duas coisas: treinamento ou problemas.

– Ei, não é verdade! – ele protestou, fazendo uma careta. – Eu também venho cobrar quando você deixa de fazer as suas tarefas do dia.

Ri novamente.

– Tem razão, me desculpe – falei com ironia.

Tony sorriu e disse:

– Enfim, Mark está nos chamando na sala de jantar. Preparou um café da manhã caprichado e tem algo a nos dizer. – Deu dois tapinhas em meu joelho e acrescentou, levantando-se: – Lave bem esse seu rosto e desça. Estaremos esperando.

– Ok – confirmei enquanto o via sair do quarto. Em seguida, deixei o corpo cair na cama outra vez e soltei um grande suspiro. – Café da manhã, hã? – murmurei, e um ronco involuntário do meu estômago lembrou-me da fome terrível que me consumia – consequência óbvia de não ter comido nada na noite anterior.

Dobrei os joelhos para cima e saltei da cama. Usei o banheiro e, após lavar as mãos e o rosto na pia, dirigi-me à sala de jantar. Ao chegar ao cômodo aconchegante, o cheiro de comida boa invadiu-me as narinas e instalou-se ali, dando a impressão de que jamais iria embora. A mesa farta transbordava de variedade e, ao seu redor, três pessoas me acompanhavam, assentadas, com os olhos.

Ayumi sorriu para mim e fez um gesto com a cabeça, indicando a cadeira vazia à sua frente. Tony piscou, amigável, mostrando-se feliz pela minha chegada. Por último, Matthew fitou-me e...

...Espere um pouco, *Matthew*? Não, isso está errado: Matthew estava morto; o homem de roupão sentado à mesa era aquele que o havia derrotado.

Aquele era Mark.

Aquele era o meu líder.

...Aquele era o meu amigo.

Congelei onde estava e, suando frio, travei os olhos esbugalhados no motivo da minha estupefação. Ele, Mark, apenas sorriu e disse, com uma expressão serena:

– Você também, hã?

A voz metálica aumentou a confusão, mas o modo de falar era inegavelmente o de Mark. Percebi a impolidez que eu estava demonstrando, então respirei fundo para me acalmar e me desculpei:

– Eu sinto muito, Mark; ainda não me acostumei com esse seu novo... *look*. Por favor, me perdoe.

Ele riu, descontraído.

– Não se preocupe: sua reação foi perfeitamente normal – disse e olhou para os outros dois sentados à mesa. – E você não foi o primeiro.

Kuroneko e Tony fizeram expressões engraçadas e ligeiramente encabuladas. Mark continuou:

– Mas por favor, não se assuste. Posso estar um pouco mais feio agora, no entanto continuo o mesmo de sempre. Venha, sente-se conosco. Vamos comer.

Retribuí sua gentileza com um meio sorriso, mas por dentro eu ainda não estava nem um pouco confortável com aquela situação. Ainda levaria algum tempo para que o meu cérebro se habituasse a aquilo tudo.

De qualquer modo, juntei-me a eles, sentando-me numa das cadeiras vagas. O assento adjacente me intrigou por um momento, porém, no instante em que o impulso de perguntar sobre o paradeiro do membro ausente do clã ia se transformar em fala, uma lembrança nefasta me veio à tona e restringiu minhas palavras:

Aquele era o lugar de Scott.

...E Scott não estava mais entre nós.

– Ora essa, o que estamos esperando? Vamos começar! – Tony, totalmente ignorante dos meus pensamentos tristes, anunciou e pôs-se a destampar as várias travessas lotadas de pães, bolos, biscoitos, queijos e afins dispostas sobre a mesa. Seguindo a sua deixa, Ayumi apanhou um bule prateado e passou a nos servir um café borbulhante e grosso, cujo delicioso aroma bastou para me revigorar significativamente. Tentei beber o líquido fumegante, mas não suportei o calor, queimei a língua e tive que me contentar com um suco de laranja natural enquanto deixava a bebida esfriar.

Estava tudo perfeito, e nós comemos prazerosamente como se todas as mazelas do dia anterior tivessem, de fato, ficado para trás. Contudo, essa alegria despreocupada infelizmente não poderia durar para sempre – ainda tínhamos um assunto importantíssimo a tratar.

Então, entre uma dentada e outra num crocante pão quente, Mark começou:

– Chamei-os aqui hoje por dois motivos. O primeiro, como podem ver, já está em execução. O segundo, no entanto, é fazer desta uma reunião estratégica, para que possamos reportar tudo aquilo que aprendemos ontem e planejar as nossas ações daqui para frente. Alguma objeção?

Silêncio. Ele prosseguiu:

– Pois bem. Imagino que estejam se perguntando como foi a minha batalha com Matthew no interior do Weiss. Muitas coisas aconteceram lá dentro – coisas pessoais de extrema importância para mim, em um nível que eu jamais poderia ter previsto. Eu ainda estou organizando os meus pensamentos a respeito de tudo e lhes peço paciência, pois, assim que estiver pronto, compartilharei tudo com vocês.

Permanecemos em silêncio absoluto, engolindo a curiosidade visível em nossos olhos. Mark continuou:

– ...Entretanto, eu posso e devo compartilhar com vocês as descobertas que fiz com relação ao plano do nosso real inimigo, e do papel que os Hounds desempenharam nele.

Mark devorou o último pedaço do pão e, após beber um gole rápido de café, deu prosseguimento ao seu discurso:

– O objetivo do Arquiteto é tomar o controle da cidade, e ele está usando inúmeros clãs e a própria Irmandade para conseguir isso.

Engoli em seco. Tony se manifestou:

– Espere, quer dizer que ele planeja colocar os switchers contra os regulares? Isso é loucura! Destruirá completamente o equilíbrio pelo qual lutamos tanto para construir!

– Precisamente – Mark concordou. – Sua visão é ambiciosa, e vai contra tudo o que acreditamos. Para ele, a única forma de switchers coexistirem com a sociedade humana regular é por meio da força. Nós, os mais fortes, devemos parar de nos esconder e passar a governar os regulares – os mais fracos. E ele deseja estar no topo quando esse momento chegar.

Ayumi, que estava calada até então, bateu a xícara de café vazia contra a mesa e indagou, energicamente:

– E o que os Hounds têm a ver com tudo isso?

– Eles compartilhavam do seu ideal, e foram o estágio inicial do plano – Mark respondeu, pondo as mãos à frente do queixo. – O propósito era nos atrair e usar a seu favor, obrigando-nos a participar daquela disputa maldita.

– Mas eles perderam! – Tony se exaltou. – Há apenas um deles vivo agora, isso não significa que o plano deu errado?

– Não, pois o seu objetivo não era vencer.

– Se não queriam vencer, queriam o que, afinal?!

– Nos expor...

Os olhares dos três recaíram sobre mim ao me ouvirem dizer aquela pequena e quase inaudível frase.

– Exatamente – Mark confirmou. – Nós estamos em todos os noticiários da TV. Vídeos de nossas lutas estão circulando por toda a internet, ganhando milhares de visualizações a cada minuto. Os switchers, cujos poderes incríveis e feitos extraordinários estavam sendo acobertados pela Irmandade até agora, deixaram de ser uma simples lenda urbana conhecida por poucos e se tornaram reais. E isso aconteceu justamente durante a abertura do evento esportivo mais importante do mundo, com direito à transmissão internacional e simultânea de todo o espetáculo. O resultado da disputa não era importante: no instante em que pisamos naquele estádio lotado, o primeiro estágio do plano deles havia sido um sucesso...

Ele suspirou pesado, fechando os olhos. Depois reergueu o semblante, abriu os olhos novamente e completou, em tom baixo:

– ...Nós fomos presos na ratoeira.

Novo silêncio. Uma sensação terrível de impotência e estupidez me assolou, e tudo o que eu tinha vontade de fazer era sentar-me num canto da sala e ficar ali, em posição fetal, para sempre.

Mark prosseguiu:

– De agora em diante, precisaremos ficar ainda mais atentos. Não devemos deixar a mansão, exceto quando estritamente necessário. E de preferência nunca sozinhos. Teremos que reforçar ainda mais a segurança e preparar um novo esconderijo, pois este, assim como o reserva, constam nos arquivos da Irmandade, e agora temos a certeza de que ela realmente se tornou nossa inimiga. A única coisa que nos impediu de sermos atacados em nosso próprio lar até agora foi o fato de não sermos uma ameaça para os planos do Arquiteto. Pelo contrário: fomos apenas um dos muitos peões dispostos em seu tabuleiro. Porém isso acaba hoje.

Ele fechou os punhos com força e continuou:

– Encontraremos esse homem, colocaremos um fim ao seu plano insano e teremos a vingança que merecemos. É chegada a hora de mostrarmos as nossas garras, Linces.

Uma poderosa correnteza de adrenalina percorreu todo o meu corpo ao ouvir aquilo. Mark estava certo: nós, tendo sido peões nas mãos sujas do Arquiteto, tínhamos a obrigação de impedi-lo, e não poderíamos descansar enquanto ele continuasse à solta, brincando com a vida de inocentes e assassinando nossos preciosos companheiros.

As coisas estavam prestes a mudar.

...E eu estava pronto.

Kuroneko e Tony pareciam vibrar internamente, assim como eu. O fogo queimando em suas veias era perceptível por meio de suas feições determinadas, e um calor revigorante preencheu a sala de jantar perfumada.

De repente, uma pergunta se formou em minha mente e eu a verbalizei:

– Mark, ouvimos muito sobre o seu plano, mas nada a respeito do Arquiteto em si. Conseguiu aprender algo sobre ele?

Meu líder relaxou os tensos ombros e disse:

– Muito pouco. Como era de se esperar, ele é muito cauteloso. Parece que Matthew e ele nunca se encontraram pessoalmente, e se comunicavam apenas pela internet, por cartas ou por um celular com modificador de voz. Não havia um rosto ou sequer uma descrição que pudessem ser associados ao Arquiteto nas memórias que eu obtive...

De súbito, um sorriso confiante iluminou-lhe o rosto enrugado.

– ...Mas havia um nome.

Tony, Ayumi e eu nos espichamos sobre as cadeiras, em antecipação. Mark umedeceu os lábios com a língua e pronunciou, com uma mistura de orgulho e desprezo na voz, uma simples palavra:

– Hector.

O nome forte, embora relativamente comum, provocou um estranho arrepio em minha espinha. *Hector*, nosso mortal e invisível inimigo, responsável por tudo pelo que passamos e pela morte de um insubstituível membro do nosso clã.

Odiei aquele nome e tudo o que ele representava. Odiei aquele homem com cada parte do meu ser e decidi, naquele momento, que seria eu aquele que lhe tiraria a vida.

Agarrei uma fatia de bolo e a mordi com violência. Em seguida, bebi o saboroso café em um único gole, deixando o líquido quente afastar momentaneamente o gosto amargo que eu sentia na boca.

Ah, comi *biscuits* também, é claro.

FONTE: Chaparral
IMPRESSÃO: Lis

#Talentos da Literatura Brasileira
nas redes sociais

novo século®
www.gruponovoseculo.com.br